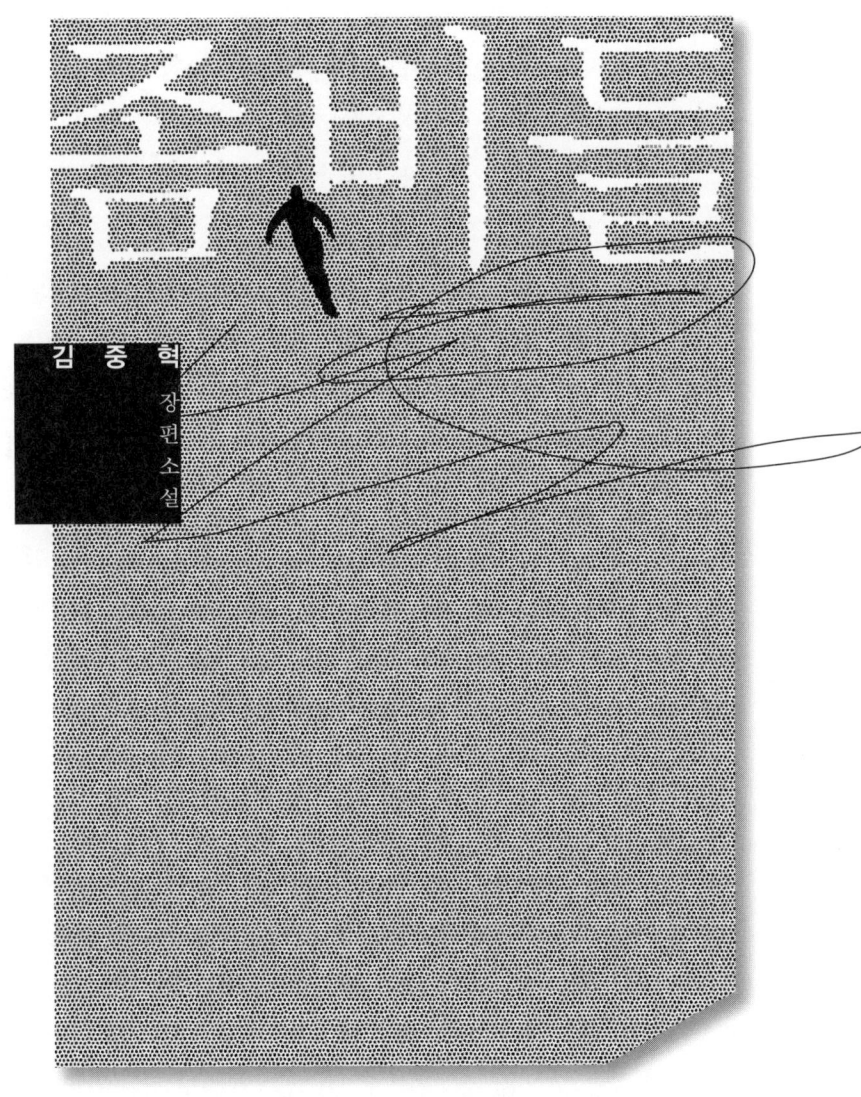

좀비들

김중혁

장편소설

창비

세상의 모든 좀비들에게

* **zombi(e)** [zámbi / zɔ́m-] n. (pl. ~s)
① 죽은 사람을 살리는 초자연적인 힘(서인도제도 원주민의 미신); 마법으로 되살아난 시체.
② (무의지적·기계적인 느낌의) 무기력한 사람, 얼간이, 멍청이.
③ (구어) 괴짜, 기인.
④ 좀비(몇 가지의 럼술·과즙이 든 칵테일의 일종).
⑤ 서부 아프리카 원주민이 받드는 뱀 신.

| 차 례 |

0

좀비를 처음 만난 건 안테나 감식반 일을 하고 있을 때였다. 나는 안테나의 수신감도를 나타내는 액정화면만을 들여다보며 전국을 돌아다녔다. 도시의 이름이나 유명한 건축물이나 사람들의 삶이 내게는 아무런 의미가 없었다. 오로지 안테나의 감도만이 나의 관심거리였다. 안테나의 감도 외에는 내 눈과 마음을 움직일 수 있는 것이 없었다. 그해 봄, 내 인생은 지하 오층 깊이의 완전한 바닥을 기고 있었고, 우리 세계의 전문용어로 말하자면 '무신호의 블랙홀'을 플래시 없이 통과하는 중이었다. 모든 것이 캄캄하고 무의미했다.

나는 자동차 앞유리에 부착된 액정화면을 멍하니 바라보면서 하루에 열두 시간씩 운전했다. 액셀러레이터를 밟고, 브레이크를 밟고, 수신감도 창을 살피고, 다시 액셀러레이터를 밟고, 다시 브레이크를 밟다보면 하루가 지났다. 하루 일을 마치고 차에서 내릴 때면 무릎이 뻣뻣하게 굳어서 지렛대라도 사용해야 간신히 다리를 펼 수 있을 것 같은 느낌이 들었다. 다리가 부러지지는 않을까 매일 걱정했지만 다행히 그런 일은 일어나지 않았다. 무릎이 부러지고 허벅지와 종아리가 서로 분리되는 때가 온다면, 그 소리만은 아주 경쾌할 것이라는 생각이 들었다. 시속 백오십 킬로미터 정도의 직구를 정확하게 받아쳐 왼쪽 담장을 훌쩍 넘기고 장외까지 쭉쭉 뻗어나가는 대형 홈런의 소리가 딱 그렇지 않을까 싶었다. 딱.

하는 일은 간단했다. 자동차를 타고 다니며 휴대전화의 수신감도를 체크하는 게 업무의 전부였다. 수신감도는 0에서 10까지다. 0이면 신호가 아예 없는 것이고, 10이면 최고치다. 감도가 4 이하로 떨어지면 나는 그 지역을 지도에 표시했다. 문제의 해결은 내 몫이 아니었다. 나는 그저 안테나를 바라보고, 그 결과를 기록할 뿐이었다. 수신감도 창에 나타나는 숫자만이 나의 친구였다. 4, 2, 3, 9, 1, 4, 2, 4, 5, 7, 8, 6 같은 숫자를 하루종일 바라보고 있으면 거기에 아주 큰 의미가 있는 것처럼 느껴졌다. 세상의 모든 것이 1과 10 사이에 있다는 생각이 들었다. 자동차의 상태는 7이었고, 체력은 4였고, 내 생활은 1이었고, 자신감은 0이었다. 기분은 1과 4 사이에서 오락가락했다. 모든 상황을 숫자로 생각하는 버릇이 생기자 나는 점점 더 무기력해졌다. 숫자란 내가 바꿀 수 있는 것이 아니라 주어지는 것이라는 생각이 들었고, 1이 2가 되기를 기다리며 멍청히 앉아 있을 수밖에 없었다. 그러나 숫자는 좀체 변하지 않았다. 생활은 1에서 꼼짝하지 않았고, 체력은 4에서 3으로 떨어졌으며, 기분은 자주 2 이하였다. 더이상 떨어질 데가 없는 완전한 바닥이라고 생각했지만 가끔은 마이너스가 될 수도 있다는 사실을, 0이 맨 밑바닥이 아니라는 사실을, 그때는 모르고 있었다.

그즈음 나를 가장 괴롭히던 것은 형의 죽음이었다. 인간의 삶이란 10에서 출발해 8과 6과 3을 지나 서서히 0에 이르는 과정이라고 생각했었다. 그러나 인간의 죽음은 그렇게 친절한 것이 아니었다. 미사일 발사 카운트다운을 하듯 준비하시고, 파이브, 포, 스리, 투, 원, 그리고 소멸……의 순서로 이뤄지는 것이 아니었다. 형은 7 정도의 삶을 살아가다 곧바로 0이 되어버렸다. 4, 3, 2, 1을 생략한 채 갑자기 0이 돼버렸다. 그 생략을 받아들이는 것이 힘들었다. 나 역시 어느 순간 생략될 수 있다는 생각이 들자 모든 것이 무의미하게 느껴졌다.

형의 유품은 거의 없었다. 마흔두살이 될 때까지 도대체 뭘 했는지 알 수 없을 정도로 남겨둔 것이 없었다. 아내도 아이도 없었고, 집도 없었고 자동차도 없었다. 컴퓨터의 폴더 속에도 별다른 게 없었다. 몇개의 음악파일, 사진 몇장이 전부였다. 폴더만 들여다보고 있으면 어쩐지 형이 죽음을 준비하고 있었는지도 모르겠다는 생각이 들 정도였다. 형이 남긴 물건은 1만 2천장의 LP가 전부였다. 수십년 동안 모은 것이었다. 형의 손때가 묻은 LP를 갖고 있고 싶었지만 내게는 공간이 없었다. 1만 2천장은커녕 1천 2백장도 보관할 장소가 없었다. 나는 모든 LP를 음악박물관에 기증했다.

"음반 컬렉터에게 가장 부끄러운 순간이 언제인지 알아? 그건 말야, 아이템이 겹쳤을 때야. 내가 사둔 LP인 줄 모르고 또 한 장을 샀다면 컬렉터로서의 자질을 의심해봐야지."

형이 그런 얘기를 한 적이 있다. 나는 동의할 수 없었다. 1만 2천 번 동안 실수를 하지 않는 것은 불가능하다. 머릿속에다 모든 리스트를 넣어가지고 다니지 않는 이상 어떻게든 겹칠 수밖에 없다. 게다가 1만 2천이라는 숫자는 내가 실감할 수 있는 범위 이상이었다.

형이 죽은 후 LP를 기증하기 위해 음반을 정리하다 형의 비밀을 보고 말았다. 음반장 한구석에는 50장의 LP가 가지런히 꽂혀 있었다. 겹친 아이템들이었다. 형은 자신의 부끄러운 순간들을 한쪽에 따로 모아둔 것이었다. 그 음반들을 보면서 형은 무슨 생각을 했을까? 자신의 기억력을 탓했을까? 다시는 실수하지 말자고 다짐했을까? 50장의 LP는 내가 갖기로 했다. 형의 부끄러운 순간들까지 음악박물관에 기증할 필요는 없을 것 같았다.

그즈음 나는 차에서 모든 생활을 하고 있었다. 회사에서 업무용으로 내준 밴의 뒷좌석과 트렁크에 모든 짐을 싣고 다녔다. 짐이라고 해봤자 옷이 든 상자 두 개와 잡동사니를 담은 상자 세 개가 전부였다. 50장의 LP를 차에 싣고 나자 갑자기 재산이 늘어난 느낌이었다. 뒷좌석은 더욱 비좁아졌고 상자 하나는 조수석에 둘 수밖에 없었다. 들어볼 수도 없는 LP를 차에다 싣고 다니는 것이 멍청한 짓 같기도 했지만 달리 방법이 없었다. 50장의 LP는 형을 기억하는 데 필요한 최소한의 부피였다.

식당에서 밥을 먹다가 텔레비전 광고를 보았을때는 자동차 트렁크에 턴테이블을 설치할 수 있다는 말을 신뢰할 수 없었다. '당신의 자동차에 빈티지 라이프를 설계하세요'라는 카피도 믿음직스럽지 않았고, 단 한번의 튐 없이 LP를 감상할 수 있다는 쇼호스트의 목소리도 어쩐지 사기 같았다. 하지만 나는 다음날 곧바로 대리점을 찾았다. 한 시간 동안 시험주행을 하고 나서 광고가 새빨간 거짓말이 아니라는 것을 알게 됐다. 울퉁불퉁한 자갈길을 달릴 때에도 LP는 튀지 않았다.

"충격완화의 신기원을 이룬 제품이라고 설명하면 어떨까요. 과장이 아니라 사실입니다. 충격이 가해지는 순간 트렁크 속의 모든 씨스템이 충격을 완벽하게 흡수해버리는 거죠. 이런 말씀이 어떻게 들릴지 모르겠지만 충격을 온몸으로 끌어안는 거예요. 충격이란 건 말이죠, 받아들이는 쪽에서 마음만 먹으면 아무 일도 아닌 게 될 수 있는 겁니다. 아주 작은 충격이 커다란 폭발을 동반할 수도 있지만 엄청난 충격이 깃털만큼 가벼워질 수도 있는 거죠. 우리는 새로운 물건을 발명한 게 아니라 충격을 받아들이는 자세를 개발한 겁니다."

눈 사이가 지나치게 좁아서 안경이 커 보이는 판매자가 트렁크를 두드리며 말했다. '이 정도 충격은 공기가 닿는 것과 다를 바 없어요'라고 말하고 싶어하는 것 같았다. 판매원치고는 이상한 말투였다. 그의 얼굴이 믿음직스럽지는 않았지만 이상한 말투 때문에 오히려 호감이 갔다. 충격을 온몸으로 끌어안는다는 설명이 좋았다. '허그쇼크(Hug Shock)'라는 제품의 이름도 마음에 들었다. 나는 밴의 트렁크에 허그쇼크를 설치하고, 트렁크용 스피커와 50장의 LP를 꽂을 수 있는 음반장도 함께 설치했다. 내 월급의 삼분의 일을 써버리고 말았지만 형이 남기고 간 LP를 들으며 일할 수 있다는 사실은 무엇과도 맞바꿀 수 없는 즐거움이었다.

허그쇼크는 내 생활을 바꾸었다. 트렁크에 턴테이블을 설치하고 음악을 들으며 일을 하자 기분이 조금 나아졌다. 2 이하로 떨어졌던 기분이 5까지 올라가기도 했다. 형이 좋아하던 음악을 듣는 것이 좋았다. 가장 큰 변화는 삼십분에 한번은 무조건 쉬어야 한다는 것이었다. 음악을 계속 듣기 위해서는 트렁크로 가서 LP를 뒤집어줘야 했다. 처음에는 귀찮기도 했지만 익숙해지니 그 나름의 장점이 많았다. 음악이 끝나면 차를 세운다. 오분 동안 스트레칭을 하고, 트렁크로 가서 LP를 뒤집거나 새로운 음악을 고른다. 그리고 다시 운전을 한다. 가끔 자동차를 세워두고 주위의 경치를 구경하기도 했다. 허그쇼크를 설치하기 전에는 꿈도 꾸지 않았던 일이다.

LP를 계속 듣다보니 어렴풋하게 형의 취향을 알 것 같았다. 같은 LP를 (자신이 알았든 몰랐든) 두 번 샀다는 것은 그만큼 그 음반을 좋아했거나 그만큼 그 음반을 간절히 원했다는 뜻일 테니, 나는 형이 가장 좋아한 50장의 음반을 고른 셈이었다. 음반은 모두 1960년대의 것이었다. 1960년대는 내가 태어나지도 않은 시절인데, 음반을 들으면 들을수록 내가 잘 알고 있는 음악 같았다. 시간은 앞으로 걸어나가는데 내 몸과 마음은 계속 뒷걸음질쳐 결국은 내가 태어나지도 않은 시간까지 후퇴한 것 같은 기분이 들었다. 그래도 편안했다.

허그쇼크는 내 삶도 바꾸었다. 형이 없었다면 LP가 없었을 것이다. LP가 없었다면 허그쇼크도 필요없었을 것이고 허그쇼크가 없었다면 홍혜정을 만나지 못했을 것이다. 홍혜정이 없었더라면 그녀를 만나지 못했을 것이다. 나에게 일어난 모든 일은 하나로 연결되어 있었다. 다른 사람들에게도 그런지 모르겠지만, 나에게 삶은 일직선이었다. 하나의 사건은 이전 사건의 결과이자 다음 사건의 원인이었다. 도미노가 다음 도미노를 넘어뜨리듯 모든 사건은 연결돼 있었다. 맨 처음 도미노가 무엇인지는 알 수 없다. 처음이란 중요한 게 아닐 수도 있다. 중요한 것은 내가 지금 이곳에 서 있다는 것이고, 지금의 이 사건은 또다른 사건의 원인이 될 것이라는 사실이다. 지금 나는 수백명의 좀비들 사이에 서 있다. 피비린내와 아우성이 공기를 가득 채운 이곳에 서 있다. 나는 내 삶의 다음 도미노가 궁금할 뿐이다.

1

안테나 감식반 일을 하면서 액정화면에 0이 뜬 것은 딱 세 번뿐이다. 0이 나타나면 일이 조금 복잡해진다. 우선 차에서 내려야 하고, 신호가 아예 잡히지 않는 지역이 어디서부터 어디까지인지 정확하게 파악해야 한다. 휴대용 수신기를 들고 걸어다니면서 신호를 체크해야 하는 것이다.

일을 시작하고 일년이 지났을 때 0을 처음 만났다. 굳이 이런 곳에서까지 신호를 잡을 필요가 있나 싶을 정도로 구석진 산악지역이었다. 사방이 나무들로 빽빽했다. 공터에다 차를 세웠다.

나는 차에서 내린 다음 트렁크에서 회전하고 있던 LP를 정지시켰다. 그리고 LP를 조심스럽게 케이스에 넣었다. 스스로를 섬세한 사람이라고 생각하진 않지만 형의 LP를 다룰 때만은 믿을 수 없을 정도로 경건해진다. 최대한 깨끗하게 LP를 보존하고 싶었다. 죽을 때까지 이 LP들을 계속해서 들을 수 있으면 좋겠다고 생각했다.

어딘가에서 나뭇잎이 서걱거리는 소리가 들렸다. 처음에는 바람 소리라고 생각했지만 소리가 점점 커졌다. 누군가 다가오는 소리였다.

"손들어, 움직이면 쏜다."

나는 트렁크를 닫고 손을 들었다. 스무살이 되었을까 말까 한 군인이 내게 총을 겨누고 있었다. 길이가 삼십 쎈티미터도 되지 않는 신형 소총이었다. 나는 그에게 미소를 보냈다.

"여기서 뭐 하는 겁니까?"

총을 겨누고 있었지만 그의 목소리는 떨렸다. 이런 일을 처음 겪는 것이 분명했다.

"저요? 일을 하고 있었는데요."

"여기서 무슨 일을 합니까?"

"저는 에볼(EVOL)의 안테나 감식반인데요. 들어보셨죠? 통신회사 에볼이라고…… 이 근처에서 수신감도를 체크하고 있었어요."

"신분증을 이쪽으로 던지세요."

초보 군인이 분명했다. 계급장은 잘 보이지 않았지만 신분증을 던지라는 말만으로도 초보 군인이란 걸 알 수 있었다. 적에게 주머니에 손 넣을 시간을 주는 것은 자살행위나 마찬가지다. 내게 총이 있고 그를 죽이려는 마음이 있었다면 그는 살아남지 못했을 것이다. 나는 뒷주머니에 있던 지갑을 그의 발밑으로 던졌다. 그는 허리를 굽혀 왼손으로 지갑을 집었다. 오른손으로 총을 들고 왼손으로 지갑을 뒤지는 모습은 우스꽝스러웠다. 지갑이 잘 열리지 않는지 군인은 내게 총을 겨누는 건 신경도 쓰지 않고 지갑에 집중했다. 나를 향하던 총구가 점점 내려가더니 그의 발등을 겨누었다.

"지갑을 다시 던져주세요. 제가 신분증을 꺼내서 던져드릴게요."

그와 나 사이의 거리는 오 미터 정도였다. 그는 내 말을 듣지 않고 계속 왼손만으로 지갑을 뒤졌다. 한참이 지나서야 신분증을 확인했다. 그는 총을 들어 다시 나를 겨누었다.

"수신감도 체크 작업 얘기는 들어본 적이 없는데요. 민간인 통제구역이라는 거 모르세요?"

"저야 안테나 따라서 움직이니까 표지판 같은 걸 잘 보지 않거든요. 몰랐어요. 이쪽이 안테나 신호가 전혀 없길래 조사하려고 들어온 겁니다."

"여기서도 휴대전화기는 잘 터지는데요."

"제가 조사하는 건 일반 휴대전화기 감도가 아닙니다. ELTE라고 차세대 통신규격이에요. 들어보셨어요?"

"아뇨."

"아무튼 그런 게 있습니다. 다음엔 정식으로 출입증을 발부받아 올게요. 총 좀 내려놓으시면 안됩니까?"

총이라는 단어를 듣자마자 그는 깜짝 놀랐다. 자신이 총을 들고 있다는 사실을 잊어버린 사람 같았다. 그는 내게 총을 다시 겨누었다.

"여기서 빨리 나가십시오."

"하나만 물어봅시다. 이 근처에 마을 같은 게 있나요? 어디 요기 할 만한 데가 없을까요?"

"이 길로 쭉 내려가다보면 왼쪽으로 표지판이 하나 보일 겁니다. 좌회전하면 고리오라는 작은 마을이 있어요. 오분이면 갈 수 있을 겁니다."

고리오라는 마을 이름은 내가 아무렇게나 지어낸 것이다. 실제 이름을 적어놓고 싶지만 그럴 수 없다. 만약 내가 실제 지명을 적는다면, 그 마을에 대한 가장 치명적인 결례를 범하는 것일 테니까. 마을의 이야기가 신문에도 실린 적이 있으니 실제 마을 이름을 아는 사람도 많겠지만 나는 그저 고리오라는 이름으로 그 마을을 기억하고 싶다.

나는 자동차에 올라타고 내비게이션에 달린 카메라로 사진 몇 장을 찍었다. 보고를 하려면 필요했다. 내비게이션에는 지역에 대한 정보가 전혀 없었다. 군인이 이야기한 고리오 마을도 내비게이션에서는 찾을 수 없었다. 나는 차를 돌려 아래로 내려갔다. 싸이드미러로 군인의 모습이 보였다. 그는 여전히 내게 총을 겨누고 있었다. 군인의 모습이 이상해 보이긴 했다. 부대마크도 보이지 않았고 계급장도 없었으며, 생전 사람을 처음 보는 것처럼 잔뜩 겁에 질려 있었다.

군인의 말대로 고리오 마을은 오분 거리에 있었다. 작은 마을이었지만 중심가에는 대형 상점도 있었고, 도로에는 차도 자주 지나다녔다. 이 정도 크기의 마을이 내비게이션에 등록되지 않은 것이 이상할 따름이었다. 나는 천천히 차를 몰고 식당을 찾았다. 오래된 패스트푸드점이 눈에 들어왔다. 너무 오래된 가게여서 주문을 해도 패스트하게 음식을 줄 것 같지 않았다. 너무 배가 고팠기 때문일까. 나는 고리오 마을로 들어선 이후 안테나 감도를 확인하지 않았다.

햄버거와 콜라를 먹고 다시 차에 올라탔을 때에야 그 마을의 안테나 감도가 0이라는 사실을 알았다. 있을 수 없는 일이었다. 인구가 백명이 넘는 모든 지역에서는 이미 작업이 끝났기 때문에 감도가 0이 될 수 없었다. 내가 하는 일은 사람이 잘 다니지 않는 외곽지역의 감도를 체크하는 것이었다. 사람이 많은 마을은 검색대상이 아니었다. 천천히 움직이며 시내 곳곳을 다녀보았지만 모든 지역이 0이었다. 신호가 전혀 잡히질 않았다. 마을을 벗어나 국도에 올라서자 곧바로 신호가 잡혔다. 나는 신호가 잡히기 시작한 지점의 좌표를 확인하고 사무실로 돌아갔다.

"거긴 검색 제외지역이잖아. 몰라요?"

고리오 마을 이야기를 꺼냈더니 작업반장이 화를 내며 말했다. 나는 아무것도 전해들은 것이 없었다.

"아뇨, 처음 듣는 얘긴데요?"

"이경무씨 만나기는 했어요?"

"지난번에 잠깐 만나기는 했는데, 인수인계는 나중에 해주겠다고 하셨어요."

"이 새끼, 끝까지 말썽이구만."

내 선임자는 이경무라는 마흔다섯살 남자였는데, 인수인계를 하다가 급한 일이 있다며 사라진 후로 아무런 연락이 없었다. 그는 불안해 보였고, 무언가에 쫓기는 사람 같았다. 나는 이경무를 처음 보자마자 어린시절의 친구 한 명을 떠올렸다. 그애는 반에서 공부를 가장 잘했고, 다섯 가지 정도의 표정으로 평생을 살아갈 것처럼 표정에 변화가 없는 친구였다. 이름은 기억나지 않지만 그 표정만큼은 지금도 선명하게 머릿속에 남아 있다. 입술이 얇았고, 턱은 뾰족했으며, 이마가 좁았다. 나와 특별히 인연이 있었던 것은 아닌데, 복도나 교실에서 그와 마주칠 때마다 뭔가 잘못한 일을 들킨 사람처럼 가슴이 덜컥 내려앉곤 했다. 가끔 입술 한쪽을 추켜올리는 것만으로 상대방에게 모멸감을 줄 수 있는 거만한 얼굴이었다. 나이가 다르니 이경무가 그 친구일 리는 없지만 그의 얼굴을 볼 때마다 어린시절의 친구가 떠올라 기분이 좋지 않았다.

"그럼 무통신지역 얘기도 못 들은 겁니까?"

"네, 그것도 처음 듣는데요."

"채지훈씨 지난번 작업구역이 어느 쪽이었죠?"

"F32 구역이었습니다."

"아, 그랬죠. 이쪽은 산악지역이라서 상황이 많이 다릅니다. 여기 빨갛게 표시한 구역 보이죠?"

반장은 노트북 화면에다 내가 맡은 구역의 지도를 띄웠다. 거기에는 세 개의 빨간 동그라미가 있었다. 하나는 제법 컸고, 나머지 두 개는 작았다. 위치로 보아 커다란 동그라미가 고리오 마을인 것 같았다.

반장은 투덜거리며 이십분 넘게 무통신지역에 대해 설명했다. 나는 조용히 앉아 그의 이야기를 들었다. 간추려보면 이런 얘기였다.

첫째, 고리오 마을은 무통신지역 중 한 곳이다. 둘째, 무통신지역이란 외부의 통신씨스템을 이용하지 않고 자체개발한 씨스템을 사용하기 때문에 안테나 감식을 할 수 없다. 그래서 셋째, 모든 무통신지역은 검색 제외대상이다. 반장은 그 짧은 이야기를 하는 동안 이경무의 불성실한 근무태도에 대해 열 번 정도 이야기했고, 정부의 통신정책이 어떻게 돌아가는지 모르겠다는 이야기와 지방자치제가 통신기술의 발달을 막고 있다는 이야기를 여러 번 했다.

나는 무통신지역이라는 단어를 처음 들었을 때의 느낌을 아직도 기억하고 있다. 내 머릿속에 떠오른 무통신지역이란 아주 깜깜한 공간이었다. 그 어떤 전파도 잡히지 않고 그 어떤 통신수단도 없는, 그래서 이야기를 전달하기 위해서는 먼 길을 걸어가서 직접 얼굴을 보고 말을 해야만 하는, 암흑의 공간이 떠올랐다. 그런 공간이 떠오르자 이상하게 마음이 편안해졌다. 만약 그런 곳이 있다면 거기에 숨어 있고 싶었다. 누구와도 연결되지 않은 공간에 있고 싶었다. 수신감도가 0인 곳에서 형의 LP를 들으며 조용히 늙어가고 싶다는 생각을 했다. 하지만 고리오 마을은 그런 곳이 아니었다.

무통신지역에 대한 이야기를 듣고 일주일이 지났을 때 이경무에게서 전화가 걸려왔다. 인수인계를 해주겠다는 것이었다. 반장에게 대부분의 사항을 전해들었기 때문에 특별한 인수인계 과정이 필요없을 것 같았지만 우리는 고리오 마을 외곽의 소나무숲 공원에서 만나기로 했다. 내가 소나무숲 공원에 도착했을 때 이경무는 이미 와 있었다. 주차장에 회사 밴이 세워져 있었다. 이경무가 밴에서 내리며 손목시계를 보았다.

"늦으셨네요."

"정각인데요."

"제 시계가 빠른가보군요. 삼분이 지났는데."

"네, 삼분 늦었네요."

"인수인계를 제대로 해주지 못해서 미안합니다. 사정이 있었습니다."

"네, 그러시겠죠."

"비꼬는 겁니까?"

"아뇨, 삼분 늦은 걸 불편해하시니 그럴 수도 있겠다는 뜻입니다."

"그게 비꼬는 거 아닙니까."

"그런 의도로 말한 게 아닙니다. 그렇게 들렸다면 사과드리죠."

"그만합시다."

"아직 회사를 그만두신 건 아닌가봐요."

"무슨 소립니까?"

"아니, 회사 밴을 타고 계시길래요."

"반납해야죠. 반납할 겁니다. 또 시비 거는 겁니까?"

"아닙니다."

"얼른 끝냅시다. 자, 이건 파일이고요, 씨디롬 안에다 검색 관련 특이사항 정리해뒀으니 참고하시면 될 겁니다. 더 궁금한 거 있습니까?"

"또 실례되는 질문인지도 모르겠습니다만, 회사를 왜 그만두시는 겁니까?"

"그게 왜 궁금한 겁니까?"

"후임자로서, 전임자가 왜 그만두는지는 알아야 할 의무가 있다고 생각하는데요. 곤란하면 얘기하지 않으셔도 상관없습니다만."

"안테나 감식반 일 한 지 얼마나 됐죠?"

"일년요."

"아직은 초짜시군요. 이 일 한 십년 하다보면 별의별 걸 다 감식하게 됩니다. 안테나는 물론이고 사람도 걸러낼 줄 알게 되죠. 그때쯤이면 왜 내가 그만두는지 그 이유를 알 겁니다."

이경무는 내 눈을 피하면서 밴 내부를 계속 흘깃거렸다. 대화가 더이상 이어지지 않았다.

"차가 좋아 보이네요. 신형 밴입니까?"

"네."

"내비게이션 버전이 어떻게 되죠?"

"3.5인데요."

"좀 봐도?"

"그럼요."

이경무는 기다렸다는 듯 밴에 올라탔다. 내비게이션을 켜고 메뉴를 이리저리 건너다니는 모양새가 아주 능숙했다. 오랫동안 같은 기계를 만진 사람만이 지닐 수 있는 능숙함이었다.

"이 스피커는 뭐예요?"

이경무가 내비게이션 옆에 붙은 스피커를 가리키며 물었다.

"아, 그건 허그쇼크라고, 자동차에서 LP를 듣게 해주는 장치입니다. 트렁크에 장착돼 있는데 보시겠어요?"

"아뇨, 됐습니다. 음악엔 별로 관심이 없어서요."

이야기를 하다보니 이경무가 운전석에 앉고 내가 조수석에 앉는 기이한 구도가 됐다. 이경무는 괜히 운전대를 흔들어보고 의자도 이리저리 움직여보았다. 새로운 물건을 가진 친구를 부러워하는 아이 같은 표정이었다. 신형 밴을 타고 산과 들을 누비고 다니며 안테나 감식을 하는 나를 진심으로 부러워하는 것 같기도 했다.

"여기, 이 안테나 신호 표시를 보면 무슨 생각이 듭니까?"

이경무가 내비게이션 속 안테나 표시를 가리키며 물었다.

"글쎄요, 내가 어딘가에 연결되어 있다는 생각이 들던데요. 신호가 잡히지 않으면 어쩐지 불안하잖아요."

"채지훈씨라고 했죠? 우리 안테나 감식반들의 직업병이 뭔지 압니까? 뭔가를 자꾸 해석하려고 한다는 겁니다. 사람들은 살아가면서 수많은 신호를 포착하지만 별 생각 없이 흘려보냅니다. 그런 게 있었는지도 모르고 지나가죠. 아무것도 해석하지 않고 신호를 현상으로만 받아들이는 겁니다. 하지만 안테나 감식반들은 절대 그러는 법이 없죠."

"좋은 거 아닙니까?"

"그게 좋은 건진 잘 모르겠네요. 잘해보세요."

이경무는 운전대를 붙들고 아무 말 없이 정면을 바라보았다. 거기에는 고리오 마을로 향하는 길이 시작되고 있었다. 나는 옆에서 이경무를 바라보았다. 이경무의 눈빛이 순간 번득였다. 나는 그 눈빛 속에서 밴을 몰고 고리오 마을로 돌진하는 이경무를 떠올렸다. 어처구니없는 상상이었지만 그 눈빛에는 분명히 경계를 넘어서는 폭력의 징후가 담겨 있었다.

이경무는 서둘러 떠났다. 운전석에서 뛰어내리더니 내게는 별다른 인사도 하지 않고 곧바로 자신의 밴을 타고 사라졌다. 나는 이경무가 앉았던 운전석에 앉아 고리오 마을로 향하는 길을 바라보았다. 평온해 보였다. 아무 일도 없어 보였다. 곧이어 그 길에서 군용트럭과 지프차가 빠져나오는 게 보였다.

그후로 한동안 고리오 마을을 잊고 지냈다. 익숙한 일들이 계속 반복됐다. LP를 듣고 안테나 감식을 했다. 에볼 사에 오기 전에 다닌 회사에 퇴직금 문제로 몇번 간 것 말고는 사람을 만나는 일도 전혀 없었다. 해가 뜨면 안테나 감식을 했고, 해가 지면 차에서 잠을 잤다. 새벽에 자주 잠을 깼다. 눈을 뜨면 내가 어디에 있는지 자주 헷갈렸다. 어깨가 많이 쑤셨고, 아침에 일어나면 손목과 팔꿈치가 시큰거렸다. 친구들과도 연락을 하지 않았다. 친구들을 만나면 옛날 이야기를 해야 했다. 좋은 일이든 나쁜 일이든 옛날 이야기는 하고 싶지 않았다. 어제를 지워버려야만, 어제 이전의 모든 일들을 깊은 땅속에 묻어버려야만 오늘을 살아갈 수 있을 것 같았다. 오늘을 제외한 나머지 모든 날들은 안개 속에 묻혀 있었고, 그 속에 뭐가 들어 있는지 굳이 알고 싶지 않았다. 안개를 향해 헤드라이트를 비추고 싶지 않았다. 무슨 일이 일어났는지, 무슨 일이 일어날지 알고 싶지 않았다.

가끔 이경무의 말을 떠올렸다. 아무것도 해석하지 않고 신호를 현상으로만 받아들이는 것이 과연 가능할까. 생각을 지우고 그저 하루하루를 살아가고 싶었다.

고리오 마을은 우연히 다시 나타났다. 형이 남기고 간 50장의 LP 중에서 내가 가장 좋아하는 음반은 '스톤플라워'라는 1960년대 영국 그룹의 데뷔앨범이었다. 그 앨범에 들어 있는 열 곡은 얼마나 많이 들었는지 가사를 모두 외울 지경이었다. 스톤플라워에 대한 정보를 좀더 알고 싶어서 인터넷을 뒤졌지만 몇가지 기본정보 외에는 알아낼 수 있는 것이 없었다. 4인조 그룹이라는 것, 두 장의 앨범을 내고 해체됐다는 것, 그룹의 리더였던 이안 데이비스가 자서전을 냈다는 것 정도였다. 인터넷 검색을 하다 오래전에 절판된 이안 데이비스의 자서전 번역본이 도서관에 있다는 사실을 알게 됐다. 책을 열심히 읽는 사람도 아니고 새로운 정보에 대한 호기심도 없었지만 이상하게 스톤플라워에 대해서는 집착이 생겼다. 그 책 속에 나를 위한 새로운 길이 있을 것만 같았다. 나는 두 시간 동안 차를 몰고 메트로의 역사도서관으로 갔다.

메트로의 역사도서관에 처음 들어갔을 때 나는 허공에 떠돌아다니는 이상한 공기를 감지했다. 도서관에 자주 가보지는 않았지만 대부분의 도서관에는 특유의 냄새가 있다. 종이 냄새 같기도 하고, 곰팡이 냄새 같기도 하고, 어떤 미생물의 냄새 같기도 한 것이 어디선가 꿈틀거리는 걸 느낄 수 있다. 어쩌면 도서관을 운영하는 사람들이 그런 냄새를 살포하는 것인지도 모른다. 도서관 의자에 앉아서 책을 읽고 있으면 공기 속을 떠돌던 어떤 미생물들이 조용히 머릿속으로 들어와 알을 까고 새끼를 길러 커다란 덩어리가 된다는 상상을 하면 어쩐지 징그럽기도 하다. 하지만 메트로의 역사도서관에는 도서관 특유의 냄새가 없었다. 모든 것이 깨끗하게 정화

돼 있었고 맑고 투명했다. 확실한 소독이 이뤄진 공간 같았다. 지금도 메트로의 역사도서관을 생각하면 사방이 유리로 둘러싸인 깨끗한 공간이 떠오른다. 역사도서관의 벽은 차갑고 단단한 콘크리트인데 말이다. 그곳에서 처음 만난 뚱보130 역시 도서관의 이미지와 비슷했다. 뚱보130은 내가 지어준 별명이 아니라 그가 내게 알려준 이름이었다.

"모두 제 몸무게를 궁금해하죠. 궁금해하면서도 물어보진 못해요. 실례라고 생각하니까요. 실례인 줄 알면서 물어보는 사람도 가끔 있지만요. 둘 중에서 누가 낫냐고요? 물어보는 사람이 낫죠. 저도 궁금한 건 못 참으니까요. 뭐 어때요, 세상엔 이런 사람도 있는 거죠. 그냥 뚱보130이라고 불러주세요. 뚱보를 빼고 130이라고 불러도 되고요. 신기하게도 어느 순간부터 130킬로그램을 유지하고 있어요. 더 찌지도 않고 더 빠지지도 않아요."

뚱보130의 말처럼, 나 역시 그를 처음 본 순간 몸무게가 궁금했다. 그는 늘 검정색 양복바지와 하얀색 셔츠를 입고 있었는데—그의 몸에 맞는 옷이 별로 없기 때문이다—옷차림 때문에 더욱 기괴해 보였다. 그가 걸어가는 모습을 멀리서 보고 있으면 거대한 색상대조표를 보는 듯한 느낌이 들었다. 검은색과 하얀색 중 어떤 게 더 커 보이나요? 당연히 하얀색이죠. 흰색은 팽창돼 보이고, 검은색은 수축돼 보인답니다. 발걸음 뒤에 그런 설명을 달고 다니는 듯했다.

"살아 있는 두 개의 거대한 바둑알 같아 보이지 않아요?"

라는 농담을 할 정도로 뚱보130은 밝은 성격이었다. 그가 밝은 성격이 아니었다면 나 같은 사람과 친해질 이유도 없었을 것이다.

뚱보130을 만나고 놀란 것은 몸무게뿐만이 아니었다. 그에게는 놀라운 재능이 있었다. 바로 놀라운 기억력이었다. 역사도서관에서 왜 그를 채용했는지 이해가 갔다. 이안 데이비스의 자서전에 대해 묻자 그는 단번에 책의 위치를 알려주었다. 그가 알려준 서가에 가보니 정확히 그 위치에 책이 꽂혀 있었다.

"아니, 책의 위치를 어떻게 그렇게 정확히 알아요?"

"제 몸의 지방에다 정보를 저장해두거든요. 거짓말 같죠? 정말이에요. 살이 찐 사람들은 다 그럴 만한 이유가 있어요. 어떤 사람은 먹을 걸 저장하고, 어떤 사람은 사랑을 저장하고, 어떤 사람은 부끄러움을 저장하지만, 저 같은 경우엔 책의 위치 같은 정보를 저장해두죠."

"그럼 점점 살이 더 찌겠네요? 계속 정보를 저장해야 하니까."

"아니죠. 어느 순간 포기할 수밖에 없어요. 계속 정보를 저장하다간 폭발해버리게요. 이젠 버릴 건 버리고 저장할 것만 저장하는 거죠. 새로운 정보가 들어오면 옛날 정보는 사라져요. 그렇다고 옛날 정보가 다 사라지는 건 아니죠. 필요없는 쓰레기 정보만 날려버리는 거예요. 신기한 몸이죠. 부럽죠?"

뚱보130과 대화를 나누고 있으면 기분이 유쾌해졌다. 처음 만나자마자 그는 순식간에 내 마음을 무장해제시켰다.

"여기 처음이시죠? 제가 대출증 만들어드릴게요. 다른 도서관에 비해서 규모는 작지만 좋은 책이 참 많아요. 자세한 역사가 궁금하시면 제가 만든 뚱보연표를 참조하시면 되고요."

그가 만든 뚱보연표는 도서관에 두번째 들렀을 때 보게 되었는데, 머리카락이 곤두설 정도로 방대한 규모였다. 그는 텔레비전을 보거나 책을 읽다가 구체적인 날짜가 적힌 사건이 등장하면 모두 파일로 정리해두었다. 1983년 1월 23일 항목에는 450개의 사건이 적혀 있었고, 1985년 2월 12일에는 600개의 사건이 적혀 있었다. 뚱보연표를 보고 나서 그에게 물었다.

"어째서 1983년부터 시작하는 거죠? 이전에도 커다란 사건이 많은데."

"헤헤, 제가 태어난 해거든요. 그 이전에는 관심이 없어요. 세상에 제가 존재하지 않았는데, 알 게 뭐예요. 몇년생이세요?"

"1978년요."

"그럼 1978년부터 1982년까지 부탁드릴게요."

"뭘 부탁해요?"

"그 기간의 역사를 부탁드려요."

"역사에는 별로 관심이 없는데……"

"하하, 농담이에요. 저 같은 자폐증 환자가 아니면 이런 거 정리 못해요. 뚱보연표가 1983년부터 시작하지만 그 이전의 역사에 대해서도 잘 아니까 궁금한 거 있으면 물어봐주세요."

뚱보130에게 내 마음이 무장해제된 이유는 그의 성격이 밝아서이기도 했지만 그에게 동질감을 느껴서이기도 했다. 그는 밝았고 나는 어두웠지만 처음 볼 때부터 어딘지 모르게 서로 닮았다는 느낌이 들었다. 내가 안테나 감식반 일에 재미를 붙이고 힘든 일을 극복해나갈 수 있었다면 뚱보130 같은 인간이 될 수도 있었을 것이다. 그와 나는 검은색 바지와 흰색 셔츠의 관계 같았다. 그는 흰색 셔츠처럼 조금 팽창돼 있고, 나는 검은색 바지처럼 수축돼 있지만 같은 몸에 붙어 있는 옷이라는 생각이 들었다. 나는 역사도서관에 가는 게 즐거웠고, 그와 이야기하는 게 재미있었다. 역사도서관에만 가면 나는 말이 많아졌다. 사람을 만나지 않고 LP를 들으며 일만 하던 시절, 뚱보130은 내 유일한 친구였다.

고리오 마을이 화제에 오른 것은 뚱보130과 많이 친해진 뒤였다. 이안 데이비스의 자서전 『당대의 외면』을 다 읽은 후 나는 뚱보130이 추천해준 몇 권의 책을 더 읽었다. 비슷한 시기를 살았던 뮤지션들의 자서전이나 음악과 관련된 에쎄이였다. 책을 읽어나갈수록 스톤플라워라는 그룹이 마음에 들었다. 그들은 완벽하게 무시당했고, 사람들의 무시를 끝까지 무시했다. 그들은 두 장의 정규앨범과 한 장의 비공식 라이브앨범을 발표하고 돌연 해체했는데, 그 이유가 재미있었다.

나는 이제 내 음악을 완성했다. 더이상 만들어낼 음악은 없다. 음반을 더 내놓으려면 우리의 음악을 표절하는 수밖에 없다. 우리가 내놓은 음반 두 장의 곡들은 말 그대로 무결점 음악이다. 그 어디에도 더하거나 뺄 만한 곳이 없다. 만약 우리의 음악에서 허점을 발견해내는 사람이 있다면 연락해주길 바란다. 귀기울여 들을 것이다. 그가 옳다면 나는 그를 '음악의 신'이라 불러주겠다. 만약 그가 틀렸다면 머리를 날려버릴 것이다. 나는 나를 믿는다. 그리고 내 음악을 믿는다. 나는 나 자신이 겸손하길 바라지 않는다.

이안 데이비스가 자서전에 쓴 말이다. 그들의 음악이 무결점 음악이라고 생각하지는 않지만 그들의 자신감이 부러웠다.

나는 뚱보130에게 스톤플라워의 노래를 녹음해주었고, 그 역시 스톤플라워의 팬이 되었다. 뚱보130은 스톤플라워의 두번째 앨범을 찾기 시작했다. 어떤 임무가 주어지면 무슨 일이 있어도 해치우고 마는 것이 뚱보130의 특징이었지만 스톤플라워의 두번째 앨범은 좀처럼 찾아낼 수 없었다. 유명하지 않은 그룹의 오래된 희귀본 음반을 찾는 게 쉬울 리 없었다. 어느날 역사도서관에 들어서자 뚱보130이 내게로 달려왔다.

"형, 찾아냈어요."

"두번째 앨범?"

"아니, 이안 데이비스 자서전 번역한 사람이 스톤플라워의 굉장한 팬이래."

"그러니까 번역했겠지. 겨우 그걸 찾아낸 거야?"

"아니, 번역한 사람이 어디 살고 있는지 찾아냈어요. 그 사람이라면 두번째 앨범을 갖고 있지 않을까요?"

"맞아, 그 생각을 왜 못했을까."

번역자 홍혜정이 살고 있는 곳은 고리오 마을이었다. 뚱보130이 쪽지를 보여준 순간 고리오 마을의 풍경이 되살아났다. 적막한 도로, 낮고 허름한 건물들, 낡은 자동차들이 떠올랐다. 하지만 사람들의 모습은 눈앞에 그려지질 않았다. 식당을 찾기 위해 돌아다니던 동안에도 길거리에서 사람을 본 기억이 없었다. 햄버거와 콜라를 먹은 식당에서 누군가에게 주문을 했을 텐데, 점원이 남자인지 여자인지도 기억나지 않았다. 내 머릿속의 고리오 마을은 유령들이 사는 도시였다. 실제의 고리오 마을 역시 내 머릿속의 이미지와 다르지 않았지만, 그때까지만 해도 나는 그 사실을 모르고 있었다.

2

홍혜정에게서 답장이 온 것은 편지를 보낸 지 이주가 지나서였
다. 뚱보130은 당장 고리오 마을로 달려가자고 했지만 그건 예의
에 어긋나는 일 같아 편지를 보내기로 한 것이다. 편지에는 우리가
얼마나 스톤플라워를 사랑하는지를 길게 적었다. 스톤플라워의 노
래가 얼마나 아름다운지, 그 노래를 들으면 마음이 얼마나 평화로
워지는지 썼다. 우리는 도서관 의자에 앉아 하루종일 문장을 다듬
었다. 역사도서관은 주말 낮에만 사람이 많을 뿐 그 외의 시간에는
조용하기 때문에 편지를 쓰기에 그보다 더 좋은 장소가 없었다. 홍
혜정이 보낸 답장은 간결했다.

오래전 일이로군요. 스톤플라워라는 이름을 참 오랜만에 들어

봅니다. 편지를 길게 쓸 수 있는 입장이 아니라 죄송합니다. 언제 시간이 나면, 고리오 마을에 들러주세요. 우리 차 한잔 함께하죠. 저는 늘 집에 있으니 언제 오시든 상관없습니다. 그럼 곧 뵙겠습니다.

답장을 받은 다음날 우리는 고리오 마을로 향했다. 메트로에서 고리오 마을까지는 자동차로 사십분 거리였다. 뚱보130은 이년 만에 휴가를 냈다. 그는 들떠 있었다. 차를 타고 고리오 마을로 향할 때 그는 계속 스톤플라워의 노래를 흥얼거렸다. 누군가 옆에서 노래를 부르는 것이 낯설었지만, 130킬로그램의 거구가 몸을 들썩이는 바람에 자동차가 비틀거렸지만 나 역시 기분이 좋았다. 자동차 옆자리에 누군가를 태운 것은 몇년 만에 처음이었고, 그렇게 기분이 좋은 것도 오랜만이었다.

홍혜정의 집으로 향하면서 나는 고리오 마을을 자세히 살폈다. 기억 속에 있는 유령도시 고리오의 실체를 확인하고 싶었다. 하지만 내 기억과는 달리 길거리에는 많은 사람들이 걸어다니고 있었다. 봄이긴 하지만 외투 없이 다니기는 추운 날씨여서인지 사람들은 꾸부정한 자세로 천천히 걷고 있었다.

"여기 사람들 꼭 유령 같지 않아요? 걸음걸이가 이상해요. 거리도 음산하고…… 으, 마을로 들어갈수록 점점 추워지는 것 같아요."

뚱보130은 단번에 고리오 마을을 파악했다. 고리오에 처음 왔을 때 내가 만났던 사람을 기억하지 못한 이유가 그 때문이었다. 고리오 마을 사람들은 최대한 자신의 존재를 드러내지 않기 위해 애쓰는 것 같았다. 어떻게 하면 다른 사람의 눈에 띄지 않을까 연구하는 사람들 같았다.

"유령들이 저렇게 모자를 쓰고 다니겠어?"

"모자를 벗기면 해골이 보일 것 같지 않아요? 반짝반짝 윤이 나는 해골. 너무 반짝거려서 사람들 눈부실까봐 저렇게 모자를 쓰는 건지도 모르죠. 좀 천천히 가봐요. 저기 저 아저씨는 진짜 유령처럼 걷잖아요."

"가서 모자 벗겨보고 올래?"

"진심이에요?"

"네가 원한다면 차 세워줄게."

"무섭게 왜 이래요. 얼른 가요."

뚱보130은 겁이 많았다. 호탕하게 웃는 모습이나 어마어마한 몸집을 보면 도무지 상상이 가질 않지만 그는 세상 어느 누구보다 겁이 많았다. 늘 놀랐고, 걸핏하면 소리를 질렀고, 자주 내게 안겼다. 좀비를 처음 만났을 때는 그 거대하고 물렁물렁한 팔뚝으로 나를 꽉 껴안았는데, 그의 정강이를 걷어차지 않았더라면 나는 아마도 숨이 막혀 죽었을 것이다. 놀라는 일이 점점 줄어드는 나로서는 그의 반응이 신기했고 재미있었다. 살을 출렁이며 뒤로 나자빠지는 모습을 보면서 아름답다는 생각을 하기도 했다. 그는 모든 상황을 완전무결하게 흡수했으며, 모든 일을 새롭게 느꼈다. 나는 도저히 그럴 수 없었다. 가장 가까운 사람의 죽음과 같은 놀라운 일을 겪고 나면 사소한 일에 놀란다는 것이 감정의 사치처럼 느껴진다. 놀라지 않으려 애를 쓰는 것이 아니라 내 인생에 배정된 놀라움의 백 퍼센트를 이미 소진해버렸기 때문에 더이상 놀랄 수가 없는 것이다.

고리오 마을의 외곽에 있는 홍혜정의 집에 도착했을 때 우리는 압도당하고 말았다. 겉으로 봐서는 평범한 집이었다. 평범한 지붕, 평범한 창문, 평범한 마당, 평범한 벽이었다. 그러나 내부는 전혀 달랐다. 집 내부가 하나의 거대한 씨스템으로 구축되어 있었다. 버튼 하나를 누르면 쏘파가 뒤로 젖혀졌고, 또다른 버튼을 누르면 벽에 감춰져 있던 침대가 펼쳐졌다. 숨겨진 어떤 버튼을 누르면 집이 하늘로 날아오르는 것은 아닐까 싶을 정도로 모든 것이 자동화되어 있었다. 홍혜정의 모습을 자세히 보고 나서야 우리는 집 안의 모든 씨스템이 왜 이렇게 만들어졌는지를 알 수 있었다. 그녀는 일흔에 가까운 할머니였고, 전동 휠체어를 타고 있었으며, 오른쪽 손이 없었다. 오른손이 있어야 할 자리에는 빨간색 벙어리장갑 같은 게 씌워져 있었는데, 그 때문에 손이 없다는 걸 감추기보다 오히려 자랑스러워하는 듯한 느낌을 주었다. 나는 빨간색 벙어리장갑을 멍하니 바라보다 홍혜정과 눈이 마주치고 말았다.

"예쁜 색이죠? 이 장갑을 보고 있으면 한쪽 손이 없다는 사실을 가끔 잊어버리곤 해요."

그녀는 오른손을 눈앞으로 들어올리더니 손목을 빙글빙글 돌렸다. 빨간색 벙어리장갑이 허공에서 춤을 췄다.

"멀리서 보니 성냥개비 같은데요?"

뚱보130의 말에 홍혜정이 웃음을 터뜨렸다. 자신의 오른손을 들어보고는 다시 웃음을 터뜨렸다.

"그러네요. 딱 성냥개비네. 혼자서 오랫동안 살다보면 그런 감각이 떨어져요. 내가 지금 어떻게 보이는지, 내 모습을 보고 사람들이 어떻게 생각할지…… 알려줘서 고마워요."

"이상하다는 뜻은 아니에요. 빨간색이라서 따뜻해 보이고 좋은데요."

뚱보130이 웃으며 말했다.

"그럼 다행이네요. 이 성냥개비로 불을 켜서 차를 만들 생각이니까 어서 주문하세요."

나는 홍차를, 뚱보130은 핫초코를 주문했다. 까페도 아니고 할머니 혼자 사는 집에서 핫초코 따위를 주문한다는 게 이상했지만 그녀는 당황하는 기색이 없었다. 홍혜정은 오른손 성냥개비를 사용하는 대신 왼손으로 휠체어의 버튼 하나를 눌렀다. 식탁 위에 메뉴판 화면이 나타났다. 그녀는 홍차를 두 번 누르고, 핫초코를 눌렀다. 일분쯤 지나자 대리석 상판에 달린 작은 문이 열리더니 식탁 아래쪽에서 무엇인가 올라왔다. 따끈따끈한 차였다.

"우와, 멋진데요. 저도 이런 식탁 하나 있으면 좋겠어요. 음료수 말고 먹을 건 없나요?"

쏘파에 앉아 있던 뚱보130이 식탁으로 뛰어갔다.

"간단한 건 되죠. 쿠키라든가 케이크 같은 거요. 뭐 드시겠어요?"

"베이글도 있을까요?"

"아, 제대로 골랐어요. 이 식탁의 별명이 베이글 전문가랍니다. 기대하세요."

이분쯤 지나자 다시 작은 문이 열리고 접시에 담긴 베이글이 올라왔다. 보기에도 먹음직스러웠다. 뚱보130은 베이글을 먹으면서 식탁을 여기저기 자세히 관찰했다.

"맛있어요. 제가 먹어본 베이글 중에 최고예요. 도대체 이런 식탁을 어디서 구하셨어요? 설마 이 안에 요리사를 가둬두신 건 아니죠?"

"요리사가 숨어 있다면 나도 좋겠네. 말벗이나 하게. 저도 그 속에 뭐가 들어 있는지는 모른답니다."

식탁은 고리오만의 발명품이었다. 고리오 마을의 모든 집에 똑같은 식탁이 있다고 했다. 하지만 식탁은 고리오의 발명품 중 작은 부분일 뿐이었다. 집 안 곳곳에 고리오 마을의 발명품이 가득했다. 오디오장에 꽂혀 있는 CD를 건드리기만 해도 음악이 흘러나왔고, 책장에 꽂혀 있는 책등을 건드리면 텔레비전 화면에 책 내용이 나타났다. 그녀는 집 안의 발명품을 보여주다가 뭔가 잊은 게 있다는 듯 말을 꺼냈다.

"아, 참, 오늘은 스톤플라워 팬클럽 모임이 아니었나요?"

그날 우리는 두 시간이 넘도록 스톤플라워의 음악에 대해 이야기를 나눴다. 우리의 추측대로 그녀는 스톤플라워의 모든 앨범을 갖고 있었다. 스톤플라워의 두번째 앨범 역시 아름다운 곡으로 가득했다. 홍혜정은 스톤플라워의 음악을 들으면서 모든 노래에 해설을 붙였다. 가사의 내용은 무엇인지, 이안 데이비스가 어떤 심정으로 노래를 만들었는지 알려주었다. 그녀의 설명을 듣고 나면 음악이 더욱 아름답게 들렸다. 뚱보130과 나는 스톤플라워의 앨범을 두 번씩 듣고 나서야 집을 나섰다. 홍혜정은 뚱보130을 위해 베이글을 다섯 개나 싸주었고, 스톤플라워의 두번째 앨범을 CD에다 구워주었다.

"언제든지 환영이에요. 다음엔 스톤플라워의 영향을 받은 밴드들을 한번 들어볼까요?"

"폐를 끼친 것 같아 죄송하네요."

"나 같은 늙은이를 외롭게 방치해두는 게 폐 끼치는 거랍니다. 오랜만에 마음 맞는 친구들을 만났는데, 슬그머니 발을 빼는 거예요?"

뚱보130은 내 눈치를 보았다. 그의 눈에서 '형, 어서 빨리 다시 오겠다고 얘기해요'라는 대사가 쏟아져나오는 게 보였다. 베이글이 어지간히 맛있었던 모양이었다.

"아뇨, 저희도 즐거웠어요. 그럼 또 오겠습니다."

"좋아요, 그럼 아예 모임을 만들까요? 제목은 홍혜정과 함께하는 정기 음악감상회."

홍혜정의 말이 끝나기도 전에 베이글 봉투를 꼭 쥐고 있던 뚱보130이 앞으로 나섰다.

"저는 베이글이 있는 홍혜정의 정기 음악감상회면 더 좋을 것 같은데……"

"하하, 좋네요. 그럼 다음주 토요일 저녁 어때요?"

거절할 이유가 없었다. '베이글이 있는 홍혜정의 정기 음악감상회'는 그렇게 시작됐다. 우리는 매주 토요일 저녁에 만나 베이글을 먹으며 음악을 들었다. 음악을 들으며 웃고 떠들고, 와인을 마시기도 하고, 가끔 1960년대 음악 다큐멘터리를 볼 때도 있었다. 삼십년 정도의 나이 차에도 불구하고 홍혜정은 우리를 친구로 대했고 뚱보130과 나 역시 그녀를 친구로 여겼다.

홍혜정은 60년대 음악의 광적인 팬이었다. CD와 LP 대부분이 60년대 것이었고, 오디오 뒤쪽 벽에 붙은 포스터 역시 60년대 그룹의 공연 포스터였다. 롤링 스톤즈, 더 킹크스, 더 후, 비틀즈. 60년대로 타임머신을 타고 온 듯한 기분이 들었다. 나는 이미 형의 음반을 통해 그 시대를 이해하고 있었기 때문에 낯설지 않았다. 오히려 고향에 온 듯 푸근한 느낌이 들었다.

홍혜정이 60년대 음악 팬이 된 것은 이안 데이비스 때문이었다. 이안 데이비스의 자서전을 번역하기 위해 음반과 자료를 모으다 그의 음악에 빠져들었고, 그때부터 60년대 음악으로의 탐험이 시작됐다. 홍혜정은 자료수집 중독자라 할 만했다. 그의 자료수집 방식은 퍼즐 맞추기와 비슷했다. 우선 하나의 조각을 발견한다. 첫번째 조각을 이리저리 돌리다보면 거기에 들어맞을 새로운 조각을 발견하게 된다. 두 개의 조각을 결합하면 세번째 조각의 윤곽이 드러난다. 그렇게 조각을 이어붙이다보면 어느새 거대한 그림이 완성되어 있다.

"퍼즐이 완성됐다는 걸 어떻게 알 수 있지요?"

내가 물었던 적이 있다.

"완성된 퍼즐이란 없어요. 그럴듯해 보이는 퍼즐이 있을 뿐이죠. 오랫동안 자료수집을 하다보면 딱 하나는 배울 수 있어요. 언제 멈춰야 하는지, 어느 지점에서 만족해야 하는지…… 덕분에 멈추는 건 누구보다 잘한답니다."

홍혜정은 멈춰야 할 지점을 정확하게 안다고 했지만 그 기준은 나와 달랐다. 내가 이안 데이비스의 자서전을 보면서 가장 놀란 것은 책 뒤편의 참고자료 목록이었다. 번역자 홍혜정이 적어놓은 참고도서 목록은 삼백권이 넘었다. 번역이 아니라 새로운 책을 쓴다고 해도 그 정도의 참고도서를 찾긴 힘들 것이다. 내가 백 미터에서 만족하고 멈추는 스타일이라면, 홍혜정은 마라톤 풀코스를 달리고도 백 미터를 더 달린 뒤에야 멈추는 스타일이었다. 그런 점에서 홍혜정과 뚱보130은 완벽한 한쌍이었다. 둘 다 뭔가 모으는 걸 좋아했고, 지나간 것들을 되새겨보길 즐겼으며, 상대방이 모은 수집품의 의미를 인정해줄 줄 알았다. 뚱보130이 자신의 역작이라 할 만한 뚱보연표의 일부를 홍혜정에게 보여준 적이 있다. 홍혜정은 연표를 보자마자 완전히 매료됐다.

"이건 정말 대단한 작업이에요. 어떻게 이런 생각을 했어요? 세상에 오직 하나뿐인 역사책이잖아요. 책으로 내도 좋을 것 같아요."

"너무 그러지 마세요. 부끄럽잖아요. 그냥 정리만 해둔걸요. 정리하는 데는 재능이 필요하지 않으니까요."

"무슨 소리예요. 정리도 재능이죠. 사람들은 뭔가 대단한 걸 해내야 재능이 있다고 말하지만 진짜 재능은 뭔가를 쉬지 않고 하는 거예요. 사람들이 말하는 재능이란 깜짝쇼에 불과한 거라고요. 그런 건 금방 사라지고 말아요. 획, 하고 지나가버린다니까요."

"그래도 재능이 있는 사람을 보면 부럽죠. 천재로 사는 기분은 어떨까요?"

"그런 걸 나한테 물어보면 어떻게 해요. 나도 궁금하네."

"저 그래도 기억력은 꽤 좋은 편이에요. 정확한 날짜까지 맞힐 수는 없지만 연표에 적힌 사건들을 대충은 다 기억해요."

"이걸 다 기억한다고요? 설마!"

"일단 문제를 한번 내보시죠. 저의 하나뿐인 재능을 보여드릴게요."

"자, 그럼 퀴즈쇼 시작합니다. 1번, 핼리혜성을 향해 우주선 지오또를 발사한 때는?"

"1985년 7월. 맞죠? 5일쯤인가요?"

"2일이에요. 대단해요."

"그 정도면 쉬운 문제죠."

"좋아요, 그럼 어려워 보이는 문제로 낼게요. 『바이 바이 베이비』라는 작품을 쓴 리처드 브라이슨이 죽은 것은 언제일까요?"

"2001년 3월 9일요."

"놀랍네. 날짜까지 정확해요. 나는 처음 들어보는 이름인데 유명한 작가예요?"

"아뇨. 그날이 여자친구랑 헤어진 날이에요. 헤어지고 돌아와서 신문을 봤는데 그 기사가 눈에 띄었어요. 리처드 브라이슨이 누군지도 몰라요. 바이 바이 베이비, 딱 맞아떨어지잖아요. 그래서 기억하죠."

홍혜정과 뚱보130은 한동안 연표 퀴즈쇼에 빠져 있었다. 홍혜정은 뚱보130의 연표를 보고 수시로 문제를 냈고, 뚱보130은 바로 맞했다. 음악을 듣다가도 문제를 냈고, 베이글을 먹다가도 문제를 냈다. 대부분의 문제는 우리와 상관없는 사건들이었다. 누가 언제 죽었는지, 누가 언제 새로운 발명품을 만들었는지, 누가 언제 어떤 노래로 음악차트에서 1위를 했는지, 우리가 알 바 아니었다. 하지만 그렇게 계속 문제를 내고 답을 맞히다보니 문제 속의 그 사소한 사건들이 인류의 역사를 바꿔온 것 같은 착각이 들었다. 그러나 연표 퀴즈쇼는 곧 지루해졌다. 연표 퀴즈쇼의 가장 큰 문제는 뚱보130이 문제를 너무 잘 맞힌다는 것이었다. 그는 기계처럼 답을 맞혔다. 답이 컴퓨터 모니터에 뜨고 뚱보130은 그걸 읽는 것 같았다. 그러니 긴장감이 생길 리 없었다.

어느 토요일, 홍혜정과 뚱보130이 연표 퀴즈쇼를 하고 있을 때였다. 나는 혼자서 주방을 어슬렁거리다 냉장고에 붙은 표를 발견했다. 표에는 사람들의 이름이 빼곡하게 적혀 있었다. 한 줄에 한 명씩.

홍혜정은 처음엔 그 표의 의미를 알려주려 하지 않았다. "별거 아니에요"라며 표를 다시 냉장고에 붙였다. 하지만 호기심 많은 뚱보130이 쉽게 물러날 리 없었다. 연표 퀴즈쇼도 슬슬 지루해지던 참이었으니까.

"다이토라는 게임이에요."

뚱보130에게 한참 들볶인 후에야 홍혜정이 입을 열었다.

"그런 게임이 있어요? 이름을 딱 들어보니까 재미있을 것 같네요. 어떻게 하는 거예요? 가르쳐주세요."

뚱보130은 홍혜정의 눈앞에 다이토 용지를 내밀며 재촉했다.

"다이토는 고리오 사람들만 할 수 있는 게임이에요."

"에이, 그런 게 어디 있어요. 그럼 게임 룰이라도 알려주세요."

"실망할 거예요. 재미있는 게임이 아니니까."

"거짓말하지 마요. 재미있는 게임도 아닌데 매일 들여다보는 냉장고에다 표를 붙여두셨을까."

"좋아요, 그럼 맞혀보세요, 다이토가 무슨 게임일지."

뚱보130과 나는 끝내 다이토가 어떤 게임인지 알아맞히지 못했다. 몇분을 고민했고, 오랫동안 표를 들여다보았지만 결국 알아내지 못했다. 뚱보130이 몇개의 답을 추측해봤지만 모두 틀렸다. 나역시 틀렸다. 다이토가 그렇게 잔인한 게임일 것이라고는 상상하지 못했다. 물론 잔인하다는 것은 뚱보130과 나의 기준일 뿐이다. 홍혜정을 비롯한 고리오의 어느 누구도 다이토를 잔인하다고 생각하지 않았다. 홍혜정은 끝까지 다이토 게임의 룰을 알려주지 않았고, 우리는 더이상 물어볼 수 없었다. 언젠가는 그 게임을 직접 보게 될 것이라는 홍혜정의 말에 우리는 더이상 묻지 않았다.

3

홍혜정 덕분에 나는 고리오 마을에서 살게 됐다. 정확히 말하자면, 고리오 마을에서 가장 가까운 집에 살게 됐다. 내가 차에서 생활하고 있다는 사실을 안 홍혜정은 고리오 마을에서 일 킬로미터 정도 떨어진 곳의 집을 소개해주었다. 고리오 마을이 자동화마을로 변하고 행정구역이 바뀌면서 버려진 집인데 이년 동안 아무도 살지 않은 것 말고는 하자가 없다고 했다. 나는 잠깐 망설였지만 곧 그러기로 했다. 차에서 하루하루를 살아간다는 것은 말처럼 쉬운 일이 아니었다. 좁은 침대를 만들기 위해 시트를 펴는 일도, 비좁은 창문 틈 사이로 들어와 밤새 온몸을 벌집으로 만들어버리는 모기들을 견디는 일도, 아침에 일어나면 내가 어디에 있는지 정신을 차릴 수 없을 때의 그 처참한 기분도 견디기 힘들었다. 일년 동안 차를 타고 다닌 덕분에 돈은 꽤 모을 수 있었지만 건강은 말할 수 없을 정도로 나빠졌다. 홍혜정의 제안이 아니더라도 더이상 자동차에서 버티기는 힘들었을 것이다. 홍혜정의 얘기를 들은 뚱보130은 나보다 더 기뻐했다. 셋이서 더 자주 어울릴 수 있을 것이라는 기대 때문이었던 것 같다.

홍혜정의 말처럼 집은 그럭저럭 쓸 만했다. 나무로 지은 이층집. 집 주변에 무성하게 자라난 풀. 지붕 위에는 어떤 새들의 둥지. 세 개의 창문 중 하나는 깨졌고, 반쯤 벗겨진 정문의 푸른색 페인트. 마당이었을 자리에 아무렇게나 버려진 목재들. 사방 어디를 둘러봐도 사람이 사는 흔적은 보이지 않았다. 일 킬로미터 떨어진 고리오 마을의 입구도 보이지 않았다.

"우와, 아늑한데요. 하하, 그래도 밤에는 좀 무섭겠다."

내 옆에 서서 집을 바라보던 뚱보130이 말했다.

"집수리하는 거 도와줄 거지?"

"그럼요, 말만 하세요. 저의 이 묵직한 몸으로 집을 깔아뭉개서 다 부숴버린 다음 새롭게 지어드릴까요?"

"무리하지 마. 조금만 손보면 멋진 집이 될 거야. 자주 놀러 오기나 해."

"제가 자주 놀러 오려면 튼튼하게 고쳐야겠네요. 무너지지 않게."

우리는 집을 본 다음날부터 수리에 들어갔다. 나는 업무시간이 정해져 있지 않은 직업이니 낮시간에도 일을 할 수 있었지만 뚱보130은 도서관 일이 끝난 뒤에야 나를 도울 수 있었다. 다행스러운 점은 전기가 끊어지지 않은 것이었다. 덕분에 밤늦게까지 집을 수리할 수 있었다. 혼자 할 수 있는 일은 낮에 했고, 뚱보130의 도움이 필요한 일은 저녁까지 기다렸다가 함께 했다.

제일 먼저 집 주변에 무성하게 자란 키 큰 풀들을 베어냈다. 일 미터 오십 쎈티미터 정도 높이의 풀을 처음 봤을 때는 그 속에서 뭔가 튀어나올 것만 같아 눈을 뗄 수가 없었다. 뱀이 숨어 있을지, 호랑이가 숨어 있을지 또다른 어떤 게 숨어 있을지 알 수 없었다. 날이 바짝 선 낫을 들고 오후 내내 씨름했더니 저녁때쯤에는 주변이 몰라보게 변했다. 잔디밭이 널찍하게 펼쳐진 아늑한 풍경까지는 아니지만 평화로운 기분이 들었다. 집 주변 사방 오십 미터의 풀을 다 없애자 이층집이 고립된 요새처럼 보였다.

저녁에는 집 안을 정리했다. 깨진 창문을 갈아끼웠고, 부서진 문짝에 못질을 했다. 덜렁거리는 주방의 찬장을 고정했고, 이층으로 오르는 계단을 튼튼하게 고쳤다. 가장 손이 많이 간 곳은 거실 마룻바닥이었다. 뚱보130 같은 사람이 살던 집인지 마룻바닥이 군데군데 부서져 있었다. 아예 널이 없어진 부분도 꽤 있었다. 나는 마룻바닥의 널 하나를 떼어다가 목재상에 가져갔다. 최대한 비슷한 나무를 구할 생각이었다. 목재상은 처음 보는 나무라고 했다. 한참 동안 나무를 살펴보더니 직접 자르고 깎아서 만든 널이며 공장에서 만들어진 물건이 아니라는 결론을 내렸다. 나는 최대한 비슷한 나무를 사서 집으로 돌아왔다. 전기톱과 그밖의 공구도 함께 사왔다. 뚱보130과 나는 나무를 자르고 문지르고 깎아서 마룻바닥에 맞춰넣었다. 완성하고 보니 그럴듯했다. 예전의 널과 새로 붙인 널의

색이 조금 달랐지만 그것이 오히려 색다른 분위기를 만들었다. 특이한 디자인의 마룻바닥이 되었다.

집에 처음 들어왔을 때 가장 마음에 든 곳은 거실이었다. 마룻바닥을 고치고 나니 거실이 더욱 아늑해졌다. 널찍한 거실에 앉아서 창을 내다보면 멀리 고리오 마을 뒤쪽의 마오산이 눈에 들어왔다. 창문이 있는 공간을 좋아하진 않았지만 마오산이 아름다워서 청소를 하다 말고 문득 창밖을 보는 때가 많았다. 일층에는 거실과 주방이 있고 이층에는 침실 세 개가 있었다. 그중 한 곳은 비어 있었지만 두 군데 방에는 침대가 놓여 있었다. 하나는 딱딱했고, 다른 하나는 물렁물렁했다. 나는 딱딱한 침대를 좋아하지만 딱딱한 침대가 놓인 방은 전망이 좋지 않았다. 어차피 이층을 쓸 일은 거의 없었다. 이렇게 커다란 집에서 혼자 살면서 이층까지 쓴다는 것은 공간과 에너지의 낭비였다. 대충 먼지만 없애는 것으로 이층 청소를 끝냈다.

나는 재활용시장에서 산 6인용 쏘파를 거실에 들였다. 거기에서 잠을 잤고, 밥을 먹었다. 더이상 필요한 공간이 없었다. 자동차에서 생활할 때와 비교하면 왕궁에서 사는 것이나 마찬가지였다. 마음껏 다리를 뻗을 수 있고 이리저리 뒤척일 수 있다는 것만으로도 더 바랄 것이 없었다. 나는 창문이 가장 잘 보이는 곳에 쏘파를 놓았다. 쏘파에 누우면 창문 너머 마오산이 보였다. 창문은 내게 이십사 시간 자연 다큐멘터리를 보여주는 텔레비전이었다.

뚱보130이 도서관 일을 쉬는 날, 둘이서 외벽에 페인트를 칠했다. 녹색과 하늘색을 두고 한참 고민하다가 결국 녹색으로 정했다.

녹색이 보호색 역할을 할 거라는 뚱보130의 의견을 받아들인 것이었다. 페인트칠이 끝났을 무렵 전동 휠체어를 타고 홍혜정이 나타났다.

"내가 시간을 정확히 맞춰서 온 것 같네요."

"엇, 어쩐 일이세요?"

"형, 내가 오시랬어. 페인트칠 끝나면 집들이하려고."

"야, 집들이는 주인이 하는 거지, 손님이 하는 거냐?"

"에이, 아무나 하면 어때요. 새로운 집에 들어온 걸 우리가 축하해줄게. 그렇죠, 홍선생님?"

"그럼요. 내가 맛 좋은 베이글도 많이 만들어왔어요. 와인도 있고."

홍혜정은 집들이 선물도 준비했다. 미니컴포넌트와 CD였다. 음악감상회 때 내가 특별히 좋아했던 음반을 CD로 만들어온 것이다. 그들이 가족 같다는 생각이 들었다. 서로에게 필요한 걸 선물하고, 위로해주고, 필요할 때 곁에 있어주는 가족 같았다.

CD 선물을 받으니 형이 생각났다. 형과는 생활에 필요한 최소한의 대화 말고는 이야기를 나눈 적이 거의 없었다. 내가 열네살, 형이 스무살 때 어머니가 갑자기 돌아가시고부터 우리는 서로를 두려워했다. 우리는 서로에게 남은 마지막 가족이었지만 기댈 수 없었다. 뭔가 깊은 이야기를 나누는 게 두려웠고, 서로에게 짐이 될까봐 두려웠다. 형은 나를 책임지려 했지만 나는 형의 책임감이 부담스러웠다. 이 세상은 어차피 혼자 살아가야 하는 것이다. 열네살의 나이에 그런 걸 깨닫는 건 유쾌한 경험이 아니었다.

각자 어떻게든 살아남아야 했다. 살아남은 다음, 서로에게 좀더 편안할 수 있을 때 그동안 못했던 수많은 이야기를 나누고 싶었다. 형이 음반기획 일을 한다는 사실은 알았지만 한번도 자세히 알려고 한 적이 없었다. 형이 어떤 음악을 좋아하는지도 몰랐다. 형이 죽었다는 소식을 들었을 때 나는 배신감을 느꼈다. 어떻게든 살아남아서 그동안 못했던 이야기를 나눠야 하는데 그 기회를 뺏겨버린 것이다. 형이 죽은 이후 나는 더이상 미래를 믿지 않게 됐다. 아직 오지 않은 일들은 영원히 오지 않을 확률이 높다. 그러나 과거에 일어난 일들은 다시 일어날 확률이 높다. 현재를 예측하기 위해서는 과거만 필요하다. 미래는 사치다.

뚱보130은 커다란 스프링노트 열 권과 만년필을 선물했다. 만년필에는 내 이름 이니셜이 새겨져 있었다.

"여기에다 형의 역사를 기록해보면 좋을 것 같아서요."

"난 쓰는 데는 별로 재주가 없는데."

"쓰는 데 무슨 재주가 필요해요. 있었던 일을 정확하게 적으면 되는데. 형 정확한 건 어디 가도 빠지지 않잖아요."

"좋은 선물이네요. 그럼 이제 채지훈 연표가 탄생하는 건가요?"

"역사와 전통을 자랑하는 뚱보연표 따라오려면 고생 좀 해야 할 겁니다, 하하하."

그날밤, 홍혜정과 뚱보130이 돌아간 뒤에 나는 외로워졌다. 주방에는 두 개의 와인병과 주홍색 피 같은 와인이 바닥에 말라붙은 잔세 개, 먹다 남은 피자 몇조각, 베이글 부스러기, 피스타치오 몇개, 쏘스에 버무려진 채 숨이 죽은 쎌러드가 남아 있었다. 외로움 때문에 내 기분은 오래간만에 1로 떨어졌지만 예전의 1과는 달랐다. 예전의 1이 1에다 1을 백번 정도 곱해서 나온 결과였다면, 그날밤의 1은 3에서 2를 뺀 1이었다. 홍혜정과 뚱보130이 보고 싶었다. 나는 불을 끄고 창밖을 내다보았지만 아무것도 보이지 않았다. 창밖도 어두웠고 거실도 어두웠다. 나는 다시 불을 켜고 홍혜정이 구워준 CD를 미니컴포넌트에 넣었다. 그리고 노트와 만년필을 꺼냈다. 있었던 일을 정확하게 쓰고 싶어졌다.

4

그해 겨울까지는 평온한 날들이 이어졌다. 낮에는 안테나 감식 반 일을 했고, 저녁에는 집에 돌아와 밥을 해먹었다. 식사가 끝나면 음악을 들으며 설거지를 했다. 설거지가 끝나면 거실 쏘파에 앉아 도서관에서 빌려온 책을 읽었다. 일주일에 한 번—대개 수요일쯤—뚱보130이 집으로 놀러 왔고, 주말에는 '베이글이 있는 홍혜정의 정기 음악감상회'가 열렸다. 어딘가 돌아갈 곳이 있다는 사실 하나만으로 삶이 바뀌었다. 심심할 정도로 평온한 날들이 이어졌다. 밤 열시가 되면 만년필과 노트를 꺼내 무언가를 적어나갔다. 내 생각을 적기도 했고, 일어난 일들을 적기도 했고, 안테나 감식반 일을 하며 새롭게 가본 지역들의 모습을 묘사하기도 했다. 일주일 만에 노트 한 권을 다 썼다. 내가 그렇게 많은 글을 쓸 수 있을 거라고는 상상도 하지 못했다. '나는'이라고 시작하면 그 뒤로 문장이 술술 풀려나왔다. 그동안 누구에게도 하지 못한 이야기들을 노트에 적었다. 형과 나누고 싶었던 이야기들도 모두 적었다. 글을 쓰고 나면 허공에서 형의 대답이 들려오는 것 같았다. 그러면 나는 다시 그 목소리에 대한 답을 글로 적었다. 한번은 열두시부터 새벽 여섯시까지 쉬지 않고 쓴 적도 있었다. 다 썼다고 생각하면 또다른 이야기가 떠올랐고, 물을 마시고 나면 새로운 말이 생각났다. 고개를 들어보니 해가 떠 있었다. 그렇게 한 달의 시간이 지나자 세 권의 노트가 가득 찼다. 일요일에는 주로 일주일 동안 쓴 것을 읽었다. 내가 쓴 글이지만 다시 읽어도 재미있었다. 글을 쓸 때의 나는 평소의 내가 아니었다. 글 속의 나는 거칠고 막무가내인데다 버릇없고 욕도 잘하며 눈에 뵈는 게 없는 사람이었다. 그런 내가 마음에 들었다. 늦은 오후의 끝자락, 아무도 없는 거실에 앉아 일주일의 노트를 되돌아보고 있으면 뚱보130이 왜 자신만의 연표를 만드는지 알 것 같았다.

가을이 끝나갈 때쯤 케겔과 제로가 나를 찾아왔다. 집에서 살기 시작한 지 두 달이 지났을 때였다. 그들이 대문을 두드렸을 때 나는 일주일 동안 쓴 것들을 읽고 있었다. 창문으로 들어온 빛이 거실 중앙을 길게 가로지르던 일요일 오후였다. 문에 달린 볼록렌즈로 두 사람의 얼굴을 처음 봤을 때 나는 그들의 나이를 짐작할 수가 없었다. 노인 같기도 했고, 청년 같기도 했고, 아이 같기도 했다. 렌즈 때문에 얼굴이 일그러져 보여서이기도 했지만 두 사람의 기괴한 표정이 더 큰 이유였다. 케겔은 정력적인 삼십대 남자 같은 인상이었다. 갈색 헌팅캡을 쓰고 커다란 꽃그림이 가득 그려진 빨간색 셔츠를 입고 있었는데 해변에서 막 돌아온 듯한 모습이었다. 고리오 마을과는 어울리지 않는 옷차림이었다. 주변에 바다가 있었던가. 제로의 모습은 케겔과 정반대였다. 표정도 옷차림도 정반대였다. 제로는 위아래가 하나로 붙은 회색 작업복을 입고 있었다. 키는 케겔이 좀더 컸고, 덩치는 제로가 더 커 보였다. 둘 다 육십대 중반 정도인 것 같았지만 제로가 훨씬 더 늙어 보였다. 표정 때문이었다. 제로의 얼굴에는 모든 시간을 빨아들이는 블랙홀처럼 아득한 깊이가 있었다. 묘한 대비를 이루는 사람들이었다.

"무슨 일이시죠?"

"강도 같은 거 아니니까 문 좀 활짝 열어봐."

"누굴 찾으시는데요?"

"우리가 집도 제대로 못 찾는 늙은이들로 보여? 자네 만나러 온 거야."

"절 왜요?"

"왜라니, 이사온 지 몇달이 지났는데 인사도 안했어. 여기가 고리오 마을에서 떨어져 있어 보여도 바로 코앞이야, 코앞. 모른 척하고 살 수는 없잖아. 홍역에게 이야기는 많이 들었어."

"홍역요?"

"홍혜정씨. 그 번역하는 여자 말야. 우린 줄여서 홍역이라고 해. 에볼에서 안테나 감식반 일을 한다면서? 그럼 이 친구랑 얘기가 좀 통하겠네. 이쪽은 제로라고 해. 고리오의 발명가 선생님이지. 이 친구한테 잘 보이면 뭐라도 하나 만들어줄지 몰라. 완전한 무에서 새로운 걸 만들어내는 천재니까. 그래서 이름도 제로지. 아, 그러고 보니 내 소개를 안했네. 나는 케겔이라고 해."

"케겔요?"

"케겔 체조 같은 거는 생각도 하지 마. 그딴 거 아니니까. 내 별명 이야기하면 열 명 중에서 아홉 명은 똑같은 생각을 하지."

"그런 생각 안했는데요. 전 케겔 체조가 뭔지도 모르는데요."

"무식한 친굴세, 케겔 체조가 뭔지도 모르고. 그럼 케겔 게임도 모르겠네. 볼링 비슷한 거."

"처음 듣는데요."

"최고의 스포츠 케겔을 모르다니. 나중에 인터넷 같은 데서 한번 찾아봐. 보기만 해도 재미있다는 생각이 들 거야. 관심이 생기면 나를 찾아와. 고리오쎈터에 케겔 게임장이 있으니까 내가 한수 가르쳐줄게. 나는 십년 동안 케겔 세계 1위였어. 십년 동안 한번도 져본 적이 없지. 그래서 내 별명이 케겔인 거고."

"네, 인터넷에서 찾아보죠."

"요즘 것들은 인터넷에 모든 진리가 다 들어 있는 줄 안다니까. 인터넷으로 봐서는 아무것도 알 수가 없어."

"인터넷으로 찾아보라면서요."

"그래, 모르는 거야 할 수 없지. 인터넷으로 찾아봐."

나는 문가에 서서 계속 이야기를 나눴다. 처음으로 맞는 손님이 어서 어떻게 대해야 할지 알 수 없었다. 내 공간에 누군가 들어오 게 하고 싶지 않았다. 하지만 기분 상하지 않게 돌려보내는 방법도 익히지 못했다. 케겔이 이야기를 계속했고, 제로는 단 한마디도 하지 않았다.

"다 죽어가는 늙은이들을 계속 이렇게 밖에다 세워둘 거야?"

"집 안이 좀 어지러워서요."

"어지럽히는 걸로 따지면 제로 따라가기 힘들걸, 하하. 제로, 안 그래?"

케겔은 문을 밀고 집 안으로 들어왔다. 내 공간에 누군가 들어오는 게 싫으면서도 누군가 나에게 관심을 가져주는 느낌이 싫지만은 않았다. 케겔의 뒤를 따라 제로도 엉거주춤한 자세로 들어왔다. 케겔은 안으로 들어오자마자 헌팅캡을 벗어 쏘파 위에 얹어놓았다.

"이야, 이렇게 고쳐놓으니 이 집도 쓸 만하네. 잠은 이층에서 자나? 하긴, 혼자 사는데 이층까지 올라갈 필요도 없지. 여기 쏘파에서 자나보군. 젊었을 때 내 소원이 뭐였는지 알아? 혼자 살아보는 거였어. 뭐 귀찮은 일이 한두 가지가 아니겠지만 그래도 이런 경험을 해보는 게 살아가는 데 도움이 될 거야. 이럴 때 아니면 또 언제 혼자만의 고독을 즐겨보겠어, 하하하."

케겔이 계속 이야기를 하는 사이 제로는 집 안을 둘러보았다. 그는 손으로는 배 근처에서 접힌 작업복을 매만지며 눈으로는 집 안 구석구석을 빼놓지 않고 훑었다. 마치 옷의 접힌 부분에다 집의 설계도를 그려넣는 것 같았다. 그의 눈빛은 차갑고 날카로웠다. 면도 날로 그은 듯한 얇은 입술과 날카로운 눈이 합해지니 인상이 더욱 신경질적으로 보였다. 케겔은 걱정스러운 눈빛으로 제로를 돌아보았다.

"어때, 별 문제는 없겠지?"

케겔이 물었지만 제로는 대답하지 않았다.

"무슨 문제요?"

내가 물었다.

"그건 나도 모르지. 혹시 문제가 있나 싶어 찾아온 것 아닌가. 제로가 고개를 끄덕이는 걸 보니 별 문제는 없는 모양이야. 내가 지금 고리오 마을의 대표를 맡고 있으니 혹시 문제가 있으면 나에게 연락해."

"그러니까 어떤 문제가 있으면 연락하라는 거죠?"

"아무 문제나 괜찮아. 누군가 귀찮게 한다든가, 아니면 뭘 찾게 된다든가, 이상한 걸 만나게 된다든가, 아무 일이나 괜찮으니까 연락하게. 새벽이든 밤이든 아무 때나 여기 이 전화번호로 연락해."

두 사람이 돌아가자 집의 공기가 바뀌었다. 케겔과 제로가 다녀가기 전까지는 집에 어떤 문제가 있을 것이라고는 생각하지 않았다. 평화롭기만 했다. 하지만 어떤 문제가 생길 수 있다는 가능성을 생각하자 궁금하고 두려웠다. 무슨 일이든 충분히 생길 수 있었다. 일요일이었지만 나는 노트와 만년필을 꺼냈다. 집에서 생길 수 있는 문제들을 노트에 하나하나 적어보았다. 맹수의 습격. 태풍의 급습. 비로 인한 침수. 도둑. 강도. 누군가의 방화. 폭도의 난입. 뱀들이 문틈으로 들어온다. 곤충들이 내 살을 파먹는다. 벌들에게 온몸을 쏘여 질식한다. 번개가 쳐서 지붕에 커다란 구멍이 난다. 우박이 떨어져 집을 산산조각낸다. 그런 식으로 백여 가지가 넘는 문제를 적어보았다. 그중에서 어떤 문제가 생길지 알 수 없었다. 문제가 전혀 생기지 않을 수도 있고, 이 모든 문제가 한꺼번에 닥칠 수도 있었다. 어떤 문제가 닥친다 하더라도 상관없다는 생각이 들었다. 미리 준비해서 막을 수 있는 문제는 거의 없을뿐더러 막을 수 있다고 하더라도 시간낭비다. 모든 문제에는 답이 붙어 있게 마련이다. 문제가 닥치면 그 문제를 자세히 들여다보기만 하면 된다. 그 속에 답이 있으니까. 내가 삼십년 넘게 살아오면서 얻은 지혜라고는 그런 것뿐이다. 한 인간이 평생 겪은 크고 작은 문제의 수로 그 인간의 행운지수를 측정할 수 있다면, 문제가 많을수록 불행하다고 친다면, 나는 분명 최고로 불행한 축에 속할 것이다. 그러니 내 인생에서 이런저런 문제들은 별 문제가 되지 않는다.

12월이 끝나갈 무렵, 홍혜정이 뚱보130과 나를 파티에 초대했다. 뚱보130과 나는 파티의 이름을 듣자마자 곧바로 좋다고 대답할 수밖에 없었다.

"다이토 파티라고요? 당연히 가야죠. 드디어 다이토 게임을 보는 거예요?"

뚱보130이 물었다.

"네, 이제는 때가 된 것 같네요. 다시 말하지만 절대 재미있는 게임이 아니에요. 실망할 거예요."

"가위바위보보다 재미없으면 실망할 거예요."

"다행이네요. 그것보단 재미있을 거예요. 그럼 토요일 저녁 여섯시에 고리오쎈터로 와요. 제가 말해놓을 테니 입장할 때 이름 얘기해요."

"준비할 건 없을까요? 드레스 코드라든가, 아니면 선물을 사야한다든가."

"준비할 건 없고 최대한 평범하게 입고 와요. 참석자 중에 가장 어릴 텐데 옷까지 튀면 곤란하지 않겠어요?"

뚱보130은 토요일 낮에 나를 찾아왔다. 늘 입던 옷, 하얀색 셔츠와 검정색 양복바지, 그 위에다 남색 파카를 입었다. 평범한 옷이었지만 몸 때문에 평범해 보이지는 않았다. 뚱보130은 들떠 있었다. 파카 때문에 덩치가 더 커 보였다.

"나 태어나서 파티 처음 가보는 거예요. 형은 파티에 가봤어?"

"응, 몇번 가봤지."

"주로 뭘 해요?"

"음식 먹고 술 마시고 춤추고 그게 다지 뭐."

"사람들하고 얘기도 하고?"

"잘 맞는 사람이 있다면."

"너무 재미있을 것 같아요."

뚱보130은 쏘파에 앉아 파티를 기다렸다. 나는 마당에서 자동차를 씻었다. 차 안의 먼지를 빨아들이고, 지저분한 것들을 치웠다. 비누거품을 내서 차체를 씻고 물을 퍼부었다. 거품이 앞유리로 흘러내렸다. 유리창 위에서 물들이 자신만의 영토를 만들었다가 금세 사라졌다. 얼지 않도록 마른 수건으로 앞유리를 깨끗하게 닦아냈다. 트렁크에 쌓인 먼지도 깨끗하게 닦아냈다. 집에서 살게 된 다음부터는 허그쇼크를 사용하는 횟수가 많이 줄었다. 집에서 음악을 많이 듣기 때문에 자동차를 운전할 때는 조용한 게 좋았다. 몸에는 하루에 필요한 음악의 양이 정해져 있는 모양이다. 어느 순간부터는 LP를 뒤집는 것도 귀찮아졌다. 뭔가를 듣고 싶을 때는 라디오를 틀었다. 트렁크의 LP를 정리하면서 오랜만에 형을 생각했다.

"형, 이제 가야 하지 않을까?"

집 안에서 뚱보130의 목소리가 들렸다. 파티까지 한 시간이나 남았지만 뚱보의 마음은 이미 파티장에 가 있었다. 고리오쎈터까지는 걸어서 십분도 걸리지 않았다. 나는 집으로 들어가 까마귀가 그려진 회색 티셔츠와 청바지로 갈아입었다. 가장 무난한 옷이었다. 그 위에 코르덴 재킷을 걸쳤다.

고리오쎈터 입구에는 '2012년 다이토 파티'라고 적힌 대형 현수막이 걸려 있었다. 그 아래에 '복권 구매자만 입장 가능'이라는 문구가 적혀 있었다. 고리오쎈터의 거대한 문 안으로 들어서자 작은 로비가 보였고 행사장 입구에서 두 명의 노인이 의자에 앉아 표를 확인하고 있었다. 표를 확인한다고는 하지만 표를 들여다보지는 않았다. 이미 모두 아는 사이였고, 아는 사이에 표를 확인할 필요는 없었다. 우리는 아니었다.

"무슨 일이시오?"

"초대를 받고 왔는데요."

"초대? 누구요?"

"홍혜정씨……"

"이름이 뭐야?"

"채지훈입니다."

"여기, 이름이 있긴 하네."

두 노인의 눈이 우리의 몸을 훑었다. 머리끝에서 발끝까지, 다시 발끝에서 머리끝까지. 우리가 위험인물이 아닌 걸 확인하고는 눈빛과 고갯짓으로 입장을 허락해주었다.

실내에는 어림잡아 백명 정도의 사람이 모여 있었다. 실내체육관으로 쓰였던 곳인지 다른 시설물은 전혀 없고 모든 공간이 뻥 뚫려 있었다. 시끌벅적한 목소리가 높은 지붕 아래를 마음껏 헤집고 다녔다. 고리오쎈터는 대형 게임쎈터였다. 고리오쎈터 한가운데에서 빙고, 블랙잭, 야치, 체스 등 다양한 게임이 벌어지고 있었고, 모두 큰 소리로 웃고 떠들며 게임을 즐기고 있었다. 언젠가 텔레비전에서 본 외국의 카지노와 비슷한 풍경이었다. 차이가 있다면 고리오쎈터에서 게임을 즐기는 사람들은 모두 노인이란 점이었다. 사오십대로 보이는 사람이 몇몇 있긴 했지만, 대부분은 육십이 훨씬 넘어 보였다. 평균연령이 육칠십은 될 것 같았다. 우리는 어른들의 땅에 잘못 발을 들인 동네 아이들처럼 어떻게 해야 할지 알 수 없었다. 뚱보130과 나는 어느 자리에도 끼지 못하고 한쪽 구석에 설치된 음료수 판매대 앞에 서서 맥주를 마셨다.

고리오쎈터 중앙에서 게임을 즐기는 노인들 말고는 모두 벽에 붙은 기다란 벤치에 앉아서 게임하는 모습을 지켜보고 있었는데, 너무 늙어서 게임을 할 수 없거나 게임에 지쳐 잠시 쉬는 사람들이었다. 벤치에 앉아 손을 가지런히 모으고 정면을 바라보는 노인들의 모습은 묘한 분위기를 자아냈다. 그들은 냉동인간처럼 몸은 움직이지 않고 주위에서 벌어지는 일을 눈으로만 좇았다. 벽에 붙은 초상화의 눈에다 카메라를 심어놓은 것 같기도 했다. 몇몇 노인이 신기한 듯 우리를 쳐다보았지만 일어나서 다가오지는 않고 멀리서 관찰하기만 했다. 눈을 들여다보진 않았지만 그들의 눈빛을 느낄 수 있었다. 맥주 한잔을 다 마셨을 때 홍혜정이 우리를 발견하고는 휠체어를 몰고 왔다.

"어머, 와 있었네요."

"너무 재미없어서 막 가려던 중이었어요."

뚱보130은 화가 나 있었다. 들고 있던 맥주병을 바에 내려놓고는 집에 가는 시늉을 했다.

"신경쓰지 못해서 미안해요. 사람이 너무 많아서 찾질 못했어요."

"여기서 저를 못 찾았다고요? 십초면 찾겠네요. 다들 입꼬리가 올라갔는데 저 혼자 내려가 있잖아요. 멀리서도 금방 보이지 않아요?"

"하하, 미안해요. 단단히 삐쳤네. 멀리서 그 입꼬리 보고 뛰어온 거예요."

"신경쓰지 마세요. 괜히 그러는 거예요. 저희 때문에 곤란하신 거 아닌지 모르겠네요. 어린애들이 낄 자리가 아닌 것 같은데."

"평균연령에서 한참 아래이긴 하지만 어린애들은 아니잖아요. 여기서 이러지 말고 저쪽으로 가요. 제가 사람들을 소개해줄게요."

그날 우리가 인사한 사람은 쉰 명이 넘었다. 목례를 하고 악수하고, 웃고, 다음 사람. 악수하고 이름 얘기하고, 웃고, 다음 사람. 웃고 이름을 듣고 맥주 한 모금, 하하, 다음 사람. 다음 사람, 다음 사람, 다음 사람. 나는 인사하고 돌아서면서 그 사람의 이름을 잊어버렸다. 왼쪽 귀로 사람들 이름이 흘러들어왔다가 달팽이관을 지나 오른쪽 귀로 빠져나갔다. 기나긴 인사의 시간이 끝나고 숨을 고르고 있을 때, 케겔이 단상으로 올라섰다. 처음 보았을 때와는 인상이 달랐다. 양복을 빼입으니 권위가 느껴지기도 했다. 본행사가 시작됐다.

"자, 이제 시작해볼까요?"

게임판으로 향해 있던 눈들이 단상으로 움직였다. 웅성거리고 달그락거리던 소리가 조금씩 잦아들더니 거대한 고리오쎈터가 순식간에 조용해졌다. 서너 곳에서 조용한 헛기침소리가 들릴 뿐이었다. 뚱보130과 나는 한쪽 구석에서 숨을 죽이고 있었다. 침 넘어가는 소리도 그들을 방해할 것 같았다. 케겔이 탁자 위의 단추를 누르자 연극무대의 막이 오르듯 붉은 천이 천장으로 말려올라갔다. LED 전광판에 커다란 표가 나타났다. 홍혜정의 집 냉장고에서 보았던 표가 거대한 크기로 그려져 있고 한 줄에 한 명씩, 모두 마흔 명의 이름이 적혀 있었다. 홍혜정의 집에 붙어 있던 표와 비슷하지만 차이가 있었다. 전광판의 거대한 표에는 현재 상태라는 항목이 추가돼 있었다.

"시간 참 빠르죠? 벌써 일년이 지났습니다. 많은 사람이 죽었고, 우리는 살아남았습니다. 이제 결과를 발표하겠습니다."

케겔이 단추를 한번 더 누르자 표가 뒤섞였다. 슬롯머신이 회전하듯 마흔 명의 이름이 빙글빙글 돌아갔다. 맨 윗줄부터 이름이 멈췄다. 두번째 줄의 이름이 멈추고, 세번째 이름이 멈췄다. 이름 뒤에는 날짜가 적혀 있었고, 그 뒤에는 사망원인이 적혀 있었다. 사람들이 죽은 순서였다. 열다섯번째 이름이 마지막이었다. 열여섯번째 이름부터는 현재 상태에 '생존'이라고 적혀 있었다.

어딘가에서 환호성이 들렸다. 사람들의 눈이 그쪽을 향했다.

"축하합니다. 박기현씨 맞죠? 그런데 미안하게 됐네요. 올해는 반전이 있군요. 박사님, 나와주시죠."

무대 뒤에서 고리오 종합병원의 원장이 나타났다.

"정밀검사 결과 4월에 죽은 이성우씨는 자살로 밝혀졌습니다. 그래서 최종결과는……"

병원장이 단추를 누르자 이성우라는 이름에 붉은 줄이 그어지고 이름의 순서가 바뀌었다. 이번엔 다른 쪽에서 환호성이 들렸다. 낄 낄거리는 웃음소리도 들렸다. 케겔이 다시 마이크를 쥐었다.

"축하합니다. 앞으로 나오세요. 아, 그리고 박기현씨도 올라오세요. 아차상이라도 받으셔야지. 아, 거참, 이성우씨, 웃기는 사람일세. 가만히 있어도 죽을 목숨, 왜 자살을 해서는 박기현씨를 이렇게 골탕을 먹이시나."

케겔의 말에 사람들이 소리내어 웃었다. 뚱보130과 나는 웃어야 할지 울어야 할지 몰랐다. 사람들의 웃음소리가 기괴하게 들렸다. 다른 사람의 죽음을 비웃는 것 같기도 했고, 즐거워하는 것 같기도 했다. 그들의 웃음을 이해하기 어려웠다. 시상대에 올라간 사람들은 신나서 즐거워했고, 나머지 사람들은 그들을 축하해주었다. 시상식이 끝나자 사람들은 다시 자신의 게임에 몰두했다. 뚱보130이 내 귀에다 대고 속삭였다.

"형, 미친 사람들 같지 않아요?"

"나도 뭐가 뭔지 잘 모르겠다."

"사람 죽은 게 뭐 좋은 일이라고, 웃고 떠들고 아주 난리가 났어요."

그날 저녁 홍혜정은 우리에게 다이토에 대해 설명해주었다. 다이토는 고리오 사람들의 사망 순서를 맞히는 게임이었다. 매년 1월 1일, 고리오쎈터에서 다이토가 시작된다. 우선 가장 나이가 많은 마흔 명의 후보를 발표한다. 후보의 이름과 함께 그들의 건강상태가 공개된다. 혈압은 얼마나 높은지, 현재 앓고 있는 병은 없는지, 병력은 어떤지, 후보들의 모든 상태가 공개된다. 복권을 구매한 사람은 그 자리에서 마흔 명이 어떤 순서로 죽을지 결정하고 그 순서를 복권에 적어넣는다. 12월 말에 그 결과를 발표한다. 어떤 사람은 죽고, 어떤 사람은 죽지 않는다. 그해 죽은 사람의 순서를 가장 정확하게 맞힌 사람이 1등이 되는 것이다.

이야기를 들으면서도 뚱보130은 연신 고개를 갸웃댔다. 게임의 룰을 도저히 이해할 수 없다는 듯.

"당첨 상금이 커요?"

"나도 받아보지 않아서 모르겠어요. 당첨 상금은 비밀이에요."

"돈 받은 사람에게 물어보면 되잖아요."

"그게, 불가능해요. 당첨된 사람은 전부 고리오를 떠나니까요."

"고리오를 떠나고 싶을 만큼 액수가 큰가보네."

나는 당첨 상금보다도 왜 이런 게임을 하는 것인지 궁금했다. 상식적인 게임이 아니었다. 누군가의 죽음을 놓고 돈을 건다는 것은 쉽게 상상할 수 없는 일이다. 그것도 생전 모르는 사람이 아닌, 가까운 이웃의 죽음에다 돈을 건다는 것은 더더욱 상상하기 힘들었다. 홍혜정은 내 눈에서 질문을 읽어냈다.

"나도 처음엔 이상했어요. 내가 이기려면 누군가 죽어야 한다는 게 이상하게 생각됐죠. 하지만 고리오에서 살다보면 게임을 이해할 수 있을 거예요. 고리오를 잘 모르기 때문에 이상하게 보이는 거예요. 여기 사람들은 아무도 죽는 걸 신경쓰지 않아요. 자신의 죽음에도 신경쓰지 않을걸요. 그러니까 죽음으로 농담을 할 수도 있는 거고요. 경마장에 가서 말을 고르듯 사람을 고르고 순서를 적는 것뿐이에요."

"너무 잔인하잖아요."

내가 대꾸했다. 경마장에 가서 말을 고르듯 사람을 고른다는 말을 아무렇게나 하는 홍혜정에게 항의하고 싶었다.

"잔인할 수도 있겠죠. 그냥 게임이라고 생각해요."

"게임일 뿐이면 뭐든 용서가 돼요? 진짜 그렇게 생각하시는 거예요?"

"채지훈씨 생각이 어떤 건지 알아요. 하지만 죽음에 대해 조금 둔감한 사람도 있는 법이에요."

"그렇다고 사람의 죽음을 장난감으로 삼는 건 미친 짓이죠."

"이 마을의 전통 같은 거예요."

"거기에 동조하고 계신 거잖아요. 저라면 게임에 참여하지 않았을 거예요."

"나는 채지훈씨가 아니잖아요."

"그렇죠, 제가 아니죠. 제가 오해했나봐요."

"채지훈씨, 그러지 말아요. 그냥 그러려니, 이해하고 넘어가면 안돼요?"

"죄송해요. 홍혜정씨에 대해 잘못 생각했나봅니다."

"고리오 마을 사람들을 더 알게 되면 이해할 수 있을 거예요."

"여기서 백년, 천년, 백만년을 살아도, 수백만명을 만나도 이해 못할 것 같은데요."

"그렇게 생각한다면 할 수 없네요."

나는 홍혜정의 태연한 얼굴 때문에 화가 났다. 뚱보130과 나는 홍혜정의 집을 나서서 집으로 걸어가는 내내 한마디도 하지 않았다. 뚱보130을 보내고 불 꺼진 집에 앉아 무엇 때문에 화가 났는지 곰곰이 생각해보았다. 귓속에서 홍혜정의 목소리가 계속 들려왔다. '고리오에서 살다보면 게임을 이해할 수 있을 거예요. 고리오를 잘 모르기 때문에 이상하게 보이는 거예요.' 고리오 마을에서 백년, 이백년을 산다고 해도 나는 아무것도 이해할 수 없을 것이다. 이해하고 싶지 않을 것이다. 내가 도대체 뭘 알아야 하는 것일까. 죽음이 삶과 별반 다르지 않다는 것을? 죽음과 삶은 동전의 양면 같다는 것을? 죽음은 삶의 연장전일 뿐이라는 것을? 그런 것을 알아야 하는 것일까. 나 역시 잘 알고 있다. 머릿속으로는 모든 걸 이해했다. 이해하고 또 이해했다. 하지만 막상 죽음을 생각하면 숨이 막혔다. 형이 죽었다는 사실을 생각하면 숨이 막혔다. 이해하는 것과 겪는 것은 전혀 다른 차원의 일이다. 나는 잠시 홍혜정을 만나지 않기로 마음먹었다. 그녀에게 화가 난 것은 아니었지만 얼굴을 보고 싶지 않았다. 고리오 마을 근처에도 가지 않기로 마음먹었다. 새해가 되고 1월이 반쯤 지나갈 때까지 고리오 마을 근처에도 가지 않았고, 홍혜정에게도 연락하지 않았다. 가끔 뚱보130을 만나긴 했지만 홍혜정의 집에는 가지 않았다. 우리는 가끔 그날 보았던 다이토 게임의 풍경에 대해서 이야기하곤 했다. 뚱보130은 고리오쎈터에 있던 사람들이 마치 이상한 종교집단처럼 보였다고 했다. 우리는 어른들의 비밀을 몰래 훔쳐본 아이들처럼 충격에서 헤어나지 못했다. 홍혜정도 우리에게 연락하지 않았다. 그녀와 고리오 마을을 불편해하는 걸 눈치채고 연락하지 않는 거라고 우리는 생각했다. 뚱보130이 새해가 됐는데 홍혜정씨에게 전화 한번 하는 게 어떻겠냐고 했을 때, 나는 아무런 대꾸도 하지 않았다.

"형, 저하고 같이 살면 어때요?"

"무슨 소리야?"

"동생이 유학을 가게 돼서 집에 빈방이 생겼어요. 엄마한테 형얘기를 했더니 언제든지 환영이래요."

"여긴 어떻게 하고?"

"그렇긴 하죠. 고친 지도 얼마 안됐는데."

"집이 역사박물관 근처지?"

"네, 오분 거리예요. 여기서 혼자 지내기 힘들지 않아요?"

"힘들 건 없어."

"그래도 같이 살면 좋잖아요. 우리 엄마 음식 솜씨 끝내줘요. 제가 살찐 덴 다 이유가 있다니까요. 부담스러우면 집세를 내도 상관없어요."

"여긴 공짜야, 인마."

"에이 참, 나도 공짜로 해줄게요."

"여긴 어떻게 해?"

여긴 어떻게 하느냐며 몇번을 물었지만 나는 이미 답을 알고 있
었다. '어떡하긴 뭘 어떡해. 이따위 이상한 마을 가까이에서는 단
하루도 더 있고 싶지 않아. 다 부숴버리고, 원래대로 잡초가 무성하
게 놓아두고, 빨리 여길 벗어나는 거야.'

"형, 오고 싶은 마음 있죠?"

"알았어. 생각해볼게."

1월 22일 목요일 낮 두시, 케겔이 문을 두드렸다. 케겔의 얼굴에
는 죽음의 그림자가 드리워져 있었다. 케겔은 천천히 입을 열었고,
입속에서 죽음의 말이 흘러나왔다. 케겔은 홍혜정의 죽음을 알렸
다. 아니, 죽음을 알렸다기보다 그녀의 장례식이 곧 열린다는 걸 알
렸다. 친한 친구로서 우리가 가장 부끄러웠던 것은, 그녀의 마지막
가는 길을 지키지 못했을 뿐 아니라 그녀가 죽어가던 그 순간에도
그녀를 떠날 궁리를 하고 있었다는 것이다.

5

뚱보130과 내가 도착하자마자 장례식이 진행됐다. 장례식장에
는 오십여 명의 사람들이 모여 있었다. 우리는 슬퍼할 겨를도 없었
고, 홍혜정의 마지막 얼굴을 볼 수도 없었다. 우리는 케겔에게 왜
이렇게 늦게 알렸느냐며, 홍혜정이 아플 때 왜 우리를 부르지 않았
느냐며 화를 냈다.

"사람들이 고마운 걸 알아야지. 생각해서 불러줬더니…… 고리
오 사람 아니면 연락도 안 해. 장례식에 참가도 못하고. 잔말 말고
저 구석에 가서 구경이나 하고 있어. 어이 뚱보, 질질 짜지 마. 왜
자꾸 울고 지랄이야."

장례식은 마을 한가운데 있는 고리오공원 공동묘지에서 열렸다.
홍혜정의 묘지를 중심으로 탁자가 사방으로 놓여 있었다. 장례식

은 결혼식 같은 분위기였다. 사람들은 서너 명씩 탁자에 둘러앉아 샌드위치와 음료수를 먹었고, 자기네들끼리 웃으며 이야기를 나누었다. 작은 스피커에서는 결혼식에서나 흘러나올 법한 왈츠가 흘러나왔다. 금방이라도 홍혜정이 나타나 춤을 추자면서 손을 내밀 것 같은 분위기였다. 뚱보130은 그런 와중에도 계속 울었다. 고개를 파묻은 채 어깨를 들썩였다. 구석에 앉은 게 다행이었다.

장례식은 십분 만에 끝났다. 누군가 나와서 기도를 했고 — 다이토 파티에서 만난 사람이지만 이름은 기억나지 않았다 — 홍혜정이라는 이름이 서너 번 불렸고, 기중기가 홍혜정의 관을 땅속에 묻었고, 누군가가 다시 기도를 했고, 모두 박수를 쳤다. 장례식이 모두 끝나자 케겔이 앞으로 나섰다.

"홍혜정씨는 이제 땅으로 내려갔어요. 홍혜정씨는, 아니, 저는 그냥 홍역이라고 부르겠어요. 늘 그렇게 불렀으니까요. 홍역은 지하에서 우리들과 똑같이 계속 살아갈 겁니다. 우리가 홍역을 위해 할 수 있는 건 최대한 많이 기억하는 거예요. 죽은 사람을 기억하는 게 뭐가 나빠요. 싸구려 감정에만 빠지지 않는다면 그것보다 더 재미있는 놀이가 없지요. 우리 같은 늙은이들은 머리로 할 수 있는 놀이를 많이 해야 해요. 몸이 제대로 움직이지 않는 분들은 많지만 머리, 여기 달려 있는 단단한 머리는 모두들 아직 튼튼하잖아요. 튼튼한 머리로 홍역 생각을 많이 해주세요."

케겔의 말이 끝나자마자 작은 스피커에서 흘러나오던 음악의 음량이 커졌다. 사람들은 본격적으로 웃고 떠들기 시작했다. 탁자마다 술병이 쌓여갔다. 누군가 음정이 맞지 않는 노래를 큰 소리로 불렀다.

나는 뚱보130을 데리고 일어나 공원 묘지를 산책했다. 뚱보130은 울음을 그치긴 했지만 얼굴이 엉망진창으로 변해버렸다. 퉁퉁 부은 눈은 그의 배보다 더 튀어나와 보였고, 얼굴은 땀과 눈물로 얼룩져 있었다. 산책을 하면 조금 나을 것 같았다. 웃고 떠들어대는 고리오 사람들의 소리도, 신나는 음악소리도 모두 견디기 힘들었다.

모든 것이 실감나지 않았다. 일요일 늦은 오후, 친한 친구의 죽음을 갑자기 알게 됐고, 친구가 죽었는데 사람들은 웃고 떠들며 신나게 놀고 있고, 남아 있는 우리는 이렇게 한가하게 공동묘지를 산책하고 있다는 사실이 믿기지 않았다. 우리는 땅을 보며 공동묘지를 천천히 걸었다.

고리오의 공동묘지에는 높다란 봉분이나 커다란 비석이 없었다. 대신 작은 돌에다 죽은 사람의 이름과 태어난 날짜와 죽은 날짜와 짧은 글귀를 적어놓았다. 땅을 보며 걷다보니 죽은 사람들의 이름이 눈에 들어왔다. 나는 그 사람들의 이름을 속으로 읽으며 공동묘지를 걸었다. 모두 죽은 사람의 이름 같지 않았다. 산 사람과 죽은 사람의 이름에는 차이가 없으니까.

속으로 이름을 읽은 다음에는 죽은 연도에서 태어난 연도를 빼보았다. 이 사람은 일찍 죽었군, 이 사람은 꽤 오래 살았군, 그런 생각을 하며 공동묘지를 걸었다. 걷고 있으니 슬픔이 가라앉았다.

"형, 이 무덤 되게 예쁘지 않아요?"

뚱보130이 손가락으로 가리킨 곳에 묘지라고 부르기에는 너무나 아기자기한 공간이 펼쳐져 있었다. LP 음반처럼 생긴 돌 위에 이창주라는 이름이 그래피티 스타일로 씌어 있었고, 그 옆에는 친구들의 낙서가 붙어 있었다. 그리고 몇송이의 장미꽃, 촛불, 냅킨에다 휘갈겨쓴 친구의 편지, 예쁘게 생긴 돌멩이, 나뭇가지로 얽어놓은 십자가, 웃고 있는 남자의 사진이 든 액자.

"그래피티 작가였나? 사진 속의 남자가 이창주겠죠?"

"그렇겠지."

"우와, 이것 봐요. 1988년에 태어나서 2008년에 죽었어요."

"겨우 이십일년 살았네."

"왜 죽었을까요?"

"묘지에는 죽은 이유 같은 걸 적지 않으니까."

"그런 걸 적어놓으면 좋을 텐데."

"네가 가족이라면 좋겠어? 이곳에 올 때마다 그 사람이 죽던 순간을 떠올려야 하는데."

"하긴, 구경꾼을 위한 장소는 아니죠."

우리는 걸으면서 묘지들을 관찰했다. 그곳에는 다양한 이유로 죽었을 다양한 사람들의 이름이 적혀 있었고, 또 그들을 그리워하는 많은 사람들의 사연이 군데군데 놓여 있었다. 묘지는 산 자와 죽은 자가 만나는 곳이었다. 우리는 묘비를 보는 재미에 빠져 말없이 공원을 산책했다. 묘비명도 재미있는 읽을거리였다. 묘비명을 읽다보면 그 사람이 어떤 사람인지 알 수 있었다. 간혹 묘비명 대신 그림을 그려놓은 사람도 있었고, 시를 적어놓은 사람도 있었다. 거기에는 수많은 이야기가 있었다. 홍혜정이라면 어떤 묘비를 원했을지 생각해보았다.

"형, 우리가 해야 할 일을 알 것 같아요."

"그래, 나도 알 것 같다."

우리는 홍혜정의 묘지를 아름답게 꾸미는 일이야말로 우리들의 마지막 우정을 표현할 수 있는 길이며 빚을 갚는 길이라고 생각했다. 우리가 할 수 있는 일은 고작 그것뿐이었다.

우리는 홍혜정의 묘지를 꾸밀 권리를 쉽게 얻을 수 있었다. 케겔은 우리를 흐뭇한 눈빛으로 바라보며 이렇게 말했다.

"홍역은 죽고 나서 제대로 된 친구들을 만났네. 어이구, 살아 있을 때는 지지리도 사람 복이 없더니 말이야."

뚱보130과 나는 매일 묘지로 갔다. 역사도서관이 끝나는 시간에 맞춰 내가 뚱보130을 태우러 갔고, 묘지에 도착하면 저녁 여섯시가 됐다. 우리는 매일 저녁 홍혜정의 무덤에 새 꽃을 선물했다. 홍혜정은 꽃 선물을 제일 좋아했다. 어제의 꽃이 시들어갈 무렵 오늘의 새로운 꽃이 그 옆에 놓였다. 홍혜정을 잠깐 만난 다음에는 무덤 조사에 몰두했다. 우리는 그걸 묘지기행이라고 불렀다. 다른 사람들은 묘지를 어떻게 꾸며놓았는지, 비석에는 어떤 이야기를 써놓았는지를 살펴보았다. 홍혜정의 무덤을 꾸미기 위해서라는 것은 순전히 핑계였고, 우리는 무덤을 보는 게 재미있었다. 고리오의 공원묘지에는 삼천여개의 무덤이 있었는데, 그 무덤을 전부 보고 싶었다. 우리가 가장 좋아한 것은 무덤을 둘러보다 묘지 한가운데의 벤치에서 저녁노을을 바라볼 때였다. 마지막 햇빛을 받은 작은 돌들이 반짝이는 모습을 보고 있노라면 잔잔하고 눈부신 바다를 보는 듯했다.

"영혼들이 자신들의 무덤으로 돌아가는 것 같지 않냐? 반짝반짝하는 게."

"형 또 왜 그래요, 무섭게."

"무섭긴 뭐가 무서워."

"지금까지 그런 생각 안했는데, 형이 영혼 애길 하니까 유령들이 보이는 것 같잖아요."

"넌 그럼 무슨 생각 하고 있었는데?"

"여기가 체스판 같다고 생각했어요. 비석들이 꼭 체스판의 말들 같지 않아요?"

"야, 그게 더 무섭다. 밤마다 여기 비석들이 움직인다고 생각해 봐. 저기 보이는 저 비석이 움직이면서 이쪽으로 스윽 다가와서는 조용히 이런 소리를 내는 거야. 체크메이트."

"하지 마요, 형. 무섭잖아요."

어떻게 보이든 그건 단순한 돌에 불과했다. 그 돌이 다른 돌들과 다른 점은 누군가의 이름이 씌어 있다는 것뿐이었다. 하지만 단순한 차이가 때로는 중요한 차이가 되기도 한다. 이름 하나가 많은 것을 바꾸기도 한다.

우리는 홍혜정의 무덤에 대한 여러가지 아이디어를 주고받았다. 홍혜정이 좋아했던 음반을 묘지 앞에 쌓아두자는 나의 생각은 뚱보130이 반대했고, 홍혜정의 휴대전화를 함께 묻어 전화가 걸려올 때마다 실제로 벨이 울리게 하자는 뚱보130의 아이디어는 내가 반대했다. 3D 홀로그램으로 홍혜정이 살아 있을 때의 모습을 보여주면 어떨까. 아니, 그건 너무 직접적이어서 사람들이 유령을 본 것처럼 놀라지 않을까. 무덤에 사람이 찾아올 때마다 홍혜정이 홀로그램으로 나타나서는 '어서 오세요, 저는 죽었다는 거 빼곤 잘 지내고 있어요. 잊지 않고 저를 찾아와주셔서 감사합니다. 제가 노래라도 하나 불러드릴까요?'라며 사람들을 놀라게 하면 어떨까. 재미있긴 하겠지만 그건 홍혜정 스타일이 아니지. 그렇다면 홍혜정 스타일은 어떤 걸까.

　고리오 마을의 장례 방식은 두 가지다. 그냥 묻거나, 태운 다음 나무에 재를 뿌리거나. 가족이나 친척이 요청을 하면 화장을 하지만 홍혜정처럼 가족이 없을 땐 그냥 묻는 경우가 많다. 고리오의 장례에서 가장 특이한 것은 사람을 묻는 방식이다. 대부분의 문화권에서는 죽은 사람을 묻을 때 몸을 누인다. 오랫동안 서 있었으니 이제 편히 쉬라는 뜻이다. 하지만 고리오에서는 서 있는 상태로 사람을 묻는다. 사람을 세워서 묻어야 하니 땅도 더 깊이 파야 한다. 관을 묻기 위해 땅을 파는 고리오 마을의 장례 풍경은 장관이다. 거대한 주사기가 달린──그걸 어떤 이름으로 불렀는데 잊어버렸다──기중기가 등장해 관을 묻을 곳의 흙을 뽑아낸다. 주사기로 피를 뽑아내는 것처럼 땅속의 흙이 주사기 속으로 솟구쳐오른다. 흙을 모두 뽑아내면 그 속에다 수직으로 관을 묻는다. 케겔의 설명에 의하면 관을 수직으로 묻는 데는 두 가지 이유가 있었다. 첫째, 공간을 절약할 수 있다. 둘째, 죽은 사람은 소멸하는 것이 아니라 또다른 차원의 세계에서 계속 살아가는 것이라는 고리오 사람들의 믿음을 담을 수 있다. 고리오 공원묘지의 묘가 작은 것은 모든 관을 수직으로 넣었기 때문이었다.

처음 그 얘기를 들었을 때는 섬뜩한 기분이 들었다. 공원묘지를 걸을 때마다 누군가의 머리를 밟는 것 같았다. 아파트나 연립주택과는 다른 느낌이다. 거기에는 딱딱한 콘크리트가 사방에 둘러져 있으니 위아래에 누가 사는지 신경쓸 필요가 없다. 하지만 콘크리트가 아닌 흙을 밟으면 기분이 다르다. 부드러운 흙을 밟고 있으면 누군가의 머리를 지그시 밟는 듯한 기분이 든다. 누군가 저 아래에서 머리 밟히는 걸 짜증내며 신경질을 내는지도 모른다. 땅 위에 사람들이 서 있고 땅 밑에도 사람들이 서 있는 모습을 머릿속에 떠올려보면 온몸에 소름이 돋는다.

우리는 이주가 지나도록 묘지에 손도 대지 못했다. 묘지 앞에 꽃만 쌓여갔다. 처음에는 홍혜정의 묘지를 아주 재미있게 꾸미고 싶었지만 시간이 지날수록 모든 것이 의미없게 느껴졌다. 무덤을 잘 꾸며서 뭣할 것인가. 우리는 우선 묘비부터 세우기로 했다. 나머지는 나중에 추가하더라도 우선 묘비가 있어야 할 것 같았다. 이름 없는 무덤에 꽃만 쌓이다가는 꽃밭인지 무덤인지 아무도 모를 테니까. 우리는 홍혜정의 묘비에 이렇게 적었다.

홍혜정 ★1948. 4. 14 †2013. 1. 21 완성된 퍼즐이란 없다.

'완성된 퍼즐이란 없다'는 홍혜정이 자주 했던 말이다. 어쩐지 그 말이 홍혜정의 죽음을 가장 잘 설명해줄 수 있을 것 같았다. 완성된 퍼즐이란 없다. 완성된 번역이란 없다. 완성된 안테나란 없다. 완성된 자료란 없다. 완성된 삶이란 없다. 우리는 가장 두꺼운 비석에다 그 문장을 새겨넣었다. 묘비를 세운 날, 뚱보130과 나는 홍혜정의 묘지 앞에 앉아 하염없이 묘비를 바라보았다. 한 인간의 온 생애가 이름과 두 개의 기호와 몇개의 숫자와 하나의 문장으로 요약돼 있었다.

홍혜정의 묘비를 세우던 날, 그녀를 처음 만났다. 그녀의 뒷모습이 지금도 또렷하게 떠오른다. 뚱보130과 나는 공원 관리인에게 묘비석 대금을 치르기 위해 잠깐 묘지를 떠나 있었다. 우리가 묘지로 돌아왔을 때 그녀가 홍혜정 앞에 서 있었다. 나는 그녀의 뒷모습을 보고 홍혜정이 살아돌아온 줄 알았다. 홍혜정의 뒷모습을 보는 것 같았다. 언제나 휠체어를 타고 있던 홍혜정의 뒷모습을 닮았다는 게 신기했다. 오른쪽으로 5도 정도 기울어진 머리. 왼쪽으로 완만하게 흘러내리는 어깨선. 돌부리처럼 불쑥 튀어나온 어깨뼈. 침착한 목덜미. 뒷모습의 모든 곡선과 직선과 각도가 홍혜정을 닮아 있었다.

"홍혜정씨 찾아오신 건가요?"

뚱보130이 말을 걸었다.

"누구신데요?"

"저희는 홍혜정씨 친구들이에요."

"친구요?"

"함께 음악 듣고, 영화도 보고…… 그랬죠."

"아, 얘기 들었어요. 궁금했어요. 얼마나 마음씨가 바다처럼 넓고 비단처럼 고운 분들이기에 우리 엄말 그렇게 재미있게 해주나 싶었죠."

"아, 그럼…… 딸이 있단 얘긴 안하셨는데."

"저도 어디 가서 엄마 있단 얘기 안해요."

앞모습도 또렷하게 닮았다. 삼십대 중반의 홍혜정 같았다. 도톰한 입술, 뾰족한 턱, 크지도 작지도 않지만 옆으로 길쭉한 눈, 살이 없는 뺨. 안경을 씌우고 나이를 들게 하면 두 사람의 사진이 딱 들어맞을 것 같았다.

"아무튼 만나서 반갑네요. 전 이안이라고 해요, 홍이안. 혹시 두 분이 묘비를 만드셨어요?"

"그렇다고 할 수 있죠."

"완성된 퍼즐이란 없다, 저 문장도요?"

"저건 홍혜정씨가 자주 쓰던 말이에요. 저희가 고른 거죠."

뚱보130이 말을 했고, 나는 두 사람의 대화를 듣기만 했다. 그녀는 홍혜정의 뒷면 같았다. 닮았지만 모든 게 뒤집혀 있었다. 찡그리면 얼굴의 모든 주름이 상대방을 공격했다. 목소리는 상대방을 순식간에 긴장하게 만들었다. 홍혜정의 방패가 웃음이었다면, 그녀의 방패는 날카로운 칼날이었다. 말 그대로 두 사람은 서로의 뒷면일지도 몰랐다. 달이 차면 기울듯 언젠가 홍혜정의 모습이 그녀의 모습이었을지 모르고, 그녀의 모습도 언젠가 홍혜정의 모습처럼 될지도 모른다. 화가 난 홍혜정은 그녀의 모습을 닮았을지도 모른다.

"완성된 퍼즐이란 없다. 쳇, 웃기네요."

"뭐가 웃겨요?"

"홍혜정이라는 사람, 웃긴 여자예요. 내가 저런 말을 했으면 퍼즐을 완성할 때까지 절대 날 내버려두지 않았을 테니까요. 무슨 수를 쓰더라도 끝내 퍼즐을 완성하게 만들었을 거예요. 깨달은 사람처럼 저런 말 하는 거, 웃겨요."

"나쁜 기억이 많아요?"

"좋은 기억이 없죠."

그녀는 오른손에 쥐고 있던 꽃을 묘비 앞에 던졌다. 한 다발로 묶인 꽃들이 흙 위에서 출렁였다. 그녀는 한참 우두커니 서 있었다. 우는 것 같지는 않았다. 우리는 자리를 비켜주었다. 뚱보130과 나는 늘 앉던 벤치로 가서 해 지는 쪽의 묘지들을 바라봤다. 쌓인 눈 때문에 비석들이 까만 점처럼 보였다.

한 개의 점에 한 사람의 목숨이 묻혔다. 그걸 실감하기란 힘들었다. 목숨은 멀리서 보면 아주 작은 점에 불과했다. 나는 형의 죽음과 홍혜정의 죽음을 동시에 생각했다. 둘 모두 착한 사람이었다. 누군가를 해치려 한 적도 없었고, 모함한 적도 없었다. 내가 아는 한 자신의 성공을 위해 누군가를 밟고 일어선 적도 없었다. 하지만 두 사람의 죽음은 세상에 아무런 흔적도 남기지 못했다. 누군가 못으로 바위를 긁어 만든 낙서보다도 옅은 흔적이었다. 나는 착한 사람들이 죽으면 세상에 커다란 변화가 올 것이라고 생각했다. 그 사람들의 소멸 때문에 지구의 무게가 가벼워지거나, 그 사람들의 소멸 때문에 사람들의 마음이 무거워지거나, 하다못해 그 사람들의 소멸 때문에 며칠 동안 밥을 먹지 못하는 사람이라도 생길 줄 알았다. 며칠 동안은 슬픔이 자욱하게 세상을 뒤덮을 것이라고 생각했다. 하지만 모든 죽음이란 결국 작은 점일 뿐이었다. 멀리서 보면 작은 점이었고, 더 멀리서 보면 더 작은 점이었고, 더욱 멀리서 보면 너무 멀어서 보이지 않는 점일 뿐이었다.

"엄마 집으로 안내해줄 수 있어요?"

그녀가 벤치 뒤에서 말했다. 묘지는 어두워져 있었다. 뚱보130이 고개를 돌려 대답했다.

"물론이죠."

6

우리는 그날 저녁 홍이안에게서 많은 이야기를 들었다. 홍혜정의 집에 도착한 그녀는 우리에게 갖고 싶은 게 있으면 모두 가져가라고 했다. 나는 그럴 마음이 없었다. 뚱보130은 나와 달리 뭔가 갖고 싶은 게 있는 눈치였지만 말을 꺼내지는 않았다. 아마도 식탁이었을 것이다.

나는 그녀가 짐을 정리하기 전에 홍혜정의 집을 마지막으로 둘러보고 싶었다. 함께 영화를 보았던 거실, 떠들며 술을 마셨던 쏘파, 뚱보130이 넘어지면서 깔아뭉개는 바람에 한쪽이 찌그러진 스탠드(그걸 보고 한참 웃었던 홍혜정의 웃음소리), 서가의 책들, 오디오장에 가득한 CD와 LP, 커다란 포스터, 홍혜정을 빼곤 모든 게 그대로였다. 나는 냉장고에 붙어 있는 다이토 용지를 발견했다.

2013년, 새로운 해의 다이토였다. 거기에 그녀의 이름은 없었다. 그녀는 용지에 있던 사람들의 이름에다 죽는 순서를 적어넣었지만 자신이 가장 먼저 죽었다. 홍혜정은 2013년 고리오 마을의 첫번째 사망자였다. 그녀의 이름은 다이토 후보에 없었기 때문에 게임에 아무런 영향을 끼치지 못할 것이다. 홍혜정을 마지막으로 보았던 날이 떠올랐다.

홍이안은 뭔가를 찾는 사람처럼 집 안을 돌아다녔다. 고리오 마을 사람들도 홍이안의 존재를 몰랐는지 집은 깨끗하게 정리돼 있었다. 어디에도 온기가 없어서 한눈에 죽은 사람의 집이란 걸 알 수 있을 정도였다. 홍이안은 책장 서랍을 열어보았다가 냉장고를 열어보았다가 서가에서 책 한 권을 꺼냈다가 하면서 이리로 저리로 허둥거렸다. 내가 물었다.

"찾는 거라도 있어요?"

"뭘 찾는지는 모르겠는데, 뭐라도 찾아야 할 것 같아서요."

"저희는 먼저 갈 테니 천천히 찾아보세요."

"이럴 땐 뭘 찾아야 하는 거죠? 장롱 밑에 숨겨놓은 비상금을 찾아야 하나, 아니면 가족사진 같은 거라도 찾아서 펑펑 우는 시늉을 해야 할까요. 이런, 어쩌죠. 눈물이 안 나네요. 미안해요, 엄마. 눈물을 좀 남겨뒀어야 했는데, 미안해, 홍혜정씨."

"눈물을 다 써버린 상태면 아무리 슬퍼도 눈물이 나지 않을 수 있어요. 충전이 필요한 거죠."

"변기처럼 말이죠?"

"비유가 좀 그렇긴 하지만, 예, 변기처럼요."

"저도 눈물이 좀 흘렀으면 좋겠네요. 마음속 찌꺼기 같은 것도 좀 쓸려내려가버리면 좋을 텐데 말이죠."

"눈물이 없는 편이에요?"

"아뇨, 자주 울어요. 영화 보다가 울고, 드라마 보다가 울고, 낙엽 떨어지면 괜히 울고, 자주 울어요."

"그런 거 말고 사람 때문에 울어본 적은 없어요?"

내 질문에 홍이안은 고개를 갸웃했다.

"없는 것 같아요, 적어도 최근에는. 그래서 결론이 뭔가요? 아, 사람 때문에 울어본 적이 없는 사람은 A유형인가요? A유형은 이기적이고 자기주장이 강하고, 매사에 부정적이고 칭찬보다는 비판하길 더 좋아하고, 뭐 그런 사람이죠? 특히 엄마한테 잔인하게 굴고, 엄마를 닮지 않겠다는 생각으로 평생을 살아가는 고집불통이죠. 맞아요, 바로 맞혔어요. 제가 그런 사람이에요."

뚱보130이 CD 하나를 꺼내 플레이어에 넣었다. 스톤플라워의 노래였다. 뚱보130은 쏘파에 앉아 눈을 감았다. 홍혜정과 함께 있던 순간을 떠올리는 모양이었다. 음악이 공간에 가득 차자 우리는 더이상 말을 할 수 없었다. 기타소리가 제멋대로 징징거렸다. 목소리는 낮게 웅얼거렸다. 스톤플라워의 음악이 우리와 공간을 장악했다. 앨범의 첫번째 노래가 끝났지만 홍혜정의 해설을 들을 수는 없었다.

"오랜만에 들으니 나쁘지 않네요."

홍이안은 퉁명스럽게 말했다.

"셋이서 자주 들었던 곡이에요."

나는 변명하듯 말했다.

"저도 어릴 때부터 자주 들었던 곡이에요."

홍이안은 와인 냉장고에서 와인을 꺼냈다. 와인 냉장고에는 아직 마셔보지 못한 와인이 가득했다. 홍혜정은 늘 새로운 와인을 우리에게 소개해주곤 했다.

"한잔하실래요?"

홍이안은 주방에서 와인잔 세 개를 들고 와서 와인을 따랐다. 부르고뉴 와인이었다. 색이 옅었다. 그래서 더욱 핏빛으로 보였다. 홍이안과 뚱보130과 나는 거실 쏘파에 앉아 와인을 마시며 스톤플라워의 음악을 들었다. 아무도 말을 하지 않았다. 첫번째 와인을 다 마시고 두번째 와인을 열었을 때 홍이안이 말했다.

"그런데 그거 알아요? 이 그룹 보컬리스트가 우리 아빠잖아요."

뚱보130과 나는 동시에 그녀를 바라보았다. 우리는 너무 놀라서 입을 열 수 없었다.

"하하, 농담이에요. 이 사람 이름이 이안 데이비스고 제 이름이 홍이안이잖아요."

"대단한 우연인데요?"

"아이 참 답답하시네, 우연일 리가 있나요. 엄마가 스톤플라워를 너무 좋아해서 내 이름을 그렇게 지은 거죠."

"깜짝 놀랐잖아요."

"사실 아빠라고 해도 틀린 말이 아니죠. 아빠 목소리 대신에 매일 저녁 이 아저씨 목소리를 듣고 자랐으니까."

우리는 다시 음악을 들었다. 앨범의 마지막 곡을 들었을 때 그녀의 얼굴을 훔쳐보았다. 그녀의 눈이 젖어 있었다.

"실망하지 마세요. 엄마 때문에 운 게 아니고 음악이 좋아서 슬퍼진 거니까요. 역시 A유형이죠?"

나는 일어서서 냉장고로 갔다. 냉장고 문을 열고 치즈를 꺼냈다. 냉장고에는 여전히 모든 게 신선하게 보관되어 있었다. 나는 치즈를 한입 먹으면서 땅 밑에서 썩어가고 있을 홍혜정의 몸을 생각했다.

"이게 뭐예요?"

세번째 와인을 꺼내오던 홍이안이 물었다. 홍이안은 다이토 용지를 들고 있었다. 나는 그녀에게 다이토 게임에 대해 설명해주었다. 설명이 쉽지 않았다. 내가 이해할 수 없는 게임이라서 더 힘들었다. 다이토 게임 때문에 싸웠던 날이 떠올랐다. 홍이안은 가끔 질문을 하면서 내 이야기를 열심히 들었다.

"마음에 드는 게임이네요. 매년 1번에다 엄마 이름을 적어넣을 수 있잖아요. 엄마가 1번으로 죽으면 횡재할 텐데 말이에요. 엄마도 죽고, 상금도 받고."

"진심이에요?"

"그럼요, 백 퍼쎈트 진심이에요."

"무서운 진심이네요."

"엄마가 얼마나 무서운 사람인지 몰라서 그래요."

"홍이안씨가 더 무서워 보이는데요."

"아무것도 모르잖아요."

"홍이안씨가 엄마를 제대로 모르는 걸 수도 있어요."

"몇달 만나서 얘기 좀 했다고 엄마를 다 아는 것 같죠? 천진난만

한 표정으로 웃고 있으니까 천사 같아 보이죠? 천국에 가 있을 것 같죠? 웃기지 말아요. 지금쯤 지옥에 처박혀서 그 지저분한 머리부터 천천히 타들어가고 있을 거예요."

"말이 너무 심하네요."

"아뇨, 더 심한 말도 할 수 있어요."

"그만합시다."

홍이안의 눈에서 얇은 핏줄이 보였다. 하얀 하늘에 번진 붉은 번개 자국처럼 보였다. 그녀는 터지기 직전의 풍선 같았다. 바늘 끝으로 찌르면 펑 터질 것 같았다. 나는 팽팽해진 그녀의 분노를 하늘로 띄워보내고 싶었지만 쉽지 않았다. 그녀의 분노는 누군가를 찌르고 싶어 안달이 난 상태였다. 찌르지 않으면 누그러들 것 같지 않았다. 그녀의 눈을 들여다보면서 나는 그녀를 끝까지 밀어붙이고 싶은 생각이 들었다. 나는 화난 목소리로 말했다.

"도대체 여긴 왜 온 거예요. 묘지에서 엄마를 파낼 생각이에요? 썩어문드러져가는 홍혜정씨 귀에다 욕이라도 퍼붓고 싶어 온 거예요?"

"모르면서 그렇게 얘기하지 말아요."

"모른다, 모른다, 모른다. 모르는 사람은 그리워할 자격도 없겠군요. 말할 자격도 없고, 묘지를 만들 자격도 없겠네요."

"자격 없어요."

"왜 자격이 없어요."

"엄마가 어떤 사람인지 십 퍼센트도 모르잖아요."

"아, 홍혜정씨가 왜 딸 얘기를 안했는지 알겠네요."

"그래요, 이젠 알겠죠? 이제라도 아셨으니 다행이네요."

"어서 가서 자격 없는 사람들이 만든 묘지는 부숴버리세요. 제가 대신 해드릴까요?"

"나도 뒤죽박죽이에요. 슬픈데 짜증이 나요. 엄마가 여기 없는 게 화가 난단 말이에요."

홍이안은 끝내 울음을 터뜨렸다. 엄마 때문이 아니라 스스로에게 화가 난 것 같았다. 풍선이 터지는 순간, 집 안의 밀도가 달라졌다. 홍이안에게서 무엇인가가 흘러넘쳐 집 안을 채웠다. 그녀는 그 자리에 주저앉아서 울었다. 뚱보130과 나는 서로의 얼굴을 바라보았다. 우리가 할 수 있는 일은 없었다. 울음이 그치길 기다릴 수밖에 없었다.

우리는 홍이안을 식탁에 앉혔다. 그리고 식탁 위 메뉴판에서 코코아를 눌렀다. 뚱보130은 코코아를 한번 더 눌렀고, 나는 커피를 눌렀다. 식탁 아래에서 따끈따끈한 세 잔의 음료가 올라왔다. 우리는 패잔병 같았다. 대장을 잃은 병사들 같았다. 따뜻한 커피를 마시니 마음이 조금 누그러들었다.

홍이안은 코코아를 한 모금 마시고는 다시 울었다. 고개를 들지 않고 한참 울었다. 눈물은 충전이 필요없다. 나도 알고 있었다. 오랫동안 울어도 더 울 수 있다는 사실을 나도 알고 있었다. 나도 그랬다. 뚱보130은 내게 돌아가자는 눈짓을 보냈지만 나는 떠날 수 없었다. 눈물이 모두 바닥난 다음 고개를 들었을 때 아무도 없는 공간의 견딜 수 없는 적막함을 나는 알고 있었다. 그래서 나는 떠날 수 없었다. 뚱보130도 함께 있어주었다.

"미안해요. 제가 좀 막돼먹었죠."

홍이안은 콧물과 침이 엉킨 목소리로 말했다. 나는 홍이안에게 온기가 남아 있는 코코아를 건넸다. 그녀는 몇모금 더 마셨다. 그리고 우리에게 이야기를 들려주었다.

7

 홍이안의 이야기는 흔한 것이었다. 엄마와 딸이 싸우고, 딸은 삐
뚤어져서 엄마를 증오하게 되고, 엄마는 조용히 딸의 뒷모습을 바
라보고, 그렇게 세월이 지나는, 흔한 이야기였다. 동생 홍현의 이야
기가 충격적이었다. 홍이안 역시 동생 이야기를 할 때는 자꾸 얼굴
을 일그러뜨렸다.
 "어쩜 눈치도 못 채고 있었을까요. 동생이 그렇게 괴로워하는 순
간에도 저는 신나게 사랑을 하고 새로운 삶을 계획하고 있었다는
게 믿어지지 않아요."
 "아무리 가까운 사이라도 속을 들여다보기는 쉽지 않아요."
 나는 홍이안에게 와인을 따라주며 말했다. 눈물 때문인지 와인
때문인지 그녀의 얼굴이 발갛게 상기돼 있었다.

"우린 언제나 함께였어요. 남매가 아니라 애인 같았고, 엄마와 아들 같았어요. 엄마는 늘 자기 방에서 일을 하고 있었기 때문에 내가 엄마가 되어주었어요."

"동생이 있었다는 그 조직은 뭐예요. 장기를 팔아먹는 데였어요? 그런 일은 조직폭력배들이나 하는 거잖아요."

뚱보130이 큰 목소리로 물었다.

"모르겠어요. 난 아직 현이가 무슨 일을 하고 있었는지, 왜 거기에서 일하게 됐는지 모르겠어요. 경찰은 돈 때문이었을 거라고 하지만 절대 그럴 리 없어요. 제가 늘 용돈을 충분히 줬거든요."

"돈이란 많으면 많을수록 좋은 법이죠. 특히 스무살 시절에는요."

내가 말했다.

"현이는 그런 애가 아니에요."

"동생이 죽고 나서 엄마랑 사이가 나빠진 거예요?"

"엄마가 현이를 팔아먹었어요."

"팔아먹다뇨, 어디로요?"

"사체연구쎈터요. 거기에 시체를 기증하면 큰돈을 받을 수 있었어요."

"설마요."

"그러니까 두 분이 엄마를 모른다고 하는 거예요. 엄만 그런 사람이에요."

"돈이 필요해서 그랬던 거예요?"

"그렇겠죠. 아빠 일찍 죽었고, 돈이 많이 필요했겠죠. 번역해서 많은 돈을 벌 수 있는 것도 아니고. 빚도 있었겠죠. 그래도 그게 말이 돼요? 나한테는 상의 한마디 하지 않고…… 돈이 필요하다고 했으면 내가 줄 수도 있었어요. 나도 일을 하고 있었으니까. 어떻게 아들을, 아들을 그렇게 돈 받고 팔아먹을 수가 있냐고요. 그게 말이 된다고 생각해요? 이해가 돼요?"

우리는 아무 말도 할 수 없었다. 홍혜정이 과연 그런 사람이었을까. 우리는 믿을 수 없었다. 하지만 '뭔가 다른 이유가 있겠지'라고 생각하면서도 홍이안의 말에 반박할 수는 없었다. 그녀의 말처럼 우리는 홍혜정을 겨우 몇달 만났을 뿐이니까.

"현이는 다섯 명을 죽이고 결국 제 머리에다 총을 쐈어요."

"다섯 명을 죽였다고요?"

"경찰을 피해 도망치는 과정에서 어쩔 수 없이 죽였겠죠. 결국 모든 일이 자신이 감당하기엔 너무 커져버렸을 거구요."

"끔찍하네요."

"엄마가 현이에게 조금만 더 관심을 가졌더라도 막을 수 있는 일이었어요. 그런 주제에 아들의 시체를 팔다니, 죽을 때까지 용서하지 않을 거예요."

"미리 막을 수 있는 일은 없어요."

"아뇨, 있어요. 무엇이든 일 퍼센트만 관심을 더 가지면 많은 게 변해요. 엄마가 현이를 하루에 일분만 더 생각했더라면 아무도 죽지 않았을 거예요. 여섯 명의 목숨을 살릴 수 있었겠죠."

"그럼 다른 게 바뀌었겠죠. 어차피 모든 가능성은 백 퍼센트 이내고, 하루는 이십사 시간뿐이니까요."

"목숨보다 더 중요한 게 있어요?"

"아들이 죽게 될지는 몰랐잖아요."

"알았을지도 몰라요. 잔인한 엄마였으니까."

"그럼 홍이안씨가 좀더 관심을 가지지 그랬어요. 홍이안씨가 엄마였다면서요."

나는 내 말이 끝나기도 전에 후회하고 있었다. 홍이안이 욕하고 싶었던 것은 홍혜정이 아니라 자신인지도 몰랐다.

우리는 집을 나왔다. 밤이 늦었다. 이야기를 하면서 모두 은근히 취했기 때문에 홍이안도 쉽게 잠이 들 수 있을 것 같았다. 짧은 시간 동안 너무 많은 이야기를 들었고, 너무 많은 것을 알게 됐다. 우리가 과연 그런 것까지 알 필요가 있는 것일까. 홍혜정의 아들이 어떻게 죽었는지, 홍혜정이 아들의 시체를 왜 팔았는지, 그런 것까지 알 필요가 있는 것일까. 우리는 정작 알아야 할 것들은 알아내지 못하고, 알 필요가 없는 것들을 너무 많이 알고 있는 것은 아닐까.

그날밤엔 잠이 오지 않았다. 홍혜정과 홍이안의 얼굴이 눈앞에 어른거렸다. 두 사람의 얼굴은 자주 겹쳤다. 홍혜정을 생각하고 있었는데 어느 순간 홍이안의 얼굴로 바뀌어 있었다. 홍이안의 얼굴이 홍혜정으로 바뀌지는 않았다. 홍혜정의 얼굴이 머릿속에서 지워지고 있는 것인지도 몰랐다. 나는 생각을 지우기 위해 노트를 꺼내 떠오르는 대로 질문들을 적어보았다. 홍혜정은 아들의 시체를 왜 팔았을까. 홍현은 어떤 일을 하다 죽은 것일까. 홍이안은 어떤 사람일까. 결혼은 했을까. 남자친구가 있을까. 시간이 지나자 모든 생각이 홍이안에게 집중됐다. 새벽에야 겨우 잠이 들었다.

그즈음 회사 일에 커다란 변화가 생기기 시작했다. 차세대 통신 규격인 ELTE의 개발이 막바지에 이르렀고, 내가 속한 안테나 감식반의 업무도 끝이 보였다. 정식 사업이 시작되면 안테나 감식반은 해산할 것이고 업무는 써비스팀으로 옮겨질 것이었다. 나는 안테나 감식반에 오기 전에 근무했던 물류지원부서로 돌아가거나, 신규사업개발팀에 지원하거나, 다른 회사의 안테나 감식반에 지원서를 내거나 셋 중 하나를 선택해야 했다. 안테나 감식반에 지원할 때만 해도 일년이라는 시간이 까마득한 영원처럼 느껴졌는데, 생각보다 시간은 빨랐다. 안테나 감식반이라는 부서가 없었다면 나는 아마 회사를 계속 다니기 힘들었을 것이다. 출근해서 사람들과 인사를 하고 사람들을 만나고 사람들과 잡담을 나누는 게 가장 두렵던 때였다. 형이 죽고 완벽한 외톨이가 되자 누구도 만나고 싶지 않았다. 안테나 감식반은 한직이었고 월급도 삼분의 이밖에 주지 않았지만—기본급여는 같고 보너스가 없었다—돈을 적게 받고 사람들을 만나지 않는 쪽이 마음 편했다. 하지만 사람의 일은 역시 알 수 없는 것이다. 사람을 피하기 위해 안테나 감식반 일을 선택했지만 오히려 그 시절에 가장 좋은 친구들을 만났다.

상황이 많이 나아지긴 했지만 여전히 앞은 보이지 않았다. 지하 오층 깊이의 완전한 바닥은 겨우 벗어났지만 내 인생은 여전히 어둑어둑한 지하에 머물러 있었다. 무신호의 블랙홀은 벗어났지만 신호는 여전히 약했다. 어떻게 살아야 할지, 어떤 일을 하며 누구를 만나 어떻게 웃어야 할지 가늠할 수 없었다. 때로는 빨리 시간이 흘러서 나이를 먹고 죽어버렸으면 좋겠다는 생각이 들었고, 때로는 시간이 멈춰서 아무것도 변하는 것이 없으면 좋겠다는 생각이 들기도 했다. 현재도 나빴지만 더 나쁜 미래가 있을까봐 두려웠다.

홍이안을 만난 후로는 홍혜정의 무덤에 가지 않았다. 딸이 가까이에 와 있으니 우리는 한발 떨어져 있는 게 좋을 것 같았다. 무덤을 꾸미는 일도 중요하게 느껴지지 않았다. 홍이안의 마음이 바뀌어서 엄마의 무덤을 아름답게 꾸미고 싶어할지도 모를 일이었다.

"형, 홍이안씨 집에 안 갈래요?"

일요일 오후 집에서 쉬고 있는데 뚱보130에게서 전화가 왔다. 언제부터 홍혜정의 집이 홍이안의 집으로 바뀌었다고.

"거긴 왜?"

"어제 잠깐 들렀는데, 식탁을 꼭 주고 싶다고 해서 오늘 가지러 가기로 했어요. 형이 좀 도와줄래요?"

"기어이 받기로 했구나."

"아니, 내가 부탁한 건 아니고, 버린다고 해서."

"부탁한 게 아니면 거긴 왜 간 건데?"

"홍이안씨 궁금해서 갔지. 여자 혼자 있는데 걱정되잖아요."

"홍혜정씨 혼자 있을 때도 걱정 좀 하지 그랬냐."

"에이 형, 말을 해도…… 가기 싫음 가지 말아요. 나 혼자 옮길 거니까."

뚱보130은 전화를 끊었다. 나도 모르게 그런 말이 튀어나왔다. 그건 뚱보130에게 하는 말이 아니라 스스로에게 하는 말이었다. 홍이안이 보고 싶었다. 그러나 발이 떨어지지 않았다. 홍혜정에게 미안한 마음이 너무 컸다. 나는 뚱보130에게 전화를 걸었다. 내가 트럭 한 대를 빌려놓기로 했다.

홍이안의 집에는 케겔과 제로가 와 있었다. 제로는 처음 봤을 때 모습 그대로 조용히 문 입구에 서 있었다. 얼굴 표정도 그대로였고, 옷도 그대로였다. 태어날 때부터 저런 모습이었던 것은 아닐까. 케겔은 홍이안과 소리를 지르면서 싸우고 있었다.

"아니, 아가씨 마음대로 옮길 수 있는 게 아니라니까."

"왜 안돼요. 우리 엄마 집 물건 내가 알아서 하겠다는데, 뭐가 안돼요."

"이건 개인의 물건이 아니야. 마을의 공동재산이라고."

"집만 공동재산이라면서요."

"가구하고 전자제품도 공동재산이야."

"그런 게 어딨어요."

"내 참, 여기 계약서에 적혀 있잖아. 여기 홍역이 싸인한 거 안 보여?"

"자꾸 홍역, 홍역 하지 마요."

"아 알았어, 미안해. 아무튼 여기 자세히 보라고. 집과 가구, 전자제품 일체는 고리오 마을의 재산이며 다른 곳으로 떠날 때는 모두 반납한다,라고 씌어 있잖아."

"알았어요. 저도 관심 없어요. 가구랑 전자제품은 다 남겨두고 떠날 테니 걱정 말고 할아버지 볼일이나 보세요."

"성질머리하곤. 제 엄마를 쏙 빼닮았네."

"그만하라구요. 알았다고 했잖아요."

"그래, 그래, 알았어. 뭐 도와줄 건 없어? 짐은 제대로 싼 거야?

요즘 애들은 제대로 짐 싸는 법을 모른단 말이야."

"다시 얘기해드려요? 저, 문, 열고, 당장, 여기서, 꺼지시라구요."

홍이안이 화를 내도 케겔은 능글맞은 웃음을 멈추지 않았다. 케겔은 나와 뚱보130을 보고 눈을 찡긋하곤 밖으로 나갔다. 제로가 그 뒤를 따랐다. 홍이안은 우리를 보고도 아는 체를 하지 않았다. 화가 덜 풀린 것 같았다. 한참 있다가 입을 열었다.

"미안해요. 식탁은 주기 힘들겠어요."

"아뇨, 괜찮아요. 꼭 필요한 것도 아니었는데요, 뭐."

뚱보130이 마음에도 없는 소릴 했다. 집 안은 어지러웠다. 수십 개의 상자가 군데군데 쌓여 있었고, 움직일 때마다 먼지가 피어올랐다. 형의 짐을 정리하던 때가 떠올랐다. 형이 모아놓은 1만 2천 장의 LP를 상자에 차곡차곡 넣는 데 일주일이 걸렸다. 앨범 재킷을 보고 상자에 넣고, 한번 쓰다듬고 상자에 넣고, 그러다보니 일주일이 걸렸다. 처음에는 자주 울었다. 형의 흔적을 지우는 것 같아, 이대로 영원히 모든 게 사라져버리는 것 같아 마음을 가다듬기 힘들었다. 하지만 사흘이 지나자 조금씩 정신이 돌아왔다. LP를 정리하는 게 지겨워졌다. 형에게 미안한 마음이 들면서도 지겨운 건 어쩔 수 없었다. 홍이안은 홍혜정의 짐을 정리하면서 어떤 생각을 했을까. 증오가 있었다면 그 증오의 기운이 희미해지지 않았을까. 때론 몸이 마음을 타이르기도 하니까.

"상자에 든 거 음악박물관에 기증할 건데, 갖고 싶은 거 있으면 꺼내가세요. 여기서부터 A예요."

나는 스톤플라워의 두번째 앨범을 상자에서 꺼냈다. 그건 우리가 갖고 있어야 할 것 같았다. 뚱보130은 상자에서 뭔가 더 찾아내고 싶은 모양이었지만 내 눈치를 보고는 움직이지 않았다. 중고음반가게에 온 것도 아니고, 상자 앞에 쭈그리고 앉아 뭔가를 찾는 건 싫었다. 홍혜정이 모은 음악을 듣고 싶으면 음악박물관에 가면 되니까, 그걸로 충분했다.

"이쪽은 책인데, 갖고 싶은 사람 없죠?"

아무도 말이 없었다.

"그럼 끝이네요."

홍이안은 두어 군데 전화를 걸었다. 십분쯤 지나자 사람들이 들이닥쳤다. 책이 든 상자를 들고 가는 사람이 있었고, 음반이 든 상자를 들고 가는 사람이 있었다. 나와 뚱보130도 일을 도왔다. 사람들이 모두 빠져나가자 집 안은 텅텅 비었다. 옷가지들은 이미 재활용수집센터로 넘긴 뒤였고, 집 안에 남은 거라곤 집에 딸린 가구 몇가지와 홍이안이 덮고 잘 이불과 상자 몇개뿐이었다. 나는 트럭을 빌린 회사에 전화를 걸어 차량을 반납하겠다고 했다.

"자, 이걸로 홍혜정씨는 완벽하게 사라졌네요."

홍이안의 목소리가 메아리쳤다. 목소리는 텅 빈 벽에 부딪쳤다가 곧바로 되돌아왔다. 그 어떤 것도 소리를 흡수하지 않았다. 그녀는 연극무대에 선 배우 같았다.

"저는 오늘 파티를 할 건데, 동참하실 분?"

홍이안이 가리킨 상자에는 열 병 정도의 와인이 들어 있었다. 홍혜정이 아껴두었던 와인이었다. 종류도 다양했다. 레드와인, 화이트와인, 디저트와인이 골고루 쌓여 있었다. 우리는 쏘파에 앉아서 밤새 와인을 마셨다. 첫번째 술자리보다는 훨씬 마음이 편했는데 홍이안과 뚱보130 역시 그랬던 것 같다. 두 사람은 계속 농담을 하면서 술자리를 흥겹게 만들었다. 홍이안은 뚱보130에게 반말을 하기로 했고, 뚱보130은 홍이안을 누나라고 부르기로 했다. 야, 130, 넌 절대 살 빼지 마, 살 빼면 내가 널 130이라고 부를 수가 없잖아, 100이나 110은 입에 딱 붙질 않는단 말야, 하하하. 마셔, 마셔. 술에 취한 홍이안은 평소와 달라 보였다. 술에 취했기 때문이 아니라 홍혜정의 모든 흔적을 없애버렸기 때문인지도 몰랐다. 우리는 신나게 술을 마셨다. 거대한 술통에 머리까지 푹 담그고 싶었다. 머리를 모두 담그고 온몸이 와인에 젖기를 바랐다. 눈물 같은 건 절대 흘리지 않고 온몸에서 와인이 뚝뚝 떨어졌으면 좋겠다고 생각했다. 홍이안은 계속 큰 소리로 깔깔대며 웃었고, 뚱보130은 휴대전화기의 엠피쓰리 플레이어로 음악을 틀어놓고 거대한 몸을 움직이며 춤을 추었다. 뚱보130은 거대한 엉덩이를 탁자 모서리에 부딪히기도 했는데, 하나도 아프지 않은 것 같았다. 나는 계속 웃었다. 그렇게 열심히 웃은 것도 참 오랜만이었다. 내 기분이 오랜만에 8이나 9까지 치솟았다. 홍이안과 뚱보130이 노는 모습만 봐도 즐거웠다.

잠에서 깨어나니 쏘파였다. 뒷골이 약간 쑤시긴 했지만 숙취는 없었다. 뚱보130은 바닥에서 죽은 듯이 자고 있었다. 시계를 보니 아침 여섯시였다. 홍이안은 방에서 잠들어 있었다. 옷은 그대로 입은 채였고 작은 이불을 돌돌 말아 다리 사이에 끼고 있었다. 시끌벅적하고 요란한 밤을 보낸 사람답게 얼굴에 고단함이 묻어 있었다. 작게 벌어진 입에서 규칙적으로 숨이 새어나오고 있었는데, 좀은 틈을 비집고 나오느라 묘한 소리가 났다. 계곡의 바람소리 같기도 했고, 신음소리 같기도 했다. 어젯밤 신나게 웃고 떠들던 홍이안 같지 않았다. 나는 집게손가락을 홍이안의 입술 가까이에 대보았다. 입술은 말라 있었다. 홍이안의 숨이 내 집게손가락을 지나서 허공으로 빠져나갔다. 벌어진 입술 사이로 하얀 이가 보였다. 나는 문을 닫고 밖으로 나왔다. 뚱보130을 깨웠다. 정신을 차리는 데 시간이 한참 걸렸다. 일어나서 앉았다가 다시 누우려는 걸 간신히 말렸다. 나는 뚱보130의 뒷덜미를 잡아끌듯 밖으로 데리고 나왔다.

"어휴, 추워라. 더 자면 안돼요? 나 오늘은 열시까지 출근인데."

뚱보130이 잠이 덜 깬 목소리로 투덜거렸다.

"회사에 일찍 가봐야 해. 나 회사를 그만둘지도 모르거든."

"왜요? 안테나 부러뜨려먹었어요?"

"오늘의 첫 농담이라 그런지 재미가 없네? 안테나 감식작업이 끝났어."

"그게 끝이 있는 일이었어요? 난 평생 해야 하는 일인 줄 알았네."

"평생 해야 하는 일이지만 그것만 평생 할 순 없잖아."

"그렇긴 하죠."

"지루한 팀으로 돌아가거나 그만둬야 해. 어떻게 할까?"

"다른 회사에는 안테나 감식반 없어요?"

"있긴 하지만 요즘은 뽑는 데가 없어."

"어떻게 할 건데요?"

"네가 하라는 대로 할게."

"진짜죠? 그럼 우리집에 들어와서 살아요."

"그거랑 회사 일이 상관이 있냐?"

"어쩐지 우리집에 들어와서 살면 문제가 해결될 것 같지 않아요?"

"회사를 그만두면 할 수 있는 일이 없잖아. 내가 특별한 기술이 있는 것도 아니고."

"안테나 감식은 잘하잖아요."

"그걸로 무슨 일을 할 수 있는데?"

"전에 텔레비전에서 봤는데 외계신호를 포착하는 데 인생을 바치는 사람이 있더라고요. 형도 그런 일 할 수 있지 않을까?"

"그 안테나랑 내가 아는 안테나랑 같을까?"

"안테나야 뭐, 다 비슷하지 않을까요? 히히히. 형, 그런데 나 왜 이렇게 엉덩이가 아프지?"

우리는 그런 시답잖은 이야기를 하면서 집까지 걸어갔다. 천천히 동이 터오고 있었다. 멀리서 집을 보았을 때 뭔가 바뀌었다는 생각을 잠깐 했지만 그럴 리 없다고 무심히 넘겨버렸다. 사방이 어두웠지만 집의 기운이 달라져 있었다. 집의 표정이 변해 있었다. 뭐가 달라졌는지 그때 알았더라도 상황을 바꿀 수는 없었을 것이다. 피할 수 있는 상황이 아니었다. 문을 열었을 때 집은 싸늘했다. 보일러를 켜놓고 갔는데 공기가 차가울 리 없었다.

"집이 왜 이렇게 싸늘하지?"

"창문 열어놓고 간 거 아니에요?"

뚱보130은 건성으로 대답하곤 쏘파에 드러누웠다. 거실 창문은 굳게 닫혀 있었다. 주방에 난 작은 창문도 닫혀 있었다. 창문은 그게 다였다. 그리고 이층. 이층 창문을 연 적이 없다. 누군가 들어와서 창문을 열지 않았다면…… 현관문을 살펴봤지만 강제로 연 흔적은 없었다.

나는 야구방망이를 쥐고 이층으로 향했다.

"형, 어디 가요?"

"이층에."

"이층엔 왜요?"

뚱보130이 쏘파에서 벌떡 일어나 앉았다. 얼굴에서 졸음이 달아나 있었다. 내가 대답을 하지 않자 뚱보130은 더욱 긴장했다.

"왜 그러는데요?"

"이층에 뭐가 있는 거 같아."

"뭐예요, 무섭게. 뭐가 있는데요?"

"나도 몰라. 어쩐지 뭔가 있는 것 같아. 집 안 공기가 이상하게 차갑잖아."

"장난치는 거죠?"

"장난치는 거 같으면 그냥 쏘파에서 자고 있어. 혼자 올라가보고 올게."

뚱보130은 쏘파를 박차고 일어나 내 뒤로 바짝 붙었다. 계단이 더 심하게 삐걱거렸다. 등으로 녀석의 뜨듯한 숨결이 느껴졌다. 아침이 가까운 곳에 와 있었지만 이층으로 오르는 계단은 여전히 어두웠다.

청소한 이후로 한번도 이층에 올라가본 적이 없었다. 이층에 누군가 살고 있을지도 모른다는 데 생각이 미치자 공간이 더욱 거대하게 느껴졌다. 커다란 동굴 속으로 들어가고 있는 듯했다. 이층의 빈 공간에 누군가 있을까. 충분히 그럴 수 있다. 내가 집에 있는 동안에는 조용히 숨죽이고 지내다가 내가 밖으로 나가면 온 집 안을 헤집고 다녔을지도 몰랐다. 이층의 소리가 얼마나 크게 들리는지 한번도 확인해본 적이 없었다. 이층에는 침실 세 개가 있다. 맨 안쪽 방에서 소리를 내도 일층까지 들릴 것 같지는 않았다. 그러고 보니 한밤중에 누군가의 숨소리를 들은 것 같기도 했다. 쌔액, 쌔액, 하는 규칙적인 숨소리가 어디선가 들렸던 것도 같다. 바람소리라고 생각했지만, 아닐지도 몰랐다. 발아래 계단이 삐걱거렸다.

어둠은 그 자리에 우두커니 앉아 있었다. 완전한 암흑은 아니었지만 어떤 형체를 발견하고 한방 먹이기에는 너무 어두웠다. 다시 내려가 플래시를 들고 올까 생각했지만 뚱보130 때문에 돌아설 마음이 생기지 않았다. 어느새 뚱보130은 두 손으로 내 허리춤을 붙들고 있었다. 오토바이를 탈 때에나 볼 수 있는 모습이었다. 양손에 어찌나 힘을 주는지 앞으로 걷기가 힘들 지경이었다. 계단참을 지나 이층에 올랐을 때 거기에 분명 뭔가 있다는 걸 확신할 수 있었다. 차가운 바람이 지나다니고 있었다. 어딘가 문이 열려 있었다. 나는 야구방망이를 세게 쥐었다. 그리고 방문을 하나씩 열어보았다.

이층에는 기다란 복도가 한가운데 중심을 잡고 있고 양쪽으로 방이 네 개 있다. 세 개는 침실이고 하나는 욕실이다. 마지막 방문을 열었을 때—내가 의심했던 안쪽 방이었다—냄새가 코를 찔렀다. 태어나서 한번도 맡아보지 못한 냄새였다. 우유를 발효시키면 치즈가 되지만 피를 발효시키면 뭐가 될까. 피를 발효시킨 것 같은 냄새였다. 그건 죽음 이후의 냄새였다.

『천사의 피』라는 책에서 죽음 이후에도 후각을 잃지 않은 사람의 이야기를 읽은 적이 있다. 저자는 숨이 멎은 후에 악마들과 오랫동안 이야기를 나누었다고 주장했다. 그게 가능했던 이유는 죽음 이후에도 후각을 잃지 않았기 때문이라는 것이다. 대체로 천사들은 후각이 마비된 상태로 활동하지만 악마들은 후각으로 자신의 영역을 확인한다고 한다. 죽음 이후의 냄새란 악마들을 위한 냄새일 확률이 높다.

뚱보130은 내 허리춤을 잡고 있던 오른손으로 제 코를 막았다. 커튼이 흔들리고 있었다. 창문이 열려 있다는 표시였다. 흔들리는 커튼 사이로 빛이 슬쩍 새어들어오고 있어서 완전히 어둡지는 않았다. 나는 천천히 방 안을 둘러보았다. 처음에는 아무것도 발견하지 못했다. 아무것도 없는 줄 알았다. 나는 두세 번 방 안을 둘러보다가 모서리에 웅크리고 있는 '그'를 — '그'라고 하지 않으면 뭐라고 부를까 — 발견했다. 그런 것도 보호색이라고 해야 할까. 그는 어둠속의 어둠이었고, 어둠에 둘러싸인 어둠이었고, 어둠 중의 어둠이었다. 어둠속에서 그를 발견하기는 쉽지 않았다. 나는 왼손을 뻗어 그를 가리켰다. 뚱보130은 고개를 내밀고 어둠을 한참 응시했다. 그러더니 비명을 질렀다. 으아, 으, 으, 으아…… 큰 소리를 내지는 못하고 끙끙대며 소리를 질렀다. 녀석이 뒤에서 껴안는 바람에 나는 하마터면 야구방망이를 놓칠 뻔했다. 녀석은 비명을 멈추지 않았고, 어둠속에서 그가 조용히 고개를 들었다. 나는 뒤꿈치로 뚱보130의 정강이를 힘껏 걷어찼다. 뚱보130은 뒤로 벌렁 나자빠졌다. 출렁거리며 바닥에 넘어졌다. 평소엔 그런 모습을 보면 신나게 웃어주었겠지만 그럴 때가 아니었다. 나는 뚱보130에게 조용히 하라는 신호를 보냈다. 그리고 고개를 돌렸을 때, 그와 눈이 마주쳤다. 그 깊은—너무 깊어서 뒤까지 뚫려 있는 듯한—두 눈을 들여다보고야 말았다. 혹시 좀비의 눈을 들여다본 적이 있는 사람이라면 알겠지만, 그건 엄청난 경험이다. 좀비와 대면한다는 건 허공을 들여다보는 일이고, 깊은 구멍을 들여다보는 일이고, 죽음과 마주하는 일이다. 나는 움직이지 못했다. 몇초쯤이었을까. 인간의 시계로 측량할 수 없는 시간이 지나갔다. 그는 모서리에 쭈그려앉아 있다가 고개를 들어 나를 보았는데, 한참을 움직이지 않았다. 분명히 나를 보고 있었지만 어디도 보고 있지 않았다. 눈동자라는 게 없으니 본다는 말은 어울리지 않는다.

그때는 그가 좀비라는 사실도 알지 못했다. 그저 한 마리의 짐승을 만난 것 같았다. 야생의 짐승을 만나면 움직이지 않아야 한다. 그런 생각이 머리를 스쳐갔다. 내가 움직이지 않으면 그도 움직이지 않을 것이다. 실제로 그랬다. 그가 좀비라는 걸 알았다면 나 역시 소리를 지르며 집 밖으로 도망쳤겠지만, 나는 그가 누구인지 몰랐다. 그는 나를 바라보다가 조용히 고개를 다시 숙였다. 쭈그리고 있던 원래의 자세로 돌아갔다. 다시 잠든 것 같았다. 하얀 해골에 듬성듬성 난 몇가닥의 털이 조금씩 움직이고 있었다. 나는 조용히 방문을 닫았다. 뚱보130이 작은 소리로 물었다.

"형, 저게 뭐지?"

"나도 모르겠어. 무슨 짐승 같은데."

"괴물이야. 얼굴에 뼈밖에 없잖아. 형, 무서워. 빨리 경찰에 연락하자."

조용히 돌아서려는 순간 엄청난 힘이 안에서 문을 밀어붙였다. 뚱보130과 나는 문에 밀려 바닥에 널브러졌다. 좀비가 두 팔을 앞으로 내밀고 밖으로 걸어나오고 있었다. 우리는 뒷걸음질했다. 좀비가 우리를 따라왔다. 좀비는 천천히 우리를 밀어붙였다. 우리는 좀비를 보면서 뒷걸음질로 계단을 내려갔다. 보지 않으면 순식간에 달려들어 우리를 물어뜯을 것 같았다. 고개를 돌리는 순간 빛의 속도로 달려들어 우리의 팔을 뜯어가버릴 것 같았다. 나는 계단을 내려가는 데 모든 신경을 집중했다.

사람의 형상이었지만 사람이라고 부를 수는 없었다. 머리와 머리카락은 사람의 몰골을 하고 있었지만 얼굴에는 살보다 뼈가 더 많았다. 간신히 붙어 있는 살들도 썩어문드러져 덜렁거리고 있었다. 누군가 먹다 남은 뼈를 모아서 조립식으로 지어놓은 얼굴 같기도 했다. 뼈들이 엉성하게 연결돼 있어서 하나만 들어내면 나머지 뼈들도 와르르 쏟아져내리며 함몰될 것 같았다. 목과 어깨의 상처 위로는 피가 두껍게 말라붙어 있었고, 쇄골은 부러져 반으로 접혀 있었다. 가슴에는 커다란 구멍이 나 있었다.

"형, 이게 뭐지? 좀빈가?"

뚱보130이 말했다.

"모르겠어. 침착해야 돼. 우선 해치우고 보자. 네가 몸 위쪽을 맡아. 내가 다리 쪽을 공격할 테니까."

나는 혼잣말처럼 뚱보130에게 말했다. 나에게 하는 이야기였다. 침착해야 돼. 그 순간 그가 계단을 내려오면서 어떤 소리를 냈다. 내 귀에는 지금도 그 소리가 선명하게 들린다. 그 소리를 듣는 순간, 나는 그게 노래일지도 모른다고 생각했다. 괴물이나 좀비가 노래를 부를 리 없지만 그가 낸 소리에는 어떤 멜로디가 있었다.

우, 웨, 우, 우, 웨.

좀비는 소리를 내면서 계속 아래로 내려왔다. 계단이 건반인 것처럼 한 발짝 옮길 때마다 다른 소리가 들렸다. 양손을 앞으로 내밀고 우리를 향해 걸어내려왔다. 우리에게 뭔가 할 말이 있었던 건지도 모르겠다. 하소연이라도 하고 싶었던 건지도 모르겠다. 하지만 우린 누군가의 이야기를 들어줄 여유가 없었다. 내가 먼저 야구방망이로 그의 다리를 후려쳤다. 뼈가 으스러지는 소리가 들리더니 다리가 휘청거렸다. 뚱보130이 계단 구석에 있던 쇠파이프로 그의 상체를 찔렀다. 뚱보130의 공격은 무의미했다. 쇠파이프로 찌른다고 해서, 그의 몸에 구멍 한두 개가 더 생긴다고 해서 치명적일 것 같지는 않았다.

"야, 찌르지 말고 머리를 후려쳐."

좀비는 내 방망이에 맞아 다리를 비틀거리면서도 계속 아래로 걸어왔다. 얼굴에는 아무런 표정이 없었지만——뼈만으로 표정을 짓는 게 가능할까——다리를 비틀거릴 때도 텅 빈 눈으로 우리를 내려다보았다. 뚱보130이 쇠파이프로 그의 머리를 후려쳤고, 머리가 몸통에서 떨어졌다. 야구장에서 배팅 연습을 하는 것 같았다. 떨어진 머리가 쏘파 쪽으로 날아갔다. 하지만 놀란 건 뚱보130이었다. 머리가 몸에서 떨어져 날아가는 모습을 본 뚱보130은 소리를 질러댔다. 나는 야구방망이로 머리가 없어진 그의 목을 위에서 아래로 내려쳤다. 목을 몸 안으로 박아넣기 위해 망치질을 하는 것 같았다. 기분이 묘했다. 방망이 끝에 전해지는 감각이 기분 나쁠 정도로 선명했다. 물컹물컹한 살덩어리를 방망이로 내려치는 느낌이 손가락 마디마디에 전해졌다. 피는 튀지 않았다. 좀비가 아무런 반응을 보이지 않자 나는 더 세게 방망이를 휘둘렀다. 목을 내려쳤을 때 살덩어리 때문에 방망이가 조금씩 튀어오르는 것이 마치 나를 밀어내는 것 같아서 점점 세게 후려쳤다. 나는 계속 방망이를 휘둘렀다. 머리가 없는 몸을 방망이로 내려친다는 게 비겁한 행동처럼 느껴졌지만 멈출 수 없었다. 나는 그의 몸이 더이상 움직이지 않고 바닥에 완전히 뻗어 있는데도 계속 내리쳤다. 그의 몸을 내려치다가 마룻바닥을 잘못 치는 바람에 방망이가 부러졌다. 찌릿한 전기가 손끝을 통해 어깨를 거쳐 뒷골까지 전해졌다. 방망이가 두동강 나면서 끝이 뾰족해졌다. 누군가를 찌르기에 적당한 모양이었다. 나는 쏘파 근처로 날아간 그의 머리를 찾았다. 머리는 조금씩 움직이고 있었다. 머리카락을 움직여 앞으로 조금씩 나아가려는 것이었을까. 어쩌면 움직인 게 아니라 충격 때문에 흔들리고 있었던 눈은 나를 향하고 있었다. 나는 이마 근처에다 방망이를 찔러넣었다. 아무런 저항감도 없이 그냥 쑥 들어갔다. 사람을 죽인다는 느낌은 전혀 없었다. 불판에 올려놓은 고깃덩어리가 잘 익었는지 확인하기 위해 젓가락으로 찌를 때나 차이가 없었다. 방망이를 찔러넣었는데도 눈은 감기지 않았다. 나는 야구방망이의 나머지 파편을 찾아 들었다. 끝이 날카로웠다. 엎어진 그의 등에다 방망이를 찔러넣었다. 잠시 꿈틀거렸지만 곧 움직임이 잦아들었다. 그의 등에 박힌 야구방망이의 둥그런 끝이 묘비처럼 솟아 있었다. 온몸에 땀이 났다. 뚱보130은 구석에 앉아서 놀란 눈으로 나를 보고 있었다.

"형, 괜찮아요?"

나는 아무런 말도 할 수 없었다. 괴물이었고 좀비였지만, 살인을 저지른 기분이었다. 온몸이 떨렸다. 땀이 마르면서 몸이 식어가는 것인지도 몰랐다. 나는 그의 몸 앞에 우두커니 서 있었다. 자, 이제, 목숨은 완전히 끊어놓았고, 그다음으로 어떤 행동을 해야 하는 거지? 귓속에서 이상한 소리들이 들렸다. 우, 우, 웨, 하던 그의 소리와 함께 윙윙거리는 벌의 날갯소리가 끊임없이 들려왔다. 나는 소리를 쫓아내기 위해 고개를 저었다. 자동차 앞유리의 와이퍼처럼 한번에 말끔하게 소리를 닦아내는 기구가 있으면 좋겠다고 생각했다.

"이제 어떻게 하지? 괜찮아?"

뚱보130이 다시 물었다.

"일단 앉아서 생각을 좀 해보자."

나는 쏘파에 앉았다. 온몸이 떨렸다. 걱정할 이유가 없었다. 나는 사람을 죽인 게 아니다. 게다가 정당방위였고, 위협을 당한 사람은 나다. 나는 쏘파에 앉아서 왜 그를 죽일 수밖에 없었는지에 대한 이유를 수십개 생각해냈다. 머릿속이 바쁘게 움직였다. 아무도 물어보지 않을 걸 알고 있었다면 그런 걱정은 하지 않았을 텐데. 나는 시체에 꽂힌 야구방망이를 뽑았다. 피 같은 건 묻어 있지 않았다. 바닥에 널브러진 그의 머리와 몸통을 한군데다 모아두었다. 그렇게 모아두니 갑자기 걱정이 됐다. 공포영화를 보면 흩어진 몸통과 머리와 다리와 팔이 합체되면서 부활하는 괴물이 자주 등장한다. 조용히, 아무도 모르게 몸이 합쳐진 다음 이쪽으로 뚜벅뚜벅 걸어오는 것이다. 그리고 뒤에서 나를 붙들고 팔을 물어뜯을 것이다. 이빨로 살을 으적으적 씹어먹은 다음 피로 입가심을 할 것이다. 나는 시체가 다시 살아나지 못하도록 머리와 몸통을 떨어뜨려 놓았다.

8

케겔밖에는 도움을 청할 만한 사람이 없었다. 뚱보130은 경찰을 불러 상황을 설명하는 게 가장 현명한 방법일 거라고 얘기했지만 일단 케겔과 상의하는 게 좋을 것 같았다. 무슨 문제가 있으면 곧바로 연락하라던 케겔의 말이 떠올랐다. 케겔은 어쩌면 이런 일을 미리 예측하고 그런 말을 한 걸지도 몰랐다. 케겔은 '누군가 귀찮게 한다든가, 뭘 찾게 된다든가, 이상한 걸 만나게 되면' 곧바로 연락하라고 했다. 그가 얘기한 것과 완벽하게 들어맞는 상황이었다. 경찰을 부르기에는 모든 상황이 너무 뜻밖이었고, 혼란스러웠다.

케겔은 내 목소리를 듣고는 곧장 달려왔다. 제로와 함께였다. 현관문을 열고 들어서는 그의 모습을 보자 어쩌나 반가운지 눈물이 날 것 같았다. 케겔은 놀란 기색이 전혀 없었다. 이런 일이 일어나는 건 아주 자연스러운 현상이라는 듯 태연하게 행동했다.

제로는 시체를 한참 들여다봤다. 시체가 아니라고 생각하는 것 같았다. 시체가 살아나기를 기다리는 사람처럼 그 눈을 들여다보았다.

"내 말 잘 들어."

케겔이 입을 열었다.

"이건 사람이 아냐. 동물도 아니고, 괴물도 아냐."

"그럼 뭐예요?"

뚱보130이 물었다. 나는 되물을 힘도 없었다.

"말이 좀 이상하긴 하지만 살아 있는 시체지."

"그럼 좀비 같은 거예요?"

"그래, 좀비 같은 거지. 이 녀석을 어디서 발견한 거야?"

뚱보130이 나 대신 설명했다. 설명이라고 할 것도 없었다. 이층에서 발견했고, 일층에서 야구방망이로 찔러죽인 게 이야기의 전부였다. 이야기를 들으면서 케겔은 놀라지 않았다. 뭔가를 알고 있는 듯한 눈치였다. 내가 물었다.

"전에도 이런 시체가 돌아다닌 적이 있습니까?"

"없지."

"그런데 살아 있는 시체란 걸 어떻게 아세요?"

"이십년 전에 전쟁터에서 이런 녀석을 만난 적이 있어. 내가 개머리판으로 머리를 가루로 만들어버렸지."

"세상에 좀비가 실제로 존재한단 말씀이에요?"

이번엔 뚱보130이 물었다.

"당연히 존재하지, 그걸 말이라고 해?"

"그럼 이 근처에 좀비가 더 있을 수도 있다는 거네요?"

"그건 좀더 알아봐야지. 이 일은 절대 다른 사람에게 얘기하지 마. 마을사람들이 알면 시끄러워질 게 뻔하니까. 특히, 뚱보 너, 입 잘못 놀렸다간 네가 좀비 되는 수가 있어. 조심해, 알았어?"

"무서운 소리 좀 하지 마세요. 조용히 있을 거예요."

"혹시 이불이나 침낭 같은 거 있으면 내놔봐."

나는 차에서 잘 때 쓰던 침낭을 꺼내주었다. 모든 일은 제로가 도맡아 했다. 시체를 운반하는 제로의 행동은 성스러워 보이기까지 했다. 수천년 전의 시체를 발굴한 고고학자처럼 행동 하나하나에 정성을 다했다. 침낭에다 쑤셔넣지 않고 머리와 몸통을 따로따로 차로 옮겼다. 오랜 시간이 걸렸다. 제로는 트렁크에 놓아둔 침낭에다 시체를 가지런히 포갰다. 제로는 아무 말 없이 묵묵히 일을 끝냈다. 제로가 침낭의 지퍼를 잠그자 케겔이 말했다.

"제로 연구실에서 조사 좀 해보고 알려줄 테니까, 그때까지는 절대 입 다물어. 알아들어? 그리고 채지훈, 너무 걱정하지 마. 사람을 죽인 것도 아니고, 죽은 걸 또 죽인 건데…… 걱정할 필요 없어."

우리는 고개를 끄덕였다. 시체를 처리해준다는데 그보다 더 좋은 일이 있을까. 쏘파에 앉아 숨을 돌렸다. 시계는 이미 아홉시를 가리키고 있었다. 회사에 가야 했지만 발이 떨어지지 않았다. 집을 비우면 누군가 또 이층으로 기어올라가 어둠속에 숨을 것 같았다. 나는 집 뒤편으로 가서 이층을 올려다보았다. 사다리도 없었고, 건너뛸 만한 나뭇가지도 없었다. 인간은 도저히 올라갈 수 없는 높이였다. 그는 어떻게 이층으로 들어갈 수 있었을까. 답을 찾을 수 없었다. 그렇게 뻣뻣한 몸으로 벽을 기어올라간다는 건 더 불가능해 보였다. 이층을 올려다보고 있는데 뚱보130이 옆에 와서 물었다.

"형, 우리집으로 가요. 여기서 어떻게 살아."

마음으로는 곧바로 그러겠다고 답했다. 하지만 쉽게 입이 떨어지지 않았다. 어렵게 마련한 공간을 누군가에게 뺏긴 것 같아 화가 났고, 침범당한 것 같아 기분이 더러웠다. 순간, 손끝이 찌릿했다. 방망이 끝으로 그의 등을 찌를 때의 쾌감이 되살아났다. 그건 분명히 쾌감이었다.

"얼른 짐 싸요. 같이 가자, 형."

뚱보130이 옆에서 자꾸만 보채자 더욱 그래선 안될 것 같았다. 지금 짐을 싸는 건 도망치는 거고 지는 거라는 생각이 들었다. 그런데 누구에게? 누구에게 진다는 거지?

"형, 안 갈 거예요?"

"일단 여기서 상황을 좀 지켜볼게. 저게 좀비인지 뭔지는 알아야지. 저게 어째서 우리집에 들어왔는지, 그건 알아야지. 짐을 싸도 그때 싸야 할 것 같아."

"그럼 혼자 여기서 지내겠다고?"

"계속 혼자 지내왔는데 뭘. 이층 창문에다 뭘 대놓으면 안전할 거야. 넌 빨리 출근이나 해."

말을 꺼내놓고 보니 마음이 편안해졌다. 모든 상황이 정리됐다. 케겔과 제로가 좀비의 존재를 확인할 때까지 여기서 머문다. 이곳에 머무는 게 위험하다고 판단되면 짐을 싸서 뚱보130의 집으로 들어간다. 위험하지 않다면 계속 여기에 머물 수도 있다. 그때까지는 보완책을 세워야 했다. 모든 창문에다 덧창문을 만들고 빗장을 단다. 현관문에도 보조문을 만든다. CCTV로 집 뒤편을 감시하는 것도 좋은 방법일 것 같았다.

나는 곧바로 작업을 시작했다. 회사에 가야 했지만 그보다 집을 손보는 게 더 급했다. 창고에는 거실 마룻바닥 작업을 하고 남은 널이 남아 있었다. 이층의 창문 다섯 개를 완벽하게 틀어막는 데 세 시간이 걸렸다. 좀비가 들어왔던 창문을 자세히 살폈다. 놀랍게도 창문이 깨져 있었다. 창문을 깨고 안쪽의 빗장을 벗긴 다음 안으로 들어온 것이다. 그렇다면 머리를 쓸 줄 안다는 것인데, 나는 한번도 좀비들이 머리를 쓴다는 얘기를 들어본 적이 없다. 이층 작업을 마치고 나서는 일층의 창문도 손을 봤다. 일층에는 가장 두꺼운 널을 써서 창문을 덧대었다. 작업을 마치고 나니 감옥에 들어와 있는 기분이었다. 스스로 감옥을 만들어 그 속에 갇힌 꼴이 됐다.

일을 다 마치고 나자 회사 일이 걱정됐다. 전화로 늦겠다는 얘기를 하긴 했지만 좋은 타이밍은 아니었다. 반장은 화가 나 있었다. 안테나 감식반을 빨리 해산시켜야 자신의 새로운 자리가 결정될 테니 일을 서두르는 게 당연했다. 그런 마당에 내가 집에서 미적거리고 있으니 화가 날 수밖에 없을 것이다. 나는 일단 신규사업개발팀에 지원하기로 했다. 물류지원부서로는 다시 돌아가고 싶지 않았다. 거기로 돌아가느니 새로운 일자리를 구하는 게 나았다. 신규사업개발팀에 원서를 낸다고 해도 뽑히지 않을 확률이 크지만 그건 그때 가서 생각하기로 했다. 신규사업개발팀에 뽑히지 않는다면 이상한 팀에 배정이 될 게 분명하지만, 그것도 그때 가서 생각하기로 했다. 그때란 건 아주 금방 닿을 시간이지만 도무지 닿을 수 없는 까마득한 미래처럼 여겨지기도 했다. 아침에 있었던 일을 생각하면 전생의 일처럼 여겨졌다. 내가 과연 그랬던 것일까. 좀비의 등에다 뾰족한 방망이를 꽂은 게 정말 나였나? 내가 그랬던 게 맞나? 전생의 내가 그랬던 것은 아닐까? 시간이 뒤죽박죽으로 흘렀다. 나는 회사에 가서 팀장에게 인사를 하고, 신규사업개발팀 지원서를 제출하고 CCTV를 사서 집으로 돌아왔다.

저녁에는 혼자서 빠스따를 삶아먹은 다음 피아노 쏘나타를 들었다. 살인이 일어난 공간이라고는 생각할 수 없을 정도로 평온했고 내 마음도 편안했다. 이층 창문을 모두 틀어막았기 때문인지 피아노 소리도 더 좋게 느껴졌다. 방음이 잘돼서 그런 거겠지. 피아노 건반의 울림이 공간에 스며드는 게 좋았다. 피아노 소리는 마치 안테나처럼 공간을 탐색했다. 이층까지 올라가 아무도 없다는 걸 확인하곤 다시 아래로 울려퍼졌다.

나는 노트를 펼쳤다. 아침에 있었던 일을 적어놓고 싶었다. 내 마음이 어땠는지, 손끝으로 전해지던 쾌감의 정체가 무엇인지 적어보고 싶었다. 노트에 뭔가를 적고 있는 거실의 이 자리에서 내가 누군가를 죽였다는 사실이, 아침의 일들이, 도무지 현실 같지 않았다.

뚱보130이 선물한 노트가 몇권 남지 않았다. 나는 음악이 끝난 줄도 모르고 계속 노트에 내 마음을 적어내려갔다. 분노와 두려움과 공포와 쾌감과 짜릿함이 노트에 가득 쌓였다. 세 장 정도 적고 나자 온몸에서 힘이 빠져나갔다. 나는 그대로 쏘파에서 잠이 들었다.

9

홍혜정, 뚱보130과 '역사 재조립'이란 게임을 가끔 했다. 뚱보연
표 퀴즈쇼가 시들해졌을 때쯤 홍혜정이 만들어낸 게임이었다. 게
임이라기보다는 놀이에 가까웠다. 방법은 간단하다. 퀴즈를 내는
사람은 뚱보연표에 있는 다섯 개의 사건을 무작위로 고른다. 어떤
사건이 펼쳐질지는 아무도 모른다. 퀴즈를 맞히는 사람은 연표에
서 찾아낸 다섯 개의 사건을 빈 종이에다 순서대로 적는다. 아무런
상관이 없는 다섯 개의 사건을 이어붙여야 한다. 첫번째 사건은 두
번째 사건의 원인이 되어야 한다. 두번째 사건 때문에 세번째 사건
이 생겨난 걸로 해야 한다. 다섯 개의 사건에다 살을 붙여 얼마나
말이 되게 조립하는가에 따라 승패가 결정되는 것이다. 뚱보130이
조립한 역사 중에 기억나는 게 있다. 뚱보130은 다섯 개의 사건을

잠깐 보고는 이야기를 만들어 냈다.

　　1985년 2월 15일의 네번째 사건 ── 화성탐사에 참여한 유인우주선 '킬프' 실종

　　1989년 3월 9일의 두번째 사건 ── 해적에 납치됐던 상선 '피버' 무사귀환

　　1994년 11월 5일의 열두번째 사건 ── 7천여년 전의 통나무 줄기 발견

　　1995년 12월 9일의 다섯번째 사건 ── 폭탄정보 교환하던 인종차별주의자들, 인터넷 사용 금지

　　1999년 5월 30일의 서른번째 사건 ── 진도 6.2의 지진으로 50명이 사망

　　유인우주선 킬프는 1985년 2월 13일에 하늘로 날아갔어요. 궤도 진입에 성공했지만 본체의 결함 때문에 사년 동안 우주를 떠돌던 킬프는 1989년 지구로 귀환하고 있었죠. 대기권으로 진입하던 킬프는 기체폭발을 일으켰고, 엎친 데 덮친 격으로 낙하산이 타버리는 바람에 속도제어가 되지 않았어요. 수석조종사 H는 이런 생각을 했어요. 만약 이대로 땅에 떨어져서 죽어야 한다면, 의미있는 죽음이어야 한다. 바닥에 처박혀 폭발해야 한다면 우리가 원하는 곳으로 떨어지겠다. H는 추락 예상지점에 대한 정보를 검색했고, 그 부근에서 상선 '피버'가 해적들에 의해 피랍됐다는 기사를 읽었죠. 우주선 킬프가 아래로 떨어지는 짧은 시간에 H는 본부에 자료를 요청해서 해적선이 있는 곳을 찾아냈

어요. 우주선 킬프는 바다 한가운데서 정찰활동을 벌이고 있던 해적선을 덮쳤고, 해적선은 두동강난 채 바다로 가라앉았죠. 해적들은 하늘에서 우주선이 떨어져 자신들의 배를 두동강낼 확률은 거의 제로에 가깝다는 결론을 내렸고, 이 모든 것이 자신들이 믿는 신의 계시라고 생각했어요. 해적들은 납치했던 모든 배를 돌려보냈어요. 앞으로는 올바르게 살자고 마음먹었죠. 그게 1989년 3월 9일이에요. 피버에 타고 있다가 무사히 집으로 돌아온 K는 삶과 죽음의 의미에 대해 생각하다가 이제부터 의미있는 일을 해야겠다고 마음먹었고, 다음날부터 인명구조활동에 뛰어들었어요. 항해를 마치고 쉬는 날이면 인명구조활동 자원봉사를 했어요. 그는 인명구조에 뛰어난 재능을 보였어요. 다른 사람들에 비해 시각과 후각과 촉각과 청각이 예민했기 때문에 사고현장에서 수많은 사람들을 구해낼 수 있었어요. 건물 붕괴사고가 일어난 곳에서는 아무런 장비 없이 매몰자들의 위치를 찾아냈고, 배가 침몰한 사고현장에서는 뛰어난 잠수 실력으로 수많은 사람들을 구해냈어요. 사람들은 그를 슈퍼맨이라고 불렀어요. 1994년, 11월 5일, 그는 산불현장에서 사람들을 구하고 있었어요. 하늘에서는 헬리콥터가 계속 물을 퍼부었고, 땅에서는 산불특공대가 불길을 잡으려고 애썼지만 바람 때문에 쉽지 않았어요. K는 산으로 올라가서 구조활동을 벌이고 있었죠. 산불을 막는 방법은 간단해요. 불이 가는 길목의 땔감을 모두 제거하고, 흙으로 불을 막는 거예요. K는 산불특공대와 함께 잔가지와 덤불을 치우고, 생흙이 드러나도록 땅을 파고 있었어요. 곡괭이 끝에

굵직한 나무토막이 닿는 순간, K는 그게 범상치 않은 물건이라는 걸 직감했어요. 지금껏 수많은 물건을 건드려보았지만 그렇게 오랜 세월을 간직한 듯한 촉감을 느껴본 건 처음이었어요. K는 나무토막을 박물관에 넘겼는데, 곧 그것이 7천여년 전의 통나무 줄기라는 게 밝혀졌어요. K가 아니었다면 그 나무토막은 불에 타버렸을지도 몰라요. 한 달 후, 고고학 연구쎈터에서 나무토막을 조사하던 P는 산불이 났던 현장으로 갔어요. 주변에서 더 많은 자료를 찾을 수 있지 않을까 생각한 거죠. P는 불이 났던 산의 역사와 지형을 조사하다가 새로운 사실을 알아냈어요.

산불이 났던 사건이 어떻게 인종차별주의자들의 인터넷 사용 금지로 연결되고, 진도 6.2의 지진으로 오십명이 사망한 사건과 연결됐는지 모르겠다. 뚱보130에게 이야기를 들었을 때는 무릎을 쳤다. 뚱보130은 기가 막히게 그 모든 일을 하나로 연결시켰다.

게임의 결과는 언제나 똑같았다. 나는 상상력이 부족했고, 홍혜정은 그럭저럭 잘했지만, 뚱보130이 이어붙이면 모든 사건이 척척 들어맞았다. 실제 역사적 사건도 그렇게 완벽하게 들어맞진 않을 것이다. 실제 사건과는 진실의 차이가 있겠지만 뚱보130은 사건의 배후를 꿰뚫고 있는 것 같았다.

'역사 재조립' 게임 역시 뚱보130 때문에 재미가 없어져 몇번 하다가 그만두고 말았다. 게임을 끝내면서 홍혜정은 뚱보130에게 이런 말을 했다. "이런 재간둥이 같으니라고. 소설을 써보는 건 어때?" 내 생각도 그랬다.

나에게도 가끔 깨달음의 순간이 올 때가 있었다. 뚝 떨어져서 도저히 맞닿지 않을 것 같았던 두 개의 사건이 어느 순간 하나의 고리로 연결돼 보일 때가 있다. 첫번째 사건의 결과가 두번째 사건의 원인이라는 사실을 문득 깨달을 때가 있다. 그럴 때는 세계의 숨겨진 비밀을 발견해낸 것처럼 흥분된다. 물론 그런 순간은 몇년에 한 번 있을까 말까 할 정도로 드물다.

하나의 사건은 다음 사건의 원인이 된다. 나는 열 권의 노트를 펼쳐볼 때마다 거기에 어떤 인과관계가 있을까 생각한다. 첫번째 노트는 분명히 두번째 노트의 원인이 된다. 하지만 가끔은 첫번째 노트의 일이 세번째 노트의 원인이 될 때도 있다. 내가 지금 겪는 어떤 사건은 내일 벌어질 사건의 원인이 되기도 하지만 삼일 후에 벌어질 사건의 직접적인 원인이 되기도 한다. 하나의 사건은 여러 사건의 원인이 된다. 원인과 결과는 무한대로 뻗어나가서 끝내는 원인과 결과를 도저히 밝혀낼 수 없는 지경에 이르게 된다. 그렇다면 과연 원인과 결과는 무슨 의미일까. 그걸 어떻게 설명해야 하는 걸까.

꿈에서 홍혜정과 뚱보130과 나는 역사 재조립 게임을 하고 있었다. 뚱보130이 다섯 개의 사건을 무작위로 제시했고, 내가 그걸 연결해야 했다. 도무지 연결이 되지 않았다. 두 개의 사건을 연결하고 나면 세번째 사건은 저만치 떨어져 있었다. 머릿속이 어지러웠고, 손에서는 식은땀이 났다. 입을 열어 뭔가 이야기하고 싶었지만 아무 말도 나오지 않았다. 힘겹게 입을 열었지만 내 목에서는 아무런 소리도 나오지 않았다. 뚱보130과 홍혜정이 내 모습을 보며 웃고 있었다. 나는 부끄러웠다. 다시 식은땀이 났고, 나는 힘겹게 입을 열어 뭔가 소리를 냈다. 하지만 그 소리는 홍혜정과 뚱보130의 웃음소리에 묻혔다.

쏘파에서 잠이 깼을 때는 온몸이 땀에 젖어 있었다. 무수히 많은 생각들이 눈앞을 지나갔다. 좀비는 왜 이 집을 선택했을까. 홍혜정은 왜 나에게 이 집을 추천했을까. 케겔은 나에게 왜 그런 충고를 했을까. 나는 왜 고리오 마을을 들르게 됐을까. 그중에는 단순한 우연도 있을 것이다. 아무런 원인도 결과도 없이, 그저 하나의 유일한 사건으로 존재하는 것도 있을 것이다. 하지만 잠에서 깨어났을 때는 그 많은 것들이 하나의 덩어리로 느껴졌다. 모든 것들이 원인이자 결과 같았다. 누군가 문을 두드리고 있다는 사실을 한참 후에야 깨달을 정도로 나는 생각에 파묻혀 있었다.

"없는 줄 알았어요. 작별인사나 하러 왔는데, 들어가도 돼요?"

홍이안이었다. 나는 그녀를 문밖에 잠시 세워두고 집을 정리했다. 쏘파 위에 어지럽게 널려 있던 이불을 쏘파 뒤로 숨겼고, 탁자 위에 어지럽게 널려 있던 노트를 책꽂이에다 꽂았다. 정리할 게 없었다. 집이 너무 휑해 보였다. 땀에 젖은 티셔츠를 욕조에 던져두고 새 옷을 입었다.

"비밀이 많은 남자네요. 숙녀를 이렇게 오랫동안 세워두는 걸 보니."

홍이안이 집 안을 둘러보면서 말했다. 하지만 비밀이랄 게 없었다. 쏘파 하나, 포터블 CD플레이어가 놓인 장식장 하나, 몇권의 책과 노트가 꽂혀 있는 작은 책장 하나, 그게 전부였으니까. 홍이안 역시 집 안이 너무 황량해서 놀란 눈치였다. 나는 홍이안에게 차를 내놓았다. 차에다 우유와 꿀을 조금 넣었다.

"이제 정리가 다 끝난 거예요?"

내가 물었다.

"네, 깔끔하게 끝났죠. 빈손으로 왔다가 빈손으로 가네요. 식상한 표현이라고 생각했는데, 정말 빈손으로 왔다가 빈손으로 가요. 어제 마셨던 와인도 오늘 아침에 다 토했으니까요. 상자 하나만 남았어요."

홍이안은 자신의 손을 펼쳐 들여다보았다. 정말 빈손인지 확인하려는 듯. 그러고는 오른손으로 왼손을 쓸어내렸다. 손가락이 얇고 길었다. 내가 다시 물었다.

"이제 돌아가는 건가요?"

"휴가가 끝났으니까요. 팔년 만에 처음으로 얻은 휴가였는데 이렇게 다 써버리고 말았네요."

"그런데 어디로 돌아가는지 물어봐도 돼요?"

"집으로 돌아가겠죠."

"집이 어디인데요?"

홍이안은 가만히 내 얼굴을 보았다. 집이 어디인지 모르겠다는 듯, 아니 집이라는 말을 생전 처음 듣는다는 듯.

"그동안 미안했어요."

홍이안은 내 질문에는 답하지 않고 말했다.

"뭐가 미안해요?"

"갑자기 나타나서 화내고 소리지르고, 정신나간 여자 같았죠?

제가 원래 이렇진 않아요."

"원래 그래도 상관없어요."

"그런 거 관심 없단 얘기예요?"

"아뇨, 그게 아니라, 그 정도로 이상해 보이진 않았다고요."

"혹시 성격개조 학교 같은 데 다녔어요? 채지훈씨 보고 있으면 가끔 지나치게 예의바른 것 같아요."

"답답하죠?"

"답답하다기보다는, 뭐랄까, 밑바닥에서는 뭔가 들끓고 있는데 그 위에다 얇은 포장지를 덮어놓은 듯한 느낌이 들어요."

"가식적으로 보인다는 뜻인가요?"

"일부러 그러는 것 같지는 않아요. 그랬다면 정말 재수없는 인간이었을 거예요. 자신도 모르게 포장지가 만들어진 거겠죠."

"직업이 그런 쪽이에요?"

"그런 쪽이라뇨?"

"심리치료나 성격개조 같은?"

"성격을 비슷하게 맞혔나보죠? 실은 제 직업이 사람들 운세를 봐주는 거예요."

"어쩐지."

"어쩐지는 뭐가 어쩐지예요. 저 같은 사람이 점을 믿을 것 같아요? 생각 좀 하고 얘기하시죠, 채지훈씨."

홍이안이 나를 가지고 놀고 있다는 생각이 들었지만 기분이 나쁘지 않았다. 누군가의 손바닥 위에서 즐겁게 놀아본 것도 오랜만이었다. 홍이안이 얼굴에서 웃음기를 없애고 말했다.

"미안하기도 하고 고맙기도 해요."

"뭐가 고마워요?"

"만약 채지훈씨가 엄마랑 놀아주지 않았더라면 엄만 죽기 전에 나를 엄청나게 괴롭혔을 거예요. 그런 점에선 많이 고맙죠."

"홍혜정씨는 그런 사람이 아니었어요."

"또, 또 그러신다. 엄마에 대해서 아는 척하지 말라니까요."

"알았어요. 그만합시다."

우리는 창밖을 내다보며 차를 마셨다. 창문 너머로 구름이 천천히 지나가고 있었다. 홍이안이 가방에서 작은 노트 하나를 꺼내서 탁자 위에 올려놓았다. 표지 아래쪽에 '홍혜정'이라고 씌어 있었다.

"엄마의 노트인가봐요."

홍이안이 말했다.

"무슨 얘기가 적혀 있어요?"

내가 물었다.

"아직 몰라요. 무슨 얘기가 적혀 있는지 궁금하지만 읽질 못하겠어요."

"왜요? 이안씨 얘기가 나올까봐요?"

"그래요. 내 이야기가 나와서 내가 엄마를 이해하게 될까봐 겁나요. 엄만 평생 글을 써온 사람이니까 글로 나 같은 사람 설득하는 건 식은 죽 먹기 아니겠어요?"

"읽고 나서 엄마를 이해하면 되잖아요. 이안씨가 모르는 뭔가가, 어떤 진실이 그 노트에 있을지 모르죠."

"그러니까 못 보는 거예요. 진실이 뭐든 아직은 엄마를 용서하기엔 너무 일러요."

"진실이 그 정도의 가치도 없나요?"

"진실이 아무런 가치도 없을 때가 얼마나 많은지 알아요? 진실
은 그저 사실의 한 종류일 뿐이에요."

"그럼 노트를 태워버리든지요."

"그게 낫겠죠?"

"직접 결정해요."

"이걸 여는 순간 나쁜 일이 생길 것 같아요."

"엄마가 죽은 것보다 더 나쁜 일이 어디 있어요."

"혹시, 이걸 좀 맡아주실 수 있어요?"

"제가요?"

"가지고 있다가 제가 읽을 준비가 되면 그때 주세요."

"전 궁금한 건 못 참는 성격인데요."

"읽어도 상관없어요. 어차피 채지훈씨하곤 전혀 상관없는 이야
기일 테니 소설 보는 거랑 뭐가 다르겠어요. 하지만 채지훈씨는 쉽
게 남의 비밀을 들여다볼 사람은 아니에요."

"또 성격분석 들어가셨군요."

"분석할 것도 없어요. 그냥 얼굴에 다 보이니까."

"칭찬으로 받아들여도 되죠?"

"아뇨, 포장지가 너무 얇다는 뜻이에요, 하하하."

홍이안은 큰 소리로 웃었다. 나도 따라 웃었다. 나를 비웃는 농담
인데도 기분 나쁘게 들리지 않았다. 오히려 푸근했다. 홍혜정을 다
시 만난 듯한 느낌이었다. 홍이안은 이야기하는 도중에 미간을 찡

그리는 버릇이 있었는데, 농담을 시작하기 전에 주로 그랬다. 미간에서 농담이 시작되는 모양이었다. 대륙과 대륙이 뒤틀리는 자리에서 지진이 만들어지듯 눈썹과 코와 이마가 맞부딪치는 자리에서 농담이 발생하는 거다. 그렇게 발생한 농담은 한랭전선이 이리저리 얽혀 있는 입가로 진출해 턱 쪽의 온난전선과 결합한 다음 얼굴 전체에 웃음을 발생시키는데, 웃음이 시작되면 온몸의 온도가 1도 정도 상승하는 효과가 나타난다.

거울을 들여다보면서 가끔 홍이안의 표정을 흉내낼 때가 있다. 미간을 찡그리며 이야기를 시작하면 어디선가 나도 모르던 농담이 시작되고 기분이 좋아질 것만 같다. 실제로 기분이 좋아질 때도 있었는데, 농담이 시작되었기 때문에 기분이 좋아진 것인지 아니면 홍이안을 생각해서 기분이 좋아진 것인지 알 수 없었다.

차를 다 마시고 홍이안은 자리에서 일어섰다. 노트는 내가 보관하기로 했다. 적어도 한번은 홍이안을 더 만날 핑계를 만들 수 있기 때문이었다. 홍이안이 가고 난 자리에 노트만 덩그러니 남았다. 푸른색 가죽 노트였다. 노트에는 검은색 끈이 달려 있었는데 그걸로 노트가 쉽게 열리지 않게 고정할 수 있었다. 검은 끈이 노트를 가로지르고 있었다. 검은 끈을 벗기는 순간 '그러지 마세요' 하는 홍혜정의 목소리가 들려올 것 같았다. 나는 탁자에 놓인 노트를 보면서 한참 고민했다. 죽음을 맞이하던 순간 홍혜정은 어떤 생각을 하고 있었을까. 나와 뚱보130 생각도 했을까. 그렇다면 나와 뚱보130에 대한 생각도 적지 않았을까. 뭔가 우리에게 전하고 싶은 메씨지도 있지 않았을까. 그렇다면 마지막 페이지만 펼쳐보면 되지 않을까. 그건 예의에 어긋나는 일은 아니지 않을까. 내 마음이 점점 노트를 펼치고 있었다. 나는 유혹에서 벗어나기 위해 냉동실에 들어 있던 빵을 꺼내 전자레인지에 넣었다. 빵에다 크림치즈를 바르고 컵에다 우유를 부었다. 노트는 계속 같은 자리에서 나를 기다리고 있었다. 푸른색 노트는 살아 있는 생물 같았다. 검은 끈을 벗기면 노트가 펼쳐지면서 접혀 있던 종이들이 부풀어올라 집을 가득 채울지도 몰랐다. 나는 노트를 보지 않기 위해 계속 딴전을 피웠지만 피할 수 없었다. 나는 어쩔 수 없이 노트를 집어들었다. 마지막 페이지만 보고 덮을 생각이었다. 마지막 페이지가 아니더라도 나와 뚱보130에 대한 글이 있다면 그것만 읽어볼 생각이었다.

검은 끈을 벗기려는 순간 급하게 문을 두드리는 소리가 들렸다. 문을 열자 홍이안이 겁에 질린 표정으로 서 있었다.

10

고리오 마을이 완벽하게 고립됐다. 내가 사는 집을 포함해 고리오 마을 주변까지 완전히 봉쇄됐다. 아무도 밖으로 나갈 수 없었다. 모든 신호가 차단됐고 유선전화도 먹통이었다. 인터넷은 물론이고 휴대전화도 사용할 수 없었다. 다른 도시로 향하는 모든 길에는 삼 미터 정도 높이의 철망이 쳐져 있었다. 철망에는 고압전류를 조심하라는 경고문이 붙어 있었고, 그 아래에는 다음과 같은 문구가 적혀 있었다.

〈경고〉 2013.2.9 ── 군사작전이 종료될 때까지 외부로 나갈 수 없음.

어찌해볼 도리가 없었다. 홍이안과 함께 철망을 따라 걸어보았지만 통로는 없었다. 모든 길이 막혔다. 홍이안은 겁에 질려 있었다. 도대체 언제 이렇게 높은 철망을 친 걸까? 전날 신규사업개발팀에 원서를 내기 위해 회사에 다녀올 때만 해도 없던 것이었다. 군사작전을 진행한다면 차를 타고 오가는 길에 군인 한두 명 정도는 눈에 띄었을 텐데, 아무런 징후도 보지 못했다.

나는 홍이안과 함께 케겔을 찾아갔다. 케겔의 집으로 가는 길에 고리오 마을 상점가를 지나갔다. 겉으로 보기에는 별다른 변화가 없었다. 사람들은 편의점과 식당과 비디오가게 앞을 태평한 모습으로 지나다니고 있었다.

케겔은 고리오쎈터에서 친구들과 함께 케겔 경기에 몰두해 있었다. 고리오쎈터가 너무나 평화로워 보여서 나는 잠시 고립이라는 단어를 잊었다. 고립이란 게 뭐였지? 평화를 뜻하는 단어였던가? 케겔은 나와 홍이안이 찾아온 걸 보고 놀란 듯했다.

"마을에 무슨 일이 있는 겁니까?"

내가 물었다.

"무슨 일?"

케겔이 대답했다.

"밖으로 나가는 길이 모두 막혔어요. 군사작전이 종료될 때까진 외부로 나갈 수 없다고 하던데요."

케겔은 나와 홍이안을 데리고 사무실이라는 문패가 붙은 작은 방으로 갔다. 책상과 컴퓨터가 있는 걸로 봐서 고리오쎈터를 관리하는 사무실 같았지만 뭔가를 관리하기에는 턱없이 시설이 부족해 보였다. 게다가 방 전체에서 이상한 냄새가 났다. 오랜 시간 쌓여서 굳어버린 냄새였다. 나이가 들면 몸의 많은 부분이 너무 낡아 냄새를 풀풀 풍길 수밖에 없는 것이다. 케겔은 사무실의 문을 닫았다. 잠깐 홍이안의 눈치를 보더니 이야기를 꺼냈다.

"곧 뚫릴 거야. 자네가 처치한 그 녀석 때문에 군부대에 비상이 걸렸거든."

"부대에 비상이 걸렸는데 왜 고리오 마을을 통제하는 거죠?"

"자네가 처치한 그놈이 아마 부대에서 탈출한 녀석인 것 같아."

"탈출하다뇨? 부대에 좀비가 산다고요?"

"자꾸 캐묻지 마. 자세한 건 나도 잘 모르겠지만 놈들이 더 있을지도 모른다고 생각하고 있어. 뭐, 큰일이야 있겠어? 부대에 비상 사태가 생기면 가끔 고리오 마을을 통제하기도 해. 혹시 모르니까 문단속은 잘하고 있으라고."

"그럼 고리오 마을 밖으론 못 나가는 겁니까?"

"그렇지."

"외부로 통화할 수 있는 곳도 없나요?"

"자네도 알겠지만 여긴 무통신지역이라서 통신 차단하면 완벽한 섬이 되는 곳이야. 아가씨, 뭐 급한 일이라도 있나. 어차피 못 나가는 거 동네 구경이라도 하고 있어. 아니면 나한테 케겔이라도 배우든가."

홍이안은 케겔의 말에 아무런 대답도 하지 않았다. 말을 하고 싶지 않다는 표정이었다. 케겔을 거북해하는 표정이 역력했다.

"알겠습니다. 곧 해결되겠죠."

내가 말했다.

"자넨 케겔 배우고 싶은 생각 없어? 지난번에도 말했지만 세계 챔피언에게 케겔을 배운다는 건 흔치 않은 기회야."

"나중에 배울게요. 통제가 풀리면 알려주시는 거죠?"

"내가 고리오 마을 마이크로 방송을 할 테니까 귀기울이고 있으라고. 그리고 자네가 그 좀비 놈을 처치한 건 아직 마을사람들에겐 비밀이야. 마을사람들은 단순한 군사훈련 같은 걸로 생각하고 있으니까 말이야. 내 말 무슨 뜻인지 알지? 시끄러운 건 딱 질색이야."

"네, 어차피 그런 얘기 할 만큼 친한 사람도 없는데요 뭐."

케겔은 다시 케겔 시합장으로 갔다. 멀리서 케겔의 시합 장면을 잠깐 보았다. 케겔은 볼링과 비슷한 게임이었다. 언뜻 보기엔 미니 볼링 같았다. 공도 작았고 핀도 작았고 경기장도 작았다. 하지만 볼링보다 훨씬 격렬한 경기였다. 공의 속도가 야구경기에서 투수가 던지는 공에 버금갈 정도로 빨랐다. 멀리서 경기를 지켜보기만 해도 케겔에게 왜 케겔이라는 별명이 붙었는지 알 만했다. 케겔의 실력은 다른 누구보다 월등했다. 케겔의 룰을 전혀 몰라도 그건 알 수 있었다. 그는 경기장을 장악하고 있었다. 실력으로도 그랬고 말솜씨로도 그랬고 목소리의 크기로도 그랬다. 고리오쎈터 밖으로 나왔는데도 케겔의 우렁찬 목소리가 들렸다. 사람들의 환호성도 들렸다.

"그놈은 뭐고, 처치했다는 건 또 무슨 얘기예요?"

고리오쎈터를 나오자마자 홍이안이 물었다. 숨길 수 없었고 숨길 필요도 없었다. 얘기하지 않고 버텨봤자 홍이안은 끝내 진실을 끄집어내고 말 것이다. 나는 전날 아침에 있었던 사건에 대해 얘기했다. 좀비의 몸뚱어리에 야구방망이를 꽂은 일과 케겔이 좀비의 시체를 끌고 간 일을 자세하게 얘기해주었다. 홍이안은 처음엔 믿지 않는 눈치였다. 당연하다. 나라도 믿지 않았을 것이다. 하지만 믿지 않을 이유도 없었다. 내가 홍이안에게 거짓말을 할 이유가 없었고, 게다가 좀비까지 등장시켜가며 거짓말을 할 이유는 전혀 없었다. 요즘 세상에 누가 좀비 이야기로 농담을 한단 말인가. 홍이안은 모든 이야기를 담담하게 들었다.

좀비의 등장이 내게는 행운이기도 했다. 좀비 덕분에 홍이안과 함께 있을 수 있게 됐으니까. 홍이안은 처음엔 고리오 마을을 벗어날 수 없다는 사실에 괴로워했지만 곧 모든 상황을 받아들였다. 어찌해볼 여지가 없었다. 홍이안은 불안해하긴 했지만 크게 놀라지는 않았다.

홍혜정의 집에는 아무것도 남아 있지 않았기 때문에 그곳에 머물 수는 없었다. 남은 것이라곤 목소리를 메아리로 되돌려주는 커다란 벽과 가구 몇개뿐이었다. 물론 맛있는 베이글을 만들어주는 식탁이 남아 있긴 했지만 그건 뚱보130 같은 사람에게나 유혹적인 물건이었다. 홍이안은 그 텅 빈 공간에 혼자 있을 자신이 없다고 했다. 나는 홍이안에게 내 집 이층 방에서 머물라는 제안을 했고, 홍이안은 고민 없이 그러겠다고 했다.

내 잠자리에도 변화가 생겼다. 나도 이층의 침실로 잠자리를 옮길 수밖에 없었다. 거실을 함께 쓰려면 어쩔 수 없었다. 나는 딱딱한 침대가 있는 방을 선택했고, 홍이안은 물렁한 침대가 있는 방을 선택했다. 물렁한 침대가 있는 방이 전망이 좋다는 얘기를 꺼냈다가 널빤지로 모든 창문을 틀어막아놓았다는 사실을 뒤늦게 기억해냈다. "저 원래 깜깜해야 잠을 잘 자요"라며 홍이안이 나를 위로해줬다. 좀비를 발견한 방은 계속 비워두는 게 좋을 것 같았다.

홍이안과 보낸 사흘은 내 인생에서 가장 긴장감 넘치는 순간의 연속이었다. 여자와 같은 집에 머문 것은 이십이년 만의 일이었다. 어머니가 죽은 후 처음이었다. 여자친구가 있긴 했지만 단 한번도 내가 사는 곳에 초대해본 적이 없다. 내가 살았던 집들이 누군가에게 보여줄 만큼 멋진 공간이 아니기도 했지만, 내가 사는 모습을 들키는 것이 싫었다. 어쩌면 몇명의 여자들은 그런 이유 때문에 나를 떠났을지도 모르겠다. 집에 초대하지 않는다는 건 비밀이 있다는 뜻이고, 비밀이 있는 남자란 여자 입장에서 볼 때 불편할 수밖에 없다. 나는 혼자 있을 때면 늘 모든 창문에 블라인드를 쳐두었다. 창밖의 어떤 존재를 의식하는 게 싫었다. 모든 걸 닫아두고 나면 동굴에 들어선 것처럼 마음이 편안했다. 집에 있을 때면 팬티만 입거나 아예 옷을 전부 벗고 있었다. 화장실에 갈 때도 옷을 벗을 필요가 없었고, 샤워를 하고 나서도 몸에 뭔가를 걸칠 필요가 없었다. 옷을 벗고 생활하기 시작하자 옷을 입는 게 말할 수 없이 불편했다. 여자를 집으로 초대할 수 없었던 이유 중에는 집에서 옷을 벗을 수 없다는 점도 있었다. 형이 죽고 나서 자동차에서 생활할 때도 가장 불편한 점은 옷을 벗을 수 없다는 것이었다.

고리오 마을에 왔을 때도 처음에는 창문에 블라인드를 칠까 생각했다. 하지만 그때의 나는 홍혜정과 뚱보130 때문에 조금은 달라져 있었다. 누군가 찾아올 사람이 있다는 이유만으로도 마음이 밝아진 게 아닌가 싶다. 집에 한 사람이 더 있다는 작은 변화가 커다란 긴장감을 불러왔다. 홍이안 역시 긴장하긴 마찬가지였다. 홍이안의 침실과 내 침실은 서로 마주보고 있었는데 방에서 나오다 얼굴이 마주칠 땐 서로 부끄러워 고개를 돌렸다.

책을 읽거나 음악을 듣는 것 말고는 할 일이 별로 없었다. 우리는 거실에 앉아서 피아노 쏘나타를 들으면서 책을 읽었다. 홍이안은 내가 역사도서관에서 빌려놓은 『역사를 바꾼 100명의 탐험가들』이라는 책을 읽었고, 나는 『ELTE, 차세대 통신망의 응용』이라는 책을 읽었다. 신규사업개발팀에 뽑혔을 경우 필요한 책이라는 이유 때문에 읽기 시작했지만 책이 눈에 들어올 리 없었다. 문장들이 내 눈으로 오는 사이에 길을 잃고 헤매는 것 같았다. 좁은 거실에서 그녀의 숨소리와 내 숨소리가 뒤섞였다. 가끔 내 숨소리가 너무 큰 것 같아 신경이 쓰였다. 그래도 신경 쓰이는 게 기분 나쁘지 않았다.

이틀 동안은 태풍의 눈 속에 들어앉아 있었다. 두껍고 커다란 암막으로 우리들의 공간을 위에서부터 폭 덮어버린 것 같은 기분이 들었다. 아무런 일도 일어나지 않았다. 책을 읽고 음악을 듣고 밥을 먹고, 다시 책을 읽다가 잠이 들었다. 우리는 음식 재료를 사기 위해 슈퍼마켓에 함께 간 것 말고는 집 밖으로 나가지 않았다. 쏘파에 앉아서 음악을 들었고 책을 읽었고 잠을 잤다. 가끔 그런 의심이 들기도 했다. 혹시 내가 홍혜정의 노트를 읽지 못하도록 홍이안이 나를 감시하는 것은 아닐까. 그래도 상관없었다. 그 순간은 홍혜정의 노트를 읽는 것보다 홍이안과 함께 있는 게 좋았다. 세번째 날 저녁 홍이안이 바닥에다 책을 던지며 말했다.

"여기 갇혀서 탐험가들 얘기나 읽고 있다니 우리 둘 다 너무 한심하지 않아요?"

"다른 책 드릴까요?"

"약 같은 거 없죠?"

"감기약 같은 거요?"

"아뇨, 그런 약 말고 정신을 조금 놓을 수 있는 거 있잖아요."

"없죠."

"그럴 줄 알았어요."

"술 마실까요?"

"어떤 게 있어요?"

나는 찬장에 있던 위스키를 꺼냈다. 잠이 오지 않을 때 혼자 마시려고 두었던 씽글몰트 위스키였다. 걱정했던 것보다는 잠을 잘 잤기 때문에 술을 꺼낼 기회가 많지 않았다. 두세 번 스트레이트로 마신 것 말고는 손을 대지 않았다. 혼자서 술을 마시면 내가 어떻게 바뀌는지 잘 알기 때문이었다. 술을 마시기 전에는 '딱 한잔만 마시면 잠을 잘 수 있을 거야'라는 생각이 들지만 막상 몸속에 알코올 기운이 돌기 시작하면 걷잡을 수 없이 기분이 가라앉았다. 5 정도였던 기분이 순식간에 1로 떨어졌다. 몸속 구석진 곳에 얌전하게 숨어 있던 어둠의 세력들이 알코올과 뒤섞이면서 몸 전체를 지배하는 것이다. 나는 기분을 끌어올리기 위해 더 많은 술을 마셨고, 어둠의 세력들은 내가 알코올에 익사할 때까지 몸속에다 술을 들이부었다. 심각한 소모전이었다. 차에서 생활할 때 술을 마시다가 심각한 상태까지 이를 정도로 기분이 가라앉은 적이 여러 번 있었는데 그후로는 어떤 일이 있어도 혼자서 술을 마시지 않았다.

"채지훈씨는 어떤 사람이에요?"

눈 아래 광대뼈가 술 때문에 발갛게 달아올라서 홍이안의 얼굴이 더욱 근사해 보였다. 내 이야기를 물어본 건 처음이었다. 진심으로 궁금해하는 것 같진 않았다. 우리는 천천히 위스키를 마셨다. 스트레이트로 마시기도 했고, 물에 타서 마시기도 했다. 어떻게 마셔도 맛있었다.

"제가 어떤 사람일까요? 별게 없어요. 포장지가 너무 얇은 사람이죠."

"그걸 마음에 담아뒀어요? 뒤끝이 있는 성격이네. 엄마가 있었다면 아주 정확하게 설명해주었을 텐데…… 채지훈은 이런 사람이라고."

"홍혜정씨 노트에 그런 게 씌어 있을지도 모르죠."

"나중에 보게 되면 얘기해주세요. 채지훈씨가 어떤 사람인지에 대한 엄마의 생각을."

"홍혜정씨의 눈을 믿나보죠?"

"그런 눈은 믿죠. 너무 객관적인 사람이라는 것도 엄마를 싫어하는 이유 중 하나니까요."

"누구도 다른 사람을 다 알 수는 없어요."

"맞아요, 모르는 것이 더 많은 채로 헤어지죠. 빌어먹을, 인생이 너무 짧아요, 그죠? 하하하."

"인간의 수명이 두 배로 늘어난다면 어때요?"

"가끔 그런 생각을 해요. 이 세상에는 얼마나 많은 진실들이 아무도 모르게 묻혀버리는 걸까. 지금 채지훈씨에게 나만 알고 있는 비밀을 얘기했다고 쳐요. 그건 두 사람만의 비밀이잖아요. 아무도 몰라요. 그런데 채지훈씨는 그걸 아무에게도 얘기하지 않고 죽고, 나도 내 비밀을 채지훈씨에게 말고는 아무에게도 얘기하지 않고 죽어요. 어딘가에 기록하지도 않고요. 그러면 두 사람이 죽는 순간 하나의 진실이 완전히 사라지는 거죠. 나 혼자만 간직하고 있다가 죽었다면 그건 비밀이 아니에요. 하지만 내가 입밖으로 이야기를 꺼내는 순간, 그건 둘만의 비밀이 되는 거잖아요. 그렇게 사라진 비밀이 세상에는 얼마나 많을까요. 무덤 하나에 그런 비밀이 하나쯤은 묻혀 있지 않을까요? 무덤 하나에 비밀 하나. 비밀 하나에 십자가 하나. 십자가가 둘이면 묻힌 비밀이 둘. 십자가가 셋이면 비밀이 셋."

"그럼 이안씨의 비밀 하나만 얘기해보세요."

"말이 그렇다는 거죠."

"비밀 하나 얘기하면 저도 비밀 하나 얘기할게요."

"채지훈씨 비밀은 별로 궁금하지 않은데요."

"좋아요, 그럼 두 개."

"세 개로 해요."

"비밀이 세 개나 있을 사람 같아요? 제가?"

"그럼 관둬요. 몰라도 그만이니까."

"좋아요. 알았어요. 해봐요."

"뭐가 좋을까, 적당한 비밀이 좋겠죠? 엄청난 비밀을 얘기하면 채지훈씨가 너무 놀랄 테니까."

"놀라는 거 좋아해요."

"몸무게가 90킬로그램까지 나갈 때가 있었어요."

"정말요?"

"네. 어릴 때 체조를 했는데, 체조를 그만두고 나니까 몸무게가 확 붙더라고요. 엄청 먹어댔죠. 초콜릿, 과자…… 먹고 또 먹고 계속 먹었어요."

"체조는 왜 그만뒀는데요?"

"재능이 있는 줄 알았는데 없더라고요. 재능은 금방 사라져요."

"재능이 사라졌다고 그만둬요?"

"그럼 어떻게 해요?"

"계속 노력하면 재능이 다시 살아날 수도 있잖아요."

"몰라서 하는 소리예요. 스포츠에 대한 재능은 한번 사라지면 그냥 바이바이예요. 절대 되살아나지 않아요. 난 어릴 때 중력이 뭔지도 몰랐거든요. 그냥 허공을 휙, 휙, 날아다녔어요. 내가 원하는 대로 몸을 굽힐 수 있었고, 내가 원하는 지점으로 뛸 수 있었어요. 그런데 어느날 갑자기 중력이 느껴지더라고요. 그걸로 끝."

"갑자기 왜요?"

"어느날 코치 선생님한테 기합을 받고 있었어요. 코치 선생님이 되게 재미있는 분이어서 기합도 재미있었거든요. 코끼리코 하고 열 바퀴 돈 다음에 운동장 도는 게 기합이었는데, 친구들이랑 낄낄거리면서 기합을 받았어요. 균형감각을 키우는 게 목적이었지만 친구들 넘어지는 거 보는 게 얼마나 재미있었는지 몰라요. 친구도 넘어지고, 나도 넘어지고, 그러면서 노는 거예요. 근데 그날따라 체육관에 엄마가 일찍 와 있었어요. 기합 받으면서 친구들이랑 낄낄 거리는 꼴을 보고야 만 거지."

"그런 걸로 혼낼 분 같지는 않은데요."

"정말 엄마를 모르신다니까. 그날 집으로 돌아가는 차에서 엄마가 그러는 거예요. 홍이안, 너 그렇게밖에 못하니?"

홍이안은 홍혜정의 목소리를 흉내냈다. 어머니와 딸의 관계라 그런지 흉내도 실감났다.

"뭐라고 그랬어요?"

"아무 말도 못했죠. 다섯시 십오분이었어요. 지금도 생생하게 기억나요. 자동차에 붙어 있는 건 전자시계였는데, 내 귀에는 초침소리가 들렸어요. 그날 이후로 갑자기 몸이 무거워지더라고요."

"그 한마디 때문에요?"

"모르겠어요. 그 말 때문이었는지, 엄마의 목소리 때문이었는지, 그냥 재능이 사라진 건지 모르겠어요. 아무튼 그날부터 내 몸을 모르겠더라고요. 내가 몇바퀴를 돌 수 있을지, 어디까지 뛸 수 있을지 아무런 감각이 없었어요. 연습 때는 그럭저럭 하긴 했는데 대회에만 나가면 완전 꽝이었어요. 엄마 목소리가 들리는 거 있죠. 홍이안, 너 그렇게밖에 못하니?"

홍이안이 다시 엄마 목소리를 흉내냈다.

"그래서 그만둔 거예요?"

"그때부터 엄청 먹어대기 시작했죠."

"90킬로그램이라니 어떤 모습일지 궁금해요."

"130이랑 비슷했어요. 난 130 처음 봤을 때 예전 내 모습을 보는 줄 알았어요."

"어떻게 뺐어요?"

"두번째 비밀을 물어보는 거예요?"

"연결되는 거니까 하나로 쳐요."

"곤란한데요."

홍이안이 장난스럽게 고개를 흔들며 말했다. 볼은 발갛게 달아올랐고 입은 계속 웃고 있었다. 홍이안은 잔에 조금 남아 있던 위스키를 삼켰다.

"좋아요. 위스키 리필해주면 얘기해줄게요."

홍이안이 한쪽 손으로 턱을 괴고 잔을 내밀었다. 위스키는 많이 남아 있었다. 밤이 길다는 게 좋았다.

"걷는 거 좋아해요?"

홍이안이 위스키잔을 흔들며 말했다.

"별로요. 운동 같은 걸 열심히 해본 적이 없어요. 이안씨는요?"

"난 지긋지긋하게 걸었어요. 대학교 일학년 때 살을 빼기로 마음먹고 하루에 다섯 시간씩 걸었어요. 집에서 학교까지 차를 타고 삼십분 정도 걸리는데 그 거리를 매일 걸었어요. 왕복 다섯 시간."

"다섯 시간을 걷는 게 가능해요?"

"간단해요. 한 발 한 발 내딛기만 하면 돼요."

"다리 아프잖아요."

"그게 참 신기해요. 처음에는 무릎이 아프고, 다음엔 발바닥이

아프고 다음엔 허리가 아프고, 통증이 계속 몸을 옮겨다녀요. 계속
걷다보면 무슨 생각이 드는 줄 알아요? 고통이 친구 같아요. 몸을
헤집고 다니며 내 몸을 파괴하는 적군이 아니라 내 몸을 여기저기
여행하는 친구. 그래서 지루하지가 않아요."

"저는 절대 이해 못하겠는데요."

"한 달쯤 걷고 나니까 다른 게 보여요. 매일 비슷한 시간에 똑같
은 거리를 지나잖아요. 첨엔 몰랐는데 매일매일이 조금씩 다른 거
예요."

"어떻게요?"

"그게 설명하기가 힘들어요. 걷다보면 알게 돼요. 어제와 달라졌
구나, 내 몸이 조금씩 가벼워지는 것처럼 눈에 보이지 않게 거리도
조금씩 달라지는구나, 그런 걸 느껴요. 그래서 집을 나서기 전에 매
일 셀프 누드를 찍기 시작했어요. 뭔가 변하고 있다면 그걸 확인해
보고 싶었어요. 카메라를 하나 사서 방에다 고정해놓고 매일 똑같
은 앵글로 누드사진을 찍었죠. 일요일이 되면 일주일치 사진을 프
린트한 다음에 벽에다 달력처럼 붙였어요."

"그 사진 아직도 가지고 있어요?"

"다 버렸죠."

"아깝네. 그것만 있으면 이안씨 협박할 수도 있을 텐데."

"협박해서 뭐하게요."

나는 칼로 치즈를 자르면서 협박할 거리를 찾는 척했다. 술기운
이 머리에 차오르고 있었다. 조금씩 수위가 높아졌다. 홍이안은 내
대답을 기다리지 않고 자신의 이야기를 계속했다.

"육개월 동안 걸었더니 살이 다 빠져버렸어요. 한 십년 만에 원래 몸무게로 돌아온 거죠. 살이 빠지고 나서도 벽에 붙은 사진을 가끔 보곤 했는데, 그 모습이 마치 우주의 소멸과정을 기록한 것 같더라고요. 살색 우주예요. 멀리서 보면 사진 속 살색이 점점 줄어들어요."

"왜 버렸어요?"

"살색 우주라는 게, 계속 보고 있으니 좀 징그러워요."

"자꾸 상상하게 되네요."

"그만."

"네, 그만."

그만이라고 말했지만 나는 계속 상상했다. 홍이안의 살찐 모습을, 홍이안의 살색 우주가 소멸해가는 과정이 담긴 사진을, 사진 속 홍이안의 표정을, 수축된 살색 우주의 아름다운 곡선을 마음껏 상상했다.

11

창문 깨지는 소리가 들렸고, 홍이안이 몸을 움찔했다. 곧이어 나무판자를 규칙적으로 두드리는 소리, 손톱 같은 것으로 나무 표면을 긁어대는 소리가 이층에서 들려왔다. 누군가 집 밖에 있는 게 분명했다. 두드리는 소리와 긁는 소리가 사라지자 위스키 잔 속의 얼음 녹는 소리가 들릴 정도로 사방이 고요했다. 쩌억, 하고 잔 속의 얼음이 다시 녹아내리는가 싶더니 이번에는 커다란 물체가 나무에 부딪치는 소리가 더 크게 들려왔다. 시간이 지나자 세 개의 소리가 뒤섞였다. 소리로 존재를 확인할 수 있었다. 좀비들이 분명했다. 지금 당장 무슨 수를 쓰지 않으면 덧창문을 부수고 그들이 집 안으로 들어올지도 몰랐다. 나는 집 밖으로 나가보고 싶은 충동에 휩싸였다. 그들의 수가 얼마나 많은지 궁금했다. 문밖으로 나가는 순간 어떤 광경이 펼쳐질지 궁금했다.

나는 홍이안에게 일층의 창문들을 확인하라고 한 다음 이층으로 올라갔다. 이층 복도 입구에 서자 나무 두드리는 소리가 양쪽에서 들려왔다. 써라운드 스피커에서 들려오는 음악처럼 소리가 사방에서 나를 감싸안았다. 빗방울 하나하나의 리듬이 모여 빗소리가 되듯 여러 개의 창문 두드리는 소리가 하나로 모여 천둥소리 같은 것이 되었다. 쿵, 쾅, 쿵, 쾅, 쿵, 쾅, 멀리서 천천히 다가오는 천둥소리처럼 나무 두드리는 소리는 공간감이 뚜렷했다.

덧창문과 빗장을 튼튼하게 대놓길 잘했다. 나는 덧창문을 대면서 필요 이상으로 많은 못을 박았다. 못의 숫자는 나의 두려움의 크기였다. 그렇게 두려워하면서도 이 집을 떠나지 않은 이유는, 두려움이란 피할 수 없는 것이란 사실을 알고 있었기 때문이다.

나는 홍이안의 침실로 들어가 덧창문에 손을 대보았다. 집 바깥에서 나무를 두드리는 걸 느낄 수 있었다.

쿵, 쾅, 쿵쿵, 쿵, 쾅쾅.

상대방의 존재가 진동으로 내 손에 전해졌다. 두렵기보다는 궁금했다. 진동의 패턴을 느껴보았다. 좀비들은 혹시 나무를 두드리면서 나에게 뭔가 전달하려는 것은 아닐까. 모스 부호 같은 것으로 나에게 말을 걸고 있는 것은 아닐까. 하지만 내가 아무것도 알지 못하니 소용없다. 진동이 불규칙한 걸 보면 어떤 메씨지가 들어 있을 가능성은 희박했다.

덧창문은 튼튼했다. 튼튼하게 박아놓기도 했지만 좀비들의 공격 역시 생각보다 강하지 않았다. 덧창문의 못 하나 움직이지 않았다. 덧창문을 박살내고 그들이 뛰어들어올지 모른다는 걱정은 하지 않아도 될 것 같았다. 일층 역시 아무런 이상이 없었다. 홍이안과 나는 거실 한가운데 우두커니 선 채 좀비들이 내는 소리에 압도당했다. 안전한 요새였지만 소리가 주는 공포 때문에 아무것도 할 수 없었다. 피아노 쏘나타를 크게 틀었지만 피아노 쏘나타로 감당할 수 있는 소리가 아니었다. 좀비들의 소리를 막아내기 위해서는 더 크고 화려한 소리가 필요했다. 교향곡 정도는 되어야 할 것 같은데 내가 가진 CD는 대부분 피아노 쏘나타뿐이었다.

CD를 뒤지다가 홍혜정이 녹음해준 스톤플라워의 두번째 앨범을 찾아냈다. 볼륨을 7까지 올렸더니 나무 두드리는 소리가 거의 들리지 않았다. 오디오에서 터져나온 소리의 진동이 좀비들이 집 바깥에서 두드리는 나무의 진동과 맞서 싸우고 있었다. 우리는 거실 쏘파에 앉아 위스키를 마시며 소리와 소리의 대결을 지켜보았다. 음악소리가 너무 컸기 때문에 대화는 할 수 없었다. 우리는 음악을 들었다. 스톤플라워의 음악을 이렇게 크게 듣는 것은 처음이었는데 크게 들어도 좋았다. 스톤플라워의 음악은 가슴을 두드리는 로큰롤이었다.

세번째 노래가 끝나고 잠깐의 침묵이 찾아왔을 때 나는 좀비들이 더이상 창문을 두드리지 않고 있다는 사실을 알았다. 자신들의 소리가 음악소리에 파묻혔다는 것을 알아차린 것일까. 나는 음악을 꺼보았다. 아무 소리도 들리지 않았다. 덧창문 두드리는 소리가 들리지 않았다.

오초 정도가 지나자 어디선가 덧창문을 두드리는 소리가 다시 들렸다. 곧이어 모든 창문에서 덧창문을 두드리는 소리가 들렸다. 다시 소리가 집을 둘러쌌다. 쿵, 쾅, 쿵, 쾅, 소리가 우리를 압도했다. 음악을 다시 켜고 덧창문에다 손을 대보았다. 음악이 시작되고 오초 정도가 지나자 손바닥에서 진동이 사라졌다. 음악의 진동 때문에 덧창문 두드리는 걸 멈추는 것일까, 아니면 좀비들도 음악을 즐기는 것일까. 스톤플라워의 비트에 맞춰 헤드뱅잉이라도 하는 것일까. 나는 음악을 껐다 켜길 반복하면서 좀비들의 반응을 확인했다. 좀비들이 음악에 맞춰 헤드뱅잉하는 건 아니라 해도 음악에 반응하고 있다는 사실은 분명했다. 음악을 켜면 놈들이 조용해졌고, 음악을 끄면 놈들이 날뛰었다. 마치 음악을 더 들려달라는 듯. 그들은 록 콘써트에 몰려든 청중들처럼 행동했다.

"귀가 터질 것 같아요."

홍이안이 소리를 질렀다.

"음악을 끌까요?"

내가 큰 소리로 물었다.

"그래도 음악소리로 시끄러운 게 나아요."

"공연장에 왔다고 생각해요."

"좀비들을 위한 콘써트네요."

"이안씨, 밖에 몇놈이나 있을 것 같아요? 소리로 맞혀보세요."

"답을 얘기하면 지훈씨가 나가서 확인해줄 거예요?"

"아뇨."

"이제 지훈씨 비밀 얘기해봐요."

"나중에요. 음악소리가 너무 커요."

우리는 서로의 귀에다 대고 큰 소리로 얘기했다. 홍이안이 내 귀에다 소리지르는 게 좋았다. 귀가 간질간질했다. 우리는 술을 마시며 스톤플라워의 앨범을 마저 다 들었다. 음악이 그치면 다시 좀비들이 창문을 두드려댔기 때문에 음악을 멈출 수 없었다. 다시 앨범의 처음부터 음악을 들었다. 스톤플라워의 음악밖에는 들을 게 없었다. 스톤플라워의 CD를 무한반복하도록 설정해두었다. 고문이나 마찬가지였다. 아무리 좋은 음악이라 하더라도 반복해서 들으면 감흥이 없다. 모든 가사와 멜로디와 패턴을 다 알고 있으면 감동도 생기지 않는다. 우리는 쏘파에 앉아서 잠을 청했다. 나는 설핏설핏 풋잠에 빠져들었다. 스톤플라워의 익숙한 음악이 내 심장을 조금씩 이완시켰고 심장의 두근거림이 일정해지자 잠이 몰려왔다. 홍이안도 그랬던 모양이다. 내가 풋잠에서 깨어났을 때 홍이안은 쏘파 등받이 위로 고개를 젖힌 채 깊이 잠들어 있었다. 열린 입술 사이로 세 개의 이가 살짝 보였다. 열린 입술 사이로 빠져나오는 숨이 눈에 보이는 것 같았다. 가운데가 뻥 뚫린 도넛 모양의 숨이 빠져나오는 게 내 눈에 보였다. 나는 홍이안의 입술과 입술 사이의 이를 오랫동안 들여다보았다.

나는 불을 끄고 쏘파에 기댔다. 어둠속에서 음악만 혼자 시끄러웠다. 그래도 잠들 수 있을 것 같았다. 풋잠에 빠졌다 깨어나기를 몇번이나 반복했을까, 언젠가부터 스톤플라워의 음악이 음악으로 들리지 않았다. 그들의 음악은 데씨벨이 높은 공기였다. 시끄러운 소리인데도 있는지 없는지 알아차리기가 쉽지 않았다. 먼 곳에서부터 날이 밝아오는 게 느껴졌다. 거실도 완전히 어둡지는 않았다. 덧창문의 좁은 틈으로 빛의 기운이 새어들어왔다. 공기가 파랗다는 느낌이 들었다. 나는 쏘파에서 몸을 일으켰다. 안테나 감식반 일을 하면서 오랫동안 앉아 있는 건 자신있다고 생각했는데, 온몸의 이음매에서 삐걱대는 소리가 들렸다. 무릎도 뻣뻣하게 굳어 있었다. 나는 고개를 돌려보고 양팔을 돌리고 허리를 움직였다. 인간의 몸이 아니라 급하게 만든 조립식 인형 같았다. 이음매를 다듬지 않은, 아무렇게나 본드를 발라놓아서 군더더기가 덕지덕지 들러붙은, 싸구려 인형 같았다. 모두 해체하고 분해하여 뼈만 가지런히 담으면 라면상자 하나로도 충분할 몸이었다. 나는 음악을 끄고 사방으로 귀를 기울였다. 아무런 소리도 들리지 않았다. 얼마나 오랫동안 소리가 들리지 않아야 그들이 갔다는 걸 확신할 수 있을까. 오분? 십분? 얼마나 오랫동안 기다려야 침묵이 속임수가 아니라는 걸 확신할 수 있을까. 나는 거실 한가운데 우두커니 서서 소리를 기다렸다. 아주 작은 소리도 다 들렸다. 멀리서 새소리가 들렸다. 홍이안의 숨소리가 들렸다. 높고 가느다란 기계음이 들렸다. 냉장고 모터가 돌아가는 소리 같았다. 나는 이십분 정도 그렇게 서 있었던 것 같다. 그들이 갔다는 걸 확신한 것은 고양이 소리 때문이었다. 어디선가 고양이가 낮은 목소리로 울고 있었는데, 그 소리에는 낯선 상대를 향한 경계심이 전혀 없었다. 배가 고픈 상태이거나 그냥 어슬렁거리는 중인 목소리였다. 그들이 사라진 게 확실했다.

잠든 홍이안을 깨우지 않기 위해 나는 천천히 문을 열었다. 딸깍,

딸깍, 두 개의 잠금장치를 풀고 천천히 손잡이를 돌렸다. 나는 문득 문 반대쪽에서 나와 똑같이 손잡이를 돌리고 있을 좀비의 모습을 상상해보았다. 문이 열리면 놈은 나를 덮칠 것이다. 안으로 밀고 들어와 내 목을 깨물고, 잠들어 있는 홍이안의 목도 깨물고, 아니, 아니, 우린 드라큘라가 아니에요, 그렇다면 도대체 너희들 정체가 뭐냐, 우린 음악을 좋아하는 좀비들이에요, 음악을 좋아하는 좀비들이 대체 말이나 된다고 생각하냐, 뜬금없이 그런 대화를 상상했다. 좀비들이 말을 할 리 없었다. 문을 열자 거기에는 좀비 대신 눈부신 아침이 있었다.

집의 피해는 생각보다 적었다. 창문은 모두 깨졌지만 다른 피해는 거의 없었다. 집 외벽의 나무판자를 박살낼 정도로 힘이 좋은 녀석들은 아니라는 사실에 마음이 놓였다. 가장 궁금한 건 좀비들이 어떻게 이층까지 기어오를 수 있느냐는 거였다. 나무판자를 딛고 올라서면 대충 매달려볼 수는 있겠지만 온몸이 뻣뻣한 좀비가 기어오르기에는 무리였다.

"생각보다 별거 아니네요."

어느새 홍이안이 뒤에 와 있었다.

"일어났어요?"

"그 시끄러운 음악을 들으면서도 꽤 깊이 잤나봐요. 몸이 개운한데요."

홍이안이 기지개를 켜며 말했다.

"다행이네요. 나는 아직도 귀가 멍해요. 귓속에 음악이 남아 있는 것 같아요."

"그럴 땐 방법이 있죠."

"뭔데요?"

"이리 와봐요."

홍이안이 왼손으로 내 귀를 잡아끌더니 귓속으로 입김을 불어넣기 시작했다. 귓구멍이 간지러웠다. 좁은 계곡으로 부는 바람처럼 가느다란 소리가 났다. 이상한 기분이었다. 그 짧은 시간에 발기하고 말았다.

"뭐 하는 거예요?"

내 말이 끝나기도 전에 홍이안이 갑자기 귓속으로 소리를 질렀다.

"아!"

"깜짝이야. 뭐예요, 고막이라도 터지면 어쩌려고요."

"참 내, 고막이 그렇게 얇은 줄 알아요? 귀에서 이상한 소리 들릴 때는 이 방법이 최고라니까요. 자, 이제 아, 아, 아, 소리를 내봐요."

나는 그녀가 시키는 대로 했다. 귓속에서 맴돌던 음악소리가 사라지진 않았지만 귓속이 한결 시원해진 건 사실이었다.

"시원하긴 하네요."

"거봐요, 틀림없다니까."

"소리질렀을 땐 진짜 깜짝 놀랐어요."

"엄살 부리지 말아요. 다음엔 전동드릴로 확 뚫어버릴까보다."

홍이안이 웃으면서 말했다. 새벽까지 좀비들에게 시달린 두 사람의 대화치고는 이상했지만 아침 햇살이 마음을 즐겁게 했다. 좀비 같은 건, 벽을 뚫고 들어오진 못하니까, 낮에는 우리를 해칠 수 없으니까, 밤이 되었을 때는 밖으로 나오지 않으면 그만이니까, 나로서는 그편이 훨씬 더 좋으니까, 조금 시끄럽더라도 홍이안과 함께 있을 수 있으니까, 기분이 나쁠 이유가 없었다.

"어젯밤에 한 얘기, 사실이에요?"

내가 물었다.

"어떤 얘기요?"

"뚱뚱했다는 거하고 체조선수였다는 거요."

"진실만 얘기하기로 했잖아요. 못 믿어요?"

"좋아요, 그럼 증명해봐요."

"어떻게 증명해요? 살쪘을 때 사진이라도 보여줘요? 찾아보면 한두 장 있을라나."

"좋아요. 그럼 공중제비 한번 보여줘요."

"이십오년 전 얘기거든요."

"한번 체조선수는 영원한 체조선수 아니에요?"

"체조선수가 무슨 해병대인 줄 알아요?"

"그래서, 못 넘어요?"

"어른 되고 나서는 넘어본 적 없어요. 그리고 아침 댓바람부터 무슨 공중제비예요."

"한번 해봐요."

"싫어요."

"보고 싶어요."

"싫다니까요."

"딱 한번만 해보면 안돼요?"

"내가 왜 해야 하는데요?"

"내가 보고 싶으니까요."

"네?"

"내가 보고 싶으니까 해봐달라고요."

"누구신데요?"

"저요? 채지훈인데요."

"하하하, 채지훈씨 되게 뻔뻔하시다."

홍이안이 웃음을 터뜨렸다. 이십오년 전에 체조선수였던 사람에게 아침부터 공중제비를 부탁하는 것은 예의에 어긋나는 일이었지만 홍이안의 얘기를 듣는 순간부터 나는 그녀가 우아한 몸동작으로 공기를 가르는 모습을 상상했다.

"제대로 안될 텐데…… 다치면 책임질 거예요?"

몸을 풀던 홍이안이 물었다.

"네, 책임질게요."

내가 대답했다.

"진짜 뻔뻔하시다."

홍이안은 흙이 많은 집 앞 공터를 선택했다. 2월이었지만 날씨가 춥지 않아서 흙은 부드러웠다. 넘어진다고 해도 크게 아플 것 같지는 않았다. 홍이안은 계속 팔을 앞뒤로 흔들고 허리를 돌렸다. 시계를 보니 아침 여덟시였다.

"몸이 덜 풀렸으니까 쉬운 걸로 할게요."

홍이안은 두 팔을 들더니 가볍게 옆돌기를 했다. 눈 깜빡할 새에 공연이 끝나고 말았다.

"내가 본 옆돌기 중에 최고로 멋졌어요."

"채지훈씨가 이렇게 과장이 심한 사람인 줄 몰랐네요."

"아니에요, 과장이 아니에요. 한번만 더 보여주면 안돼요?"

"그만 좀 하시죠? 나중에 연습해서 제대로 보여줄게요."

"좋아요. 나랑 약속한 거예요."

"난 약속 같은 거 안해요."

홍이안이 옷깃을 여미며 집 안으로 들어갔다. 따뜻한 2월이긴 했지만 그래도 2월이었다. 얇은 옷을 입고 오랫동안 밖에 서 있을 수 있는 날씨는 아니었다. 나는 일층과 이층의 모든 창문을 점검했다. 창문의 유리는 대부분 깨졌다. 날카로운 유리조각들이 창틀에 끼여서 흔들리고 있었다. 나는 깨진 유리를 그대로 내버려두었다. 좀비들이 다시 몰려온다면 깨진 유리가 조금이라도 위협이 될지 모른다고 생각했다. 못이 빠지거나 망가진 곳은 거의 없었지만 창문의 몇군데 좁은 틈으로 들어오는 바람이 문제였다. 창고에 남아 있던 씰리콘으로 틈을 메웠다. 씰리콘의 요란한 냄새가 집 안 곳곳으로 스며들었다.

간밤에 그렇게 시끄러운 일이 있었는데도 나와 홍이안은 놀라울 정도로 평온했다. 나야 놀라운 일에 오랜 시간 익숙해진 사람이니 그렇다 쳐도, 홍이안의 평온은 의외였다. 고리오 마을이 봉쇄됐다는 사실을 알고 겁에 질렸던 홍이안의 얼굴을 생각해보면 이토록 태연하게 행동한다는 게 이상했다. 어쩌면 홍이안 역시 나와 비슷한 종류의 사람인지도 모른다. 처음에는 충격을 온몸으로 고스란히 흡수하지만, 충격의 강도를 면밀히 분석하고 충격의 의미를 완전히 이해하고 나면 충격을 받기 이전의 상태로 돌아갈 수 있는 것이다. 그것은 타고난 재능이 아니라 오랜 시간 여러가지 일들로 단련된 재능이며 생존을 위해 개발된 재능이다.

허그쇼크를 팔았던, 눈 사이가 지나치게 좁은 판매자의 말이 떠올랐다. "충격이란 건 말이죠, 받아들이는 쪽에서 마음만 먹으면 아무 일도 아닌 게 될 수 있는 겁니다. 우리는 새로운 물건을 발명한 게 아니라 충격을 받아들이는 자세를 개발한 겁니다." 홍이안과 나는 살아 있는 허그쇼크인 셈이었다. 우리는 어지간한 충격에는 끄떡도 하지 않았다. 수백만의 좀비가 들이닥쳐도 절대 음악을 멈추지 않을 것이다. 아무리 집을 두들겨대도 우리는 끄떡도 하지 않을 것이다. 그런 생각을 하고 있으니 홍이안과 내가 머물고 있는 집이 세상 어느 곳보다도 안락한 최고의 보금자리로 느껴졌다.

창문의 틈을 모두 메운 다음 샌드위치로 아침을 해결했다. 커피를 마시고 있을 때 누군가 문을 두드렸다. 깜짝 놀랐지만 창밖은 환했다. 좀비들이 활동할 시간은 아니었다. 문을 열자 케겔과 제로가 서 있었다.

"어젯밤에 여기 좀 시끄러웠지?"

케겔이 문을 밀고 집 안으로 들어오며 물었다.

"어떻게 아셨어요?"

내가 되물었다.

"좀비 한 놈이 돌아가는 길에 우리집에 들렀더라고."

"네?"

"우리집에 왔길래 차 한잔 먹여서 보냈지. 얘기해보니 꽤 괜찮은 놈이던걸. 정보도 술술 다 불고."

"진짜요?"

"그런 얼굴 하지 마. 늙은이들은 농담 좀 하면 안돼?"

"농담할 게 따로 있죠."

"그럼 얘기 좀 해줘봐. 농담은 어떤 걸로 해야 하는지. 늙으니까 그런 게 영 구분이 안돼. 홍역 따님은 어젯밤에 안 놀라셨나?"

"홍역, 홍역, 하지 말라니까요."

"아, 미안, 아가씨. 그 이름이 병 이름 같다고 했지? 거참, 늙으니까 자꾸 까먹는단 말이지."

"케겔씨, 어제 일을 어떻게 아셨는지 얘기 안하셨어요."

"비밀이야. 제로와 나는 고리오 마을에 대해서는 모르는 게 없거든. 안 그래, 제로? 하하. 아무튼 해 지기 전에 군인들이 몰려올 거야. 잘 협조해주라고."

"녀석들이 오늘밤에 또 올까요?"

"몰라. 뇌가 없는 놈들이니까 똑같은 행동을 반복한다고 봐야겠지."

"어째서 저희 집으로 온 걸까요?"

"군인들을 피해서 이쪽으로 온 걸 거야. 근처에 집이라곤 여기뿐이니까. 아니면 며칠 전에 자네가 죽인 그놈 냄새를 맡고 몰려든 걸지도 모르지. 놈들이 복수의 칼을 갈고 나타난 거야. 으하하, 내 친구를 죽인 놈, 너도 좀비로 만들어버리겠다, 그러면서."

"좀비들이 그렇게 똑똑하다고요?"

"똑똑하냐고? 며칠 동안 군인들이 고리오 마을 근처를 샅샅이 수색했는데도 잡히지 않은 걸 보면 자네나 그 뚱땡이보다는 똑똑"

한 거 같단 말이지, 하하. 아무튼 복수나 당하지 않게 조심해."

좀비들이 군인들의 수색을 피했다면 지능이 있다는 이야기일 텐데 나는 어디에서도 생각하는 좀비가 존재한다는 이야기를 들어본 적이 없다. 좀비들이 군인들의 수색을 피했다기보다는 군인들이 알지 못하는 좀비들만의 아지트가 있을 것이다. 잠깐 동안 고개를 내미는 태양을 피할 수 있는 좀비들만의 공간이 있을 것이다.

케겔과 한참 이야기를 나누다보니 태그매치 레슬링 시합을 벌이고 있는 듯한 기분이었다. 제로와 홍이안은 뒤쪽에 서서 나와 케겔의 이야기를 가만히 듣고 있었다. 이쪽에서 배턴 패스를 하고 싶었지만 홍이안은 전혀 그럴 의사가 없어 보였다. 제로는 케겔의 뒤에 서서 홍이안의 얼굴만 바라보고 있었다. 홍이안도 제로의 눈길을 눈치챘다. 홍이안이 날카로운 목소리로 말했다.

"왜 자꾸 보시는 거예요?"

케겔이 고개를 돌려 제로를 보았다. 제로는 대답 대신 고개를 숙였다. 제로의 얼굴이 붉어졌다.

"이 친구 눈빛이 좀 음흉한 데가 있지. 나쁜 친구는 아니니까 이상하게 생각하지 마."

케겔이 변명했다. 생각해보니 제로의 목소리를 단 한번도 들어본 적이 없었다. 말을 하지 못하는지도 몰랐다. 제로의 외모로 상상해본다면 낮고 두껍고 안개 낀 목소리를 낼 것 같았다. 제로는 결국 아무 말도 하지 않았다. 두 사람이 돌아간 후 우리는 마시던 커피를 마저 마셨다. 홍이안이 책상 위에 놓인 휴대전화기를 보며 말했다.

"나 말이에요, 잊혀지는 것 같아서 기분이 좋아요."

"잊혀진다뇨?"

"사람들과 연락이 끊긴 게 벌써 사일째잖아요. 사람들이 날 찾을 수 없다는 사실이 좋아요. 사람들은 홍이안이 행방불명됐다고 생각하겠죠?"

"여기 온 걸 아는 사람이 없어요?"

"없죠."

"잊혀지는 게 왜 좋아요?"

"현이가 죽었을 때 그런 생각을 했어요. 처음부터 다시 하고 싶다고. 나와 관계된 모든 걸 지워버리고 나서 다시 시작하고 싶다고. 어딘가로 사라져버리고 싶었어요."

"이안씨 성격 보면 딱히 인간관계가 좋을 것 같지는 않은데, 지워버릴 게 많아요?"

"왜 이러세요, 저 이래뵈도 밖에 나가면 잘나가는 사진작가거든요."

"사진작가예요?"

"네. 이상해요?"

"아뇨, 이안씨가 지금 무슨 일을 하는지 물어보지 않았다는 게 신기해서요."

"사진작가처럼 생기진 않았죠?"

"음, 자세히 보니, 그러네요."

"그럼 뭐 할 것처럼 생겼어요?"

"무용가요."

"이렇게 군살이 많은 무용가가 어디 있어요."

"왜요, 날씬한데요."

"이래봬도 여기저기 숨겨놓은 비밀의 살들이 꽤 많거든요."

"어디요?"

"비밀이라니까요."

"사진작가라면서 왜 사진 안 찍어요?"

"사진작가라고 늘 사진만 찍나요? 찍을 게 있어야 찍죠."

"내 얼굴 찍어요."

"아무거나 찍진 않거든요."

"내 얼굴이 아무거나예요?"

"아무거나는 아니고, 아무것도 아닌 거에 가깝죠."

"이렇게 생긴 사람 싫어해요?"

"그렇게 생긴 거에 대해서 좋고 싫고 생각해본 적 없는데요."

"실망이네요."

"왜요?"

"저는 이안씨처럼 생긴 사람 좋아하니까요."

"내가 어떻게 생겼는데요?"

"됐어요. 실망이 커서 얘기 안할랍니다."

"아이고, 삐치기도 잘하시네. 농담이에요, 농담. 잘생긴 얼굴은
아니지만 뭐, 매력은 있다고 생각했어요."

"정말요?"

"정말. 내가 어떻게 생겼는지나 말해보세요."

"단순한 문장처럼 생겼어요."

"뭐예요? 그건 욕 아니에요?"

"아뇨, 짧지만 강렬한 문장 있잖아요. 한눈에 확 들어오고, 쉽게 잊혀지지 않는 문장요."

"내 얼굴이 표어나 경고문 같다는 거예요?"

"휴, 그런 게 아니고요."

"하하, 농담이에요. 어떨 때 보면 되게 순진하단 말야. 귀여워요. 그 얘기 좋은데요. 단순한 문장처럼 생긴 얼굴. 기억해둘게요."

나는 웃고 있는 홍이안의 입술에 키스했다. 홍이안도 웃음을 멈췄다. 몇십 미터의 벼랑 아래로 떨어지는 것처럼 모든 것이 아득했다. 아무런 문장도 생각나지 않았다. 까끌까끌하던 입술이 젖었다. 혀도 젖어서 미끄러웠다. 나는 홍이안의 티셔츠 속으로 손을 집어넣었다. 따뜻한 허리였다. 배는 더 따뜻했고, 가슴은 더 따뜻했다. 나는 홍이안의 브래지어를 밀어올렸다. 홍이안이 내 손목을 잡았다. 나는 더 밀어붙이지 않았다. 그러지 못했다. 홍이안은 헛기침을 하며 내 품에서 빠져나갔다. 홍이안이 물었다.

"산책이나 할래요?"

나는 고개를 끄덕였다.

12

태어난 날과 죽은 날 중 어떤 게 더 중요할까. 누군가를 기억해
야 한다면 태어난 날과 죽은 날 중 어느 쪽이어야 할까. 나는 묘비
에 적힌 두 개의 날짜를 볼 때마다 그 질문을 떠올렸다. 뚱보130과
그런 이야기를 나눈 적도 있다.

"형, 나는 죽은 날이 더 중요하다고 생각해요."

"어째서?"

"죽는 순간 한 사람의 인생이 완벽하게 마무리지어진 거잖아. 역
사도 그때 완성되는 거고."

"태어난 것도 역사지."

"태어난 걸로는 역사가 이뤄지지 않죠. 죽어야 완성되지."

"생일을 기억하는 건 그 사람이 어떻게 살았는지를 전체적으로

기억하는 것 같지 않냐?"

"오늘이 1월 20일이라고 쳐요. 오늘은 존 러스킨이 죽은 날이에요. 페데리꼬 펠리니가 태어난 날이기도 하고요. 어떤 게 더 중요해요?"

"페데리꼬 펠리니."

"왜?"

"더 유명하잖아."

"장난치지 말고요. 누군가 죽었다고 하면 귓가에서 웅장한 종소리 같은 게 들리는 것 같지 않아요?"

"아기 울음소리밖에 안 들리는데?"

"에잇, 그만해요."

뚱보130의 말을 생각해보았다. 누군가 죽었을 때 역사가 완성된다는 것은 맞는 말 같았다. 모든 진실은 죽음 후에 드러나는 것이라는 생각도 들었다. 그렇지만 나는 아무래도 태어난 날을 기억하는 게 좋았다. 나는 부모님이 죽은 날도, 형이 죽은 날도 기억하고 싶지 않았다. 죽은 날의 기억은 슬픔일 뿐이었다. 하지만 태어난 날을 기억하면 슬픔과 기쁨이 한데 뒤섞이기 때문에 그런대로 참을 만했다. 묘지기행을 하다보면 태어난 날은 적혀 있지만 죽은 날이 적혀 있지 않은 묘비를 볼 때가 있었다. 행방불명된 사람이거나 행방불명되었다가 뒤늦게 시체로 발견된 사람의 묘지일 것이다. 나는 그렇게 죽었으면 좋겠다고 생각했다. 별은 그려져 있지만 십자가는 없는 묘비였으면 좋겠다고 생각했다.

나는 홍이안에게 묘지 사진을 찍어보면 어떻겠느냐는 제안을 했다. 여태까지 고리오 마을만큼 특이한 묘지와 묘비를 그 어디에서도 본 적이 없었다. 고리오 마을처럼 수백개의 죽음이 각각 다른 형태로 보존된 것을 어디에서도 본 적이 없었다. 내가 묘지 몇개의 모습을 설명하자 홍이안도 관심을 보였다. 산책을 하러 나가면서 홍이안은 가방 깊숙한 곳에 넣어둔 카메라를 꺼냈다. 오랫동안 칼을 쥐지 않았던 검객의 모습 같았다. 카메라를 목에 두른 홍이안의 모습이 편안해 보였다.

홍이안은 묘지 사진 찍는 걸 재미있어했다. 묘지에 도착하자 나는 신경도 쓰지 않고 사진 찍는 데 집중했다. 귀퉁이가 부서진 묘비, 푸른 이끼, 무덤 옆에 덩그러니 놓인 녹슨 철제의자, 사람들의 이름, 이름, 이름, 십자가, 먼지가 내려앉은 붉은 조화, 아무것도 묻혀 있지 않은 구덩이, 꺼져버린 초, 별과 십자가, 날짜, 숫자, 눈 쌓인 묘지, 묘비에 얹어놓은 인형, 묘지 위를 떠도는 까마귀 몇마리, 묘비 속의 별과 십자가, 태어난 날 앞에 그려놓은 별, 죽은 날 앞에 그려놓은 십자가, 별과 십자가.

"이상하죠, 난 이게 십자가처럼 보이질 않아요."

홍이안이 사진을 찍다가 돌아보며 말했다.

"그럼 뭐로 보여요?"

내가 되물었다.

"더하기."

"더하기요? 빼기라면 말이 되겠지만 죽은 날 앞에 더하기는 이상하지 않아요?"

"난 이상하지 않은데요. 죽으면 땅에 더해지는 거잖아요."

"인간들의 세계에서는 마이너스죠."

"그럼 난 좀비인가봐요. 좀비들은 그렇게 생각하지 않을까요? 흠, 오늘 한 명 죽었다고? 어이, 좀비 인구조사원, 더하기 일 해놔, 하하하."

"좀비들이 이안씨처럼 말을 잘하면 좋겠네요. 도대체 무슨 생각을 하는지 물어보게."

"태어난 날 앞에 별을 그리는 건 우주에서 이 땅에 별로 떨어졌다는 거예요. 죽은 날 앞에 더하기를 그리는 건 인간으로서의 역할을 끝내고 좀비들의 세계로 들어갔단 뜻이죠. 그렇게 생각하니까 좀비라는 존재가 멋지게 느껴지는데요."

홍이안과 나는 무덤들 사이에서 그런 농담을 주고받았다. 좀비들이 들었다면 마른 피를 토하면서 우리를 비웃었을 것이다. 오후가 깊어지자 추위도 한결 두터워졌다. 홍이안은 사진을 찍다 말고 셔터를 누르는 오른쪽 집게손가락에 자주 입김을 불어넣었다. 홍이안은 짧은 시간 동안 이백장이 넘는 사진을 찍었다.

환한 대낮에다 검은색 잉크 한 방울을 떨어뜨려놓은 것 같은 농도의 오후에 우리는 집으로 돌아갔다. 집으로 돌아가는 길에 군인들이 보였다. 집이 가까워질수록 군인의 수가 많아졌다. 백명도 넘는 군인들이 사방에 흩어져 있었다. 몇몇은 집 주위에 참호를 파고 있었고, 몇몇은 땅에다 뭔가를 묻고 있었다. 홍이안과 내가 그 앞을 지나갔지만 아무도 우리를 눈여겨보지 않았다. 문을 열고 들어가니 대여섯 명의 군인이 어지럽게 움직이고 있었다. 집 안에다 작전 본부를 차린 모양이었다.

"주인 허락도 없이 이게 뭐 하는 겁니까?"

나는 소리를 질렀다. 하지만 돌아보는 사람이 없었다. 쏘파 위로 머리 하나가 쑥 올라왔다.

"아, 집주인 되십니까?"

남자의 모자에는 한 개의 별이 달려 있었다. 모자에 가려졌는데도 이마가 넓은 게 보였고, 그 아래 부리부리한 눈이 넓은 이마를 받치고 있었다. 남자는 낮은 목소리로 자신을 소개했다.

"실례가 많습니다. 저는 이번 작전을 지휘하고 있는 장이라고 합니다."

남자가 손을 내밀었다. 내 손의 두 배 정도 되는 엄청난 크기의 손이었다. 두껍기도 했다. 정글에 숨어사는 동물의 발을 만지는 것 같았다.

"이게 다 뭐죠?"

"케겔에게 얘기 못 들으셨습니까? 오후부터 여기서 작전을 시작하기로 했는데요."

"그건 들었습니다만, 주인의 허락도 없이 집에 들어오는 건 실례 아닙니까?"

"뭐 그건 미안하게 됐습니다. 중요한 작전을 하다보면 그럴 때도 있는 법이죠. 큰일을 위해서라면 그 정도는 이해를 해주셔야지요. 그렇죠?"

남자는 눈빛만으로 나를 윽박지르고 있었다. 오랜 시간 수많은 사람들을 상대했을, 낡은 눈이었다. 그 눈은 상대방에 따라 어떤 표정을 지어야 하는지 알고 있었다. 나같이 마음이 약한 사람들을 겁주기 위해서는 어떤 표정을 지어야 하는지 오랜 경험으로 알고 있었다. 눈을 보고만 있는데도 그렇게 두렵긴 처음이었다. 나는 눈을 피했다. 이번에는 목소리가 나를 윽박질렀다.

"다 서로를 위해서 그러는 거 아닙니까. 좀비 놈들을 눈앞에서 싹 치워버리길 원하시죠? 제가 그렇게 해드리겠습니다. 쏘파에 앉아서 조용히 책이나 보고 계세요. 다른 데로 피해 계시라고 하고 싶지만 그러면 혹시 놈들이 오지 않을 수도 있으니까요. 최대한 어제와 똑같은 상황을 만들어주면 됩니다. 놈들이 무엇 때문에 여기로 찾아들었는지는 모르겠지만 말이죠. 두 분, 어제 뭐 특별한 행동을 한 건 아니죠?"

"특별한 행동이라뇨."

"하하하, 다 알면서 물어보시기는…… 그런 거 있잖아요. 동물의 냄새를 풍기면서 하는……"

장장군이 거대한 손을 내 어깨에 올렸다. 어찌나 무겁던지 어깨가 휘청할 정도였다. 장장군은 주머니에서 담배를 꺼내 입에 물었다.

"담배는 나가서 피우시죠. 여긴 금연이에요."

입을 꾹 다물고 있던 홍이안이 입을 열었다. 장장군은 입술을 비죽거리며 웃더니 밖으로 나가버렸다. 그를 따라 서너 명의 군인이 집 밖으로 나갔다.

"완전 비호감이에요."

홍이안은 닫힌 문을 향해 가운뎃손가락을 치켜세우며 말했다.

"나도 저렇게 늙으면 어떡하죠? 걱정되는데요."

내가 말했다.

"절대 안돼요."

"모르는 일이죠. 저 사람보다 더 이상하게 늙어버릴지도 몰라요."

"저렇게 늙었다가는 나한테 죽을 줄 알아요."

홍이안이 내 눈앞에 주먹을 들어 보였다. 나는 홍이안의 진지한 표정 때문에 웃음이 났다. 미래의 모든 일이 나의 사소한 선택에 의해 결정된다면 미래의 성격도 스스로 선택할 수 있는 것일까. 주위에서 어떤 일이 벌어지든 나만 굳게 마음을 먹으면 내 성격쯤은 내가 선택할 수 있는 것일까. 그럴 수 있으면 좋겠다고 생각했다.

우리는 장장군의 말대로 쏘파에 가만히 앉아 있었다. 군인들이 집 안팎을 가득 채워버렸기 때문에 우리가 움직일 수 있는 공간이 별로 없었다. 조금만 움직여도 누군가와 부딪쳤다. 우리는 쏘파에 앉아서 눈으로 군인들의 행동을 좇았다. 별다른 일을 하지 않는데도 모두 바쁘게 움직이는 것처럼 보였다. 군인들은 개미들처럼 움직였다.

군대에서 가르쳐주는 것은 특별한 전술이나 기술이 아니다. 군대에서는 하나의 개체가 거대한 조직 속에서 어떻게 움직여야 하는지를 가르쳐준다. 다른 군인과 충돌하지 않으면서 움직이는 법을 가르쳐준다. 장장군의 부하들은 훌륭한 군인들인 것 같았다. 말은 거의 하지 않았고, 발밑 어딘가에 보이지 않는 철길이 있는 것처럼 부지런히 자신의 길을 따라 움직였다. 그들이 훌륭한 군인들인 것 같다는 생각을 하긴 했지만, 솔직히 겉모습만 봐서는 좀비들과 별반 다르지 않게 느껴졌다.

땅거미가 내려앉자 군인들의 움직임이 빨라졌다. 모두들 자신의 위치를 잡고 있었다. 장장군을 포함한 열 명의 지휘부만 집 안에 있고 나머지는 모두 집 주변 곳곳에 자리를 잡았다. 시계가 여섯시 정각을 알리자 어수선하던 주위가 조용해졌다. 사방의 빛도 말소리와 함께 사라졌다. 작전이 시작된 모양이었다. 열 명의 지휘부는 식탁 의자에 둘러앉아 있었지만 서로 이야기를 하지는 않았다. 집 안의 전등은 켜두었다. 좀비들이 목표물을 쉽게 찾을 수 있게 하기 위해서였다. 좀비들이 멀리서 불빛을 알아볼 수 있는 눈이 있는지는 알 수 없었다. 우리와 함께 쏘파에 앉아 있던 장장군이 입을 열었다.

"놈들은 분명히 옵니다. 언제가 될지는 모르겠지만 오늘밤에 분명히 다시 옵니다. 왜일까요?"

"모르겠는데요."

내가 대답했다.

"냄새를 맡았기 때문이죠. 무슨 냄새일까요?"

"모르겠는데요."

"모르시겠죠. 인간의 냄새를 맡아본 적 있습니까?"

"인간의 냄새요?"

"좀비들은 특정한 인간의 냄새에 민감하게 반응하죠. 제가 그걸 어떻게 알까요?"

나는 대답하지 않았다. 장장군은 내 얼굴을 들여다보면서 답을 기다리는 듯했지만 실은 내가 얼마나 당황하는지를 관찰하고 있었다. 나는 장장군이 혼자 질문하고 혼자 대답하도록 놔두었다. 질문을 계속 듣고 있으니 짜증이 났다.

"좀비들이 이 집에서 특별한 냄새를 맡은 겁니다."

어느 순간부터 장장군은 혼자서 떠들기 시작했다. 홍이안은 쏘파 왼쪽 끝에 앉아서 장장군의 이야기를 듣지 않고 책을 읽고 있었다. 나 역시 장장군의 이야기를 듣는 것보다는 책을 읽거나 홍이안과 이야기를 나누는 편이 좋았지만 좁은 쏘파에서는 피할 곳이 없었다. 나는 홍이안을 위해 벽이 되어주기로 했다. 장장군은 쏘파의 오른쪽 끝에 앉아서 내 쪽을 보며 쉴새없이 이야기를 했다.

"우리 몸속에는 피가 흘러요. 손가락을 목에 한번 대보십시오. 쿵, 쿵, 쿵, 쿵, 피가 흐르는 게 느껴지죠. 여길 이렇게 하루종일 계속 돌고 있는 겁니다. 안 돌면 이상한 거죠. 죽은 거예요. 그런데 피가 흐르는 걸 알지만 냄새는 맡을 수 없지요. 바로 여기 살 밑을 흐르고 있는데 냄새는 맡을 수 없는 겁니다. 이상하죠. 이상하지 않습니까?"

장장군의 말이 점점 빨라졌다. 자신의 이야기를 즐기고 있는 것 같았다. 장장군은 모자를 벗어 탁자에 올려두면서 모자챙이 자신을 향하게 돌려놓았는데, 모자에 달린 별도 자신의 이야기를 듣게 하려는 것 같았다. 장장군은 손수건을 꺼내 자신의 반질반질한 대머리를 닦았다. 반짝이는 이마와 정수리 사이에 새겨진 작은 문신이 눈에 들어왔다. 글씨를 적어놓은 것 같은데 무슨 글자인지 보이지 않았다. 장장군의 머리통을 붙들고 문신을 확인하고 싶은 마음이 손끝까지 뻗어나왔지만, 그럴 수는 없었다. 장장군은 정수리와 이마를 닦은 다음 얼굴에 묻은 기름기까지 닦아내더니 손수건을 여러 번 접어서 모자 옆에 두었다.

"인간이 인간의 피냄새를 맡을 수 있다면 어떨까요. 온 세상이 피냄새로 가득하겠죠. 비린내가 진동을 할 겁니다. 혹시 누군가의 피냄새를 맡아본 적이 있습니까?"

"있죠."

"상처난 사람의 피냄새겠죠?"

"그렇죠."

"멀쩡한 사람의 피냄새를 맡아본 적은 없죠? 혈관을 타고 흐르는 피의 냄새."

"사람에게서 피냄새가 난다는 얘기는 들어본 적이 없는데요."

"쿠르모라는 동물은 십 미터 내에서 나는 사람의 피냄새를 맡을 수 있죠. 물론 다 맡을 수 있는 건 아니에요. 피냄새가 지독한 사람들만 맡을 수 있죠."

"피냄새가 지독한 사람이 있다고요?"

"심장이 빨리 뛰는 사람이 있고 늦게 뛰는 사람이 있는 것처럼 피냄새도 강한 사람이 있고 약한 사람이 있어요."

"그렇군요."

"내가 이 얘기를 왜 하고 있을까요?"

"왜 하고 계시죠?"

"뭔가 지금의 상황과 관련이 있어서가 아닐까요?"

"좀비들이 피냄새를 맡고 온다는 얘깁니까?"

"그럴 수도 있다는 얘깁니다."

"그러니까 우리 둘 중 한 사람에게서 피냄새가 난다는 겁니까?"

"그럴 가능성이 많다는 겁니다."

책을 읽고 있던 홍이안이 나와 장장군 쪽으로 고개를 돌렸다. 눈은 책에 가 있었지만 홍이안 역시 장장군의 이야기를 듣고 있었던 모양이었다. 계속 질문을 던지며 이야기를 진행하는 장장군의 화법은 사람을 짜증나게 했지만 귀를 기울이게 만드는 마력이 있었다.

"둘 중 누구일 가능성이 많은데요?"

홍이안이 물었다.

"그거야 나도 모르는 일입니다."

장장군이 대답했다.

"피냄새가 난다는 게 정확한 근거가 있는 말은 아니잖아요."

내가 물었다.

"근거는 있습니다."

"어떤 근거요?"

"실험으로 입증된 겁니다."

"좀비들이 피냄새에 반응한다는 걸 실험했다고요?"

"자세하게 말씀드릴 수는 없지만, 일단 그렇다고 해두죠."

순간 집 안의 공기가 흔들렸다. 집 바깥에서 무슨 일이 일어나고 있는 게 느껴졌다. 바깥은 완벽하게 어두워져서 사물을 분간할 수 없었지만 공기의 흐름으로 알 수 있었다. 집 바깥 군인들의 작은 말소리가 뒤엉켰다. 문이 열리더니 군인 한 명이 안으로 뛰어들어왔다. 겁에 질린 표정이었다.

"놈들이 다가오고 있는 것 같습니다."

장장군은 모자를 쓰고 창문으로 다가갔다. 나와 홍이안도 창문

한 귀퉁이에 자리를 잡았다. 좀비들의 정체를 확인하고 싶었다. 어젯밤 창문을 두드리며 우리를 괴롭히던 녀석들을 확인하고 싶었다.

"불을 꺼."

장장군이 낮은 목소리로 명령했다. 불이 꺼지자 주위를 분간하기 어려웠다. 뭔가 움직이고 있다는 건 확실했다. 어둠속에서 어떤 물체가 천천히 다가오고 있었다. 군인들은 숨을 죽였다. 이렇게 많은 군인들이 소리내지 않고 조용할 수 있다는 게 놀라웠다. 몇초가 지나자 어둠이 익숙해졌다. 장장군은 손가락으로 참모 한 명을 불렀다.

"신호할 때까지는 기다리라고 해뒀지?"

"네, 장군님."

"1선에 몇명 배치했어?"

"전방에 삼십명, 후방에 삼십명입니다."

"접근통로는 열어뒀지?"

"네."

"놈들이 조용히 다가오게 내버려둬. 포위해서 한꺼번에 잡아버리자고. 지금은 너무 어두우니까 1단계 조명 켜서 시야 확보하고."

"네, 알겠습니다."

은은한 불빛이 집 주위에 생기자 물체가 천천히 다가오는 게 보였다. 어둠속에 얼마나 많은 적들이 숨어 있는지 알 수 없었다. 두려움은 눈에 보이지 않는 곳에 있었다. 어둠이 눈에 익기 시작하자 어둠 저편의 두려움이 선명하게 드러나기 시작했다. 집을 향해 다가오는 물체의 형태도 조금씩 뚜렷해졌다. 좀비라고 하기에는 너무 뚱뚱했다. 살아 있는 시체라고 하기에는 너무 뚱뚱했다. 물체는 어둠속에서 뒤뚱거리며 다가오고 있었다. 두 팔을 앞으로 내밀어 어둠을 더듬으면서 다가오고 있었다. 어둠속에서 뚱보130의 두툼한 목소리가 울려퍼졌다.

"형, 내 목소리 들려요? 불 좀 켜줘. 너무 어두워."

뚱보130의 목소리에 군인들의 긴장이 풀렸다. 적이 아니라는 사실이 드러나자 잠겨 있던 소리들이 곳곳에서 풀려나왔다. 군인들이 땅바닥에 붙들어두었던 소리들이 일제히 해방됐다. 총구가 달그락거리는 소리, 기침소리, 흙을 밟는 소리, 철모를 바닥에 내려놓는 소리, 침을 삼키는 소리 들이 한꺼번에 풀어져서 공기중으로 흩어졌다. 집에 불이 켜지자 뚱보130의 표정이 보였다. 며칠 못 본 사이에 제법 의젓해진 것 같기도 하고, 더욱 겁이 많아진 것 같기도 했다. 뚱보130은 집 안으로 들어오자마자 나를 껴안았다.

"야, 숨막혀."

"난 형 죽은 줄 알았어."

뚱보130이 울먹이며 말했다.

"야, 130, 내 걱정은 하나도 안했지?"

홍이안이 말했다.

"나는 누나가 여기 있는 줄도 몰랐어요."

뚱보130은 홍이안과 포옹을 한 다음 쏘파에 앉았다. 뚱보130은 가쁘게 숨을 쉬었다. 홍이안과 나는 뚱보130의 양쪽에서 그의 숨이 평온을 되찾기를 기다렸다. 뚱보130은 숨을 가다듬으면서 어디서부터 이야기를 시작해야 할지 망설였다. 세 사람 사이에서 조금씩 커지고 있던 침묵의 덩어리를 어떻게 깨야 할지 생각하고 있는 것 같았다. 뚱보130은 목구멍에 걸린 가래를 힘껏 끌어올리더니 다시 삼켰다. 꿀꺽, 하는 소리가 나지막하게 들렸다.

"형, 내가 얼마나 걱정했는지 알아요? 월요일에 퇴근하자마자 왔는데 철망이 생긴 거예요. 군인들이 막고 있더라고요. 그래서 들여보내달라고 했더니 고리오 마을이 폐쇄됐다는 거예요. 그래서 우리가 때려죽인 좀비가 문제를 일으킨 거구나, 생각했죠. 그때부터 별의별 생각이 다 들었어요. 좀비들이 떼로 몰려와서 친구를 죽인 형에게 복수를 하는 게 아닐까. 형도 죽어서 좀비가 된 게 아닐까. 형을 만나도 나를 알아보지 못하는 게 아닐까. 어젯밤에는 꿈도 꿨어요. 형이 꿈에 나왔는데 웃으면서 다가오더니 갑자기 내 어깨를 콱 깨무는 거야. 그리고 내 피를 쭉쭉 빨아먹는데 얼마나 무서웠는지 몰라요."

홍이안이 뚱보130의 뒤에서 어깨를 깨무는 시늉을 했다. 뚱보130은 홍이안을 밀고 벌떡 일어나더니 서너 발자국 도망쳤다. 홍이안이 뚱보130을 가리키며 깔깔대고 웃었다.

"장난치지 말아요. 진짜 무서웠다니까."

"알았어. 장난 안 칠게. 그런데 어떻게 들어온 거야?"

"매일 와서 군인들에게 물어봤어요. 도대체 무슨 일이 벌어진 건지 알 수가 있어야죠. 아무도 얘기해주지 않더라고요. 답답해서 죽는 줄 알았죠. 어제는 경찰서에도 갔어요. 실종신고를 내러 갔더니 뭐라는 줄 알아요? 거기는 군사지역이라서 저희도 들어갈 수가 없는 곳입니다, 그러는 거예요."

"너 혹시 철망을 몸으로 밀고 들어온 거야? 얼굴이 왜 그래?"

"철망 밑으로 땅을 파고 기어들어와서 그런가봐요."

"군인들은 어떻게 하고?"

"오늘은 지키고 있는 군인들이 한 명도 없던데요? 이때다 싶어서 바닥을 기어들어왔죠. 얼굴에 뭐 많이 묻었죠?"

철망을 지키던 군인들이 작전에 투입된 틈을 타서 들어온 모양이었다. 뚱보130은 양손으로 얼굴에 묻은 먼지를 털어냈다. 뚱보130이 물었다.

"형은 어떻게 된 거예요?"

나는 뚱보130에게 그동안 있었던 일을 이야기해주었다. 이야기를 시작했지만 해줄 말이 많지 않았다. 나흘 동안 있었던 일을 얘기하는 데 오분도 걸리지 않았다. 이야기 중간에 부사와 형용사를 자주 집어넣었지만 이야기의 길이는 길어지지 않았다. 고립됐으며 나갈 수 없었으며 며칠 동안 한 일이라곤 책을 읽은 게 전부였으니 그럴 수밖에 없었다. 그동안 읽은 책의 내용이라도 요약해서 들려줘야 하는 게 아닐까 싶을 정도였다. 생각해보니 나흘 동안 노트에다 아무런 글도 적지 않았다. 그동안 노트에 뭔가 적을 때마다 '기억할 만한 오늘의 사건 베스트 3'을 머릿속에 떠올리곤 했는데, 그럴 필요가 없었으니 노트에 뭔가 써야 한다는 생각도 들지 않았던 것이다. 홍이안이 내게 들려준 이야기를 노트에 적을 수는 있겠지만 그건 한참 후에나 가능한 일이라는 생각이 들었다. 홍이안이 내게 이야기를 들려줄 때의 강렬한 기운, 표정, 손동작, 말의 속도, 흐느낌을 노트에 적어넣으려면 모든 일을 객관적으로 쓸 수 있을 만큼 시간이 지난 후여야 할 것 같았다.

나흘 동안 노트에 아무것도 쓸 수 없었던 다른 이유도 있다. 뭔가를 쓰기 위해서는 하루에 몇분이라도 완벽하게 혼자 있는 시간이 있어야 하는데 나흘 동안은 그런 시간이 전혀 없었다. 나는 언제나 홍이안을 신경쓰고 있었고, 홍이안을 바라보고 있었고, 홍이안과 함께 있었다. 잠을 자는 동안에도 홍이안의 방을 향해 귀를 기울이고 있었다. 어떤 시간에도 혼자 있다는 생각은 들지 않았다.

나는 뚱보130에게 좀비들이 음악에 반응하면서 미친 듯이 집을 두들겨대던 어젯밤 일과 차갑게 얼어붙은 땅바닥에서 홍이안이 공중제비를 돌았던 오늘 아침의 일을 자세하게 이야기해주었다. 뚱보130이 그나마 흥미를 느낄 만한, 지난 며칠 동안 일어난 일 중 가장 흥미로운 사건이었다.

"이안 누나가 공중제비를 돌았다고?"

뚱보130이 눈을 깜빡이며 말했다.

"그렇다니까."

내가 대답했다.

"야, 130, 너 진짜 이상하다. 내가 공중제비 돈 게 좀비들이 음악에 반응하는 것보다 더 신기하냐?"

홍이안이 들고 있던 책으로 뚱보130을 쥐어박는 시늉을 했다.

"좀비보다는 누나한테 관심이 더 많으니까요."

"관심 가져주셔서 고맙긴 한데요, 야, 생각해봐. 아무런 감각도 남아 있지 않은 시체들이 음악에 반응하는 거야. 신기하지 않아?"

"확실한 건 아니잖아요."

"분명히 그랬다니까. 음악을 틀어주면 조용해졌어. 뼈다귀를 던져주면 조용해지는 개들 같았다니까."

"몰라요. 난 음악을 던져주면 조용해지는 좀비들보다 공중제비 도는 이안 누나를 먼저 보고 싶어요."

"참, 별게 다 보고 싶다. 아니, 도대체 공중제비 도는 게 뭐 그렇게 대단한 거라고 호들갑을 떠는 거야? 둘 다 이상해. 앞으로 십년 동안은 공중제비 같은 거 돌지 않을 거니까 그렇게 알아."

"불공평해요."

"뭐가."

"하여간 뭔가 불공평하다는 느낌이에요."

뚱보130이 불공평하다고 느끼는 이유를 알 것 같았다. 홍이안의 공중제비를 보지 못해서 그러는 게 아니었다. 뚱보130이 자리를 비운 사이 홍이안과 내가 가까워진 것이 불공평하게 느껴지는 것이다. 사실 그건 불공평하다기보다 불균형에 가까운 것이었다. 홍혜정과 뚱보130과 나의 거리는 언제나 균형을 이뤘지만 홍혜정이 빠진 자리에 홍이안이 들어오자 균형이 깨져버렸다. 나는 언제나 사람 사이의 거리를 중요하게 생각했고 누군가와 지나치게 가까워지는 걸 두려워했지만, 뚱보130이 불균형하다고 느낄 정도로 홍이안과 나의 사이가 가까워졌다는 사실이 싫지 않았다.

홍이안이 일어나서 뚱보130의 머리에다 손을 얹었다.

"야, 130, 불공평하면 어쩔 건데?"

마피아가 누군가를 겁줄 때의 목소리를 흉내낸 듯한 목소리였다. 큰 목소리 때문에 주위에 있던 장장군과 군인들이 홍이안을 바라보았다. 장장군은 홍이안을 보고는 고개를 저었다. 홍이안은 신경쓰지 않았다. 뚱보130은 홍이안보다 몸무게가 두 배 이상 무거웠지만 홍이안의 손이 머리에 닿자 수백 킬로그램의 추를 머리에 얹은 사람처럼 전혀 움직이질 못했다.

"아, 아니에요. 불만 없어요. 불공평하면 불공평한 대로 살아야죠 뭐."

"그래, 잘 생각했다. 한번만 더 나한테 공중제비, 불공평, 이런 얘기 하면 죽을 줄 알아."

"그럼요, 마흔 다 된 여자에게 공중제비는 무리죠, 무리. 그러다 죽기라도 하면 어떻게 해요. 됐어요."

"죽을래?"

"아뇨. 그런데 누나, 저한테 너무 함부로 하시는 거 아니에요?"

"일요일 저녁 기억 안 나? 나한테 복종을 맹세했잖아."

"제가 언제요."

"나한테 무릎을 꿇고 복종을 맹세했어. 술 취해서 기억이 안 나나보다."

"거짓말."

"거짓말 아냐."

"나 뚱뚱해서 무릎 꿇는 거 잘 못한단 말예요."

"술 취하니까 몸이 아주 부드러워지던데? 어려운 요가자세도 잘했어."

"기억 안 나요."

"기억나게 해줄까?"

"내가 왜 누나한테 복종을 맹세해요. 누나 마피아예요?"

"내가 시킨 게 아니라니까. 네가 뭐라고 했는지 알아? 누나, 너무 멋있어요, 최고예요, 앞으로 저는 홍이안의 종이 되겠어요, 복종을 맹세할게요, 그랬다고."

뚱보130이 고개를 돌려 나를 보았다. 나에게 의견을 묻고 있었다. 어렴풋하게 그런 대화가 기억나기도 했다. 정확하게 기억나지는 않았다. 술에 취한 뚱보130이 홍이안 앞에 엎드려 뭔가 이야기를 하던 장면이 떠올랐지만 대사는 떠오르지 않았다. 나는 뚱보130을 향해 고개를 끄덕였다. 홍이안이 뚱보130의 머리를 후려치며 말했다.

"거봐 인마, 그랬다니까."

"내가 미쳤었나봐요."

"그렇게 억울하면 취소하든가."

군인들은 모두 우리의 대화에 집중하고 있었다. 장장군도 우리를 보고 있었다. 뚱보130에게 쏘파 자리를 뺏긴 장장군은 식탁 나무의자에 앉아 얼굴을 찡그리며 우리 이야기를 듣고 있었다. 홍이안과 뚱보130도 군인들의 시선을 눈치채고 말을 멈췄다. 장장군이 입을 열었다.

"긴장 좀 합시다. 오랜만에 만나서 기쁜 건 알겠는데, 놈들이 언제 들이닥칠지 몰라요."

누가 보더라도 우리의 모습은 좀비들의 대대적인 공격에 긴장한 사람의 얼굴이 아니었다. 까페에서 세 시간째 수다를 떨고 있는 사람들이거나 들뜬 마음을 안고 몇년 만에 작은 언덕으로 소풍을 나온 사람들의 모습으로 보일 게 분명했다. 나 역시 그게 이상했다. 예전에는 아주 작은 티끌이 몸에 닿기만 해도 마음이 한없이 가라앉았는데, 이제는 어지간한 일로는 놀라지 않는다. 한동안 3 이하로 자주 떨어졌던 기분은 이제 어지간해서는 5 이하로 떨어지지 않는다. 심각한 일은 가볍게 받아들이고 가벼운 일도 가볍게 받아들인다. 일년 전의 나와 비교해보면 전혀 다른 사람이라고 해도 믿을 정도였다. 일년 전의 나와 지금의 나를 시소의 양쪽에 올려놓는다면 지금의 나는 곧바로 하늘로 날아오를 것이다.

따져보면 상황이 나아진 건 별로 없었다. 형은 죽었고, 새로 만나서 친해진 홍혜정도 죽어버렸다. 일하던 직장의 팀은 없어지기 일보직전이며, 그래서 회사를 그만두어야 할지도 모르며, 몇시간 아니 몇분 후면 수많은 좀비들이 내 집을 박살내고 내 몸을 뜯어먹을지도 모른다. 나는 죽을지도 모른다. 결혼도 하지 못하고 아이도 낳지 못하고 지상에서의 모든 흔적을 지워버려야 하는 시간이 다가오고 있는지도 모른다. 하지만 두렵지 않았다. 어째서 그런 것일까. 어째서 아무것도 두렵지 않은 것일까. 뚱보130과 홍혜정과 홍이안이 내 몸속으로 들어와 무언가를 건드렸고 나를 다른 사람으로 바꾸어놓았다. 내 피를 바꾸어놓았다.

뚱보130과 홍이안은 쏘파에 앉아서 군인들의 눈치를 보며 조용한 목소리로 계속 티격태격하고 있었다. 두 사람의 목소리가 멀리 퍼져나갔다. 집 바깥에는 깊이를 알 수 없는 어둠이 있었고, 그 어둠속에서 수십명의 군인들이 추위에 몸을 떨며 좀비를 기다리고 있었다. 더 깊은 어둠속에서 좀비들이 우리를 향해 다가오고 있을 것이었다. 나는 문득 이 모든 것이 더이상 움직이지 않고 멈춰버렸으면 좋겠다는 생각을 했다. 앞으로의 일이 두려워서가 아니라 이 순간이 너무 마음에 들어서였다. 차가운 공기, 금방이라도 폭발해버릴 것 같은 침묵의 순간, 달그락거리는 소리로 자신들의 존재를 알리고 있는 군인들, 쏘파에 앉은 우리 세 사람, 쏘파 뒤 식탁에 앉아서 우리를 지켜보고 있는 군인들, 이 모든 풍경이 한 장의 그림으로 내 머리에 새겨졌다. 나와 홍이안과 뚱보130은 쏘파에 나란히 앉아서 창밖의 어둠을 내다보았다. 집 안의 불이 모두 켜져 있어서 창문에 비친 것은 어둠이 아니라 집 안의 풍경이었지만 그 속을 자세히 들여다보면 희미한 어둠이 꿈틀거리고 있었다. 우리는 쏘파에 앉아서 기다렸다.

13

　어머니는 죽기 전 일분 동안 내 눈을 바라보았다. 일분이 지나자 배터리가 다된 디지털카메라의 렌즈처럼 어머니의 눈동자가 닫혔다. 벌써 이십년도 넘은 일이지만 나는 아직도 어머니의 눈동자가 하나의 점으로 수축되어가던 그 광경을 잊지 못하고 있다. 블랙홀을 보는 듯했다. 생명이 순식간에 소멸됐다. 나는 열네살이었다.

　어머니는 주방에서 저녁을 준비하다 썩은 나뭇등걸이 넘어지듯 옆으로 쓰러졌다. 오른손에는 칼을 쥐고 왼손에는 길쭉한 파를 들고 있었다. 나는 식탁에 앉아 숙제를 하고 있다가 쓰러진 어머니와 눈이 마주쳤다. 어머니는 넘어진 채 양손을 심하게 떨었다. 입은 열려 있었지만 아무런 소리도 내지 못했다. 그저 내 얼굴을 바라보기만 했다. 어머니의 열린 입으로 공기가 기다랗게 빨려들어갔다.

쓰러진 어머니의 한쪽 뺨이 탄력을 잃고 흐물흐물해졌다. 달려가서 쓰러진 어머니를 붙잡아야 했지만 몸이 움직이지 않았다. 내 머리에는 아무런 생각도 떠오르지 않았다. 나는 볼펜을 꼭 쥔 채 어머니의 눈만 바라보았다. 그 순간 내 머릿속 어딘가에서 목소리가 들려왔다. 누군가 숫자를 세고 있었다. 처음 듣는 여자의 목소리였다. 여자는 1, 2, 3, 4, 5……라고 무덤덤하게 숫자를 세어나갔다. 그 목소리가 어디서 들려온 것인지, 내 마음이 만들어낸 목소리인지 아니면 귀신의 목소리였는지, 숫자는 단순히 초를 센 것인지 아니면 또다른 의미가 있는 것인지 아무것도 알 수 없었지만 숫자가 거듭될수록 내 몸은 굳어갔다. 낯선 여자가 들려주는 숫자를 들으면서, 어머니의 멍한 눈동자를 바라보면서 나는 탁자에서 전혀 움직이지 못했다. 손의 감각도 서서히 사라졌고 다리에서도 모든 힘이 풀렸다.

어머니의 눈은 무언가를 말하려 했다고 지금의 나는 생각하고 있다. 나는 이십년이 넘도록 어머니의 눈빛이 내게 하려고 했던 이야기가 무엇이었을지 추측하고 있지만 그건 인간의 힘으로 알아낼 수 있는 게 아니다. 추측만 할 수 있을 뿐이다. 어머니의 눈빛은 무언가를 애원하는 눈빛이 아니었다. 살려달라는 눈빛도 아니었다. 그 순간 아무것도 하지 못한 죄책감 때문에 눈빛의 의미를 내 마음대로 해석하려는 건 아니다. 어머니의 눈빛은 삶과 죽음의 경계선을 훌쩍 벗어나 있었다. 어머니는 나를 뚫어지게 바라보았지만 원망하는 눈빛은 아니었다. 그 눈은 마치 이렇게 말하는 듯했다. 괜찮아. 너무 놀라지 마라. 조용히, 조용히, 금방 지나갈 거다. 너무 놀라지 마라. 어머니는 쓰러진 상태에서도 나를 안심시키려 했다. 숫자는 계속 들렸다. 30, 31, 32……가 들릴 때쯤 어머니의 눈에서 조금씩 힘이 빠졌다. 까맣던 눈동자의 색이 불투명해졌고 눈동자 주위 근육이 풀렸다. 나에게 맞춰졌던 초점도 흐릿해졌다. 목소리는 여전히 아무런 감정도 없이 숫자를 세고 있었다. 60이라는 숫자가 들리자 기다렸다는 듯 어머니의 눈이 감겼다. 어머니도 나와 똑같은 목소리를 듣고 있었던 것일까. 어떻게든 마지막 일분을 기다렸던 것일까. 나의 눈을 보면서 마지막 일분을 보내고 싶었던 것일까.

나는 노을을 바라볼 때마다 어머니와 마지막으로 눈을 맞췄던 일분을 떠올리곤 했다. 저녁노을이 천천히 땅으로 내리고 사위가 어두워지는 과정은 어머니의 두 눈이 서서히 감기던 장면과 놀라울 정도로 닮았다. 땅거미가 내리기 시작할 때의 밝기는 목소리가 30을 셀 때의 어머니 눈동자의 밝기와 거의 똑같았다. 사물을 분간하기 힘들 정도로 저녁이 깊어지면 목소리가 50을 셀 때의 어머니 눈동자가 떠올랐다. 저녁은 천천히 다가왔지만 어머니는 갑자기 돌아가셨다.

어머니가 눈을 감자 목소리는 더이상 들리지 않았다. 어디론가 사라졌다. 목소리가 사라지자 이번에는 아무런 소리도 없는 '소리의 블랙홀'이 나타났다. 주위에 있던 소리들이 모두 어디론가 빨려들어가고 윙, 하는 낮은 소리가 내 귀를 장악했다. 나는 고개를 좌우로 흔들어보기도 하고 왼손으로 탁자를 두드려보기도 했지만 아무런 소리도 들리지 않았다. 소리의 블랙홀이 사라진 것은 형의 목소리 때문이었다. 학교에서 돌아온 형은 쓰러진 어머니를 발견하고 주방으로 뛰어들어왔다. 형은 어머니의 코에다 귀를 대고 숨소리를 확인했다. 어머니의 어깨를 흔들며 큰 소리로 어머니를 불렀다. 나는 형의 목소리를 듣고 정신을 차렸다. 그러자 갑자기 울음이 터져나왔다. 울음소리를 최대한 크게 내야만 소리의 블랙홀을 탈출할 수 있다는 듯 나는 있는 힘껏 울었다. 내 울음소리가 들리자 현실로 돌아온 것 같았다. 형은 전화로 구급차를 부른 다음 식탁으로 와서 나를 안아주었다. 놀랐지? 괜찮아, 괜찮아, 괜찮을 거야. 형은 내 등을 토닥였다. 울음을 멈추고 싶었지만 도무지 그치질 않았다. 구급차가 도착해서 어머니를 옮길 때에도 나는 식탁에서 움직일 수 없었다. 식탁에 앉아서 어디론가 옮겨지는 어머니의 어두운 얼굴을 보았다. 나는 그 얼굴도 또렷하게 기억하고 있다. 그것은 이미 사람의 얼굴이 아니었다. 몇분 전까지 살아 있던 사람의 얼굴이라면 최소한의 온기라도 남아 있어야 했지만 어머니의 얼굴은 순식간에 다른 존재로 바뀌어 있었다. 고무나 플라스틱으로 만든 얼굴과 다를 게 없었다. 나는 어머니의 얼굴을 보자마자 울음을 뚝 그쳤다. 이상하게 슬프지 않았다. 형은 나를 한번 더 안아준 뒤 어머니와 함께 구급차를 타고 병원으로 갔다. 나는 집에 혼자 남아 '어머니가 죽었다'라는 말의 의미를 여러 번 생각해보았다. 아무리 생각해도 슬프다는 느낌은 전혀 들지 않았다. 어머니는 이제 생물에서 무생물로 변형되었다,라는 느낌뿐이었다. 어머니는 결국 병원에 도착하기 전에 심장이 멎었다.

어머니가 죽고 나서 많은 것이 바뀌었다. 형과 나는 둘이서 살아가야 했다. 형은 대학을 그만두고 취업을 준비했다. 지금 생각해

보면 형은 학교를 그만둬야 할 이유가 없었다. 제법 많은 보험금이 나왔고, 통장에는 어머니가 모아둔 돈이 있었다. 넉넉하다고 할 수는 없지만 형이 대학을 졸업할 때까지는 걱정하지 않아도 될 정도였다. 형이 학교를 그만둔 것은 아마도 나 때문이었을 것이다. 나를 책임지기 위해서였을 것이다. 하지만 결국은 잘못된 선택이었다. 지금 생각해보면 확실히 그렇다. 형은 직장을 구하기보다 나를 구했어야 했다. 모든 것이 혼란스러운 나를 위로해주고 어머니와 아버지가 없어도 인생은 즐거운 것이라는 사실을 깨닫게 해주어야 했다. 열네살의 꼬마가 인생은 어차피 혼자서 살아가는 것이라는 사실을 눈치채지 못하도록 했어야 했다.

어머니가 죽었을 때보다 형이 죽었을 때 더 괴로웠던 것은 아마도 그런 이유 때문이었을 것이다. 이전까지 '인생은 어차피 혼자서 살아가는 것'이라는 깨달음이 관념적인 것이었다면 형의 죽음을 계기로 그 깨달음은 완전히 실제적인 것이 되었다. 완벽하게 혼자가 되었으니 혼자서 살아갈 수밖에 없다. 아무리 뭔가를 곱하고 곱하려 해도 0이 포함된 수식은 결국 답이 0이 될 수밖에 없다. 그런 걸 온몸으로 깨닫게 된 것이다.

나에게 형이라는 존재는 보험 같은 것이었다. 뭐가 어떻게 되어도 형은 남아 있을 것이다. 그렇게 늘 생각하고 있었다. 병원에서 연락을 받고 택시를 타고 갈 때에도 완벽한 0은 불가능한 것이라고 스스로를 위로했다. 병원에 도착해서 형의 얼굴을 보고 나서야 나는 완벽한 0이 가능할 수도 있다는 생각이 들었다. 어머니가 죽어갈 때 들려오던 그 숫자로 치면 형의 상태는 이미 50초를 넘어 있었다. 형은 눈을 뜨고 있었지만 어디도 바라보지 않았다. 나는 형의 손을 잡았다. 형의 손에는 이미 온기가 없었다. 형은 죽기 직전에 잠깐 눈을 떴다. 그리고 나를 바라보았다. 무언가를 말하려는 것 같기도 했고, 그냥 마지막으로 내 얼굴을 한번 보려는 것 같기도 했다. 삼초쯤이었을까, 그때는 아무런 목소리도 들리지 않았다. 형의 눈동자는 곧 하나의 점으로 소멸됐고, 어머니의 죽음과 똑같은 과정이 반복됐다. 죽은 형의 얼굴 역시 플라스틱이나 고무로 보였다. 나는 죽어버린 형의 얼굴을 보면서 그런 생각을 했다. 누군가 미리 만들어둔 고무인형으로 순식간에 형의 얼굴을 바꿔치기한 것은 아닐까. 그렇지 않고서야 이렇게까지 다를 수는 없다. 송장은 인간에서 목숨을 뺀 것이 아니라 인간과는 완벽하게 다른 물체였다.

집으로 천천히 다가오는 좀비들을 보면서 나는 어머니와 형의 마지막 얼굴을 떠올렸다. 0이 되기 직전의, 소멸되기 직전의, 인간과는 다른 물체로 변이되기 직전의, 0에 가깝긴 하지만 여전히 인간이었던 어머니와 형을 보는 것 같았다. 좀비들 역시 0에 가까운 모습이었다. 내가 마지막으로 기억하는 어머니와 형의 상태가 1이나 2라면 좀비들은 -1이나 -2에 가까웠다. 둘은 비슷해 보였다. 플러스와 마이너스의 차이로밖에는 보이지 않았다. 살아 있다는 것과 죽어 있다는 것은 0을 기준으로 대칭될 뿐 별다른 차이가 없는 것은 아닐까. 산 것은 플러스의 세계, 죽은 것은 마이너스의 세계이며 두 세계는 균형을 맞추며 이 세상을 움직이고 있는 것은 아닐까. 하지만 나는 마이너스의 세계를 상상할 수 없었다. 마이너스인 채로 살아간다는 것은 상상할 수 없었다.

좀비들은 살아 있는 인간처럼 보이지 않았지만 괴물의 모습 같지도 않았다. 내가 처음으로 만난 좀비의 모습과는 딴판이었다. 야구방망이를 몸에다 꽂아넣었던 좀비는 얼굴이 망가지고 온몸의 살점이 너덜너덜한 괴물의 상태였지만 지금 창문 밖에서 움직이는 좀비들은 죽기 직전의 사람이라고 해도 믿을 정도였다. 두 팔은 의지와 상관없이 흔들렸고 두 다리는 비틀거렸고 눈동자는 허공을 응시하고 있었지만 얼굴은 비교적 깨끗했고 팔다리도 제대로 붙어 있었다. 내게 인사를 건넨다고 해도 전혀 어색하지 않을 정도였다. 안녕, 좋은 저녁이군. 그래, 상쾌한 저녁이야. 들어와서 차라도 한 잔 하고 가지 않을래? 그런 인사를 건네도 괜찮을 것 같았다.

좀비들은 삼 미터 가까이로 바싹 다가와 있었다. 얼마나 많은 좀비들이 집으로 오고 있는지 알 수 없었다. 참모 한 명이 무전기로 바깥의 상황을 보고받았다. 스무 명 정도의 좀비가 집을 둘러싸고 있다는 말이 무전기 속에서 들려왔다. 좀비들은 짐작도 할 수 없겠지만 육십명의 군인이 그들을 둘러싸고 조용히 앉아 명령을 기다리고 있었다. 명령을 받으면 그들은 아주 빠른 동작으로 좀비들을 제거해버릴 것이다.

"내가 신호할 때까진 절대 움직이지 마."

장장군이 낮고 분명한 목소리로 말했다. 이미 지시한 내용이었지만 장장군은 되풀이했다. 창밖으로 좀비들이 집을 향해 걸어오는 것이 보였다. 그들의 눈동자에는 초점이 없었으므로 어떤 생각을 하고 있는지 알 수 없었다. 적의가 있는 것인지, 뭔가를 간절히 원하는 것인지 알 수 없었다.

"장군님, 일 미터 내로 접근했습니다."

참모 한 명이 낮은 목소리로 보고했다.

"써치라이트 켜고 작전 시작해."

장장군이 지시했다. 작전명령은 순식간에 전달됐다. 어두운 방의 전등 스위치를 올려 순식간에 방을 환하게 만들 때처럼 장장군의 말은 순식간에 행동으로 이어졌다. 스위치를 켜고 전구에 불이 들어오는 시간과 장장군의 명령이 내려진 뒤 써치라이트에 불이 들어오는 시간을 비교해보고 싶을 정도로 군인들의 행동은 민첩했다. 한마디의 말이 이렇게 많은 행동을 순식간에 만들어낸다는 사실이 놀랍기만 했다. 군대가 늘 훈련에 훈련을 거듭하는 것도 이런 이유 때문일 것이다. 나는 군인들의 눈빛에서도 초점을 읽을 수 없었다. 그들은 마치 또다른 좀비들처럼 움직였다.

써치라이트가 켜지자 좀비들이 당황하기 시작했다. 자기들끼리 뭔가 신호를 보내는 것인지 웩, 꿱, 하는 소리가 사방에서 울려퍼졌다. 마치 돼지를 도살할 때 나는 소리 같았다. 소리들이 집을 둘러쌌다. 좀비들은 갑자기 환해진 공간에서 어쩔 줄 몰라하고 있었다. 살아 있는 사람들이 어둠속에서 우왕좌왕하듯 좀비들은 밝은 빛 아래에서 우왕좌왕했다. 지붕 위에 설치한 써치라이트가 좀비들을 비추자 집 주위 나무들의 그림자가 저 멀리까지 뻗어나갔다. 집 주위에 곧게 뻗은 굵직한 나무들이 경기를 관람하듯 꼿꼿하게 서서 모든 것을 묵묵히 지켜보았다.

"모두 생포해."

좀비들이 허둥대는 모습을 본 장장군은 웃고 있었다. 명령을 내리는 목소리가 더이상 흔들리지 않았다. 홍이안과 뚱보130과 나는 쏘파에 앉아서 좀비들이 허공에다 손을 흔들며 소리지르는 모습을 조용히 지켜보았다. 생포라는 단어는 말이 안되는 것이었다. 그들은 살아 있는 상태가 아니었다. 죽은 사람을 생포할 수는 없다. 지붕 위에서 써치라이트를 비추던 군인들이 전자그물을 아래로 던지자 좀비들의 몸이 서로 뒤엉키면서 중심을 잃었다. 좀비들은 바닥으로 넘어졌고 그들의 신음이 더욱 크게 들려왔다.

"자, 작전은 끝난 것 같군요. 모두들 수고하셨습니다. 이런 일은 구경하는 사람에게도 에너지가 쓰이는 법이죠."

장장군이 자리에서 일어나며 말했다.

"좀비들을 생포한 이유가 있나요?"

내가 물었다.

"왜 생포했을까요? 죽일 수 없기 때문이죠."

"죽일 수 없다니요?"

"죽은 사람을 또 죽일 수는 없죠."

"그럼 제가 찔러죽인 좀비는 뭐죠?"

"그건 죽인 게 아니에요. 제거한 거죠."

"그럼 제거하지 않는 이유는 뭐죠?"

"제거할 필요가 없기 때문이죠."

"왜요?"

"그런 자세한 것까진 알 필요가 없어요. 군사기밀이라고만 해둡시다. 자, 저희는 쓰레기를 모두 수거했으니 이만 철수하도록 하겠습니다. 돈 한푼 내지 않고 좋은 구경 한 겁니다. 어디 가서 이렇게 멋진 장면을 볼 수 있겠어요."

"별로 좋은 구경 같지는 않은데요."

"좀비를 본 건 멸종한 공룡을 본 거나 마찬가지입니다. 세상에 존재할 수 없는 동물을, 존재하지 않는 시간 속에서 구경한 거란 말이죠. 타임머신을 타고 과거로 돌아가도 이런 장면은 구경하기 힘든 겁니다."

"알겠어요. 잘 알겠으니까 얼른 집에서 나가주세요."

홍이안이 장장군의 말을 잘랐다. 장장군은 홍이안에게 뭔가 이야기를 하려다 말고 입을 다물었다.

우리는 장장군을 따라 집 밖으로 나섰다. 바깥은 대낮처럼 환했다. 써치라이트의 위력이 대단했다. 군인들은 군용트럭에다 전자그물에 갇힌 좀비들을 싣고 있었다. 전자그물 하나당 서너 명의 좀비가 뒤엉켜 있었다. 시체 같지도 않았고 살아 있는 사람 같지도 않았다. 개나 돼지 같았다. 좀비들은 뒤엉킨 채 손발을 버둥거렸다. 꾸에엑, 꾸엑, 하는 소리가 뒤엉켰다. 군용트럭에 실린 좀비들은 덩어리로 쌓였다. 써치라이트가 좀비들의 덩어리를 비추었다. 윤기 없이 하얗기만 한 좀비들의 살점이 불빛에 드러났다. 장장군이 집 앞에서 한마디했다.

"저 새끼들이 불빛에 걸려 있으니 갑자기 돼지고기가 먹고 싶네. 자, 얼른 끝내고 부대에 돌아가서 바비큐 파티나 하자고. 서둘러."

참모들이 장장군의 말을 듣고 웃었다. 트럭에다 좀비를 싣던 군인 몇명도 함께 웃었다. 홍이안과 뚱보130은 얼굴을 찡그렸다. 장장군의 말이 맞긴 했다. 불빛에 비친 좀비들은 정육점에 걸린 고기와 다르지 않았다. 군데군데 살점이 흰하게 드러났고 딱딱하게 굳은 피가 곳곳에 들러붙어 있었다.

좀비들을 모두 실은 후 지붕의 써치라이트 팀이 철수하자 순식간에 낮이 밤으로 바뀌었다. 낮 열두시가 밤 열두시가 되었다. 대낮처럼 환하던 몇분 전이 꿈 같았다. 깨어나보니 어둠속이었다. 어둠이 천 겹으로 우리를 둘러쌌다. 장장군과 참모들이 탄 지프가 출발하자 트럭들이 그 뒤를 따라갔다. 어둠을 비추는 헤드라이트 불빛이 먼저 사라졌고, 자동차 소리가 멀어졌다. 나와 홍이안과 뚱보130은 문앞에 서서 트럭의 꽁무니가 사라지는 것을 지켜보았다.

한바탕 폭풍이 몰아친 뒤라 집이 더욱 조용하게 느껴졌다. 귓속에서 좀비들의 신음소리가 메아리쳤다. 현실에서 한번도 들어본 적이 없는 소리라 쉽게 지워지지 않았다. 나는 창문과 덧문을 모두 닫고 빗장을 걸었다. 두 사람을 위해 뜨거운 차를 준비했다.

"귀가 얼얼하네."

뚱보130이 말했다.

"현실 같지가 않아. 방금 우리가 좀비를 본 거 맞지?"

홍이안이 말했다.

"좀비를 먼저 본 선배로서 충고 한마디 해드릴까요? 너무 아쉬워 마세요. 앞으로 꿈에서 서너 번은 더 만날 테니까요."

"젠장, 나 무서운 꿈 싫은데."

"현실에서 좀비를 다시 만나는 것보다는 낫잖아요."

"난 실제로 만나는 게 덜 무서울 것 같은데."

"몰라서 하는 소리예요. 실제로 저 바깥에서 좀비와 딱 맞닥치면 아마 무서워서 한 발짝도 떼지 못할걸요. 제일 무서운 게 뭔지 알아요? 눈빛이 없다는 거예요. 어딜 보는지 보이지가 않아요. 나를 보는지, 내 뒤를 보는지, 내 옆을 보는지, 알 수가 없어요. 그게 제일 무서워요."

"넌 좀비 백번 정도 만나본 사람처럼 얘기한다. 그만 떠들고 차나 마셔."

내가 두 사람 사이에 끼여들었다. 뜨거운 차에 우유를 타고 꿀한 스푼을 넣었다. 부드러운 단맛이 입안을 한 바퀴 돌고 목구멍을 타고 내려갔다. 손끝과 발끝의 실핏줄까지 뜨거운 차가 스며들었다. 온몸이 찌릿했다. 눈두덩이 부드럽게 풀리면서 먼 곳에서부터 희미한 졸음이 몰려왔다. 나는 고개를 한 바퀴 돌려 뻣뻣한 목 주위 근육을 풀어주었다. 뼈가 풀어지는 소리가 내 귀에만 들렸다. 나는 보일러의 온도를 높였다. 문을 자주 여닫아서 그런지 집 안 공기가 차가웠다.

뚱보130과 홍이안 역시 눈을 감은 채 뜨거운 차의 기운을 느끼고 있었다. 뜨거운 차를 마시면 뼈가 따뜻해져서 좋았다. 보일러의 원리와 비슷했다. 뜨거운 물이 계속 회전하면서 방을 따뜻하게 하듯 뜨거운 차가 몸 곳곳에 스며들면서 뼈를 따뜻하게 만들었다.

뚱보130이 다 마신 찻잔을 탁자에 내려놓았다.

"밖에서 형 생각하면서 자료를 좀 찾아봤어요."

"무슨 자료?"

"어떻게 하면 좀비들을 쉽게 죽일 수 있나."

"어떻게 해야 한대?"

"우리가 한 게 정확했어요. 끝이 뾰족한 물체를 좀비의 머리와 심장에다 쑤셔박는다."

"또?"

"그게 가장 좋은 방법이고 그 외에도 한 삼백 가지 될 거예요. 그런데 더 재미있는 건 좀비를 찾아내는 방법이에요."

"좀비를 피해다녀도 모자랄 판에 왜 찾아내?"

"찾아내서 죽인다는 거죠."

"잔인하네."

"종교학자가 쓴 책인데요, 제목이 뭐였더라, 아마 『당신이 죽여야 할 최후의 좀비』일 거예요. 그 사람 얘기로는 이 세상에 최소 이십만명의 좀비가 우리와 함께 살고 있대요. 우리 눈에 잘 띄지 않는 지역에 살아서 그렇지 좀비는 언제나 인간과 함께 살고 있대요. 그리고 그 수가 꾸준히 유지되고 있대요."

"좀비들이 번식을 한다는 건가?"

"번식은 할 수 없죠. 그 사람 주장은 좀비 역시 자신들의 개체수를 유지하기 위해 본능적으로 행동한다는 거예요."

"본능? 좀비들에게 본능이 있다고?"

"네, 좀비들의 본능은 무덤으로 가서 묘비를 파괴하는 거예요. 묘비라는 건 인간들의 부적이잖아요. 이 사람은 죽은 사람이다,라는 선언을 내린 건데 그걸 파괴하는 거죠."

"의도적으로 그걸 파괴한다고?"

"본능이라니까요."

"그런다고 시체가 다시 살아나?"

"그 사람 말로는 다시 살아날 수 있대요."

두 손으로 찻잔을 꼭 쥐고 있던 홍이안이 말했다.

"순 헛소리."

찻잔은 이미 식었을 것이다. 홍이안은 뚱보130의 말에 집중하느라 찻잔이 식은 줄도 몰랐을 것이다. 그래도 홍이안은 두 손으로 찻잔을 꼭 쥐고 있었다.

"그 사람뿐 아니라 좀비가 존재한다는 연구결과를 낸 사람은 많아요. 제대로 죽지 못한 사람, 억울하게 죽은 사람, 죽기 전에 꼭 해야 할 일이 있었던 사람은 누군가 불러내면 아주 쉽게 좀비가 될 수 있대요."

"순 헛소리야."

"하하하, 누나, 무서워서 그러는 거죠?"

"무섭긴 누가 무섭다고 그래. 그런 미신 안 믿어."

"그럼 믿지 말아요. 나는 그냥 내가 본 자료를 말하는 거니까요."

"그래서 좀비를 찾아내는 방법이 뭐래?"

홍이안이 찻잔을 탁자에 내려놓으며 물었다.

"그 종교학자는 좀비를 세 가지로 분류했어요. 첫번째, 무덤에서 다시 살아난 좀비들, 두번째, 사체실험 대상이었다가 깨어난 좀비들, 마지막으로 식물인간이었다가 상태가 변형되어 생겨난 좀비들."

"야, 어째 다 무시무시하다."

"그중에서 가장 많은 수를 차지하는 게 몇번째일까요?"

"1번."

홍이안이 대답했다.

"나는 2번."

내가 대답했다.

"답은 2번이에요."

뚱보130이 말했다.

"그거랑 좀비를 찾아내는 방법이랑 무슨 상관이 있는데?"

내가 물었다.

"실험대상이었다가 좀비가 된 녀석들에게는 특이한 점이 있어요. 바로 관리번호가 있다는 거예요. 실험대상이 된 모든 사체들의 머리에는 위치추적이 가능한 칩을 넣어두는데, 그걸로 좀비들을 찾아낼 수 있다는 거죠. 좀비들은 몰려다니는 습성이 있기 때문에 일단 두번째 종류의 좀비들을 찾아내면 다른 좀비들도 한꺼번에 전멸시킬 수 있다는 말씀."

"그 논문을 쓴 사람이 제정신이 아닌 거 같은데."

"그래도 제법 그럴듯하지 않아요?"

"그럴듯하긴 뭐가 그럴듯해. 완전 할리우드 영화 스토리잖아. 일단 이 세상에 좀비들이 그렇게 많이 있다는 것부터 이상하잖아."

"오늘 내내 좀비들에게 시달렸으면서도?"

"여긴 평범한 곳이 아니잖아."

"그렇긴 하지만, 또 어떻게 생각하면 평범한 곳이기도 하잖아요."

바람이 덧창문을 흔들었다. 깨진 유리의 날카로운 끝이 바람에 흔들리는 소리 같은 게 들렸다. 바람은 좁은 틈을 통과할 때 비명을 지른다. 창문 곳곳에서 바람의 비명이 들렸다. 씰리콘으로 미처 다 메우지 못한 비좁은 틈으로 바람이 제 몸을 들이밀고 있었다. 덧창문 한두 개가 바람에 흔들렸다. 파르르 떨고 있었다. 저렇게 계속 떨린다면, 오랜 시간 떨린다면 언젠가는 덧창문을 버티고 있는 못이 뽑히는 때가 올지도 모른다. 하지만 그건 아주 먼 일이다. 아주 많이 흔들려야 할 것이다. 그전에, 못이 뽑히기 전에 수많은 일이 생길 것이다. 그 일이 어떤 일인지는 알 수 없지만 한두 개의 못이 뽑히는 것보다는 중요한 일일 것이다. 세 사람 다 아무 말도 하지 않자 덧창문 흔들리는 소리가 더 크게 들렸다. 어쩌면 못이 조금 뽑혔기 때문에 소리가 크게 들리는지도 몰랐다.

그때 무엇인가 덧창문에 부딪치면서 둔탁한 소리를 냈다. 길 잃은 눈먼 새가 낮게 날다가 자동차 앞유리에 머리를 세게 부딪친 것이 아닐까 싶은 소리였다. 그것은 분명 뼈가 으스러지는 소리였다. 홍이안과 뚱보130과 나는 서로의 얼굴을 번갈아 보면서 무슨 일이 일어난 것인지 추측했다. 집 안에서는 알 수 없었다. 도대체 무슨 일이 일어난 것인지 알아낼 수 없었다. 여긴 평범한 곳이 아니다. 이번에는 주방의 덧창문에서 똑같은 소리가 났다. 딱, 하는 소리였다. 또 한번 뼈가 으스러지는 소리가 났다. 시속 백오십 킬로미터의 직구를 정확하게 받아쳐 왼쪽 담장을 훌쩍 넘기고 장외까지 뻗어나가는 대형 홈런의 소리도 이만큼 강렬하지는 않을 것 같았다. 딱, 딱, 딱. 나는 휴대전화를 꺼내 신호를 확인해보았다. 여전히 아무런 신호도 잡히지 않았다. 이번에는 똑같은 소리가 이층의 덧창문에서 들렸다. 딱.

나는 이층으로 오르는 계단 옆에서 야구방망이를 집어들었다. 좀비의 머리통을 관통했던 부러진 야구방망이였다.

"형, 나가려고요?"

뚱보130이 놀란 눈으로 물었다.

"지훈씨, 나가지 마요."

홍이안이 말했다.

"별일 없을 거예요. 빌어먹을, 도대체 밖에서 무슨 일이 일어나고 있는지 알아야겠어요."

문을 여는 건 위험한 행동이다. 그러나 덧창문의 못이 뽑힐지도 몰랐다. 못이 뽑히기 전에 행동을 해야 했다. 머릿속에 스톤플라워의 노래 제목이 하나 떠올랐다. 행동이 있어야 답을 얻을 수 있다. 두번째 앨범에 들어 있는 곡이다. 그건 분명히 옳은 말이다. 행동이 있어야 답을 얻을 수 있다. 나는 어느샌가 머릿속에서 가사를 만들어 노래를 부르고 있었다. 못이 뽑히고 있어. 창문이 흔들리고 있어. 행동이 있어야 답을 얻을 수 있어. 조용히 앉아서는 아무것도 얻을 수 없지. 폭풍 속에 들어가보아야 바람의 방향을 알 수 있지. 추측보다 위험한 건 없어. 결국 우리는 아무것도 알지 못하는 불완전한 인간이니까. 나는 끝이 뾰족한 야구방망이를 오른손에 쥐고 왼손으로 문을 열었다.

14

　사람의 얼굴이란 순식간에 변한다. 감당하기 힘들 정도로 큰일을 겪고 나면 얼굴에도 그 흔적이 남게 마련이다. 죽음 근처에 다녀온 사람은 얼굴에 죽음의 상처가 남아 있다. 중력이 지상의 6배가 넘는 상공에서 인간의 얼굴이 뒤틀리듯, 중력이 일그러지는 시간을 경험한 사람의 얼굴에는 묘한 일그러짐이 남아 있다. 사람의 얼굴에서 그 사람의 시간을 짐작할 수 있다. 문을 열었을 때 내 앞에 나타난 얼굴을 보고 나는 몇초 동안 아무 생각도 할 수 없었다. 누군가 갑자기 나타나서 놀란 탓도 있지만 내 앞에 서 있는 사람의 얼굴이 너무 무서웠기 때문이다. 그의 얼굴에는 아무런 시간도 새겨져 있지 않았다. 두 눈은 두두룩하게 솟은 눈두덩 속에 깊숙하게 숨어 있었고, 광대뼈는 얼굴을 뚫고 나올 것처럼 도드라져 있었다.

머리카락은 제멋대로 자라 입 주위의 덥수룩한 수염과 맞닿아 있었는데, 어디까지가 머리카락이고 어디까지가 수염인지 구분할 수 없었다. 머리카락과 수염으로 시간을 측정하는 것은 불가능했다. 입술은 수염에 뒤덮여 거의 보이지 않았다. 얼굴의 윤곽도 보이지 않았다. 그는 트레이닝 바지와 얇은 베이지색 점퍼를 입고 있었는데 겨울에 어울리는 옷은 아니었다. 그의 얼굴을 한참 동안 들여다본 다음에야 내가 아는 사람이라는 사실을 깨달았다.

"이경무씨?"

"알아봐주시네요."

"아니, 어떻게 된 일이에요? 이 시간에 여기서……"

"저도 이런 식으로 다시 만나고 싶지는 않았는데요."

"괜찮으세요?"

"제 외모를 보고 물어보는 거라면, 이 수염이나 옷을 보고 저를 걱정하는 거라면, 저는 괜찮습니다. 보이는 것과 진실 사이에는 아주 커다란 수영장이 있게 마련이죠."

"수영장요?"

"발을 디딜 수는 없지만 물 밑에 많은 게 감춰져 있는 법이라는 얘깁니다."

"어쨌거나 괜찮다니 다행이네요."

"걱정스러워 보이는 건 괜찮지만 보이지 않는 곳은 괜찮지 않을 수도 있죠."

"예를 들면요?"

"몸은 건강하지만 머리에 문제가 많을 수도 있다는 거죠."

"머리에 문제가 있다고요?"

"꼭 그렇다는 건 아니고, 그럴 수도 있다는 거죠. 비유가 그렇다는 겁니다. 마음이란 건 눈에 보이지 않는다는 얘기죠. 잠깐 들어가도 될까요?"

"혹시 좀 전에 들렸던 소리가 뭔지 아세요?"

"저 소리 말입니까?"

이경무는 고개를 오른쪽으로 돌려 어둠을 바라보았다. 딱, 하는 소리가 또 들렸다. 소리는 금세 흩어지며 자신의 정체를 숨겼다. 어디에서 들리는 소리인지 짐작할 수 없었다.

"네, 저 소리요."

"제 친구들입니다."

"무슨 소리인데요?"

"제 친구들이 내는 소리입니다."

"어떤 친구들인데요?"

"들어가서 얘기해도 될까요?"

"친구들은요?"

"친구들은 어둠속을 좋아합니다."

나는 이경무를 집 안으로 들어오게 했다. 내 옆을 지나가는데 냄새가 코를 찔렀다. 서른 가지 정도의 나쁜 냄새를 한꺼번에 뒤섞어 최악의 상태로 발효시킨 듯한 냄새였다. 그렇지만 습한 기운은 없었다. 대부분의 냄새는 물과 닿아 있지만 이경무의 몸에서 나는 냄새는 마른 냄새였다. 냄새의 정체를 알 수 없었다.

나는 이경무를 홍이안과 뚱보130에게 소개했다. 나 역시 이경무에 대해서 아는 게 거의 없었다. 이경무에게도 두 사람을 소개했다. 두 사람에 대해서도 달리 소개할 게 없었다. 친구라는 말밖에는 할 게 없었다. 이경무는 이층으로 올라가는 계단에 걸터앉았다. 쏘파를 양보했지만 그는 거절했다.

"나도 내 몸에서 어떤 냄새가 나는지는 알고 있으니까, 처음 만난 사람들을 괴롭힐 수는 없죠. 이 냄새가 쏘파에 묻으면 절대 지워지지 않을 겁니다."

"어떤 냄새인데요?"

내가 물었다.

"죽은 자들의 냄새죠."

"죽은 자들요?"

"걱정 말아요. 이 냄새의 단점은 끔찍하게 지독하다는 거지만, 장점은 멀리 퍼져나가지는 않는다는 거지요. 내 몸 가까이로 오지만 않는다면 심하지는 않을 겁니다. 이 냄새는 일종의 보호막 같은 거죠. 나를 둘러싸고 다른 사람으로부터 보호해줘요."

뚱보130과 홍이안은 이경무의 갑작스러운 방문에 놀란 것 같았다. 놀라긴 나 역시 마찬가지였다. 이경무를 처음 만난 순간이 십년 전처럼 느껴졌다. 그사이에 많은 일이 있었다. 그의 얼굴을 보고 이름을 기억해냈다는 게 놀라웠다. 서로 잘 알지 못하는 네 사람의 머뭇거림이 집 안의 공기를 묵직하게 만들었다. 홍이안과 뚱보130은 이경무와 눈을 마주치길 두려워했다. 이경무가 입을 열었다.

"따뜻한 걸 좀 마실 수 있을까요?"

"차를 드릴까요?"

"뭐든 따뜻하기만 하면 됩니다. 여기 얼어붙은 파이프를 뜨끈하게 달궈주기만 하면 되니까요."

이경무는 손가락으로 목구멍을 가리키며 말했다. 나는 물을 끓여 차를 만들어주었다. 이경무는 두 손으로 찻잔을 감싸쥐었다.

"실례가 많습니다. 밤늦게 문을 두드릴 만큼 뻔뻔한 사람은 아닙니다만 상황이 이렇게 되어버렸군요."

"그동안 어떻게 지내셨어요?"

내가 물었다.

"뭔가 상상되는 게 있죠?"

이경무는 계단 옆에다 찻잔을 내려놓고 두 팔을 벌렸다. 십자가에 못 박히기 직전의 예수가 저런 모습이 아닐까 싶었다. 밖에서는 딱, 딱, 딱, 하며 집을 두드리는 소리가 계속 들려왔다. 처음보다는 두드리는 간격이 넓어졌다. 내가 대답하기 전에 이경무가 말을 이었다.

"아니요, 됐습니다. 상상하지 마세요. 너무 끔찍한 걸 상상할지도 모르니까, 너무 엄청난 걸 상상할지도 모르니까. 채지훈씨가 상상하는 그 정도는 아닐 겁니다. 인간의 상상력이란 가만히 놓아두면 너무 끝없이 뻗어나가는 게 문제죠. 상상력을 에너지로 바꿀 수 있었다면 아마 인간은 오래전에 우주 전체를 지배했을 겁니다. 상상력을 로켓이나 미사일의 연료로 사용할 수 있었다면 우주의 크기가 어느 정도인지 진작에 알아냈을 거예요. 채지훈씨의 상상력에는 미치지 못하겠지만 끔찍한 일들이 줄줄이 일어나긴 했습니다. 한꺼번에 일어났다면 오히려 견디기 쉬웠을지도 몰라요. 그랬다면 사소한 문제는 오히려 쉽게 잊을 수 있을지도 모릅니다. 문제는 그 모든 일들이 차례차례 일어났다는 거예요. 하나씩, 하나씩. 모든 사건들이 대기표를 받고 기다리고 있다가 순서대로 나의 세계로 노크하고 들어온 겁니다.”

“회사도 그래서 그만두신 거고요?”

“빌어먹을, 이게 다 그 안테나 때문입니다. 빌어먹을 안테나들.”

우리는 흥분한 이경무를 멀찍이서 지켜보았다. 그는 무대 위에 올라간 배우처럼 자신의 대사를 읊조리고 있었다. 그사이 어떤 일이 있었는지 처음 만났을 때의 이경무와는 다른 사람 같았다.

“채지훈씨는 안테나 감식기의 설정을 바꿔본 적이 없겠죠?”

“네, 설정을 바꿀 수 있는 줄도 몰랐는데요.”

“대부분 모르죠. 기계에 대해서 잘 모르는 사람들은 그런 걸 만지는 순간 기계가 폭발할지도 모른다고 생각하니까요. 하지만 기계의 설정을 아주 살짝 바꾸어놓으면 많은 게 달라집니다. 작은 스위치 하나만 조작하면 세상의 비밀을 볼 수 있죠. 보이지 않던 게 보이기 시작합니다. 물론 그걸 보는 순간 내 삶이 완전히 다른 길로 빠져들었지만…… 어쩔 수 없어요. 비밀을 보려면 값을 치러야지요.”

“설정을 바꾸면 뭐가 보이는데요?”

“많은 것들이 보이죠, 아주 많은 것들. 우리가 이전에는 보지 못했던 것들.”

“보지 못했던 어떤 것들이요?”

“안테나 감식반을 하면서 눈에 문제가 생겼어요. 안테나 감식 때문이라는 증거는 없지만 내 생각은 그래요. 분명히 안테나 감식반 일을 하다 눈에 문제가 생긴 겁니다. 편맹증이라고 들어봤어요? 흔한 병은 아닙니다. 처음에는 편두통으로 시작해요. 왼쪽 골이 빠개질 것처럼 아파오죠. 머리의 반은 죽을 것처럼 아프고, 나머지 반은 너무너무 맑아요. 그러다 어느 순간 한쪽 시야가 완전히 사라집니다. 세상의 반을 잃어버리는 겁니다. 가만히 서 있으면 제 눈에는 오른쪽밖에 보이지 않습니다. 왼쪽에 뭐가 있든 보이지 않습니다. 그런 증세가 지속되다가 결국 왼쪽 눈이 망가졌죠. 그것 때문에 안테나 감식반 일도 그만하게 된 거고요."

"그러면 지금은 왼쪽 눈이 보이지 않는 거예요?"

"그렇습니다. 총 쏘기엔 아주 좋죠."

이경무가 농담을 했지만 아무도 웃지 않았다. 예상치 못한 농담이었다. 우리는 웃을 준비가 되어 있지 않았다. 이경무가 계속 이야기했다.

"한쪽 눈이 보이지 않으니 새로운 게 보이기 시작했습니다. 제 눈에는 모든 풍경이 평면으로 보입니다. 아무리 입체적인 풍경을 보아도 제 눈에는 그저 한 폭의 그림일 뿐입니다. 세상의 모든 일들이 종이 위에 그린 그림 같죠. 평면으로 세상을 보기 시작하자 먼 곳에서 움직이는 물체를 더 또렷하게 볼 수 있게 됐습니다. 장애인이 됐지만, 초능력을 얻기도 한 겁니다. 하나를 잃고 하나를 얻은 거죠."

언젠가부터 집 밖에서 벽을 두드리던 소리가 들리지 않았다. 나와 홍이안과 뚱보130은 이경무의 이야기에 빠져서 소리가 그친 것도 모르고 있었다. 사방이 고요했다. 이경무는 차 한 잔을 더 부탁했고, 나는 물을 끓여서 잔을 채워주었다.

"한쪽 눈을 잃는 대신 밖에 있는 친구들을 얻었습니다."

"친구들요?"

"친구들을 소개하기 전에 드릴 말씀이 있습니다. 홍이안씨는 어머니가 어떻게 돌아가셨는지 아십니까?"

"엄마를 아세요?"

"잘 알죠. 홍혜정씨와는 오래전부터 아는 사이였습니다."

"제가 딸이라는 건 어떻게 아셨죠?"

"사진을 봤습니다."

"어디서요?"

"집에 갔을 때 홍혜정씨가 사진첩을 보여주셨죠. 저는 한번 본 얼굴은 잘 잊어버리지 않습니다. 홍혜정씨를 많이 닮기도 했고요."

"제가 엄마를 닮았다고요?"

"네, 많이 닮았어요. 얼굴을 찌푸리고 있을 땐 완전히 똑같네요."

"그런 얘긴 별로 좋아하지 않아요."

"그럴 거라고 생각했습니다. 죄송합니다."

"죄송할 것까지는 없죠. 엄마를 언제 만난 거예요?"

"안테나 감식반 일을 하다가 만났죠. 저는 홍혜정씨에게 많은 도움을 받았습니다. 홍혜정씨가 없었다면 저는 한쪽 눈만 사용해서 세상을 살아가는 법을 터득하지 못하고 오래전에 죽었을 겁니다. 그분은 저를 구해주셨어요. 살아가야 할 의미를 깨닫게 해주셨어요."

"너무 거창하게 말하는 거 아니에요? 엄마는 그런 일을 할 사람이 아니에요."

"잘 몰라서 그러는 겁니다."

"저기요, 제가 홍혜정씨 딸이에요. 홍혜정씨가 제 엄마라고요.
그런데 왜 전부 다 내가 홍혜정을 모른다고 그러는 거냐고요. 홍혜
정을 아는 척하지 말아요."

"아는 척하는 게 아닙니다. 진실을 말씀드리는 겁니다."

"그런 게 진실이라면, 진실 같은 건 듣고 싶지 않아요."

"홍혜정씨가 저를 처음 만났을 때 해준 이야기가 있습니다. 진실
은 이상향 같은 것이라고요. 우리는 그곳에 절대 가닿을 수 없지만,
최대한 가깝게 가야 할 의무가 있다고요. 인간의 삶은 진실로 향하
는 계단에서 시작되고 그 계단에서 끝나는 것이라고요."

"엄마답네요. 엄마는 그런 고리타분한 이야기 되게 많이 알아
요."

이경무는 계단에서 일어섰다. 그가 움직이자 주위를 감싸고 있
던 공기가 비틀거렸고 악취가 희미하게 풍겼다. 헐렁거리는 바지
속으로 그의 얇은 다리가 느껴졌다. 다리 대신에 막대기 하나가 들
어 있는 게 아닐까 싶을 정도로 바지의 빈 공간이 눈에 보였다.

"보여드리고 싶은 게 있는데, 같이 가시죠."

이경무가 말했다.

"어디로요?"

홍이안이 물었다.

"홍이안씨가 모르는 엄마의 모습을 보여드리고 싶어서요."

"그런 거 알고 싶지 않아요."

"아뇨, 꼭 아셔야 합니다."

"왜 알아야 하죠?"

"진실과 가장 가까운 모습이니까요."

"진실, 진실, 진실, 그 말을 얼마나 많이 들었는지 이제는 그게 무슨 뜻인지도 모르겠어요. 그게 그러니까, 거짓이 없는 그런 사람에게 하는 말인 건 맞죠?"

"홍혜정씨는 번역을 할 때 자료수집을 중요하게 생각했습니다. 끝없이 자료를 모았죠. 홍혜정씨가 자료를 모으다가 갑자기 딱 멈춰서는 순간이 있습니다. 더이상의 자료가 필요없다고 느끼는 순간, 인간이 다가갈 수 있는 최대한의 진실에 근접했다고 생각되는 순간, 자료수집을 그만두었습니다. 최후의 자료임을 아는 건 순전히 직관으로 결정했습니다. 아마도 제가 보여드리는 건 홍혜정씨를 알기 위해 수집해야 할 최후의 자료가 될 겁니다."

"진실에 근접한다고요? 웃기고 있네."

홍혜정이 자료를 어떻게 수집하는지는 나와 뚱보130도 이미 잘 알고 있었다. 자료수집에 대한 이야기를 하는 걸 보니 이경무와 홍혜정이 친한 사이였다는 건 확실했다.

나는 홍혜정의 숨겨진 모습이 보고 싶었다. 처음에는 홍혜정을 안다고 생각했지만 시간이 지날수록 자신감이 없어졌다. 홍혜정은 죽은 후에도 계속 변하고 있었다. 내가 알던 홍혜정은 사라지고, 내가 모르던 홍혜정이 나타났다가, 다시 또 새로운 홍혜정이 모습을 드러냈다. 홍혜정은 사라지고 없지만 수많은 이야기들이 나타나서 그녀의 모습을 새롭게 구성했다. 홍혜정은 죽었지만 죽은 게 아니었다. 홍혜정이 어떻게 죽었는지도 듣고 싶었다. 누군가 홍혜정을 죽인 거라면 그 사람이 누군지 반드시 알고 싶었다. 왜 죽였는지 알고 싶었다.

"이안씨, 나는 알고 싶어요."

"그렇게 알고 싶으면 지훈씨 혼자 가세요."

"이경무씨 말이 맞아요. 우리는 최대한 진실에 가깝게 다가가야 할 의무가 있어요. 오해하지 않기 위해서, 진심을 알기 위해서, 그래야 해요."

"그 이상한 말투는 뭐예요? 진실에 가깝게 다가가야 할 의무가 있어요? 국어책 읽어요?"

"갈 거예요, 말 거예요?"

"갑니다, 간다고요. 안 가면 밤새 괴롭힐 거잖아요."

"형, 뭐예요, 두 사람. 밤새 괴롭히는 사이였어요?"

"야, 130, 조용히 안하면 밤새 괴롭혀준다?"

"저야 좋죠."

"그래, 오늘 당해봐라."

"지훈이 형, 밤새 뭘 어떻게 당한다는 거예요?"

"말로 설명 못해. 네가 겪어봐."

우리 세 사람은 함께 웃었다. 함께 웃으면서 홍혜정을 떠올렸다. 팀워크가 좋은 세 사람, 한 사람이 웃으면 두 사람이 따라 웃고, 한 사람이 웃지 않으면 두 사람이 기어코 그 사람을 웃게 만드는 세 사람이 우리였다. 홍혜정 대신 홍이안이 그 자리를 대신한 것 같았다. 이경무는 우리 셋의 얼굴을 번갈아 보았다. 아무리 생각해도 세 사람의 관계가 어떤지 모르겠다는 표정이었다.

우리는 이경무를 따라가기로 했다. 패딩점퍼를 걸치고, 마음에도 두꺼운 보호막을 입힌 다음 그를 따라나섰다. 현관문을 여는 순간, 잊고 있던 존재들이 생각났다. 딱, 딱, 소리를 내며 나무판을 두드리던, 어둠속을 좋아한다던 이경무의 친구들을 잊고 있었다. 차가운 공기가 벽이 되어 문밖에 서 있었다.

이경무가 주머니에서 뭔가를 꺼냈다. 휴대전화기와 비슷한 크기였지만 단추의 수는 훨씬 적었다. 여섯 개 정도의 단추가 큼지막하게 박혀 있었다. 이경무가 그중 하나를 누르자 집 주위에 있던 그의 친구들이 모여들었다.

"형, 좀비들이야."

뚱보130이 한 발 물러서며 소리를 질렀다.

"괜찮습니다. 절대 안전하니 걱정하지 마세요."

"좀비들인데요?"

"이걸로 조종이 가능합니다."

이경무가 기계를 들어 보였다. 자세히 보니 휴대전화기보다는 리모컨에 가까웠다. 좀비들을 움직이는 리모컨이었다.

"그걸로 어떻게 좀비를 움직여요?"

"좀비들에게 약물을 투여하면 리모컨으로 근육을 억제할 수 있어요. 완벽하게 제어하지는 못하지만 가까운 거리에서는 제대로 작동하니까 걱정 마세요."

이경무가 앞장서서 걸었다. 어두운 길인데도 이경무는 거침없이 앞으로 걸어갔다. 모든 길이 보이는 것처럼, 모든 길을 알고 있는 사람처럼, 한 발 한 발을 길게 내뻗었다. 사방에는 어떤 불빛도 없었다. 고리오 마을로 들어서기 전까지는 불빛을 만나기 힘들 것이었다. 우리는 플래시를 들고도 발걸음에 자신이 없었다. 이경무를 따라가기가 힘들었다. 이경무가 맨 앞에서 걸었고 나와 뚱보130과 홍이안이 그 뒤에서 서로의 손을 잡고 걸었다. 우리 뒤로 좀비들이 걸어오고 있었다. 몇명이 뒤따라오는지 알 수 없었다. 돌아보아도 어둠뿐이었다. 누군가 따라오는 소리가 들릴 뿐이었다. 우리는 이경무를 따라잡기 위해서라기보다 좀비들에게 따라잡히지 않기 위해서 열심히 걸었다.

보이는 것이 없으면 소리가 크게 들린다. 어두운 밤의 공기 사이로 뚱보130과 홍이안이 쉬는 숨소리가 들렸다. 내 숨소리도 들렸다. 분명히 세 사람의 입에서 입김이 나오고 있을 텐데 보이지 않았다.

"형, 무서워요. 너무 어두워."

뚱보130이 작은 목소리로 말했다.

"밝으면 더 무서울지도 몰라. 뒤에 있는 좀비들이 보일 테니까."

내가 대답했다.

"야, 130, 너 한번만 더 쫑알거리면 저 뒤로 보내버린다."

홍이안이 작고 퉁명스러운 목소리로 말했다. 뚱보130은 더이상 아무 말도 하지 않았다. 걷고 걸을수록 내 세계가 줄어드는 듯했다. 우주는 거대하지만 나의 세계는 고작 플래시가 비추는 작고 둥근 원뿐인 것 같은 기분이 들었다. 그래서 좋았다. 작아진 세계가 편하게 느껴졌다. 나는 저기 보이는 작고 둥근 원을 보면서 앞으로 걸기만 하면 그만이다. 생각할 필요 없이, 이경무의 뒤꿈치를 따라 그저 걷기만 하면 그만이다.

고리오 마을로 들어선 것 같은데도 여전히 불빛은 없었다. 군부대의 작전 때문에 모든 불빛을 없애버렸는지도 몰랐다. 불빛이 없으니 어디서부터 고리오 마을인지 알 수 없었다. 아직 고리오 마을에 도착하지 않았는지도 몰랐다. 아직 집에서부터 몇십 미터밖에 벗어나지 못했는지도 몰랐다.

한참 걷다가 고개를 들어보니 먼 곳에 작은 불빛 몇개가 보였다. 그게 얼마나 멀리 있는 것인지 알 수 없었다. 어둠속에서는 거리감각도 무뎌진다. 그토록 멀리 떨어진 우주의 별들이 너무나 가깝고 선명하게 보이는 것도 모두 이 어둠 때문일 것이다. 어둠속의 불안한 마음이 불빛을 환하게 만드는 것이다. 불빛이 보였지만 마음이 놓이지는 않았다. 나는 언젠가부터 가깝게 보이는 불빛은 믿지 않았다. 불빛들은 언제나 내가 생각했던 것보다 더 멀리 있었으므로 나는 불빛으로 위안을 삼지 않았다. 더이상 어떤 일에도 실망하고 싶지 않았다.

"다 왔습니다."

어둠속에서 이경무의 목소리가 들렸다. 도대체 이경무는 어떻게 어둠속에서 길을 찾아내는 것일까. 모든 풍경이 평면으로 보이기 때문일까, 아니면 어둠에 길들여진 후 좀비가 되기라도 한 것일까. 나는 이경무의 발뒤꿈치를 비추던 플래시를 들어 어둠을 더듬어보았다. 우리는 어떤 집 앞에 도착해 있었다. 불빛으로 벽 곳곳을 짚어보고 나서야 거기가 홍혜정의 집이라는 걸 알았다.

15

이경무는 식탁에 손을 얹고 한참 동안 아무 말도 하지 않았다. 마치 차가운 대리석에서 홍혜정의 온기를 찾아내려는 것처럼 이경무는 두 손바닥으로 식탁을 꾹 누르고 있었다. 온기가 남아 있을 리 없었다. 홍혜정이 죽은 지 벌써 한 달 가까이 지났다. 식탁에 앉아 있으니 출발점으로 되돌아온 것 같은 기분이 들었다. 마라톤 코스를 한 바퀴 빙 돌아서 도착한 지점이 출발점과 같은 곳인 것처럼, 똑같은 장소이고 시간만 흘렀을 뿐인데 많은 것이 변해 있었다.

"여기 앉아서 많은 이야기를 나눴습니다."

이경무가 식탁에 얹었던 자신의 두 손을 맞잡으며 말했다.

"우리도 그랬는데…… 여기 앉아서 참 많은 걸 먹었죠. 이거 아직도 작동이 되려나?"

뚱보130이 식탁 위의 전원 버튼을 누르며 말했다. 식탁 위에 메뉴 그림이 나타났다. 달라진 게 없었다.

"태양열로 충전되고 작동되는 겁니다. 꺼지지 않습니다."

"그런 거예요? 몰랐네요."

"몰랐던 게 더 많을 겁니다. 지금부터 홍혜정씨와 제가 하려고 했던 일들을 보여드릴 겁니다. 아무런 가치판단도 하지 말고 봐주세요. 이걸 보고 여러분이 어떤 반응을 보일지 저는 잘 모르겠습니다. 여러분을 더 괴롭게 만들 수도 있습니다. 그렇지만 저는 어쩔 수 없습니다. 홍혜정씨가 하려고 했던 일을 그냥 덮어두기에는 제가 가진 천이 너무 모자랍니다. 작은 천 사이로 드러난 조각만 보고 홍혜정씨를 오해하는 걸 저는 참을 수가 없습니다."

"도대체 뭘 보여주려고 그렇게 뜸을 들여요? 밥솥 다 태워먹겠네."

식탁 의자에 삐뚜름하게 앉아 있던 홍이안이 투덜댔다. 이경무는 홍이안을 흘깃 보고는 식탁 위의 메뉴 버튼을 이리저리 누르기 시작했다. 메뉴 버튼에는 커피나 차의 이름, 혹은 베이글 같은 음식의 이름이 적혀 있었는데 이경무는 거기에 마치 문자라도 적혀 있는 것처럼 버튼을 두드렸다.

"지금 뭐 하는 거예요?"

뚱보130이 물었다.

"조금만 기다리십시오. 비밀번호를 입력하는 겁니다."

"무슨 비밀번호요?"

이경무는 대답하지 않았다. 쉬지 않고 메뉴 버튼을 눌렀다. 이경무가 누르고 있는 것이 비밀번호라면, 도대체 어떻게 외우는 것일까. 에스쁘레쏘-녹차-까페라떼-까뿌치노-베이글-쌘드위치-에스쁘레쏘-까뿌치노, 이런 식으로 비밀번호를 외우는 것일까, 아니면 뭔가 다른 방법이 있는 것일까. 에녹까뿌베쌘에뿌, 같은 식으로 외우는 것일까. 이경무는 버튼을 서른 개 정도 누른 다음 고개를 들었다.

"다 됐습니다."

이경무가 '종료' 버튼을 누르자 어디선가 거대한 바위가 천천히 움직이는 듯한 소리가 들렸다. 지구의 역사가 시작된 이래로 단 한 번도 움직인 적이 없다가 어떤 힘에 이끌려 천천히 기우뚱거리는 바위의 소리가 들려오는 듯했다. 끼이익, 하는 소리가 들리자 모두 입을 다물었다. 우리는 그 소리가 어디서 나는지 알 수 없었다. 소리는 사방에서 들렸다. 벽에서 들렸고 바닥에서 들렸고 천장에서 들렸다. 우리가 앉아 있던 식탁 의자가 흔들렸다. 식탁도 흔들렸다. 우리는 손으로 식탁을 붙들었다. 지진이 일어나는 것처럼 집 전체가 가늘게 떨렸다. 창문 유리가 떨리면서 가늘고 높은 소리를 냈다.

"형, 이게 움직여."

식탁이 옆으로 움직였다. 우리는 손바닥으로 전해지는 식탁의 진동을 고스란히 느꼈다. 식탁이 옆으로 이동하자 식탁 아래 숨겨져 있던 회색 문이 드러났다. 바닥 색과 거의 비슷해서 처음에는 거기에 문이 있는 줄도 몰랐다. 회색 문 전체에 작은 흠집이 수도 없이 나 있었는데 마치 사람의 얼굴에 난 흉터 같아 보였다. 식탁이 옆으로 완전히 치워지자 회색 문 전체의 윤곽이 드러났다. 식탁을 가운데 두고 마주앉아 있던 우리 모습이 우습게 됐다.

"저를 따라오십시오."

이경무가 회색 문을 들어올리자 그 속에서 웅크리고 있던 캄캄한 어둠이 튀어오르며 빛을 빨아들였다. 조금이라도 방심하면 어둠속의 괴물이 우리를 낚아채갈 것 같았다.

홍이안이 고개를 내밀고 어둠속을 내려다보았다.

"누나, 조심해요."

"하나도 안 보이네. 저 속에 뭐가 있는데요?"

나도 홍이안을 따라 고개를 내밀고 어둠속을 내려다보았다. 너무 어두워서 위치와 시간을 가늠하지도 못하는 채로 끝없이 아래로 떨어질 것 같았다. 죽음이라는 건 저렇게 어두운 공간에서 위치도 시간도 가늠하지 못한 채 끝없이 헤매는 것이 아닐까.

이경무는 문이 열린 곳으로 내려갔다. 계단이 있었다. 이경무의 발목이 어둠속으로 사라졌고, 종아리가 사라졌고, 허벅지가 사라졌고, 허리가 사라졌다. 가슴이 사라지고 목이 사라지고 머리까지 완전히 사라졌다. 이경무의 모습은 보이지 않았다. 삼초쯤 지났을까, 딸깍, 하는 소리와 함께 이경무가 사라진 어둠에서 빛이 새어나왔다.

"따라들어오십시오."

내가 먼저 들어갔고, 홍이안이 뒤따랐고, 뚱보130이 맨 뒤로 들어왔다.

"뭐가 이렇게 좁아. 형, 나 문틈에 걸리는 거 아닐까?"

"그럼 여기서 기다리면서 좀비들이랑 놀든지."

"갑자기 쑥 들어가네."

계단은 좁고 깊고 가팔랐다. 몸을 돌려 옆걸음으로 계단을 내려 갔다. 이경무는 이번에도 성큼성큼 걸어갔다. 계단참을 지나 다시 좁고 깊고 가파른 계단이 이어졌다. 모두 말이 없었다. 자신의 발을 계단에 잘 맞춰 내려가는 데 온 신경을 집중하느라 말할 틈이 없었 다. 계단참에 이르렀을 때 잠시 한숨을 쉬었을 뿐이다. 몇개의 계단 을 밟았을까. 백 미터 이상 걸어내려온 듯 다리와 골반이 뻐근했다.

이경무는 마지막 계단을 내려서 철제문 앞에 섰다. 얼굴에 비장 함이 서려 있었다. 과연 자신의 행동이 옳은 것인지, 모든 것을 보 여주어도 괜찮은 것인지 스스로에게 마지막 질문을 던지는 것 같 았다. 마침내 스스로의 질문에 대한 대답을 얻었는지 이경무가 손 잡이를 비틀었다.

문이 열리자 소리가 먼저 튀어나왔다. 수십개의 소리가 한데 뒤 섞여 있었다. 동물의 신음소리, 뼈가 나무에 부딪치는 소리, 창살 이 긁히는 소리, 씨멘트 바닥을 긁는 손톱 소리, 울음소리, 웃음소 리, 노랫소리, 유리컵이 서로 부딪치는 소리, 그 모든 소리들이 어 둠속에서 한꺼번에 뒤엉켜 튀어나왔다. 방음이 잘되는 방이었다. 이경무가 스위치를 찾아 켜자 빛이 생겨났고, 모든 소리들이 잠잠 해졌다.

지하실 안으로 들어서자 수십명의 좀비가 우리를 바라보았다. 시간이 정지된 것 같았다. 우리는 아무 말도 할 수 없었다. 좀비들 도 전혀 움직이지 않았다. 좀비들의 모습은 좀비라고 부르기에는 너무 멀쩡했다. 팔다리 중 하나가 떨어져나갔거나 눈동자가 없거나 몸에 깊은 상처가 나 있거나 입에 피를 머금고 있는 모습들이었지만 끔찍해 보이는 정도는 아니었다. 모든 좀비들이 비현실적으로 차분해서 괴물 같다기보다 상처를 크게 입은 과묵한 인간처럼 보였다. 좀비와 인간 사이의 존재 같았다.

내 머릿속에는 수십 가지 생각이 마구 뒤섞였다. 도대체 이 방의 시작과 끝이 어디인지, 좀비들은 어째서 우리를 덮치지 않는 것인지, 어째서 저렇게 멍하고 초점 없는 눈으로 우리를 바라보고만 있는 것인지, 모든 상황이 뒤죽박죽 섞여 있어서 한꺼번에 이해되질 않았다.

"긴장하지 마십시오. 녀석들이 덤벼드는 일은 절대 없을 겁니다."

이경무가 앞으로 한 걸음 나섰다. 우리를 안심시키려는 행동이었다. 손에 든 리모컨을 좀비들에게 향하고 버튼을 누르자 좀비들의 소리가 줄어들었다.

"저기 저놈 봐요. 금방이라도 이쪽으로 달려들 것 같잖아요."

뚱보130은 겁을 먹고 뒤로 물러서려 했다.

"공격할 수 없습니다. 겁내지 마세요. 홍혜정씨와 제가 하려고 했던 일을 보여드리려는 겁니다."

"뭐예요, 좀비수집관이라도 세우는 거예요?"

"홍혜정씨와 저는 좀비들에게 자유를 주려고 했던 겁니다."

"그게 무슨 소리예요. 좀비에게 왜 자유가 필요해요?"

"여기에 있는 좀비들, 그리고 문밖에서 우리를 기다리고 있는 좀비들은 모두 군대에서 탈출한 녀석들입니다. 아니, 정확히 말해서 홍혜정씨와 제가 탈출시킨 녀석들이죠. 저희가 자유를 준 겁니다."

"그전에는 자유롭지 않았고요?"

"네, 그랬죠. 자유롭지 못했습니다."

"저 녀석들, 아주 참 자유로워 보이네요."

홍이안은 손가락으로 좀비들을 가리켰다. 좀비들은 여전히 우리를 바라보고 있었다. 눈빛이 없었으므로 바라보고 있다는 말은 정확하지 않지만 그들은 우리를 향해 있었다. 쇳가루가 자석에 끌리듯 우리를 향해 있었다. 그런 좀비들이 자유로워 보일 리 없었다. 나는 좀비들의 수를 세어보았다. 모두 스물다섯 명이었다.

"물론 그렇게 보이겠죠. 이해합니다. 하지만 자유라는 건 상대적인 겁니다. 10의 강도로 억압을 받던 사람에게 억압이 6으로 줄어든다면 그 사람은 4만큼의 자유를 느낄 수 있겠죠. 하지만 2 정도의 억압만 받던 사람이라면 억압의 강도가 10에서 6으로 줄어든 사람의 자유가 자유로 보이지 않을 겁니다."

"그래서 우리가 좀비의 자유를 느낄 수 없는 거다?"

"말하자면 그렇다는 겁니다."

"좀비의 자유를 몸으로 느끼려면 아주 고통스러워야겠군요. 인간 이하의 고통, 인간 이하의 억압, 인간 이하의 환멸, 그런 걸 느껴야겠군요. 아하, 그래서 우리 엄마 홍혜정씨가 그렇게 고통스럽게 죽어가신 거군요."

"그렇게 비꼴 일이 아닙니다."

"비꼬는 게 아니에요. 진심이에요, 진심. 홍혜정씨는 언제나 고통스러운 걸 좋아했거든요. 좀비 같은 괴물들의 자유를 느끼려고 그러셨나봐요. 그러고 보니 나한테 억압의 강도를 높인 것도 다 그런 이유 때문이었군요."

"이안씨, 그만해요."

"뭘 그만해요. 저 사람이 자꾸 이상한 소릴 하잖아요."

"이경무씨, 좀비들을 탈출시켰다는 게 무슨 소리예요? 아까 분명히 그랬죠, 홍혜정씨와 함께 부대에서 좀비들을 탈출시켰다고."

"네, 그랬습니다."

이경무는 뭔가 얘기를 하려다 말고 윗니로 아랫입술을 깨물었다. 덥수룩하게 얼굴을 뒤덮은 수염이 씰룩거렸다.

"안테나 감식반 일을 하다가 우연히 좀비의 존재를 알게 됐고, 군부대에서 좀비들을 관리한다는 사실을 알았습니다. 무슨 일인지 궁금했습니다. 처음에는 호기심으로 시작했는데 조금씩 눈덩이가 커졌습니다. 제가 언덕 아래로 굴린 눈덩이였지만 그 눈덩이에 작은 사실과 진실들이 덕지덕지 붙으면서 나중에는 제가 감당할 수 없는 크기의 진실이 되어버린 겁니다. 몰랐다면 더 좋았을지도 모를 사실을 알고 힘겨워하고 있을 때 홍혜정씨를 만났습니다. 홍혜정씨도 좀비의 흔적을 찾아헤매고 있었습니다."

"엄마가 좀비들의 존재를 알고 있었다고요?"

"네, 저보다 훨씬 일찍 군부대에 좀비들이 존재한다는 사실을 알고 있었습니다. 어떻게 알게 됐는지는 모르겠지만 말입니다. 홍혜정씨와 저는 정보를 주고받았습니다. 홍혜정씨는 그동안 수집한 좀비들에 관한 정보를 저에게 주었습니다. 부대에 좀비들이 몇명이나 있는지, 그 좀비들이 어디에 쓰이는지, 어디서 좀비들을 계속 데려오는지…… 추측이 많긴 했지만 대부분 유용한 정보들이었습니다."

"이경무씨는 뭘 주었는데요?"

"저는 기계를 빌려주었습니다. 좀비들을 찾아낼 수 있는 기계죠."

"그런 기계가 있다고요?"

"안테나 감식기의 설정을 바꾸면 좀비들의 신호를 포착할 수 있어요. 감식기를 고치려고 이것저것 바꾸다 알게 됐죠."

"좀비들이 무슨 신호를 내길래요?"

"아까 말씀드렸죠, 설정만 바꾸면 이전에 보지 못했던 많은 것을 보게 될 거라고. 좀비들이 내는 소리 중에는 인간이 듣지 못하는 음역대의 소리가 있어요. 안테나 주파수를 그쪽에다 맞춰두면 좀비들이 내는 소리로 그들의 위치를 파악할 수 있습니다."

"우우에웨웨에에, 하는 소리로 위치를 알 수 있다고요?"

"좀비들은 그 소리 말고도 주파수에 잡히지 않는 많은 소리를 냅니다."

"군대에서는 좀비들을 데리고 뭘 하는데요?"

"그게, 아직은 정확하지 않습니다."

"그것도 모르면서 좀비들을 탈출시켰어요?"

"대충 추측하고 있습니다만, 정확한 건 전혀 없습니다. 뭔가 좀 이상하게 돌아가고 있었어요. 보안이 갑자기 강화되었고 좀비들의 신호가 잘 잡히지 않는 걸로 봐서 뭔가 새로운 벽이 생긴 것 같았습니다. 그래서 일단 좀비들을 탈출시킨 거죠. 그 일을 진행하는 과정에서 홍혜정씨와 저의 존재가 놈들에게 노출된 것 같습니다."

"그럼 누군가 엄마를 죽였다는 거예요?"

홍이안이 갑자기 소리를 질렀다. 멍한 눈으로 우리를 보고 있던 좀비들도 깜짝 놀랄 정도로 커다란 목소리였다. 홍이안의 목소리는 바깥으로 빠져나가지 못하고 지하실에 갇혔다. 모든 소리가 완벽하게 차단되는 지하실이었다. 안쪽의 소리가 밖으로 새어나가지도 못할뿐더러 바깥의 소리가 안으로 들어오지도 못할 것 같은 공간이었다. 지하실에는 두 개의 길쭉한 탁자 말고는 아무런 시설도 없었다. 지하실은 이상하게 따뜻했다. 서른 명 정도가 같은 공간에 있으면 따뜻한 게 당연하겠지만, 함께 있는 사람 중 스물다섯 명은 피가 흐르지 않고 심장도 뛰지 않고 체온도 없는 좀비들이다. 많은 사람들이 함께 있는 것만으로 따뜻함을 느낄 수 있는 것일까. 따뜻하긴 했지만 지하실의 냄새는 참기 힘들었다. 과일과 고기를 같은 서랍에 한 삼십일 정도 넣어둔 다음 꺼냈을 때 날 법한 냄새였다. 진하고 들큼했다.

"저도 그걸 알아야겠어요."

이경무가 낮고 분명한 목소리로 말했다.

"밖에 있는 좀비들은 뭐예요?"

"그 좀비들은 최근에 탈출시킨 녀석들인데, 아직 저장할 공간이 없습니다."

나는 이경무의 말투에 웃음이 났다. 이경무는 현실에서 쓰지 않는 언어와 말투로 이야기했다. 저장할 공간이 없다니, 누가 그런 식으로 말을 할까.

나는 냄새 때문에라도 빨리 지하실에서 빠져나가고 싶었지만 다른 사람은 별다른 반응을 보이지 않았다. 냄새에 민감한 뚱보130도 아무런 불평 없이 가만히 있는 게 이상했다.

멀리서 거대한 동물이 웅얼거리는 듯한 소리가 들렸다. 모든 사람들에게 들릴 정도로 또렷한 소리였다. 크르릉, 크르릉, 울고 있었다. 우리는 서로의 눈을 쳐다보았다.

"무슨 소리지, 형?"

"내가 어떻게 알아."

"트럭 엔진소리입니다."

"지금 누가 와요?"

"모르죠. 군인들일지도 모릅니다. 일단 식탁 통로를 닫아야겠습니다."

이경무는 빠른 속도로 계단을 뛰어올라갔다. 계단참에서 스위치를 누르자 끼이익, 하는 소리와 함께 우리가 내려온 통로가 사라졌다. 문이 열릴 때보다는 소리가 작았다. 통로가 닫히면서 사방이 깜깜해졌다. 지하실의 불빛 때문에 겨우 사방을 분간할 수 있었다. 이경무는 닫힌 천장에다 귀를 갖다댔다. 소리는 들리지 않겠지만 누군가 왔다면 진동은 느낄 수 있을 것이다. 이경무가 다시 지하실로 내려왔다.

"숫자가 많은 걸로 봐서 아무래도 군인들인 것 같습니다."

"이 시간에 왜 온 거죠?"

"아마 저를 찾고 있을 겁니다."

"무슨 일인데요?"

"좀비들 때문이겠죠. 일단은 여기서 기다려봅시다. 통로는 아무래도 소리가 새어나갈 수 있으니 지하실 안에 있는 게 좋겠습니다."

"집 밖에 있는 좀비들은요?"

"벌써 붙잡혔겠죠. 운이 좋으면 도망갔거나요."

우리는 지하실 문을 닫았다. 냄새가 더 심해졌다. 닫힌 지하실 안에서는 피할 곳이 없었다. 처음 문을 열었을 때는 어째서 냄새를 맡지 못했을까. 좀비들이 모여 있는 모습이 충격적이어서 잠시 후각이 마비된 것일까. 나는 사람들에게 냄새에 대해서 얘기를 할까 말까 고민했다. 냄새를 생각하기 시작하면 모두 더욱 괴로워질 것이다. 그래도 나 혼자 이 냄새를 맡고 있는 것은 아닌지 궁금했다.

"냄새 안 나?"

"무슨 냄새?"

뚱보130이 코를 킁킁거리며 나를 봤다.

"이 냄새, 이거, 뭔가 썩는 것 같은 냄새. 이안씨도 모르겠어요?"

"그냥 좀 퀴퀴한 냄새가 나긴 하는데, 썩는 냄새인지는 모르겠는데요."

"내가 이상한 건가요?"

"형, 완전 개코인가보다. 혹시 전생에 좀비들의 냄새를 쫓아다니는 좀비 사냥개 같은 거 아니었을까?"

"이경무씨는 괜찮으세요?"

"저야 좀비들과 함께 있는 게 익숙해서……"

"형이 그렇게 얘기하고 나니까 뭔가 좀 썩는 것 같기도 하네."

"지훈씨가 그러니까 자꾸 냄새가 심해지는 것 같아요."

"그럼 생각하지 맙시다. 여기엔 아무 냄새도 없는 걸로 해요."

우리는 바닥에 주저앉았다. 냄새는 바닥에서 낮게 꿈틀거리고 있었다. 앉아 있으니 냄새가 심해졌다. 바닥에 붙어 있던 냄새들이 내 몸을 타고 엉덩이와 허벅지에 묻으면서 점점 위로 올라와 배와 등과 목을 타고 온몸을 휘감은 다음 결국 코로 들어오는 것 같은 기분이 들었다. 나는 다시 일어섰다. 사람들에게는 더이상 냄새에 대해서 이야기하지 않았다. 다른 사람들은 더이상 냄새를 신경쓰지 않았다. 좀비들은 좀비들대로, 이경무와 홍이안과 뚱보130은 또 그들대로 조용히 앉아서 뭔가 지나가기를, 시간이든 군인이든 운명이든 그것이 무엇이든 조용히 지나가기만을 기다리고 있었다. 나는 좀비들에게서 떨어져 최대한 문 쪽으로 붙어섰다. 벽에 얼굴을 대자 씨멘트의 차가운 기운이 광대뼈와 턱으로 전해졌다. 차가운 씨멘트에서는 아무런 냄새도 나지 않았다. 그 무미건조함이 좋았다.

위층에서 발소리가 들렸다. 여러 명이 움직이고 있었다. 소리는 사방에서 울렸다. 몇개의 발걸음은 탭댄스를 추는 것처럼 일사분란하고 정돈된 소리를 냈다. 나는 씨멘트벽에 귀를 댔다. 처음에는 소리를 분간할 수 없었지만 내가 듣고 싶은 소리에 집중하자 라디오 주파수를 잡는 것처럼 내 귀가 일층의 소리를 또렷하게 수신하기 시작했다. 사방으로 퍼지면서 웅얼거리던 말소리가 깔때기를 통과하듯 귀로 들어왔다.

"주방에서 무슨 소리가 들리지 않았나?"

"아무것도 없습니다."

"분명히 어딘가 있을 거야. 샅샅이 뒤져봐."

발소리가 멀어졌다 가까워졌고 가까워졌다가 다시 멀어졌다. 눈을 감은 채 씨멘트벽에 얼굴을 대고 있으면 소리의 원근감이 뚜렷해서 일층의 사람들이 어떻게 움직이는지가 눈에 보였다.

"형, 소리가 들려요?"

뚱보130이 물었다.

"응, 좀 끊어지긴 하지만 똑똑하게 들려."

"무슨 얘길 하고 있어요?"

"우릴 찾고 있는 것 같은데."

"지하실은 절대 찾지 못할 겁니다. 걱정하지 마십시오."

이경무가 말했다.

"형, 배고프지 않아요? 생각하니 참 기막히네. 저기 문 바로 위에 세계 최고의 식탁이 있는데 그걸 이용을 못하니."

"그렇게 배고프면 잠깐 나가서 네가 좋아하는 베이글 하나 먹고 오든가."

"베이글 하나 먹고 장렬히 전사하라고?"

"빵이냐, 삶이냐."

"당연히 빵 먹는 삶이지. 그런데 여기서 나는 소리를 위에서 듣지는 못하겠지? 소리는 위에서 아래로 내려오는 건가? 형, 일층에서 벽에 귀를 대고 들으면 우리가 말하는 걸 들을 수도 있겠죠? 멀리서 보면 웃기겠다. 일층과 지하실에서 벽에 귀를 대고 있는 두 남자……"

"쉿, 잠깐만. 위에서 얘기를 하고 있어."

나는 씨멘트벽에 귀를 밀착했다. 귓속으로 소리와 함께 냉기가 전해졌다. 나는 양손으로 벽을 짚었다. 그러면 소리가 더 잘 들리기라도 할 것처럼. 나는 벽을 타고 전해지는 소리를 빠짐없이 들었다. 소곤대는 소리, 환호하는 소리, 감탄하는 소리를 모두 들었다.

"형, 무슨 얘기 하고 있어? 무슨 소리가 들리는 것 같아. 여길 찾아낸 거야?"

"눈이 온대."

"응?"

"자세한 건 들리지 않는데, 바깥에 지금 눈이 내리고 있대."

"정말?"

지하실 바닥에 앉아 있던 홍이안과 이경무도 눈이 내린다는 소리에 몸을 움찔했다. 뚱보130은 내 곁으로 와서 벽에다 귀를 댔다. 그러면 바깥에서 내리는 눈이 보이기라도 할 것처럼.

"형, 아무 소리도 안 들려."

"전부 눈을 보고 있나봐."

일층에서는 아무런 소리도 들리지 않았다. 사람들의 목소리도, 발소리도, 비밀문을 찾기 위해 벽을 두드리는 소리도 들리지 않았다. 모두들 눈을 바라보고 있을 것이다. 얼마나 많은 눈이 내리고 있을까. 어떤 눈이 내리고 있을까. 눈송이는 얼마나 클까. 지하실에 있는 우리는 모두 눈을 상상했다. 보이지 않는 눈을 그려보았다.

"형, 눈 본 지 오래됐지?"

"응, 오래된 것 같네. 십년도 넘은 것 같은 기분이야. 이안씨는 눈

오는 거 좋아해요?"

"눈 오는 거 싫어하는 사람도 있나?"

"눈 내리고 나면 지저분하잖아요."

"눈이 더러워서 그런 게 아니잖아요. 땅바닥이 더러운 거지. 지훈씨는 눈 오는 거 별로예요?"

"아뇨, 좋아요."

"눈 오는 거 보고 싶다."

"누나, 나도."

좀비들은 아무런 반응을 보이지 않았다. 여전히 초점 없는 눈으로 우리를 바라보고 있었다. 눈이 내리는 모습을 보면 좀비들은 어떤 반응을 보일까. 좀비들이 눈을 맞으며 개처럼 펄쩍펄쩍 뛰는 장면을 상상해보았다. 꽤 멋진 그림이 될 것 같았다.

"좀비들은 눈 오는 거 좋아하나요?"

내가 이경무에게 물었다. 이경무는 지하실 벽에 등을 기대고 앉았다가 한쪽 입가를 올리며 웃었다. 우주는 얼마나 큰가요?라고 묻는 아이를 지그시 바라보며 웃는 어른의 웃음이었다.

"아주 좋아하죠. 하늘에서 내리는 눈을 잡으려고 계속 팔을 뻗습니다. 그럴 땐 꼭 어린아이들 같답니다."

"얘기만 들으면 어쩐지 무시무시한데요? 저놈들이 팔을 뻗는다고 귀엽겠어요?"

뚱보130이 좀비들을 둘러보며 말했다.

"따지고 보면 좋아하는 건 아니겠죠. 뭔가 눈앞으로 계속 떨어지니까 그걸 붙잡으려고 손을 뻗는 걸 테니까요. 그래도 보고 있으면 귀엽다는 생각이 듭니다. 얼굴이 일그러지고 온몸에 구멍이 뻥뻥 뚫리고 다리를 절룩거리는 녀석들이 눈송이를 잡으려고 뒤뚱거리는 모습을 보면 아주 행복해 보입니다. 아무런 생각 없이 그저 눈만 쫓아다니는 녀석들이 부럽습니다."

"별게 다 부러우시네요."

이경무의 말을 듣고 홍이안이 비아냥거렸다.

"이 녀석들 전부 이름이 있는 거 아십니까?"

이경무가 홍이안을 향해 말했다. 홍이안은 시큰둥한 얼굴로 이경무를 바라봤다.

"당연히 이름이 있겠죠. 한때는 사람이었으니까."

"사람일 때의 이름 말고 좀비로서의 이름도 있습니다."

"좀비가 되고 나서 자기 이름을 지었다고요?"

"그건 아니죠. 홍혜정씨와 제가 이름을 지어줬습니다."

"그럼 제대로 된 이름이 아니죠. 왜 이름이 필요해요?"

"부르려면 필요하죠."

"좀비들을 부를 일이 있어요? 어차피 알아듣지도 못할 텐데."

"가끔 알아듣는 것 같기도 합니다."

"알아듣지 못하는 거 아시잖아요."

"알지만, 그래도 이름을 부르게 돼요. 계속 부르다보면 언젠가 알아들을지도 모르죠."

"부를 거면 1번, 2번, 3번, 이런 식으로 부르면 되잖아요."

"사람에게 그런 식으로 이름을 붙일 수는 없습니다."

"병이 심각하시네. 이경무씨, 저기 한쪽 눈이 덜렁거리고 입을

쩍 벌리고 있는 괴물이 사람으로 보여요? 저 괴물의 이름이 뭐예요? 얘기해주세요. 제가 한번 불러볼게요. 여기를 쳐다보나 안 보나 한번 불러볼게요."

"오드아이입니다."

"뭐요?"

"이름이 오드아이라고요."

"그건 사람을 부를 때 쓰는 이름이 아니잖아요."

"사람이 아니니까요. 홍혜정씨와 제가 고양이를 좋아하다보니 좀비 한 명 한 명에게 고양이의 이름을 붙여줬습니다."

이경무가 오드아이라고 부른 좀비는 양쪽 눈의 색이 달랐다. 한쪽은 덜렁거려서 자세히 보이지 않았지만 한쪽 눈동자는 파란색이었다.

"그럼 저 녀석은 이름이 뭔데요?"

홍이안이 한쪽에 서 있던 좀비를 가리켰다.

"저 녀석 이름은 샴입니다."

"저게 샴을 닮았다고요?"

"누나, 닮았어요. 몸통은 호리호리한데 눈 쪽이 약간 시커멓잖아."

"저 녀석은 아비씨니아, 저쪽은 쿤, 저기 오른쪽 끝은 친칠라……"

이경무는 좀비들의 이름을 하나씩 소개해주었다. 고양이의 품종을 자세히 알지 못하지만 뚱보130의 해설에 의하면 좀비들의 모습과 고양이의 이름이 대부분 절묘하게 맞는다고 했다. 뚱보130이 몇년 전까지 고양이를 키웠다는 애긴 들었지만 이경무가 얘기하는 이름을 모두 알아듣는 게 새삼 신기했다. 이경무가 이름을 하나씩 말하면 뚱보130은 맞은편에서 "맞아요, 그렇네요. 비슷해요"라고 추임새를 넣었다.

위층에서 문을 닫는 소리가 들렸다. 밖에서 눈 구경을 하다가 안으로 들어온 것인지, 안에서 눈 구경을 하다가 밖으로 나간 것인지 알 수 없었다. 나는 벽에 귀를 댔다. 아무런 소리도 들리지 않았다. 얼었던 파이프가 녹을 때처럼 어디선가 쩡— 하는 소리가 벽을 타고 다녔지만 사람들이 내는 소리는 아니었다.

우리는 아무 말도 하지 않고 또다른 소리가 들리는지 귀를 곤두세웠다. 완벽한 침묵의 시간이 계속됐다. 위층에서는 아무런 소리도 내려오지 않았고 방에 있는 누구도 소리를 내지 않았다. 좀비들도 아무런 소리를 내지 않았다. 가끔 웅얼거리는 것처럼 짧은 신음소리를 내기도 했지만 이경무가 리모컨을 누르는 즉시 소리가 잦아들었다. 그렇게 몇분이 지났는지 모르겠다. 이십분? 삼십분? 아니면 오분쯤이었을지도 모른다. 시간의 길이가 보이지 않았다.

"다 가버린 것 같아."

"형, 속임수 아닐까? 나가면 밖에서 기다리고 있는 거 아닐까?"

"그렇다고 여기 계속 있을 수는 없잖아."

"밖에서 우리를 기다리고 있을 것 같아. 나가면 우리한테 총을 쏠지도 몰라."

"우리가 좀비냐. 우릴 왜 쏴."

"언뜻 봐서는 모르잖아. 계속 보고 있으니까 형도 좀비랑 별로 다르지 않은 거 같아."

"좋아, 그럼 네가 몰래 나가서 군인들이 있는지 없는지 살펴보고
와."

"내가? 왜?"

"넌 언뜻 봐도 좀비 같지는 않잖아. 좀비라고 하기엔 너무 뚱뚱
하니까."

"형, 뚱뚱한 좀비도 있어. 저기 봐. 저 녀석은 꽤 뚱뚱한 편이잖
아. 그리고 난 뚱뚱하니까 사람들 눈에 잘 띌 거 아냐. 그럼 안되잖
아. 저기 저분이 좀비들의 책임자니까 직접 나가봐야 되는 거 아닌
가?"

구석에 앉아 있던 홍이안이 일어섰다.

"지훈씨, 제가 나갔다 올게요. 여기, 너무 답답해요. 그리고 여긴
엄마 집이니까 내가 나가다가 들킨다고 해도 이상하게 생각하진
않을 거예요."

"안돼요, 이안씨를 내보낼 순 없어요. 제가 잠깐 나가서 상황을
보고 올게요."

"그럼 같이 가요."

홍이안을 말릴 수 없었다. 홍이안이 뒤따르게 하고 내가 앞장
섰다.

"저는 좀비들이 움직이지 못하도록 맡고 있을게요. 버튼을 누르
지 않고 손으로 직접 열면 문 여는 소리가 나지 않을 겁니다."

이경무가 나를 안심시키려는 듯 말했다. 나는 소리나지 않게 조
심하며 지하실 문을 열고 계단을 올랐다. 어둠속에서 홍이안이 내

패딩점퍼의 뒷자락을 잡았다. 홍이안의 손아귀 힘이 어렴풋하게 느껴졌다. 계단을 하나씩 오를 때마다 홍이안의 손아귀 힘이 나타났다 사라졌다. 내가 홍이안을 끌어주고 있는 것 같아 기분이 좋았다. 계단참을 지나 문이 가까워지자 홍이안이 내 옷을 붙드는 힘이 세졌다. 홍이안 때문에 나도 긴장이 됐다. 아직까지 밖에서는 아무런 소리도 들리지 않았다.

"악—"

날카로운 비명소리가 순식간에 집 구석구석까지 퍼졌다. 나와 홍이안은 계단에 꿇어앉았다. 소리의 진원지가 어디인지 알 수 없었다.

"130 목소리 아니에요?"

홍이안이 말했다. 나는 어두운 계단을 뛰어내려갔다. 계단 모서리가 어렴풋하게 보였기 때문에 거리와 공간을 어림짐작할 수 있었다. 지하실 문을 열자 제일 먼저 피가 눈에 띄었다.

"형, 저 새끼가 나를 물었어, 내 목을 물었다고."

"무슨 소리야?"

"좀비가 나를 물었다고. 저 씨발새끼가 나를 물었어."

뚱보130은 두 손으로 목 오른편을 누르고 있었다. 손가락 사이로 붉은 피가 새어나왔다. 이경무는 좀비를 향해 리모컨을 눌러대고 있었다. 좀비들은 흥분해 있었다. 두 팔을 앞으로 내민 채 먹잇감을 앞에 둔 짐승처럼 흥분해 있었지만 쉽게 앞으로 나오지는 못했다. 아마도 이경무가 들고 있는 리모컨 때문인 모양이었다.

"어떻게 된 겁니까?"

"제가 잠깐 한눈을 파는 사이에…… 절대 이런 일이 없었는데, 뭐가 잘못된 건지 모르겠습니다."

"130을 문 겁니까?"

"네, 정말 눈 깜짝할 새에 벌어진 일이에요."

"씨발, 처음부터 이상했어. 형, 내가 못 믿겠다고 했잖아. 저 사람 처음 볼 때부터 내가 이상하다고 생각했어."

뒤늦게 지하실로 들어온 홍이안이 뚱보130의 모습을 보고 두 손으로 입을 가린 채 짧은 비명을 질렀다. 나는 이경무에게 물었다.

"어떻게 하죠?"

"일단, 주사를 맞으면 변형되는 시간을 늦출 수 있을 겁니다."

"변형이라뇨?"

"좀비에게 물렸으니 이제 곧 변형이 시작될 겁니다."

"형, 어떡해. 나 이제 죽는 거야?"

"걱정하지 마. 방법이 있을 거야."

"좀비한테 물렸는데 무슨 방법이 있어?"

이경무는 주머니에서 주사기 하나를 꺼냈다. 주사기에는 파란 액체가 들어 있었다. 이경무가 내게 주사기를 건넸다.

"이걸 맞으면 변형을 늦출 수 있습니다."

"얼마나요?"

"하루 정도는 늦출 수 있습니다."

"늦추고 나면요?"

"방법이 있긴 있습니다."

"형, 나 그 사람 못 믿어. 그게 약인지 독인지 어떻게 알아?"

나는 주저하지 않았다. 주저할 시간이 없었다. 뚱보130의 팔뚝에 주사기 바늘을 찔러넣었다. 파란 액체가 사라질 때까지 피스톤을 눌렀다. 뚱보는 잠깐 놀랐을 뿐 반항하지 않았다. 뚱보130은 내가 약을 주사하는 동안 내 눈을 바라보았다. 내 결정에 동의하는 표정이었다. 약인지 독인지 알 수 없지만 우리가 믿을 것이라고는 정체불명의 파란 액체뿐이었다. 나는 뚱보130에게 파란 액체를 주사하는 동안 흘깃 이경무의 표정을 훔쳐보았다. 그의 입술은 수염 속에 숨어 있었고, 그의 눈은 어디도 보고 있지 않았다. 그의 표정으로는 아무것도 알 수 없었다. 이경무가 나타난 후로 무엇인가 바뀌었다. 확실한 것은 그것뿐이었다.

16

피는 멈췄지만 뚱보130의 흥분은 쉽게 가라앉지 않았다. 군인들이 모두 사라진 걸 확인하고 일층으로 올라왔을 때도 뚱보130은 가만히 앉아 있질 못했다. 거실을 이리저리 돌아다녔고, 소리를 지르기도 했고 오른손으로 자신의 머리를 세게 두드리기도 했다. 쿠션과 텔레비전 리모컨을 집어던지며 욕을 하기도 했다. 누구에게 하는 욕인지 알 수 없었다. 이경무에게 하는 것인지 스스로에게 하는 것인지 알 수 없었다. 좀비에게 물린 순간 시한부 선고를 받은 셈이니 제정신일 리가 없었다. 뚱보130에게 해줄 말이 없었다. 당분간은 그대로 놓아두는 것밖에 할 수 있는 일이 없었다. 창밖은 조용히 어두웠고, 눈은 이미 그쳐 있었다.

"형, 뭐라고 말 좀 해봐요. 나 이대로 죽는 거겠지?"

"일단 생각을 좀 해보자."

"무슨 생각? 좀비로 변하고 나면 저 뚱보를 어떻게 처리해야 하나, 그런 생각? 지하실에다 넣어버리면 되잖아. 간단해. 지하실의 저 좀비 녀석들이랑 같이 썩어가면 되잖아."

"그런 소리 하지 마. 아직 시간이 있어."

"시간? 형, 시간이 어디 있어? 시간 없어. 시간이 있다고 쳐. 그래서 이경무 저 개새끼가 말한 연구소로 가겠다고? 백신 하나 구하려고 모두 불구덩이로 뛰어들겠다고? 그 백신도 아직 검증된 게 아니라잖아. 전부 미친 짓이야. 나만 죽으면 그만이야. 나만 죽으면 그만인데, 왜들 우는 얼굴로 있어. 시간이 있으면 뭐해. 나는 이제 끝장난 거야."

"네가 왜 죽어. 절대 안 죽을 테니 걱정하지 마."

"걱정하지 말라고? 형, 이거 안 보여? 이 상처 안 보여? 형, 마음 같아선 이경무 저 새끼 팔뚝을 확 물어뜯고 싶어."

"그만해. 이경무씨가 일부러 그런 것도 아니잖아."

"몰라, 일부러 그런 건지도 모르지."

홍이안은 쏘파에 앉아서 한마디도 하지 않았다. 이경무 역시 거실 구석의 낮은 의자에 앉아서 고개를 숙인 채 한마디도 하지 않았다. 죽음을 앞둔 사람에게 해줄 말은 많지 않다. 죽지 않을 거야. 그건 허황된 위로다. 좋은 곳으로 가길 바랄게요. 그건 너무 잔인하다. 끝까지 너랑 함께 있을 거야. 끝까지 함께할 수 있을까. 이제 곧 뚱보130의 몸에서는 변형이 시작될 것이다. 피를 토하고 머리털이 빠지고 눈알이 빠지고 정신이 없어지고 마음이 없어지고 뼈가 휘고 관절이 꺾이고 팔이 뒤틀리고 혀가 튀어나오고 이가 빠지고 살이 썩고 고름이 생길 것이다. 끝까지 함께할 수 있을까. 나는 자신이 없었다.

우리 세 사람은 각자의 자리에서 움직이지 않았다. 거실을 이리저리 돌아다니던 뚱보130 역시 창밖으로 동이 터오자 쏘파에 앉아서 아무 말도 하지 않았다. 네 사람의 침묵이 거실 네 귀퉁이에 차곡차곡 쌓였다. 모두들 하고 싶은 말이 있었지만 꺼내지 못했다. 차곡차곡 쌓인 말들 중에서 어떤 것을 꺼내야 할지 알 수 없었다. 잘못 꺼냈다가는 모든 말들이 무너져내릴 수도 있었다.

"형, 나 가끔 죽음을 상상해본 적이 있어."

뚱보130이 입을 열었다.

"그게 상상이 돼?"

홍이안이 시큰둥한 목소리로 대답했다.

"상상이 되지 그럼. 아무것도 보이지 않는 깜깜한 밤이야. 너무 어두워서 어둠속의 그림자도 없고, 어둠속의 어둠도 없고, 그냥 완전하게 어두워. 내 손도 제대로 보이지 않는 곳이어서 내가 나를 만져도 내가 실재하는지 알 수 없어. 보이지 않으니까 촉감도 없고, 내가 내 손을 만져도 아주 먼 곳의 별을 만지는 것 같은 아득한 기분이 드는 거야. 그럴 때 저 멀리서 어떤 소리가 들려와."

"밥 먹어라."

"누나, 장난치지 마."

"네가 너무 분위기를 잡으니까 그렇잖아. 무슨 소리가 들리는데?"

"희미한 북소리야."

"북소리?"

"행진할 때 치는 북 있지? 북채를 반동으로 튀기면서 차르르르, 차르르르, 이런 소리를 내는 북 말야. 그런 소리가 일정한 간격으로 들려와. 나는 두 손을 앞으로 내밀어 더듬으면서 북소리를 나침반 삼아서 그쪽으로 걸어가는 거지."

"그게 죽음이랑 무슨 상관이 있는데?"

"내가 상상하는 죽음이 그런 거야."

"야, 죽음이 그런 거면 나는 백번도 넘게 죽었겠다. 내 귀에선 지금도 북소리 들려."

"그런 게 아니라니까."

"아니긴 뭐가 아냐. 사람들은 모두 자기 죽음이 특별할 거라고 생각하지. 근데 말야, 세상에 특별한 죽음 같은 건 없어. 왜 그런지 알아? 죽고 나면 그만이거든. 죽고 나면 잊혀지는 거고, 잊혀지고 나면 모든 게 똑같아지는 거고, 똑같아지고 나면 아무도 기억을 못해."

"누나, 그게 곧 죽을 사람한테 할 소리야?"

"죽긴 왜 죽어?"

"그럼 안 죽어?"

"죽는다는 생각 하지 마. 살 거야. 틀림없이 살 거니까 걱정하지 마."

잠시 목소리가 커졌던 뚱보130과 홍이안은 다시 아무 말도 하지 않았다. 홍이안은 다리 사이에 얼굴을 묻고 자신의 머리카락을 쥐어뜯었다. 그런 모습이 뚱보130을 더욱 불안하게 만들 것이다. 뚱보130과 홍이안의 이야기를 들은 다음부터 이상하게 내 마음이 차분해졌다. 홍이안의 이야기가 귓속에서 계속 메아리쳤다.

홍이안의 말이 맞다. 특별한 죽음은 없다. 특별한 죽음이 있을지도 모른다는 생각 때문에 사람들은 죽음을 동경하고 두려워하지만 세상에 특별한 죽음은 없다. 죽음은 단순한 소멸이고, 0이다. 어머니의 죽음도, 형의 죽음도, 홍혜정의 죽음도 나에게 조금 특별했을지 모르지만 그들에게는 특별한 게 아니었다. 이제 곧 나 역시 그 죽음들을 잊을 것이다. 죽음들은 평범해질 것이고, 쉽게 잊혀질 것이다. 어떻게든 살아야 한다. 0이 되지 말고, 쉽게 소멸하지 말고, 어떻게든 살아남아야 한다. 뚱보130을 죽음으로 보내고 싶지 않았다. 어머니의 눈을 보면서 아무것도 하지 못했던 그날, 나는 모든 걸 너무 쉽게 보냈다. 다시는 그러고 싶지 않았다. 홍이안 역시 뚱보130에게 그런 마음을 얘기하고 싶은 거라는 생각이 들었다.

"자, 날도 밝았는데, 어떻게든 해봐야죠."

나는 이경무에게 말했다. 홍이안이 다리 사이에 묻었던 얼굴을 들었다. 이경무가 얘기한 연구소로 가서 백신을 가져오는 게 지금으로선 유일한 방법이었다. 문제는 그곳의 위치를 모른다는 것이고, 위치를 알아낸다고 해도 백신을 얻기가 쉬운 일이 아니었다. 그 백신이 뚱보130을 살리느냐 살리지 못하느냐는 그다음 문제다.

"연구소를 찾아내는 건 어려운 일이 아닙니다."

이경무가 말했다.

"어떻게요?"

"채지훈씨 차에 아직 안테나 감식기 있잖아요. 안테나 감식기를 조금만 손보면 좀비들의 신호를 쉽게 발견할 수 있을 겁니다. 연구소에 좀비들이 득실거릴 테니 신호를 찾는 건 어렵지 않습니다. 문제는 거기에서 어떻게 백신을 가져올 것인가입니다."

"좀비들에게 무슨 실험을 하는 겁니까?"

"홍혜정씨와 제가 찾아내려고 했던 게 바로 그 대답입니다."

"답은 아직 찾지 못했고요?"

"답을 찾았다면 제가 여기 있지 않겠죠. 한 가지 확실한 건 저 친구가 좀비가 되는 것을 막으려면 백신이 필요하다는 겁니다."

"좋아요, 나머지는 차차 생각하기로 하죠. 제가 가겠습니다. 안테나 감식기 설정을 바꾸는 데 얼마나 걸릴까요?"

"십분이면 충분합니다."

집 밖으로 나서자 차가운 바람이 온몸을 감쌌다. 이경무의 말처럼 부대에서 좀비들에게 어떤 실험을 하고 있다면, 그리고 그들이 백신을 가지고 있다면, 백신을 쉽게 내줄 리는 없었다. 어려운 길일 게 뻔했다. 하지만 갈림길에서 하나를 선택하는 것보다 피할 수 없는, 힘든 길이 오히려 낫다는 생각이 들었다. 머릿속이 선명해지면서 마치 모든 문제의 답을 알 수 있을 것처럼 감각이 명쾌해졌다. 뚱보130이 따라나와서 내 어깨를 잡았다.

"형, 무슨 소리야. 진짜로 거길 가겠다고?"

"걱정하지 마, 우리 꼬맹이. 내가 얼른 가서 백신 많이 구해올 테니까, 울지 말고 누나랑 잘 놀고 있어, 알았지? 너무너무 심심하면 지하실에 좀비들 많이 있으니까 같이 놀고 있든지 하고."

"무슨 헛소리야, 형. 어딜 간다는 거야. 나 때문에 그럴 필요 없어요. 진짜 괜찮아. 다른 방법이 있을 거야. 케겔 아저씨한테 물어보면 뭔가 알지 않을까? 뭐든 궁금한 게 있으면 찾아오라고 했잖아. 답을 알고 있을지도 몰라."

"진짜 괜찮긴 뭐가 괜찮아. 아까는 죽는다고 미친 듯이 난리 부리더니…… 그리고, 너 때문이 아니야."

"나 때문이 아니면 거기 왜 가?"

"나 때문에 가는 거야."

"형 때문에?"

"가서 뭘 좀 확인하고 와야겠어."

"무슨 확인?"

"무신호의 블랙홀 끝이 어딘지 보고 와야겠어."

"그게 무슨 소리야?"

"무신호의 블랙홀을 지나오고 있었는데, 아무리 봐도 나가는 길이 보이지 않았거든. 생각해보니 그쪽에 출구가 있는 것 같아."

"거짓말."

"왜 거짓말이야?"

"거짓말이잖아."

"거짓말 아니야."

"진짜 거기에 출구가 있다고?"

"출구는 없어도 나갈 수는 있을 거야. 가서 보고 올게."

"형, 변한 거 알아?"

"내가?"

"응, 너무 많이 변했어. 요즘 들어 이상할 정도로 밝아 보여. 처음 봤을 때는 너무 어두워서 밤에는 얼굴도 보이지 않을 정도였는데 요즘엔 너무 밝아서 그늘이 하나도 보이질 않아."

"살쪄서 그럴 거야."

"살찌는 거랑 무슨 상관이야?"

"살찌면 얼굴 윤곽이 흐릿해지잖아. 그늘이 없어지는 거지. 너 봐. 살찌니까 그늘이 없잖아."

"이것 봐. 요즘은 이런 농담 많이 하잖아."

"나 원래 이런 농담 잘했어. 잠깐 쉬었던 거지."

"형."

"응?"

"가지 마라. 나 때문에 형이 어떻게 된다면 평생 괴로울 거야."

"바보야, 평생이라고 해봤자 하루뿐이잖아. 그리고 너 때문이 아니라니까. 나 때문이야. 내가 얼마나 이기적인 인간인지 모르지? 네가 상상할 수 없을 정도로 이기적인 인간이야. 얼마나 이기적인지 가르쳐줄까? 난 희망 같은 거 잘 몰라. 희망은 다른 사람이랑 공유하는 거니까. 그런 건 별로야. 내 몸속엔 욕망뿐이야. 하루하루의 욕망이 날 살게 해줬어. 저 물건을 갖고 싶다, 저 사람을 갖고 싶다, 모든 걸 갖고 싶다, 그런 욕망이 날 살게 했어. 언젠가부터 그 욕망마저 잃어버리고 살았는데, 너와 홍혜정씨를 만나서 그걸 되찾았어. 욕망이 어떤 건지 다시 생각났어. 지금 내 몸속엔 이기적인 욕망뿐이야. 알겠어? 그러니까 난 절대 죽지 않아. 죽을 수가 없어. 살고 싶다는 욕망을 이렇게 강하게 느껴본 적이 없어."

뚱보130은 더이상 대꾸하지 않았다. 내가 무슨 말을 하고 싶어하는지 알아들은 것 같았다.

뚱보130에게 한 말은 모두 사실이었다. 약간의 과장이 있었지만 홍혜정과 뚱보130과 홍이안을 만난 후로 뭔가 잃어버린 것을 되찾은 것은 사실이었다. 뚱보130과 이야기하면서 그게 욕망이었다는 것을 깨달았다. 언제부터인가 새로운 것을 갖고 싶다거나 어떤 사람이나 물건을 완벽히 내 것으로 만들고 싶다는 생각을 해본 적이 없었다. 아마도 형이 죽은 후부터일 것이다. 한 인간이 살아 있느냐 죽어 있느냐를 확인하는 기준은 심장박동이 아닐 수도 있다. 그 기준은 욕망일 수도 있다. 나는 그동안 살아 있긴 했지만 좀비보다 나을 게 없었다.

하룻밤 동안 참으로 많은 일이 일어났다. 고리오 마을은 조용했다. 아무 일도 일어난 적이 없고, 앞으로도 아무 일도 일어나지 않을 것처럼 조용했다. 나는 이경무와 함께 고리오 마을 반대쪽에 있는 집을 향해 걸었다. 환한 빛 아래서 이경무의 얼굴을 보니 도무지 살아 있는 사람 같지 않았다. 집으로 가는 길 역시 사람이 전혀 보이지 않았다. 무슨 일인가 일어나고 있으며, 그 일이 내 주위의 모든 것을 변화시키고 있다는 사실만 분명했다.

이경무가 밴의 안테나 감식기를 손보는 동안 나는 집에 들어가 짐을 꾸렸다. 어떤 식으로 짐을 꾸려야 할지 알 수 없었다. 어떤 게 필요할까. 속옷 갈아입을 정신은 없을 테고, 음식을 싸갈 수도 없고, 조용히 앉아 일기 쓸 시간도 없을 테니 노트도 필요없을 것이다. 나는 거실 한가운데 서서 집을 둘러보았다. 쓸 만한 게 하나도 없었다. 나는 주방으로 가서 식칼을 손에 쥐어보았다. 소용없어 보였다. 계단 아래 두었던 부러진 야구방망이가 생각났다. 집 안에 무기라고는 그것뿐이었다. 부러져 끝이 날카로워진 야구방망이는 들기에도 적당했고, 누군가를 찌르기에도 때리기에도 적당했다. 나는 야구방망이를 손에 쥐고 이리저리 흔들어보았다. 총 든 군인들을 상대하기 위해서 야구방망이를 들고 간다는 게 이상했지만 손이 심심하지 않게 되자 자신감이 더해졌다.

"간단하게 해결했어요."

이경무가 문을 열고 얼굴만 들이민 채 말했다.

"벌써요?"

"내가 얘기했잖아요, 간단한 일이라고. 이제 출발합시다."

"출발하자뇨? 같이 가시게요?"

"그럼 혼자 보낼 줄 알았어요?"

"그러실 필요 없습니다."

"채지훈씨 때문이 아닙니다. 홍혜정씨 때문이에요. 홍혜정씨하고 한 약속을 지키러 가는 겁니다."

"어떤 약속인데요?"

"그건 가봐야 알 것 같습니다. 가면서 얘기합시다. 시동 걸어둘게요."

이경무는 밖으로 나갔다. 나는 이층으로 올라갔다. 다시는 이 집에 돌아올 수 없을지도 모른다고 생각하니 집 안의 모든 사물이 생물체로 느껴졌다. 나는 홍이안이 머물던 방을 둘러보았다. 흔적이랄 게 없었다. 책상 위에는 디지털카메라뿐이었다. 전원을 켜서 홍이안이 찍은 사진을 보았다. 묘지와 십자가와 얼어붙은 땅과 잿빛 하늘이 되풀이됐다. 그걸 이어붙여놓고 '인류의 종말' 같은 제목을 붙이면 어울릴 것 같았다.

내 방에서 챙길 거라곤 홍혜정의 노트뿐이었다. 노트를 몇장 훑어보았다. 홍혜정은 거기에다 빼곡하게 이야기를 적어두었다. 가끔 그림이나 설계도 같은 것도 있었다. 누군가를 스케치한 그림도 있었다. 중요한 노트가 아닐지도 몰랐다. 홍혜정의 노트를 가져가야 할지 그대로 두어야 할지 잠시 고민했지만, 가져가기로 했다. 거기에 어떤 내용이 있든 일단 내가 먼저 확인하는 게 나을 것 같았다. 홍이안에게 주는 게 좋을지 폐기하는 게 좋을지는 그다음에 선택하면 된다. 사건의 실마리 같은 게 들어 있을지도 몰랐다.

노트 앞쪽은 메모나 스케치가 많았지만 노트 뒤쪽은 사진이 가득했다. 테이프로 붙인 사진이 여러 장에 걸쳐 있었다. 노트가 두꺼운 건 그 사진들 때문이었다. 여자의 사진이었다. 여자는 퉁명스러운 표정으로 이쪽을 바라보고 있었다. 이쪽에 누가 있든 신경쓰지 않겠다는 표정이었다. 젊은 시절의 홍혜정인 것 같았다. 두번째 사진을 보려고 페이지를 넘길 때 갑자기 문이 덜컥 열렸다. 나는 다른 사람의 일기장을 몰래 훔쳐보다 들킨 것처럼 놀랐다.

"왜 그렇게 놀라?"

케겔이었다. 나는 홍혜정의 노트를 겉옷 주머니에 감추고 돌아섰다.

"무슨 일이세요?"

"그 야구방망이는 뭐야?"

케겔이 책상에 올려둔 야구방망이를 가리켰다.

"그 야구방망이는 뭐냐니까?"

"어쩐 일입니까?"

"방망이는 뭐냐니까? 그걸로 나 찌르려고?"

"무슨 일 때문에 오셨냐고요."

"거참 고집 세네. 어제 무슨 일이 있었던 거야?"

"무슨 일이라뇨?"

"감출 생각 하지 마. 대충 알고 왔으니까."

"그럼 대충 아는 걸로 짐작해보시면 되겠네요."

"나랑 장난 한번 해보자는 거야?"

"저도 장난치고 싶은 생각 없습니다. 그럴 시간도 없고요."

"왜, 급한 일이라도 있어?"

"무슨 일로 오셨냐고요."

"제로가 사라졌어."

"누구요?"

"제로. 알잖아, 나랑 늘 같이 다니던 그 친구."

"그런데 왜 저를 찾아오셨어요? 제가 그분을 숨기기라도 했을까 봐요?"

"어제 군인들이 나타난 이후로 제로가 보이지 않아. 찾아볼 덴 다 찾아봤어."

"기르던 개를 잃어버린 것처럼 얘기하시네요."

"제로는 한번도 나를 떠나본 적이 없는 사람이야. 혼자서는 아무 것도 못하는 사람이라고."

"거참, 우는 얼굴 좀 하지 마세요. 그래도 다 큰 어른인데 곧 돌아오겠죠. 군부대에는 연락을 해보셨어요?"

"연락해봤지. 아는 바 없대."

"확실해요?"

"확실하다니?"

"군부대와 상관없는 게 확실하냐고요."

"상관있다고 생각하는 거야?"

"그냥 물어보는 거예요."

"뭔가 아는 게 있어?"

"모르겠어요."

"뭐야, 아는 게 있으면 얘길 해봐."

그때 아래층에서 이경무의 목소리가 들렸다.

"지훈씨, 출발해야지. 안 나와?"

나는 케겔을 무시하고 일층으로 내려갔다. 이경무는 케겔을 처음부터 알아보는 듯했지만 케겔은 이경무의 얼굴을 빤히 쳐다보기만 했다. 이경무의 얼굴을 보고 예전의 모습을 떠올리기가 쉽지 않았을 것이다.

"어디서 많이 본 얼굴이네."

"저예요. 이경뭅니다."

"누구?"

"저요, 이경무, 안테나 귀신요."

"아, 안테나 귀신. 자네가 여기 어쩐 일이야?"

케겔은 이경무의 얼굴을 쳐다보면서 손을 내밀었다. 변해버린 이경무의 얼굴을 관찰하고 있었다. 케겔이 이경무에게 안테나 귀신이라는 별명을 지어준 모양인데, 이경무와 잘 어울렸다. 예전의 이경무를 보고 지은 것이 현재의 이경무를 보고 지어준 것처럼 덥수룩한 외모와 딱 맞는 별명이었다.

"잘 지내셨죠?"

이경무가 겸연쩍은 웃음을 지으며 물었다.

"나? 잘 지냈냐고? 글쎄, 잘 지내진 못했지만 자네보단 잘 지낸 거 같군."

"하하하, 그 말투는 여전하시네요."

"내 말투가 어때서?"

"재미있어서요. 처음 듣는 것처럼 아주 재미있네요."

"홍역 장례식 때 회사에 전화했었는데, 아무도 연락처를 모르더구만. 홍역이 섭섭했겠어. 그렇게 친하게 지내더니. 홍역 죽은 건 알지?"

"네, 압니다."

"그런데 출발한다는 게 뭔 소리야? 어디 가는데?"

"볼일이 있어서요."

"둘이 알고 지내는 사이였어? 사이좋게 어딜 가는데?"

가만히 놓아두면 해가 질 때까지 계속 질문을 퍼부어댈 사람이었다. 케겔과 스무고개를 할 시간이 없었다. 이경무는 케겔에게 말을 함부로 하기 힘들어하는 눈치였다. 관계라는 건 한번 정해지고 나면 쉽게 바꾸기 힘든 법이다. 이경무와 케겔 역시 관계가 만들어진 계기가 있었을 것이다. 어떤 일 때문에 이경무는 케겔이 힘들어졌을 것이고, 케겔은 이경무를 낯설게 대할 수밖에 없었을 것이다.

"급한 일이 있어서 오늘은 먼저 실례해야겠습니다. 제로씨는 곧 돌아올 테니 걱정하지 마세요."

"그걸 어떻게 알아? 뭔가 아는 게 있으면 얘기해달라고. 아직 답을 하지 않았잖아."

"아는 거 없습니다."

"있는 거 같은데?"

"정말 없습니다. 이경무씨, 가시죠."

나는 케겔을 그대로 세워두고 이경무와 함께 집 뒤편에 세워둔 밴을 향해 갔다. 이경무는 케겔을 만난 이후로 빳빳한 종이처럼 얼굴이 굳어 있었다. 생각이 많아진 것 같았다. 전에 무슨 일이 있었던 것인지, 지금은 무슨 생각을 하는지 궁금했지만 묻지 않았다. 이경무가 먼저 입을 열었다.

"지훈씨, 케겔씨와 함께 가면 어떨까요?"

"함께요? 부대에 함께 가자고요?"

"네."

"왜요?"

"케겔은 부대에 자유롭게 드나들 수 있습니다. 케겔과 함께 간다면 백신을 구하는 게 훨씬 쉬울 겁니다."

"그렇긴 하지만 우리가 왜 거길 가는지 얘기할 수는 없잖아요."

"다른 핑계를 대는 거죠."

"어떤 핑계요?"

"부대 안에 들어가서 안테나 감식작업을 할 예정이다, 같이 가겠냐, 물어보는 거죠."

"들어갈 수 없잖아요."

"허가증이 있는 것처럼 얘기하는 거죠."

"없잖아요."

"허가증이 없어도 케겔이 얘기만 잘하면 들어갈 수 있을지도 모릅니다. 허가증이 필요하다고 하면 찾는 척만 해요. 들어가지 못하면 나머지는 다음에 생각해봅시다."

"케겔이 탈까요?"

"아마 탈 겁니다. 차를 타고 가는 길에 제로를 찾아볼 수도 있을 테니까요. 무엇보다 참견하는 거 좋아하는 성미니까 거절할 리가 없습니다."

"저랑 같이 들어가실 거예요?"

"아뇨, 전 못 들어가죠. 중간에 내릴 겁니다. 이걸로 연락하면 됩니다."

이경무가 시계 하나를 내밀었다. 평범해 보이는 시계였다. 검은색 가죽끈에 은색 케이스, 약간 튀어나온 시계 테두리, 인덱스는 큼지막했고, 문자반의 배경은 파란색인, 세계 어디엘 가도 흔히 볼 수 있는 시계였다.

"위급한 상황일 때 아래쪽 버튼을 누르세요. 제가 지훈씨의 위치 검색을 할 수 있으니까 도와줄 수 있는 상황이라면 돕겠습니다."

"아무도 도와줄 수 없는 상황일 가능성이 많겠죠?"

"가능성으로 치자면 그렇겠죠."

"가능성이 아닌 걸로 치면요?"

"운이라는 것도 있으니까요. 지훈씨는 운이 좋은 편이었습니까?"

"요즘 같아선 아직 살아 있다는 것만으로 운이 좋다고 생각해야 할 것 같은데요."

"맞아요. 운이 좋은 사람만 끝까지 살아남죠."

"끝까지 살아남을 자신은 없어요. 어디를 끝이라고 생각해야 할지도 모르겠고요."

"죽고 나면 지훈씨 운이 어디까지였는지 알 수 있겠죠."

"살아 있는 동안만 운이 있는 거네요."

"살아남을 거예요, 걱정 마세요. 운이라는 건 제법 수명이 기니까요."

우리의 예상이 맞았다. 케겔은 말을 꺼내기가 무섭게 차에 올라탔다. 케겔과 함께 가는 게 껄끄러웠지만 지금의 상황에서는 아무리 작은 도움이라도 더해두는 게 좋을 것 같았다.

내가 운전을 했고, 이경무가 조수석에 앉았다. 케겔이 조수석에 앉고 싶어했지만 그것만은 허락할 수 없었다. 옆에 앉아서 시끄럽게 구는 꼴을 보고 싶지 않았다. 운전석에 오랜만에 앉으니 모든 기계가 낯설었다. 액셀러레이터가 원래 있던 자리보다 약간 오른쪽으로 이동한 것 같고, 브레이크 페달과의 거리도 너무 가까운 것 같았다. 나는 운전석에 앉아서 브레이크와 액셀러레이터를 번갈아 밟으며 예전의 감각을 되살렸다.

"왜 출발 안해?"

케겔이 뒷좌석에서 고개를 앞으로 내밀며 말했다.

"갈 겁니다."

내가 대답했다.

"뭐야, 뭔가 이상한 거야? 차가 고장났어?"

"아뇨, 출발할 거니까 걱정 마세요."

나는 싸이드미러를 조정하고 의자를 조금 뒤로 밀었다. 아무래도 뭔가 불편했다. 룸미러를 조절하기 위해 거울을 들여다보다가 케겔과 눈이 마주쳤다. 케겔은 뒷좌석 한가운데 앉아 있었다.

"한쪽으로 앉으세요. 그렇게 가운데 앉아 있으니까 뒤가 잘 안 보이잖아요."

"뒤는 봐서 뭐해. 그냥 앞만 보고 달려."

"꼭 거기 앉아 있어야겠어요?"

"나는 차를 탈 때 앞을 꼭 봐야 하는 사람이야. 그러지 않으면 뭔가 불안해. 그럼 나를 조수석에 앉혀주든가."

"안테나 감식을 하려면 이경무씨가 조수석에 앉아서 할 일이 많다니까요."

"예전에는 혼자서 잘만 하던 일이잖아. 안 그래? 새삼스럽게 둘이 힘을 합쳐서 해야 한다는 건 무슨 억지야?"

"알았어요. 그냥 그대로 앉아 계세요."

"봐주는 것처럼 말하지 마. 어른 공경도 할 줄 모르는 놈들 같으니라고."

"높은 사람들은 다 뒷자리에 앉는답니다."

"무슨 소리, 높은 사람들은 자기 앉고 싶은 자리에 앉지."

"네, 제가 잘못했어요. 출발할게요."

룸미러에 케겔의 얼굴이 가득 들어차 있었다. 룸미러에서 빈틈을 찾아보기 힘들었다. 아예 룸미러를 떼버리고 싶었다. 케겔의 얼굴만 보이는 룸미러라면 없는 게 나았다. 나는 시동을 켜고 안테나 감식기의 전원을 켰다. 오랜만에 보는 회사 로고였다. 예전대로라면 로고가 사라진 다음에 지도가 나타나고 현재의 내 위치가 표시되어야 했지만 화면에는 숫자가 나타났다. 10이 나타나서 20이 되었다가 30이 되고 40이 되었다. 숫자가 100이 되자 네거티브로 인화한 사진처럼 화면이 하얗게 변했다. 엑스레이 사진을 보는 것 같았다.

"이제 모드가 바뀐 겁니다."

이경무가 케겔에게 들리지 않을 정도로 작은 목소리로 설명했다. 이경무가 안테나 감식기의 오른쪽에 붙은 단추를 누르자 화면 아래쪽에 'Scanning'이라는 단어와 함께 작은 그래프가 나타났다.

"신호를 잡는 겁니다. ELTE 기지국을 이용해서 우리 귀에 들리지 않는 주파수를 건져올리는 거죠."

스캐닝이 끝나자 화면에 검은색 점이 나타났다. 작은 점들이 좁은 지역에 오밀조밀 모여 있었다. 이제 막 사춘기를 지난 소녀의 얼굴에 난 주근깨를 확대해놓은 것 같은 화면이었다.

"이 점들이 뭘 뜻하는지 아시겠죠? 자, 출발할까요?"

이경무가 안전벨트를 두르며 말했다. 나는 싸이드브레이크를 내리고 액셀러레이터를 밟았다. 주근깨 많은 소녀를 찾아나섰다. 내가 있는 곳과 주근깨 소녀와의 거리는 멀지 않아 보였다. 이경무는 주근깨가 많은 지역을 목적지로 설정했다. 나는 내비게이션이 가리키는 곳으로 향하기만 하면 됐다.

차고를 벗어나 도로에 들어선 다음 오십 미터쯤 달렸을 때 뒤에서 누군가 뛰어오는 게 보였다. 누군가에게 쫓기는 것 같기도 하고 누군가를 잡기 위해 달리는 것 같기도 했다. 멀리서 봐도 누군지 분명했다. 머리카락이 보기 좋게 좌우로 찰랑대고 있었다. 나는 브레이크를 밟은 다음 내릴 생각도 하지 않고 홍이안의 머리카락이 찰랑이는 모습을 보고 있었다. 저렇게 달리는 모습을 계속 볼 수 있다면 며칠이 지나도 지루하지 않을 것 같다는 생각이 들었다. 물론 그전에 홍이안은 심장이 터져서 죽어버리겠지만.

힘들어하는 표정이 또렷하게 보일 만큼 홍이안이 가까이 왔을 때에야 나는 정신을 차렸다. 나는 밴에서 내려 홍이안에게 걸어갔다. 홍이안의 코끝이 발갛게 물들어 있었다.

"무슨 일이에요?"

홍이안은 가쁜 숨을 몰아쉬느라 대답을 하지 못했다. 나는 기다렸다. 홍이안은 상체를 숙이고 왼손으로는 내 팔을 붙들고 오른손으로는 무릎을 짚은 채 숨을 몰아쉬었다. 모자란 숨을 다 쉴 때까지는 나를 놓아주지 않겠다는 듯이 내 팔을 꼭 붙들었다. 나는 홍이안의 손을 잡았다.

"후, 가버린 줄, 알고, 얼마나…… 걱정했는지, 몰라요."

"무슨 일인데요?"

"같이…… 가려고요."

"어딜 같이 가요? 130은 어쩌고요?"

"130요? 오고, 있을 거예요. 정신없이 뛰어왔네. 아, 이젠 좀 살

것 같다. 오랜만에 뛰어보니까 좋은데요."

"같이 간다는 게 무슨 소리예요?"

지하실에 누군가 있다고 생각하니까 마음이 불편하더라고요. 게다가 130이 너무 불안해요. 자기가 어느 순간 나를 물어버릴까봐 걱정된다고."

얘기를 하고 있을 때 멀리서 뚱보130이 뛰어오는 모습이 보였다. 뛴다,라고 표현할 수는 있겠지만 실제 속도는 그렇게 빠르지 않아 보였다. 뚱보130의 입장에서는 최선을 다하는 것이겠지만 계속 쳐다보고 있어도 거리는 좀체 가까워지지 않았다. 쳐다보고 있는 게 지루해질 때쯤 뚱보130이 도착했다. 좀비에게 물린 상처에 하얀 붕대를 감아두었는데, 그 모습이 뚱보130을 더욱 우습게 만들었다. 싼타클로스의 선물 보따리 주둥이를 하얀색 붕대로 묶어놓은 것 같았다.

"형…… 내가……"

"얘기하지 마, 다 들었어. 다 들었으니까 얘기하지 말고, 숨 쉬어. 숨 쉬는 게 먼저야."

뚱보130은 자리에 주저앉아서 숨을 쉬었다. 목이 갑갑한지 붕대에 손을 넣어 느슨하게 만들고 숨을 쉬었다. 뭔가 얘기하고 싶은 듯 가끔 나를 올려다보았지만 말보다 숨이 먼저 새어나왔다. 케겔이 밴에서 출발 안할 거냐며 소리를 질렀다.

"저 할아버진 왜 저기 타고 있어요?"

홍이안이 밴을 보면서 물었다.

"부대 들어가는 데 도움이 될 거 같아서요. 출입카드를 잠깐 빌린 거죠. 이경무씨 아이디어예요."

"아쉽네요. 말이 없는 출입카드면 더 좋았을 텐데."

"그러게요. 가는 동안 재갈이라도 물릴까요?"

"농담도 잘하시네. 지훈씨가 과연 그럴 수 있을까요?"

"못할 것도 없죠. 나만 믿어요. 그런데 정말 같이 갈 거예요? 난 이안씨가 그냥 기다리고 있었으면 좋겠는데요."

"생각해보니까 130이 같이 가면 조금이라도 빨리 백신을 맞을 수 있잖아요."

"그렇긴 하겠죠."

"나 혼자 여기 남아 있을 순 없고요."

"그럼 어때요. 여기 남아요."

"그런 기사도 정신, 지훈씨하고는 어울리지 않거든요."

"그럼 130만 데리고 갈게요. 이안씨는 여기서 집을 지켜줘요."

"이것 봐요 채지훈씨, 아까 욕망이니 희망이니 그런 말 한참 떠들었죠? 둘이서 하는 얘기 다 들었어요. 혼자서만 멋있는 척하지 말아요. 희망 같은 거 잘 모른다고 그랬죠? 희망이 어떤 건지 알아요? 주위 사람들이 다 죽어서 없어지는데, 이대로 가다가는 내 곁에 아무도 남아 있지 않을지도 모르는데, 그래도 살고 싶은 거, 어떻게든 끝까지 살아남고 싶은 거, 그런 게 희망이에요. 나만 여기 혼자 남아 있으라고요? 지훈씨랑 저 뚱보가 죽었다는 얘기를, 세상에서 없어져버렸다는 얘기를, 전해들으라고요? 사람들 죽었다는 얘기 전해듣는 것도 이제 신물이 나요. 죽더라도, 내가 보는 앞에서 죽어요."

"왜 죽어요, 내가."

"그럼 죽지 마요. 같이 가서 살아요. 얘기 끝난 거죠?"

"알았어요, 그럼 같이 가요."

뚱보130은 바닥에 앉아서 우리 이야기를 듣다가 슬그머니 일어났다. 뭐라도 한마디하고 싶은 눈치였지만 홍이안이 씩씩대는 모습을 보고는 슬그머니 차 쪽으로 걸어갔다.

"형, 그런데 여기 다 앉을 수 있어요? 이럴 줄 알았으면 미리 살을 좀 빼둘 걸 그랬네."

약간의 자리이동이 필요했다. 케겔을 조수석에 앉히기로 했다. 뚱보130을 조수석에 앉히자니 홍이안과 케겔이 함께 앉아야 한다는 게 마음에 걸렸다. 싸움닭 두 마리를 같은 닭장에 넣어두는 꼴이었다. 홍이안을 조수석에 앉혔더니 케겔이 자리가 좁다고 투덜거렸다. 뚱보130과 홍이안이 차에 함께 타야 하는 이유를 계속 캐묻는 게 귀찮아서 결국 조수석에 앉히기로 했다.

"그래, 역시 나는 여기에 앉아야 마음이 편해진단 말야."

케겔은 의자를 앞으로 당겼다. 뒷자리에 앉은 사람들을 위한 배려였다. 자리배치가 끝나고 출발하기 전에 트렁크에서 썩어가고 있던 허그쇼크를 작동시켰다. 스톤플라워의 앨범을 턴테이블에 올려두었다. 케겔의 입에 재갈을 물릴 수 있는 방법이었다. 밴이 출발하고 음악이 흘러나왔다. 드럼소리가 가슴을 두드렸다. 케겔은 소리를 줄이라고 했지만 나와 뚱보130과 홍이안이 음악을 따라부르는 걸 보고는 더이상 참견하지 않았다. 모두 목을 움직이며 리듬을 맞추고 작은 목소리로 노래를 따라불렀다. 케겔은 아무 말 없이 창밖을 내다봤다. 창문에 비친 모습에서 케겔이 언뜻 웃고 있는 것 같기도 했다.

아무도 상처받지 않았으면 좋겠어. 너는 네가 갈 길을 가고, 나는 내가 해야 할 일을 하고, 누구도 상처받지 않고 살아가다보면, 언젠가 어딘가에서 아주 짧은 순간이라도 스치는 날이 올 거야. 이안 데이비스는 그렇게 노래하고 있었다. 이 가사를 번역해서 읽어주던 홍혜정의 목소리가 함께 들려오는 것 같았다. 홍이안의 귀에도, 뚱보130의 귀에도 홍혜정의 목소리가 들렸을 것이다. 이안 데이비스와 홍혜정과 홍이안과 뚱보130과 내가 함께 부르는 노래 같았다. 밴이 흔들렸지만 허그쇼크는 그 모든 충격을 온몸으로 끌어안고 차 안에다 아름다운 소리를 가득 채웠다.

뒷자리 한가운데 뚱보130이 앉고 내 뒤에는 홍이안이, 케겔의 뒤에는 이경무가 앉았다. 나는 룸미러로 이경무의 얼굴을 보았다. 이경무는 뚱보130의 몸에 짓눌려 한쪽 구석으로 몰려 있었다. 그래도 표정에는 변화가 없었다. 눈썹도, 눈꼬리도, 수염도, 턱도 움직이지 않았다. 노래를 듣고 있을 텐데 얼굴에 아무런 변화가 없었다. 이경무의 얼굴 근육 역시 일종의 허그쇼크 기능이 있는지도 몰랐다. 외부에서 어떤 충격이 와도 이경무의 표정은 절대 흐트러지는 법이 없었다.

"이 화면은 어떻게 보는 거야? 여기 이 까만 점들은 뭐야?"

노래 한 곡이 끝나고 차 안에 정적이 감돌 때 케겔이 물었다. 케겔이 가리킨 곳은 우리의 목적지가 아니었다. 우리가 달리고 있는 위치 근처에 까만 점들이 여러 개 찍혀 있었다. 우리 주위에 좀비들이 있다는 표시였다. 나는 주위를 둘러보았다. 아무도 보이지 않았다.

자동차는 공원묘지를 지나고 있었다. 나는 룸미러로 이경무를 보았다. 이경무는 뚱보130의 살집 사이로 고개를 내밀었다.

"주변의 신호 감도를 표시하는 겁니다."

"앞사람에게 물었는데 대답은 뒤에서 나오네. 자, 다들 가면서 창밖을 잘 살펴봐. 제로가 보이면 나에게 바로 얘기를 하란 말이야."

케겔이 뭔가 더 얘기를 하려고 했지만 원, 투, 스리, 포,라는 이안 데이비스의 목소리와 함께 다음 노래가 차 안을 가득 메웠다. 케겔의 목소리가 끼여들 여지가 없었다. 케겔은 다시 창밖을 내다보았다. 나는 운전하면서 케겔 몰래 안테나 감식기 화면을 훔쳐보았다. 점은 많지 않았다. 군데군데 보일 뿐이었다. 내가 달리는 길 사이로 점들이 스쳐지나갔다. 이경무에게 묻고 싶었지만 그럴 수 없었다. 저것도 좀비들의 신호인가요? 공동묘지 아래 묻힌 좀비들이 있나요? 저게 그들이 내는 소리인가요? 그들은 그럼 땅 아래 갇혀 있다가 밤이 되면 밖으로 나오는 건가요? 질문이 많아졌다. 룸미러 속의 이경무는 창밖을 보고 있었다. 케겔과 이경무가 보는 화면은 거의 비슷할 것이었다.

무덤의 GPS라는 말이 떠올랐다. 그게 무슨 뜻인지는 나도 몰랐다. 그저 그 단어가 머릿속에 떠오른 것이다. 그건 아마도 죽은 자들의 위치추적기 같은 것이겠지. 살아 있는 자들의 위치를 표시하는 대신 죽은 자들이 어디에 묻혀 있는지를 표시해주는 것이다. 그런데 도대체 그게 왜 필요한 거지? 죽은 자들의 위치를 알아서 어디에 써먹겠는가. 사람들은 꾸준히 죽어가겠지만 세상의 땅이 한정돼 있다는 것도 문제다. 그래도 어쩐지 죽은 자들을 배려하는 방법으로는 나쁘지 않겠다는 생각도 들었다. 사람에게는 영혼이라는 게 있고, 죽은 후에도 그 영혼이라는 것이 세상을 떠돌아다닐 수 있는 거라면, 그래서 그 영혼에다 이름표 같은 걸 붙여서 우주 어디에서 떠돌고 있는지 위치추적을 할 수 있다면, 나는 어떻게든 그 기능을 이용해보고 싶었다. 내가 알던 사람들이 떠돌고 있는 우주의 위치를 가늠할 수 있으면 훨씬 덜 외로울 것 같았다. 나는 운전하면서 계속 점을 바라봤다. 공동묘지에서 멀어지자 더이상 까만 점은 보이지 않았다. 우리는 주근깨를 향해 달려갔다.

17

멀리 부대의 정문이 보이자 이경무가 뚱보130에 눌려 있던 몸을 일으켰다.

"저는 여기 내려주십시오."

"왜 여기서 내려? 같이 안 들어가고?"

케겔이 물었다.

"저는 여기서 감식을 해야 합니다. 지훈씨는 부대 안에서 감식을 하고요."

"자동차도 없이?"

"걱정해주시는 겁니까? 고맙네요."

"걱정? 내가 왜 자네 걱정을 해. 걸어다니면 운동도 되고 좋지. 이따 보자고."

뚱보130과 홍이안은 상황을 눈치챈 것 같았다. 이경무가 차에서 내리자 뚱보130이 오른쪽으로 엉덩이를 옮겼다. 차가 비좁기 때문인지, 아니면 좀비에게 물린 상처가 아픈 것인지 뚱보130은 계속 식은땀을 흘리고 있었다.

부대 출입문을 통과하는 방법에 관해서는 이경무의 판단이 전적으로 옳았다. 조수석에 앉은 케겔의 얼굴은 출입증이나 마찬가지였다. 위병들은 케겔을 향해 웃어 보이기까지 했다. 운전을 하는 나와 뒷자리의 두 사람에게 잠시 의심의 눈빛을 보였지만, 케겔의 수다가 그 눈빛을 순식간에 다른 곳으로 옮겼다.

"어이, 오랜만이야. 어떻게 지냈어. 장장군한테 전할 말이 있어서 왔어. 이놈들? 딱 보면 뭐 하는 놈들인지 모르겠어? 좀비들이야, 좀비들. 내가 한꺼번에 싹 잡아왔지. 겁내지 마. 이놈들은 사람을 물지는 못해. 내가 콜라 따개를 안 가져와서 오는 길에 이놈들 이빨을 좀 사용했거든. 어떻게 하는지 알겠지? 입을 벌리고 콜라병을 꽉 끼워. 그리고 턱을 꾹 눌러서 고정을 시킨 다음에 손목의 순간적인 스냅을 이용해서 철컥, 위로 올리는 거지. 콜라 뚜껑하고 이놈들 이빨하고 같이 따는 거야. 아직 한 놈은 이빨이 남아 있으니까 뭐 딸 거 있으면 나한테 부탁해, 하하하."

위병들은 케겔의 이야기를 듣고 키득거리며 웃었다. 이런 식으로 농담을 주고받는 사이인 모양이었다. 검문은 간단했다. 무기라고 해봐야 밴의 트렁크에 있는 부러진 야구방망이뿐이었다. 위병들은 케겔의 이야기를 들으면서 부대 앞의 바리케이드를 올려주었다. 허가증을 찾는 척할 필요도 없었다.

"그걸 농담이라고 해요? 우리가 좀비라고요?"

홍이안이 케겔에게 쏘아붙였다.

"하하하, 재미있잖아. 내가 막 생각해낸 건데 재미있지 않았어? 나는 틀니를 끼고 있어서 콜라 같은 거 따려고 해도 힘들어. 콜라 딸 수 있는 이가 있을 때가 행복한 거지."

"그런 게 재미있어요? 할아버지 죽은 다음에 그 이빨로 병 따면 참 기분 좋겠네요. 그리고 아까 장장군이라고 그랬죠? 지훈씨, 그 이상한 아저씨가 장장군 아니었어요?"

"그런 것 같네요."

나는 케겔을 나무라고 싶은 생각이 없었다. 케겔 덕분에 부대 안에 무사히 들어올 수 있었으니 그가 어떤 말을 해도 참았을 것이다. 홍이안도 케겔의 이상한 농담에 대해 더이상 시비 걸지 않았다.

"안테나 감식은 금방 끝난다고 했지? 난 장장군을 만나고 있을 테니 얼른 끝내고 와. 저기 커다란 건물 보이지? 저기가 본부야. 나는 저기 세워주면 돼. 혹시 부대 안을 돌아다니다 제로를 발견하면 꼭 데리고 와야 해."

케겔의 말에 누구도 대답하지 않았다. 케겔이 차에서 내리길 바라는 마음들이 침묵 속에서 느껴졌다. 침묵이 케겔의 등을 떠밀고 있었다. 본부 앞에 차를 세우고 케겔이 내리려 할 때 출입문이 열리고 장장군이 모습을 드러냈다. 장장군의 육중한 몸이 더욱 커 보였다. 두 팔을 흔들며 팔자걸음으로 걸어오는 장장군의 얼굴이 빛을 받아 번들거렸다.

"야, 이게 누굽니까. 제가 아는 사람들이 많군요. 케겔 선생, 어떻게 된 겁니까? 군대라도 하나 만드신 거예요? 슬슬 정체를 드러내는 겁니까?"

장장군이 케겔을 향해 두꺼운 손을 내밀었다. 케겔의 손도 만만치 않게 컸다. 두 사람의 키는 비슷했지만 장장군이 케겔보다 훨씬 거대해 보였다.

"장군님은 무슨 그런 말씀을. 부대를 제가 왜 만듭니까. 장군님이 저희를 잘 지켜주고 계신데."

"반란군 같은 것일지도 모르죠. 아무리 정성을 쏟아도 완벽한 통치자가 될 수는 없는 거 아닙니까. 쿠데타는 안됩니다. 아셨죠? 하하하."

"이것만 확실히 해두죠. 나는 무슨 일이 있어도 장장군님의 적이 되지는 않을 겁니다. 그러니 걱정 마십시오, 하하하."

"그러셔야죠."

"그럴 겁니다."

두 사람은 맞잡은 손을 흔들며 그런 농담을 하고 있었다. 농담이 아닌지도 몰랐다. 장장군은 케겔과의 대화를 통해 누가 윗사람인지를 정확히 알려주고 있었다. 케겔이 장장군보다 열 살은 더 많겠지만 삶의 나이와 권력의 나이는 다른 법이다.

"자, 이럴 게 아니라 들어갑시다. 제가 멋진 차 한잔 대접하겠습니다."

"저를 마중 나오신 겁니까?"

"그럼요. 위병소에서 연락을 받았죠. 귀한 분들이 오시는데 당연히 제가 나와 있어야죠."

"이 친구들은 안테나 감식인가 뭔가 한다고 같이 들어왔는데, 조금이라도 귀찮으면 지금 돌려보내도 됩니다."

"모르는 분들도 아니고, 이렇게 만났는데 차 한잔 같이해야죠. 다들 들어갑시다."

뚱보130은 홍이안을 바라보았다. 이 상황을 벗어날 수 있는 특별한 대사를 홍이안에게 기대하는 것 같았다. 홍이안은 케겔과 장장군을 노려보기만 할 뿐 아무 말도 하지 않았다. 홍이안 역시 나와 같은 생각을 하고 있을 것이다. 짧은 시간에 수많은 경우의 수를 생각해내야 한다. 홍이안은 지금 장장군을 따라서 부대의 본부로 들어가는 게 좋을지, 아니면 어떻게든 따라가지 않고 우리끼리 행동하는 게 나을지 생각하고 있을 것이다. 내 결론은 장장군을 따라가야 한다는 쪽이었다. 무엇보다 마땅한 핑계가 없었다. 허가증도 없으니 잘못하다간 부대 밖으로 내쫓길지도 모를 일이었다. 본부 안으로 들어가면 새로운 출구가 있을지도 몰랐다. 장장군이 앞서 걸었고, 케겔이 그 뒤를 따라갔다.

"누나, 어떻게 해요?"

"뭘 어떻게 해, 따라가야지."

"그런데 나 여기가 자꾸 간지러워."

뚱보130이 붕대로 싸놓은 목을 가리켰다.

"바람이 안 통해서 그런 거 아냐?"

나는 뚱보130의 붕대를 당겨 상처를 들여다보았다. 붕대를 팽팽하게 매놓아서 상처 부근을 자세히 볼 수는 없었다.

"모르겠어요. 벌레들이 목구멍 안쪽에서 살을 뚫고 바깥쪽으로 기어나오는 것 같은 기분이에요."

"참고 있어봐. 약 기운 때문에 그런 걸 거야."

"그렇겠지?"

우리는 밴을 일층의 주차공간에다 세워놓고 건물 안으로 들어갔다. 트렁크에 들어 있는 부러진 야구방망이가 자꾸 생각났다. 부러진 야구방망이라도 손에 쥐고 있으면 마음이 편해질 것 같았다. 가져갈 수도 없는 유일한 무기였다. 야구방망이로 할 수 있는 건 그걸로 좀비를 때려잡았다는 어린아이 같은 자랑뿐이었다.

장장군의 사무실은 건물 꼭대기인 오층에 있었다. 군인들이 모인 작전실과 복잡한 복도를 지나 사무실에 도착했는데, 실내 구조는 딱 한번 보고 바로 눈을 감은 후 일년이 지나서도 똑같이 그림으로 그릴 수 있을 정도로 단순했다. 구조랄 것도 없었다. 왼쪽 벽에는 부대현황표가 그려져 있었다. 누가 누구의 부하인지, 누가 어떤 부대에 소속돼 있는지, 수많은 사람들의 이름이 일목요연하게 정리돼 있었다. 맨 꼭대기에 장성백이라는 이름이 적혀 있었다. 장성백이란 아마도 장장군을 가리키는 이름일 것이다. 오른쪽 벽은 벽이라기보다 하나의 거대한 화이트보드였다. 장장군의 이런저런 메모가 곳곳에 적혀 있었다. 사무실 한가운데는 길이가 사 미터는 넘어 보이는 기다란 책상이 있었는데, 그 위에는 서류 무더기와 컴퓨터 한 대가 두 개의 외로운 섬처럼 떠 있을 뿐이었다. 갑자기 장장군이 어떤 사람인지 궁금해졌다. 공간이 사람을 설명해주는 법이다. 이런 공간에서 일하는 사람이라면 마음속에도 자질구레한 감정 같은 걸 모아두지 않는 사람일 가능성이 크다. 잘 구분하고,

쓸데없는 걸 잘 버리는 사람일 가능성이 크다.

"자, 이쪽으로 오시죠. 여기가 티테이블입니다."

장장군이 기다란 책상 끝에서 우리를 불렀다. 단추를 누르자 책상 끝에서 작은 탁자가 하나 나왔다. 홍혜정의 집에 있던 식탁과 비슷한 모양이었다.

"제로에게 특별히 부탁해서 만든 겁니다. 고리오 마을에 있는 일반적인 식탁과는 약간 다르게 생겼죠? 제가 워낙 차를 좋아하다보니 다른 메뉴는 모두 빼고 각종 차만 선택할 수 있게 한 겁니다. 특별히 좋아하는 차가 없으면 제가 고른 걸로 드셔보시겠습니까?"

우리는 고개를 끄덕였다. 커피나 홍차 말고는 제대로 된 차를 마셔본 적이 없었다. 차를 대접하는 사람들은 대체로 맛에 대해 설명하길 좋아하는데, 그 미세한 용어들을 듣고 있으면 어쩐지 다른 세상에 온 것 같아 거북살스러웠고 그들이 설명해주는 용어와 내가 느끼는 맛을 일치시키는 게 힘들었다.

"야, 여긴 전망이 좋습니다."

케겔이 마주 보이는 벽의 커다란 통유리 앞에 바싹 붙어서 아래를 내려다보며 말했다.

"그렇죠? 저는 중대한 결정을 해야 할 때 그 창문 앞에 섭니다. 부대 전체를 내려다보면서 나를 따르는 수많은 병사들을 생각하는 겁니다. 그러면 답이 쉽게 나오죠."

장장군이 식탁 위 메뉴판의 버튼을 누르며 말했다.

케겔의 말대로 전망이 좋았다. 부대의 커다란 윤곽을 볼 수 있었다. 멀리 마오산이 보였고, 그 앞으로 크고 작은 부대 건물이 줄지어 서 있었다. 군데군데 커다란 연병장이 서너 개 있었다.

"대규모 주택단지 같네요."

내가 혼잣말처럼 중얼거렸다.

"그렇죠? 나도 가끔 여기가 주택단지 같다는 생각을 해요. 다를 게 뭐가 있습니까?"

장장군이 대답했다. 장장군이 끓여준 차의 맛과 냄새는 여태까지 한번도 경험해보지 못한 것이었다. 차가 식도를 넘어가자 혀의 뿌리 부분에서 시큼한 맛이 느껴졌다. 식도에서 위장으로 떨어지는 벼랑 끝에서 살아남은, 지옥을 경험하고 돌아온 차의 맛이었다.

"굉장히 독특한 맛이지요? 이걸 뭘로 만들었을까요?"

다시 장장군의 질문이 시작됐다. 우리는 식탁에 둘러앉아 서로의 얼굴만 보았다. 그런 걸 맞히려고 노력하는 사람도 없었고, 노력해도 맞힐 수 있을 것 같지 않았다.

"알 수가 없겠지요. 마오산에서만 자라는 야생초로 만든 차니까요. 사실 이건 독초입니다. 먹을 수 없는 풀이지요. 이걸 차로 만들기 위해서 얼마나 많은 시간을 들였는지 모릅니다. 끓이고 볶고 말리고 삶고, 여러 방법을 써서 겨우 먹을 수 있게 만들었지요. 저는 이 맛과 향이 좋습니다. 그 어떤 차에서도 경험할 수 없는 맛과 향이죠. 이 차를 마실 때마다 죽음을 경험하는 것 같단 말이지요."

"장군님이 왜 그런 말씀을 하시는지 알겠습니다. 마지막에는 마치 뭔가 썩는 것 같은 맛이 나는군요."

케겔이 차를 삼키며 말했다.

"차를 마실 때마다 죽었다가 다시 태어나는 겁니다. 죽었다가 다시 태어나고, 다시 태어나고, 그래서 제가 이 차 이름을 뭐라고 지었는지 압니까? 부활차입니다."

"멋지네요."

"참, 케겔씨, 제로가 보이지 않는다고 했죠?"

"네, 그러지 않아도 그것 때문에 도움을 구하려고 왔습니다."

"도와드려야지요. 제가 수색대를 조직해서 샅샅이 찾아보도록 하겠습니다. 뭐 별일 있겠습니까. 걱정 마세요."

"장군님이 찾아주신다면, 걱정할 이유가 없죠."

"올해 다이토는 잘 진행되고 있죠?"

"별 탈은 없습니다. 아직 십개월도 넘게 남았지만 혼전이 예상됩니다. 홍혜정씨가 죽은 게 의외의 복병이었죠."

케겔은 말을 끝내고 아차 싶었는지 홍이안의 얼굴을 바라보았다. 홍이안은 무덤덤해 보였다. 장장군은 무덤덤한 홍이안의 얼굴을 빤히 쳐다보았다.

"저 아가씨가 홍혜정씨 따님이라고 했죠? 많이 닮았네요."

"닮았다고 하면 싫어하더라고요."

케겔이 대답했다.

"생각해보면, 사람이 사람을 닮는다는 게 신기하지 않습니까?"

장장군이 홍이안을 보며 말했다.

"그럼 사람이 개를 닮는 게 정상이에요?"

홍이안이 비아냥댔다.

"지난번에도 엄청 쏘아붙이시더니만. 너무 신경질 내지 말아요. 그럼 엄마랑 더 닮아 보이니까. 집에서 애들을 가만히 들여다보고 있으면 나를 닮았다는 게 너무 신기한 거예요. 눈이며, 코며, 성격이며, 버릇 같은 걸 어떻게 닮는 건지, 아무리 봐도 신기하단 말이야."

"닮을 수밖에 없는 사람은 그래서 더 괴로운 거죠."

"인간이란 게 진화라는 걸 하잖아요. 진화를 하려면 더 나아져야 하니까 좋은 것만 닮게 되는 거 아니겠어요."

"장군님, 모든 사람이 진화하는 건 아닐 거예요. 평균적으로 봤을 때 앞으로 나아가고 있다는 거겠죠. 장군님 같은 사람들이 진화의 평균을 깎아먹고 있는 거예요."

"하이고, 저렇게 무섭게 얘기하니, 원. 자, 볼일이 있다고 하셨죠? 다음에 또 차 한잔 합시다. 케겔씨는 별일 없으면 저랑 차 한잔 더 하시죠. 그런데 저 친구는 왜 저렇게 땀을 흘려요? 제 방이 그렇게 덥지는 않을 텐데……"

옆자리에 앉은 뚱보130의 얼굴은 땀으로 범벅이 되어 있었다. 상처가 고통스러운 모양이었다. 좀비 바이러스가 사람의 온도를 높이는지도 몰랐다. 뚱보130이 큼지막한 손으로 얼굴의 땀을 닦아냈다. 홍이안이 뚱보130을 일으켜세웠다. 뚱보130의 얼굴은 발갛게 달아올라서 손대지 않고도 온도를 알 수 있을 것 같았다. 난로 겸 플래시로 사용해도 괜찮을 것 같은 열기와 밝기였다.

장장군이 우리를 배웅하기 위해 문앞까지 따라나왔을 때 나는 아무 생각 없이 벽에 세워진 골프채를 들었다. 누군가 골프채 손잡이만 확대해서 내게 보여주는 것 같았다. 골프채밖에 보이지 않았다. 장장군은 문을 열기 위해 내게 등을 보이고 있었다. 나는 골프채를 슬며시 쥐었다. 골프채 손잡이가 손에 착 달라붙었다. 나는 두 손으로 골프채를 거머쥐고 장장군의 머리를 향해 휘둘렀다. 딱, 시속 백삼십 킬로미터 정도의 커브를 정확하게 받아친 듯한 경쾌한 소리가 들렸다. 장장군의 왼쪽 다리가 꺾였고, 그대로 고꾸라졌다. 삼초나 오초 정도의 짧은 순간이었지만 십분 정도의 시간이 흐른 듯했다. 누군가 그 순간을 설명하라고 한다면 오분 정도는 쉬지 않고 말할 수 있다. 홍이안과 뚱보130의 표정, 장장군의 머리에서 피가 터져나오던 모습, 내 손끝에 전해진 220볼트 정도의 전기, 장장군이 바닥으로 쓰러질 때 피어오르던 먼지의 형태 같은 걸 쉬지 않고 말할 수 있다. 홍이안과 뚱보130은 내가 골프채를 땅에 떨어뜨리고 나서야 정신을 차렸다.

"형, 무슨 일이야? 왜 그랬어?"

나는 대답을 하지 못했다. 손끝에 작은 진동이 남아 있었다. 나는 허공에다 두 손을 털었다. 진동이 사라지길 기다렸다.

"형!"

뚱보130이 다시 소리를 질렀다. 내 머리가 어떻게 됐다고 생각하는 모양이었다.

"나 괜찮아. 걱정하지 마."

"이 사람 죽은 거 아냐?"

"걱정 마. 기절할 정도로만 때렸어. 장장군을 데려가면 백신을 쉽게 구할 수 있을 거야."

나도 확신할 수는 없었다. 기절할 정도로만 때린다는 게 가능한 일일까. 나는 있는 힘껏 골프채를 휘둘렀지만 내 힘 정도로 사람을 죽일 수는 없을 것이다.

뚱보130은 계속 땀을 흘렸다. 홍이안은 무릎을 꿇고 앉아서 장장군의 상태를 확인했다. 숨은 쉬고 있었다. 골프채에 머리를 정통으로 맞았으니 뇌에 이상이 생겼을지도 몰랐다. 그래도 상관없다는 생각이 들었다. 죽지만 않으면 상관없다고 생각했다. 기억상실증 같은 게 생긴다면, 앞으로 더 괜찮은 삶을 살 수도 있지 않을까. 그의 삶에 개입하고 싶은 생각은 없지만 이번 일을 계기로 새로운 삶을 살 수도 있지 않을까.

"끈 같은 걸 찾아봐. 언제 깨어날지 모르니까 일단 묶어놓자."

나는 뚱보130에게 말을 하면서 끈을 찾았다. 마음이 급했다. 허둥대고 있었다. 케겔은 탁자 의자에서 움직이지 않고 나를 지켜보기만 했다. 무슨 일이 일어나고 있는 것인지 마음속으로 정리를 하는 표정이었다. 책상 서랍에서 전선을 찾아내 장장군의 손을 뒤로 묶고 나자 케겔이 참견을 시작했다.

"왜들 이래? 무슨 일 때문에 이러는 거야? 저 사람이 누군지는 알고 친 거야?"

"알다마다요. 재수없는 새끼죠."

나도 모르게 말을 거칠게 하고 있었다. 장장군에게 그렇게 큰 적의를 품고 있었는지 내 입에서 나오는 말을 내 귀로 듣고 나서야 알았다. 적의라기보다는 짜증이었다. 장장군을 처음 만났을 때부터 그의 생각이나 의견이 싫다기보다 말하는 방식에 짜증이 났다. 짜증이 마음속의 유리컵에 한 방울씩 떨어졌고, 골프채를 보는 순간 짜증이 몸 밖으로 넘친 것이다. 나는 내 입에서 나오는 말 때문에 홍이안과 뚱보130이 당황스러워한다는 걸 알았다. 여태 그런 식으로 말한 적이 없는 사람이었기 때문이다.

뚱보130이 왼손으로 내 오른쪽 어깨를 감쌌다. 묵직한 손이 내 어깨에 얹히는 것만으로 안심이 됐다. 내 마음속에서 터져나오려는 것들을 뚱보130의 묵직한 손이 지그시 눌러주었다. 묵직한 이불을 덮을 때의 묘한 안도감 같은 것이었다.

"백신이라니, 무슨 백신을 찾는다는 거야?"

케겔이 말했다.

"130이 좀비에게 물렸어요. 우리는 백신을 구하려고 여기 들어온 거고요."

내가 말했다. 숨길 이유가 없었다.

"저 뚱보가 물렸어? 진작 말해줬어야지. 언제 좀비로 변할지 모르는 거 아냐. 내 저 녀석 처음 볼 때부터 불안 불안 했어. 야, 뚱보, 너는 뒷덜미에다 그렇게 살을 주렁주렁 달고 다니니까 좀비들이 물고 싶어지는 거 아냐. 목에다 살코기를 매고 사자한테 덤벼드는 꼴하고 뭐가 달라."

"지연제를 맞았으니 한동안은 괜찮을 거예요."

"지연제? 그게 뭐야?"

"변형을 늦추는 약이에요."

"그런 걸 어떻게 믿어. 저 뚱보는 다른 사람보다 몸이 두 배는 크니까 약도 두 배 있어야 될 거 아냐."

"같이 가자는 얘기 안할 테니 걱정 마세요. 방해나 하지 마세요."

"백신이 여기 부대 안에 있어?"

274

"이경무씨 말대로라면요."

"이경무는 어디 갔어?"

"이경무씨는 군에서 지명수배된 사람이에요. 같이 들어올 수가 없었죠."

"어쩐지 얼굴에서 수배자의 냄새가 풍기더라니까. 그나저나 백신을 찾는다고 해도 장장군을 저 지경으로 만들어놨으니 어쩔 거야. 뚱보, 너는 백신 맞고 살아봤자 바로 총 맞아 죽겠다."

"부대 안에 좀비들을 실험하는 연구소가 있대요. 거기서 좀비들을 생체실험한대요. 그 증거를 확보하면 우릴 어쩌지 못할 겁니다."

"누가 그래?"

"이경무씨요."

"말도 안되는 소리 하지 마. 좀비들을 어디서 구한다는 거야? 무슨 모집공고라도 내나? 실험에 참가할 좀비들을 모집합니다, 뭐 그런 광고라도 낸다는 거야? 죽은 놈들을 데려다가 무슨 실험을 해. 다 헛소리야. 그리고 그런 게 실제로 있다고 쳐. 그런 어마어마한 비밀을 알고 있는 놈을 살려둘 거 같아? 자네 같으면 걸어서 여길 나가도록 내버려둘 거 같아?"

"그러니까 더더욱 장장군 같은 인질이 필요하겠죠. 살아나가려면."

"어디 잘해봐. 자넨 장장군이 어떤 사람인지 몰라서 그래."

"그럼 이제부터 좀 알아보기로 하죠, 뭐."

어디서 생겨났는지 알 수 없는 자신감이 내 몸을 팽팽하게 감쌌다. 총알을 맞아도 다 튕겨내버릴 수 있을 것 같았다. 좀비들이 내 목을 물어도 끄떡없을 것 같았다.

장장군의 허리춤에 달린 권총을 꺼내 탄창을 확인했다. 여덟 발의 총알이 장전돼 있었다. 나는 권총을 점퍼 주머니에 넣고 누워 있는 장장군의 엉덩이를 발로 찼다. 반응이 없었다. 이번에는 등을 발로 찼다. 홍이안이 주전자에 남은 부활차를 장장군의 얼굴에 부었다. 차는 이미 식었을 테니 화상을 입지는 않을 것이다. 장장군이 눈을 떴다.

"우와, 진짜 부활차의 위력이 대단하네."

홍이안이 웃으며 말했다. 장장군은 눈을 뜨고 나서도 한참 동안 상황을 파악하려 애썼다. 고개를 뒤로 돌려 손이 묶인 사실을 확인한 다음 나와 홍이안과 뚱보130과 케겔의 얼굴을 번갈아 바라보았다.

"내가 천국에서 천사들을 보고 있는 건 아니지?"

장장군이 말했다.

"지옥의 악마들이죠."

홍이안이 대답했다.

"자네들 지금 대단한 실수를 저지르고 있는 것 같은데, 아직 멀리 나가지는 않았으니 이걸 풀어주기만 하면 원점으로 돌아갈 기회를 주겠어."

장장군이 낮은 목소리로 말했다.

"돌아갈 생각 없습니다."

내가 대답했다.

"살다보면 잘못된 길로 가고 있다는 걸 알면서도 멈출 수 없는 경우가 있지. 왜 그런 줄 알아? 붙잡아주는 사람이 없기 때문이야. 내가 지금 그 역할을 하려는 거야. 붙잡아주는 사람이 있을 때 멈추는 지혜를 발휘하라고."

"머리를 때린 건 미안합니다. 그러지 않아도 자기 생각밖에 못하는 분인데 더 악화되지나 않았는지 모르겠네요."

"그 정도로는 끄떡없어."

"다행입니다. 저랑 같이 할 일이 많으시니까요. 시작해볼까요?"

나는 장장군을 일으켜서 의자에 앉혔다. 그의 표정은 상처입은 야생동물 같았다. 사슴이나 노루 같은 동물에게 물려서 자존심에 상처를 입은 호랑이 같았다. 애써 태연한 척했지만 예전의 자신만만하고 거만한 표정으로 돌아갈 수는 없었다.

"장군님, 제가 해드릴 수 있는 일이 없겠네요. 장군님의 적이 되지는 않겠다고 했습니다만, 이런 경우에는, 장군님의 아군이 될 수도 없으니까요. 저는 이 자리에 없는 걸로 해주십시오."

케겔이 장장군을 보며 말했다. 장장군은 이해한다는 듯한 표정을 지었다.

"첫번째 질문입니다. 부대 안의 연구소에서 좀비들을 생체실험한다는 정보가 있습니다. 맞습니까?"

내가 말했다.

"단어선택이 잘못됐네. 생체라는 건 살아 있는 몸이라는 건데, 좀비들은 살아 있는 몸이 아니잖아."

장장군이 말했다.

"네, 듣고 보니 그렇네요. 그럼 사체로 바꾸죠. 그런 연구소가 있습니까?"

"내가 그 질문에 대답해야 하는 이유를 설명해주겠나?"

나는 장장군의 뺨을 때렸다. 손끝에 다시 진동이 느껴졌다. 짜릿했다. 골프채로 머리를 맞은 것보다, 주먹으로 얼굴을 강타당하는 것보다 기분이 백배는 더 나빴을 것이다. 장장군의 눈이 커졌다.

"이게 제 이유인데요."

"이유가 강력하지는 않구만."

"더 강력한 이유를 원한다면야, 못해드릴 것도 없죠."

"계집애처럼 뺨을 때리고 그래? 주먹으로 힘껏 쳐보라고."

나는 다시 장장군의 뺨을 때렸다. 같은 쪽이었다.

"제가 좀 계집애 같긴 하죠."

내가 웃으며 말했다. 장장군의 얼굴이 일그러졌다.

"내가 자네의 뺨을 때려야 할 때가 오면 피부가 찢어지도록 해주겠네."

"그런 때가 오면 그러십시오. 하지만 지금은 아니니까요. 대답할 마음이 생기면 말씀하십시오."

나는 다시 장장군의 뺨을 때렸다. 역시 같은 쪽이었다. 장장군의 고개가 꺾였다가 얼른 제자리로 돌아왔다. 나와 장장군 외에는 아무도 입을 열지 않았다. 둘 사이에 팽팽하게 흐르는 전기 때문에 다른 쪽에서는 모두 스위치를 내려놓고 있었다. 장장군의 정수리와 이마 사이에 있는 문신이 보였다. 장장군의 머리에는 '生'이라는 한자가 새겨져 있었다. 장장군에게 그보다 더 어울리는 단어가 없어 보였다. 장장군은 애써 웃음을 지었다.

"원하는 게 뭔가?"

"대답이죠."

"연구소가 있다면?"

"그건 대답이 아닌데요."

"있다고 한다면 다음 질문은 뭔가?"

"대답을 하면 다음 질문을 말씀드리죠."

"그래, 알았어. 부대에 그런 비슷한 연구소가 있지. 다음 질문은 뭐야?"

나는 장장군의 눈빛이 흔들리는 걸 보았다. 장장군은 그 순간 어떤 생각을 했다. 어떤 생각이 장장군의 머리에서 나타났다가 눈동자를 지나갔다. 나는 장장군이 무슨 생각을 하고 있을지 생각했다. 장장군의 눈을 파고들어가 머리까지 기어간 다음 그 생각을 알아내고 싶었다.

"그런 비슷한 연구소라는 건 뭐죠?"

내가 다시 물었다.

"아니야, 자네가 말한 바로 그 연구소가 있어. 다음 질문."

장장군이 대답했다. 장장군의 말투가 조금 바뀌었다.

"좋습니다. 다음 질문을 하죠. 그 연구소에 좀비 바이러스 백신이 있습니까?"

"하하하, 결국 원하는 게 그거였어? 그럼 진작 말을 하지 그랬어. 백신을 줄 테니까 빨리 이걸 풀어. 전부 없었던 일로 해줄 테니까. 채지훈, 자네가 물린 거야? 자네가 살길을 찾아보겠다고 이 사람들을 다 데리고 온 거야?"

"백신이 있다는 얘기군요."

"당연히 있지. 이걸 풀어주면 당장 여기로 가져오라고 하겠네."

뚱보130이 활짝 웃었다. 홍이안은 고개를 저었다. 백신을 가져오기 전까지는 장장군을 풀어줄 수 없다는 뜻이었다. 내 생각도 그랬다. 백신을 가져온다고 해도 부대를 안전하게 빠져나가기 전에는 풀어줄 수 없었다. 나는 주머니에서 총을 꺼내 장장군을 겨누었다.

"자, 연구소에 전화해서 백신을 가져오라고 하세요."

"이걸 풀어줘야지."

"일단 백신이 손에 들어오면요."

"못 믿겠는데?"

"저도 못 믿습니다."

"그럼 할 수 없지. 믿음이 없으면 구원도 불가능한 법이니까. 함께 믿으면 둘 다 사는 거고, 믿지 못하면 자네나 나나 둘 다 죽는 거고."

"제가 아닙니다."

"저 뚱보가 물린 거지? 붕대 감은 걸 보고 눈치챘어. 서로 믿지 못하면 저 뚱보랑 내가 죽는 거네."

"그런 일은 없을 겁니다."

"그래야지, 나도 살고 싶으니까. 좋아, 내가 양보하지. 백신만 가져오면 나를 풀어줄 건가?"

"죽이지는 않겠습니다."

"하하하, 흥정을 모르는 사람이군. 자네가 무슨 생각을 하는지

내가 맞혀볼까? 백신을 가져온다, 저 뚱보는 백신을 맞고 낫는다,
자네는 여기에다 나를 묶어두고 유유히 부대를 빠져나간다, 멀리
도망간다, 아주 멀리 도망간다, 세계의 끝까지 도망간다, 맞지? 자,
그럼 자네의 계획에서 결정적인 문제점 두 가지만 말해주지. 첫번
째, 백신을 맞기 위해서는 알레르기 검사를 해야 한다는 거야. 백신
을 맞고 바로 죽어버릴 수도 있으니까. 알레르기 검사를 하려면 나
를 믿고 풀어주는 수밖에 없어. 두번째, 자네는 부대를 빠져나가서
멀리 도망갈 수 있지만 나는 끝까지 자네를 찾아낼 거야. 세계의
끝까지 달려가서 자네를 찾아낸 다음 얼굴이 찢어질 만큼 뺨을 때
리고 고통스럽게 죽어버릴 거야. 두번째 문제점을 해결하려면 나
를 죽여야 하는데, 첫번째 문제점 때문에 자네는 날 죽일 수 없어.
첫번째 문제점과 두번째 문제점을 동시에 해결하려면 나를 믿고
풀어주어야 한다는 거지. 지금 풀어주기만 하면 모든 걸 용서해주
겠네."

"아, 그 아저씨, 참 말 많네."

이야기를 듣고 있던 홍이안이 앞으로 나섰다.

"지훈씨, 그냥 이 아저씨 데리고 다 같이 연구소로 가요. 연구소
위치는 알 수 있으니까, 지훈씨 잘하는 거 있잖아요, 일단 가서 생
각해요."

"움직이기엔 사람들이 너무 많고 위험해요."

"여기 있으나 저기 있으나 위험하긴 마찬가지예요. 백신을 가져
오는 놈이 누군지 믿을 수도 없고, 그 백신이 제대로 된 백신이라
는 것도 믿을 수 없잖아요. 일단 연구소로 가서 해결해요. 알레르기

테스트도 해야 한다면 여기보다는 연구소 쪽이 낫겠죠."

"좋아요, 가서 생각해요."

나는 케겔을 바라보았다. 케겔을 혼자 내버려두어도 좋을지 확신이 들지 않았다. 혼자 내버려두어도 곧바로 돌아가지 않을 것 같았다. 우리의 계획을 누군가에게 알릴 가능성이 컸다.

"케겔씨도 저희와 함께 가시죠."

"나? 나는 싫은데? 난 그냥 조용히 집에 갈게. 조용히 입 닥치고 집에 갈 테니까 아무런 걱정도 하지 말라고."

"난 저 아저씨 못 믿어요."

뚱보130이 말했다. 뚱보130은 좀 전보다 훨씬 안정돼 보였다. 땀도 덜 흘렸고 표정도 편안해 보였다.

"이 멍청한 뚱보야, 날 왜 못 믿어?"

"아저씨 얼굴에 그렇게 씌어 있어요. 나를 믿지 마시오."

"정말? 케겔을 믿지 못하면 당신은 바보,라고 써놓았는데."

"세월이 흐르면서 글자가 변했나보죠."

"그럼 얼른 집에 가야겠다. 가서 글자나 다시 새겨넣어야겠어."

케겔이 자리에서 일어서며 말했다.

"연구소까지만 같이 가주세요. 지금은 그냥 보내드릴 수가 없겠네요."

나는 케겔의 팔을 붙들며 말했다. 케겔의 오른팔을 붙들면서 나는 내 손끝의 감각을 믿을 수 없었다. 팔이 아니라 쇠파이프 같았다. 케겔의 나이를 생각하면 도저히 불가능한 근육이었다. 케겔 세계챔피언이라는 게 괜한 말은 아닌 모양이었다.

홍이안이 맨 앞에 섰다. 그 뒤를 장장군이 따랐고, 장장군의 등에다 권총을 댄 채 내가 뒤따랐다. 뚱보130은 사람들의 시선을 가리는 역할을 맡았다. 맨 뒤에 케겔이 우리의 눈치를 보며 따라왔다. 문을 열고 복도를 지나 작전실을 지날 때 부관을 비롯한 열 명 정도의 시선이 우리에게 쏟아졌다. 모두 장장군을 향해 거수경례를 했다. 나는 권총으로 장장군의 등을 지그시 눌렀다. 내가 총을 쏠 수도 있다는 사실을 정확히 알려주고 싶었다. 장장군이 경례를 받지 않자 짧은 침묵이 흘렀다. 장장군은 고개를 까딱 움직이면서 경례를 받았다. 케겔이 앞으로 나섰다.

"야, 이게 누구야, 강소령 아냐. 어떻게 지냈어? 지난번에 보내준 태반 볶음밥은 잘 먹었어. 야, 쫀득쫀득한 게 정말 맛있던데, 그거 태반 칵테일이랑 같이 먹으면 끝내주겠더라고."

케겔이 그중 한 명을 향해 소리를 지르며 말했다. 강소령의 얼굴이 순식간에 발갛게 변했고, 사람들의 시선이 그쪽으로 몰렸다. 군인들이 웅성거렸다. 태반 볶음밥이 뭐야? 태반 칵테일? 태반이 뭐지? 이런 말들이 들렸다.

"그거 어떻게 만드는 거야? 일단 올리브오일에다 마늘부터 볶는 거지? 그리고 태반을 넣는 거야? 아니지, 고추도 같이 볶아야 하는 건가? 그게 산모의 영양분을 쪽쪽 빨아들여서 그런지 맛이 아주 진하더라고. 다른 양념은……"

"케겔씨, 그 얘긴 나중에 하시죠."

강소령이 케겔의 입을 막았다. 사람들은 모두 강소령을 보고 있었다.

"뭐 어때, 태반 먹는 게 죄도 아닌데. 내가 나중에 제대로 된 태반을 구해올 테니까 파티 한번 하자고."

함께 있던 군인들은 태반이 뭘 의미하는지 그제야 눈치챘다. 모두 얼굴을 찡그리며 강소령을 쳐다보았다. 케겔이 우리를 도와주려고 그랬다고는 생각하지 않지만, 케겔 덕분에 우리는 손쉽게 엘리베이터까지 갈 수 있었다. 사람들은 케겔의 말에 빠져 우리가 어떤 모습으로 움직이는지 신경도 쓰지 않았다.

"장장군이 우리 관내 구경시켜준다니까 이만 가봐야겠군. 강소령, 연락할게."

케겔은 강소령에게 손을 흔들고 엘리베이터 쪽으로 뛰어왔다. 군인들은 여전히 우리에겐 신경도 쓰지 않았다. 모두 강소령을 바라보며 질문을 하고 있었다. 태반 맛이 어떤지, 요리는 어떻게 하는지, 징그럽지는 않은지, 어디에 좋은지, 그런 걸 물어보고 있을 것이었다.

"내 덕분에 쉽게 왔지?"

엘리베이터 문이 닫히자 케겔이 숨을 크게 내쉬며 말했다.

"우릴 위해서 그런 거라고요?"

내가 물었다.

"뭐 꼭 그런 건 아니지. 난 인사성이 밝은 노인네라서 아는 사람을 만나면 참을 수가 없단 말이야. 그리고 이런 데서 총싸움 같은 거라도 나면 내가 제일 곤란하잖아. 조용한 게 좋아. 장군님께는 죄송하지만 말이죠."

케겔이 장장군에게 고개를 까딱 움직여 인사했다.

"정말 태반을 먹어요?"

홍이안이 케겔에게 물었다.

"응, 맛있어. 자네도 먹고 싶으면 얘기해. 냉동실에 많으니까."

케겔이 말했다. 홍이안은 얼굴을 찡그리며 헛구역질하는 시늉을 했다. 태반을 먹는다는 얘기는 나도 들은 적이 있다. 텔레비전 요리 프로그램에서 태반 요리 스페셜을 방송하는 걸 본 적도 있다. 믹서에다 태반을 넣고 돌리는 장면을 보고는 채널을 돌렸다.

"포경수술하고 남은 껍데기 살도 먹어본 적이 있는데, 태반이랑은 비교가 안돼. 껍데기 살은 쓸모없는 살이지만, 태반은 영양이 압축된 거잖아. 그게 맛에 다 드러난단 말이지. 태반 피자가 맛이 끝내줘요. 안초비랑 루꼴라를 같이 넣어서……"

"그만 좀 하시죠. 엘리베이터에 토하는 꼴 보고 싶어요?"

홍이안의 말에 케겔이 입을 다물었다. 나는 거북스럽지는 않았다. 장장군의 등에다 권총을 대고 있으면서도 태반 피자의 맛을 상상했다. 그것은 죽음의 맛일까, 삶의 맛일까. 시작의 맛일까, 끝의 맛일까. 장장군의 옆모습을 언뜻 보았다. 장장군은 아무 말도 하지 않고 웃고 있었다. 모든 상황을 즐기고 있는 것 같았다. 등에다 권총을 대고 있는데도 소풍가는 사람처럼 웃고 있었다. 그는 아마 삶과 죽음을 수도 없이 들락거렸을 것이다. 이쯤이야 긴장도 되지 않지,라는 듯한 표정이었다. 나는 엘리베이터가 일층에 도착할 때까지 태반 피자를 생각하며 입맛을 다셨다. 배가 고팠다.

18

감식기 화면 속의 까만 점은 점이 아니라 현미경으로 들여다본 곰팡이 같았다. 더이상 주근깨로 보이지 않았다. 곰팡이들은 계속 움직이고 있었다. 차가 움직이고 있어서 곰팡이가 움직이는 것처럼 보이는지도 몰랐다. 안테나 감식기 화면을 까만 곰팡이가 뒤덮자 커다란 공원으로 향하는 문이 나타났다.

"여기가 맞아요?"

나 대신에 운전대를 잡고 있던 홍이안이 뒤를 돌아보며 말했다. 나는 조수석에 앉은 장장군의 옆구리에 댄 권총에다 힘을 실었다.

"맞아, 여기야."

장장군이 대답해주었다.

검색대를 통과하는 건 간단했다. 장장군의 얼굴만 보고도 위병들이 긴장했고, 장장군의 고갯짓 한번에 쉽게 문이 열렸다. 연구소 안으로 들어서면서 연구소를 설명할 수 있는 단어 하나가 머리에 떠올랐다. 그곳은 싸파리였다.

커다란 공원 한가운데로 차가 다니는 도로가 있고, 도로와 공원 사이에 높은 철조망이 세워져 있었다. 공원 안은 텅 비어 있었다. 군데군데 수풀이 있었고, 물웅덩이도 있었고, 그루터기도 있었지만 살아 있는 생명체의 모습은 보이지 않았다. 사람도 없었고 다른 동물도 없었다. 가끔 새소리가 들리긴 했지만 새를 볼 수는 없었다. 왼쪽이나 오른쪽이나 마찬가지였다. 이렇게 조용한 모습의 숲은, 공원은, 본 적이 없었다. 우리는 천천히 달리면서 양쪽을 주의깊게 살폈다. 뭐라도 눈에 띄지 않을까 싶어 구석구석 샅샅이 살폈지만 아무것도 보이지 않았다.

"다들 어디 간 거지?"

홍이안이 말했다.

"지금은 낮이잖아."

장장군이 창밖을 내다보며 말했다.

"밤이 되면 어떻게 되는데요?"

뚱보130이 물었다.

"밤? 멋진 파티가 열리지. 숨어 있던 손님들이 한꺼번에 기어나오니까."

장장군이 대답했다.

"그럼 지금은 그 손님들이 다 어디에 있는데요?"

"어딘가 빛이 없는 곳에 잘 숨어 있겠지. 저기 땅속에……"

"영화 같은 걸 보면 좀비들은 낮에도 잘 돌아다니던데."

"그런 건 다 거짓말이야. 녀석들은 자외선을 견딜 수가 없어. 햇볕 아래 나오자마자 타버리고 말걸. 이렇게 햇볕이 좋은데 썬탠하는 좀비들이 하나도 없는 걸 보면 알잖아."

"좀비들을 데리고 무슨 연구를 하는 거예요?"

"시체들의 보폭을 연구해서 인간과 시체의 보행속도를 비교하는 연구를 하고 있지."

"정말요?"

"하하, 정말이고말고. 자네가 좀비가 되면 자네의 보폭도 연구할 수 있었는데 안타깝군. 뚱뚱한 시체들의 보폭은 연구할 기회가 흔치 않으니까 말이야."

장장군은 우리를 데리고 장난을 치고 있었다. 그의 눈에 우리의 모습은 전혀 위협적이지 않을 것이다. 나는 장장군이 자신의 유머 감각을 마음껏 발휘하도록 내버려두었다. 함께 대화를 나누는 뚱보130 역시 기분이 나아졌다. 조금만 기다리면 살 수 있다는 희망 때문이었다. 오후 세시의 햇볕이 차가운 겨울의 공기를 뚫고 땅까지 닿았다. 창으로 밀려드는 햇볕 때문에 이마가 따뜻해졌다.

싸파리 공원길을 십분 정도 달리고 나서야 연구소에 도착했다. 차를 달린 시간만으로 규모를 알 만했다. 싸파리 공원을 달리는 동안 풍경과 함께 수많은 생각이 나를 지나갔다. 장장군을 겨누던 총을 내려놓지는 않았지만 내 마음은 다른 곳에 가 있었다. 이렇게 고요한 순간을 누리는 것도 마지막일지 모른다는 생각 때문이었다. 이제 머지않아 어떤 결말이 닥칠 것을 직감했지만 그 결말이 어떤 것인지 추측할 수 없었기 때문에 오히려 두렵지는 않았다. 그저 마지막이 어떤 모습일지 궁금할 뿐이었다. 나는 가끔 이 세상에서의 내 마지막 순간을 상상하곤 했다. 나는 내가 죽는 장면을 수백 수천 가지의 다른 방식으로 상상했다. 자동차가 낭떠러지 아래로 떨어지고 내 몸이 자동차의 어딘가에 끼여서 옴짝달싹하지 못하다가 죽어가기도 했고, 편의점에 들렀다가 갑자기 들이닥친 강도에게 총을 맞고 쓰러져 죽어가기도 했고, 자동차 사고를 당해 몸이 허공으로 치솟았다가 바닥으로 떨어지면서 두개골이 박살나 죽었고, 지금은 기억나지 않는 다양한 방식으로 죽었고, 죽었고, 또 죽었다. 처음에는 내가 죽는 모습을 상상하는 게 고통스러웠지만 시간이 지날수록 마음이 편안해졌다. 나는 다양한 방식으로 나를 죽였고, 다시 살렸고, 또 죽였다. 장장군이 부활차를 마시면서 삶과 죽음을 생각한다면 나는 상상 속에서 나를 죽이면서 삶과 죽음을 생각했다. 죽는 그 순간, 나는 내가 죽는다는 걸 알 수 있을까. 내 삶이 사라져가는 장면을 볼 수 있을까. 삶이 사라지는 걸 보는 마지막 기분은 어떨. 수십년 동안의 기억을 단 몇초 동안에 지워버려야 하는 마지막 순간은 어떤 기분일까. 만약 죽은 어머니를 만날 수 있다면 그 마지막 순간 어떤 생각을 했는지 물어보고 싶었다. 나를 바라보면서 지었던 그 표정은 어떤 의미였는지 묻고 싶었다.

　연구소 건물이 눈에 들어오자 권총을 쥔 손에 힘이 들어갔다. 자동으로 문이 열리는 검색대 하나를 더 통과했고, 너무 완벽한 사각형이어서 보는 사람의 눈을 의심하게 하는 연구소에 도착했다. 연구소 외벽에는 녹색 페인트가 칠해져 있었다. 내가 집을 녹색으로 칠한 것처럼 보호색을 칠한 것일까,라는 생각이 들었지만 그보다는 늘 따돌림을 당하다가 중요한 날 혼자서만 돋보이려고 멋을 냈지만 결국 실패한 패션으로 끝난 콤플렉스 덩어리 인간의 옷차림을 보는 것 같았다. 이 연구소가 존재할 가치가 있는 것이라면, 그리고 내게 주체할 수 없을 정도로 많은 시간이 생긴다면, 꼭 한번 페인트칠을 새롭게 해주고 싶었다. 짙은 파란색으로 칠하면 어떨까 싶었다.

나는 권총으로 장장군의 등을 밀었다. 장장군이 맨 앞에 서고, 그 뒤에 내가 서고, 홍이안과 뚱보130이 뒤를 따랐다. 케겔이 마지막에 서서 어물거렸다. 장장군이 홍체인식기에 눈을 대자 문이 열렸고, 책상에 앉아 있던 연구원들이 우리 쪽으로 고개를 돌렸다. 장장군이 먼저 고개를 끄떡거리면서 괜찮다는 신호를 보냈다.

"신경쓰지 말게. 금방 끝날 거야. 심소령 좀 불러."

한 명이 전화기를 들고 어딘가와 통화했다. 무슨 말을 하는지는 들리지 않았다. 일분 후에 눈썹이 짙고 오른쪽 눈가에 길쭉한 상처자국이 선명한 남자가 나타났다. 그가 심소령인 듯했다. 장장군은 두 손이 뒤로 묶인 채 심소령에게 백신을 준비하라는 지시를 내렸다.

"다 끝나야 풀어줄 건가? 부하들 보고 있는데 이거 체면이 서질 않잖아."

장장군이 뒤로 묶인 손을 들어올리며 말했다.

"원하시면 체면을 더 구겨드릴 수도 있는데요."

내가 권총을 들어 보였다.

"총은 쏠 줄 알아?"

"시험해보시죠."

"백신을 맞고 나면 어쩔 거야?"

"조용히 사라지겠습니다."

"마음에 드는 말이네, 조용히 사라진다."

"복수라도 하시게요?"

"복수? 난 그런 건 관심없어. 자네 같은 피라미를 쫓아다니기에는 할 일이 너무 많아. 그래도 이번 일로 뭔가 배우게 되겠지. 모든 일에는 배울 점이 있다, 그게 내 좌우명이야."

"뭘 배우게 될 것 같은데요?"

"피라미도 문다."

"장군님께 꼭 필요한 교훈이네요. 이안씨, 저 사람들 총 좀 거둬주세요."

뚱보130이 낫기만 하면 조용히 사라질 생각이었다. 평화로운 일상으로 돌아가고 싶었다. 좀비 같은 건 기억에서 모두 지워버리고 회사로 돌아가 아무 일이나 열심히 하고 싶었다. 어떤 일을 맡겨도 잘해낼 자신이 생겼다. 회사 일이 끝나고 집으로 오면 홍이안과 함께 묘지나 산책하면서 시간을 보내고 싶었다. 나도 모르게 홍이안과의 생활을 상상하고 있었다.

조용히 사라지고 싶다고 해서 조용히 사라질 수 있을지는 알 수 없었다. 장장군은 거짓말을 하고 있는지도 몰랐다. 복수 같은 건 관심없다고 했지만, 세상 끝까지 우리를 쫓아올지도 몰랐다. 나는 장장군의 관자놀이에다 총구를 바짝 들이댔고, 홍이안은 군인들이 허리에 차고 있던 권총을 거둬서 책상 위에 모아두었다.

심소령은 뚱보130의 팔뚝에다 주삿바늘을 꽂고 피를 뽑았다. 뚱보130이 눈을 질끈 감았다. 목에 하얀 붕대를 감은 채 주삿바늘에 겁을 집어먹은 뚱보130의 표정은, 사진으로 찍어서 북극곰 보호구역의 표지판으로 쓰고 싶을 정도였다. 심소령은 뚱보130의 피를 연구실 구석의 기계에다 집어넣고 결과를 기다렸다. 그는 장장군에게 명령을 들을 때도, 피를 뽑을 때도, 기계 앞에 서서 결과를 기다릴 때도, 결과를 기다리면서 장장군과 나를 볼 때도 아무런 표정의 변화가 없었다. 눈가의 상처 때문에 얼굴 근육을 움직이는 방법을 잊어버린 것인지도 몰랐다.

"케겔 아저씨는…… 어디 갔어요?"

홍이안이 말했다.

"어, 아까 내 뒤에 있었는데."

뚱보130이 솜으로 팔뚝을 누르며 말했다.

"튄 거 아니야? 지훈씨, 어쩌죠? 찾아볼까요?"

"아니요, 이안씨 혼자 움직이는 건 위험해요. 그냥 놔둡시다. 자동차 열쇠는 가지고 있죠?"

"네."

홍이안이 주머니에서 열쇠를 찾아내 흔들었다.

"결과가 나오는 데 얼마나 걸립니까?"

내가 물었다.

"삼십분."

심소령이 대답했다. 대답에도 표정이 없었다. 심소령이 붕대가 친친 감긴 뚱보130의 목을 유심히 보았다. 만져봐도 괜찮겠냐는 손짓을 했다. 뚱보130이 고개를 끄덕였다. 심소령은 뚱보130을 의자에 앉히고 조심스럽게 붕대를 풀었다. 왼손으로 풀린 붕대를 가지런히 말아쥐었다. 상처의 흔적이 붕대에 배어나왔다. 붕대 아래로 붉은색과 녹색이 보였다. 붉은색은 당연히 피의 흔적이겠지만, 녹색의 근원은 알 수 없었다. 붕대가 모두 풀리고 상처가 드러났다. 막 터져나오려는 활화산의 입구에다 솜뭉치를 틀어막아놓은 것 같은 모양새였다. 상처 입구가 짓이겨져 있었고, 살갗이 벗겨졌고, 상처 위아래로 이빨자국이 선명하게 보였다. 좀비의 이빨자국에서 녹색이 배어나오고 있었다.

"처치를 잘하셨군요."

심소령이 말했다.

"그래요? 괜찮은 거예요?"

뚱보130이 고개를 돌리며 말했다.

"어디서 물린 겁니까?"

"당연히 고리오 마을에서 물렸죠."

"탈출한 좀비들에게 당했나보군요. 시간이 많이 지났을 텐데 바이러스가 퍼지지 않은 게 신기하군요."

"지연제를 맞아서 그런가봐요."

"지연제요? 그건 어디서 구하셨죠?"

심소령의 눈빛이 날카로워졌다.

"상관없잖아요. 검사나 계속하세요."

내가 끼여들었다. 심소령은 핀셋으로 상처 입구의 살을 들어올렸다. 뚱보130이 끙, 하는 소리를 냈다. 심소령이 또다른 핀셋으로 반대쪽 살을 헤집었다. 뚱보130이 좀더 큰 신음소리를 냈다. 심소령은 목을 길게 빼고 상처를 들여다보았다.

"괜찮을 것 같습니다. 알레르기 검사결과에 이상이 없으면 바로 백신을 주사하겠습니다."

심소령은 뚱보130의 목에 감겨 있던 붕대를 차곡차곡 정리해 책상 위에 얹었다. 모든 동작이 간결했다. 조리정연하고 흠잡을 데 없는 움직임이었다.

"형, 여기 이런 책도 있다."

뚱보130이 책상에 놓인 책을 들어 보였다. 표지에는 붉은색 글자로 큼지막하게 『좀비 써바이벌 가이드』라는 제목이 씌어 있었다.

"형, 우리가 꼭 읽어야 될 책이네. 여기 뭐가 있는 줄 알아? 좀비의 공격에서 살아남는 열 가지 방법. 궁금하지? 여덟번째 방법은 우리가 계속 하고 있는 거네. 계속 움직여라, 자세를 낮춰라, 조용히 해라, 경계를 늦추지 마라. 맞는 말이네. 내가 서서 가만히 있다가 좀비들한테 당한 거 아냐. 그런데 이건 분명히 좀비를 만나보지도 않고 쓴 걸 거야. 형, 나같이 좀비에게 직접, 제대로 물려본 사람이 이런 책을 써야 하는 거 아냐?"

"돌아가면 한번 써봐."

"벌써 이런 책이 나왔는데 뭐. 써봤자 뒷북이지."

"제목을 이렇게 달아. 좀비에게 직접 물려본 사람이 쓰는 좀비 써바이벌 가이드."

"그걸 누가 사보겠어. 좀비를 만났지만 한번도 물린 적이 없는 사람이 쓰는 써바이벌 가이드라면 모를까."

"그런가?"

"형이 써봐."

장장군이 우리의 얘기를 듣고 얼굴을 찌푸렸다. 뚱보130의 이야기를 끝으로 연구실에 정적이 감돌았다. 정지화면을 보는 것 같았다. 장장군은 움직이지 않았고, 나와 홍이안 역시 눈에 초점을 잃은 채 멍하니 허공을 바라보았다. 심소령은 책상 건너편에서 멍하니 서 있는 우리 세 사람을 바라보고 있었다. 나머지 연구원들은 연구실 한쪽 구석에서 텔레비전 프로그램을 쳐다보듯이 우리를 관전하고 있었다. 우리의 표정은 작전타임을 맞은 농구선수들의 표정과 비슷했을 것이다. 뚱보130이 책장을 넘기는 소리만 연구실 안을 크게 울렸다. 우리가 책 속으로 빨려들어갈 것 같았다. 뚱보130이 책장을 넘길 때마다 모든 사람들이 다음 장소의 새로운 상황 속으로 이동할 것만 같았다. 책을 덮어버리면 이 모든 게 사라질 것만 같았다. 뚱보130은 아무 말 없이 열심히 책을 읽었다. 책장이 계속 넘어갔다. 어떤 내용을 읽고 있는지 시끄럽게 떠들어댈 줄 알았는데, 아무 말도 하지 않았다. 역사도서관에서의 뚱보130이었다. 그곳에 있을 때 뚱보130은 달라 보였다. 도서관에서 책을 읽을 때면 뚱보130은 순식간에 눈빛이 달라졌다. 내용에 몰입해 빠른 속도로 책을 읽어나갔다. 책장을 넘기는 동작도 전문가다웠다. 집게손가락으로 책 오른쪽 위의 귀퉁이를 슬쩍 건드리기만 하면 책장이 부드럽게 넘어갔다. 흔적을 남기지 않고 책을 읽는 것 같았다. 많은 사람들이 읽어야 하는 도서관의 책이기 때문에 그랬는지도 모른다. 책장 넘어가는 소리는 빗방울 소리처럼 규칙적으로 공간을 장악했다. 사람들은 이제 그 소리를 감상하고 있었다. 시간이 지날수록 책장 넘기는 속도가 빨라졌다. 책 읽는 속도에 가속도가 붙은 것인지, 슬슬 재미가 없어지고 있는 것인지 알 수 없었다.

"아, 다 읽었다."

뚱보130은 책을 내려놓고 기지개를 켰다.

"뭐야, 벌써 다 읽은 거야?"

홍이안이 말했다.

"내가 책 보는 거 하나는 잘하잖아. 그렇게 재미있지는 않네. 실용적이지도 않고."

"그게 경제경영서냐, 실용적이게?"

"우리한테는 실용서가 될 수도 있지. 여기 1장에 있는 좀비의 특성은 완전히 실용적이야. 다른 데가……"

삑삑거리는 기계소리가 뚱보의 말을 끊었다. 몸은 연구소 안에 있지만 정신은 어디 먼 곳을 떠돌아다니던 우리는 그 소리를 듣고 모두 연구소로 돌아왔다. 검사결과가 나온 모양이었다.

"이상없군요. 백신을 주사하겠습니다."

심소령이 앰플에 든 액체를 주사기로 옮겼다. 뚱보130의 팔뚝을 다시 걷었고 핏줄을 찾아 주사액을 주입했다. 뚱보130이 다시 얼굴을 찡그렸다. 모두 뚱보130에게 시선을 고정했다. 어떤 변화가 일어날지 지켜보고 있었다. 뚱보130은 입을 삐죽거리며 어깨를 한번 들썩였다. 몸속에서 아무런 변화도 일어나지 않는 모양이었다. 어쩌면 당연한지도 몰랐다. 뚱보130이 좀비에게 물린 후에도 특별한 변화는 없었다. 좀비에게 물렸으니 이제 곧 좀비로 변할 것이라고 추측했을 뿐이다. 물린 자리에서 피가 났지만, 사람이 물었다고 해도 피는 난다. 뚱보130은 상처 부위가 가렵다고 했지만 더이상의 변화는 없었다. 어쨌거나 백신을 맞았으니 더이상 걱정은 하지 않아도 될 것이다.

"뭐 느껴지는 거 없어? 아까는 인간을 물어뜯고 싶었는데 지금은 그렇지 않다든지……"

홍이안이 웃으며 말했다.

"누나는 지금까지 내가 좀비였던 것처럼 말하네. 똑같아. 아무 변화 없어. 이거 백신 맞죠? 영화 같은 데서 보면 백신을 맞는 순간 벌어졌던 상처가 스윽 아물고 풀렸던 동공도 초점이 생기고 그러던데……"

뚱보130은 목 뒤 상처를 손으로 만져보았다. 상처에도 변화는 없었다.

"그건 영화잖아. 괜찮을 거야."

나는 뚱보130의 등을 두드려주었다. 이제 뭘 어떻게 해야 하는 것일까. 머릿속이 바쁘게 움직였지만 그저 움직이기만 할 뿐이었다. 장장군의 말이 맞았다. 내 계획은 그랬다. 첫째, 백신을 가져온다. 백신을 가져오는 대신, 우리가 백신이 있는 곳으로 왔다. 둘째, 뚱보130이 백신을 맞고 낫는다. 백신을 맞고 낫는 데까진 성공했다. 셋째, 장장군을 묶어두고 유유히 부대를 빠져나간다. 불가능하다. 멀리 도망간다. 절대 불가능하다. 그렇다면 장장군을 인질로 붙잡고 부대를 빠져나간다. 그럴 수는 있다. 멀리 도망간다. 이건 자신이 없다. 세계의 끝까지 도망간다. 이것도 자신이 없다. 계획이 제대로 이뤄질 것 같지 않았다.

"자, 이제 이걸 풀어줘야 할 순서가 온 것 같군."

장장군이 뒤로 묶인 손을 들어서 내게로 내밀었다. 풀어줄 수 없었다. 일단은 장장군을 데리고 갈 수 있는 데까지 가봐야 했다.

"아직은 아닙니다. 뚱보130이 완전히 나았다는 걸 확인할 때까지는 풀어줄 수 없죠."

"그걸 어떻게 확인해? 좀비한테 물렸을 때도 별다른 증상이 없었잖아. 심소령이 얘기했잖아, 이제 다 나았다고."

"모르죠, 이상한 백신을 주사했을지도."

"이제 와서 그게 무슨 소리야."

"아무튼 뚱보130이 다 나았다는 걸 확인할 때까지만 함께 있으면 됩니다. 그다음엔 보내드릴게요."

"내가 순 사기꾼 같은 새끼를 믿었구만."

"마음대로 생각하세요."

"아직 멀었어. 자넨 이까짓 줄로 사람을 묶을 수 있다고 생각하는 거야? 사람을 꼼짝 못하게 만드는 게 뭔지 알아? 그건 눈빛이야, 눈빛. 자넨 계속 눈빛이 흔들리고 있잖아. 그래가지곤 아무도 묶지 못해."

"충고, 감사합니다. 그만 입 닥치세요."

나는 연구소 문을 열고 바깥을 내다보았다. 사방이 조용했다. 숲 한가운데 있어서인지 주변에서 들려오는 소리가 거의 없었다. 가끔 새소리가 났고, 바람에 무엇인가 흔들리는 소리가 났을 뿐이었다. 아름다운 적막이었다. 이렇게 아름다운 곳에 군부대가 있다는 사실이 불쾌할 정도였다.

"이제 돌아갈까?"

19

우리가 저녁을 기다리지 않았다면 어떻게 됐을까. 가끔 그 질문을 떠올려본다. 해가 완전히 사라지길 기다리지 않고 곧장 차를 타고 부대 바깥으로 달려나간 다음 순식간에 고리오 마을을 벗어나 세계의 끝까지 달려갔으면 어떻게 됐을까. 달려갈 수는 있었을까. 장장군은 결국 우리를 찾아냈을까. 찾아내서 내 뺨을 후려갈긴 다음 나를 죽여버렸을까. 그런 상상은 의미없다. 선택된 순간이 모여 시간이 되고, 그런 시간이 모여 역사가 된다. 그 순간의 선택이 바뀌면 수많은 일들이 바뀐다. 일어난 일이 일어나지 않을 수도 있고, 일어나지 않아도 될 일이 일어날 수도 있다. 그것은 하나의 선택만 바꾸는 일이 아니라 하나의 선택으로 빚어질 수없이 많은 역사를 상상해내야 하는 일이다. 나는 그럴 능력이 없다.

우리는 해가 지길 기다렸다. 뚱보130이 그렇게 하자고 했다. 이유는 그럴듯했다. 좀비들은 모두 밤이 되면 움직였다. 그러니 만약 좀비 바이러스가 몸속에 남아 있다면, 해가 지면 뭔가 변화가 일어날 것이라는 게 뚱보130의 생각이었다. 고개를 높이 쳐들지 않아도 될 만큼 해가 기운 상태여서 우리는 그러기로 했다. 삼십분 정도만 지나면 해가 질 것 같았다.

"묶어야 되지 않을까?"

뚱보130이 물었다.

"뭘?"

내가 되물었다.

"나 말이야. 묶어둬야 하지 않을까? 혹시 내가 형을 물면 어떻게 해. 그러고 싶진 않은데……"

"걱정하지 마. 아무 일 없을 거야."

"형, 혹시 내가 좀비로 변하면 형이 죽여줘야 한다, 알았지?"

"아니, 차 트렁크에 싣고 다니면서 사람들한테 보여주고 돈 받을 거야."

"얼마 받을 건데?"

"천원쯤?"

"너무 싸다. 죽음을 무릅쓰고 데리고 다니는 건데. 만원은 받아라."

"입에다 재갈을 물리면 사람을 물지 못할 테니까 아주 위험하진 않을 거야."

"그런 생각까지 하는 거 보니까 진짜 생각이 있긴 한가보네."

"진짜라니까. 돈벌이 될 거 같지 않냐?"

"그런데 내 꼴이 너무 우습겠다. 뚱뚱한데다 살은 벗겨지고 눈깔은 빠지고 입에다 재갈까지 물려놓으면……"

뚱보130이 고개를 아래로 떨어뜨렸다. 자신의 모습을 상상하는 모양이었다. 우리의 대화를 듣고 있던 홍이안이 소리를 질렀다.

"야, 130, 또 오버하신다. 아무 일 없을 거니까 쓸데없는 상상 하지 마."

우리는 의자에 앉아 노을을 바라보았다. 작은 창문이 붉은색으로 물들었다. 장장군과 심소령과 연구원들도 함께 노을을 바라보았다. 모두들 연구실에서는 노을을 처음 보는 듯한 표정이었다. 창문에는 까만색 커튼이 드리워져 있었는데, 평소에는 그걸 여는 법이 없는 모양이었다. 노을의 색이 너무 압도적이어서 아무도 입을 열지 못했다. 벽에 걸린 시계가 소리를 냈다. 저녁 여섯시를 알리는 소리였다.

"형, 상처가 너무 간지러워."

뚱보130이 손으로 상처를 긁으려고 했다. 내가 소리를 지르며 말렸다. 심소령은 상처가 가렵다는 건 백신이 말을 듣는 증거라고 했다. 그 말을 믿어야 할지 알 수 없었다. 상처를 들여다보았다. 변화는 없었다.

"그나저나 케겔 아저씨는 어디로 가버린 거죠?"

홍이안이 말했다. 군인들이 들이닥치지 않은 걸 보면 우리를 배신한 것은 아닐 거라고 생각했다.

음악소리가 연구실 안으로 흘러들어왔다.

"이게 무슨 소리죠?"

"부대 내 방송이지. 일과가 끝났다는 걸 알리는 음악이야. 여섯 시잖아."

장장군이 대답했다.

로큰롤 음악이었다. 숲속에 스피커를 설치해두었는지 음악은 흩어진 채 떠돌고 있었다. 내가 아는 노래 같기도 했지만, 노래를 제대로 들을 수 없었다. 무수히 많은 스피커에서 노래가 흘러나오고 있는 것 같았다.

어둠의 농도가 점점 짙어지고 있었다. 불과 몇분 만에 가시거리가 짧아졌다. 어둠이 짙어지는 과정이 눈에 보이는 것 같았다. 십분이 지나자 더 많은 어둠의 입자가 공간을 가득 채웠다. 삼 미터 앞까지밖에 보이지 않았다. 산과 가까운 지역이라 그런지 어둠이 내려앉는 속도가 빨랐다. 시간이 지날수록 뚱보130의 상태는 좋아졌다. 땀도 전혀 흘리지 않았고 얼굴색도 좋아 보였다. 좀비에게 물렸다고는 상상할 수 없을 정도로 건강해 보이는 모습이었다.

여섯시 삼십분이 됐을 때, 우리는 출발하기로 했다. 일단 부대 밖으로 나가야 했다. 장장군을 인질로 데리고 가면 어디든 통과할 수 있을 것이다. 우리는 심소령과 연구원들을 작은 방에다 가두고 문을 잠갔다. 그 방은 전면이 유리로 되어 있어서 밖에서 안이 환히 들여다보였는데, 방 안에는 철제책상 하나 외에는 아무런 시설물이 없었다. 마치 동물원에 가둬놓은 원숭이들을 보는 것 같았다. 심소령은 철제책상에 걸터앉았고, 나머지 연구원들은 네 개의 귀퉁이를 하나씩 차지했다. 무기력하게 앉아 있는 그들을 보고 있으니

안쓰러운 마음이 잠깐 들기도 했지만 그럴 여유가 없었다.

연구소의 불빛 덕분에 자동차를 찾아내는 건 힘들지 않았다. 연구소의 불빛은 거대한 숲속에서 작은 램프처럼 희미하게 반짝였다. 자동차를 타고 백 미터쯤 앞으로 나가자 연구소의 불빛은 더이상 보이지 않았다. 룸미러에서 사라졌다. 주위의 어둠이 너무 짙어서 연구소의 불빛을 빨아들이는지도 몰랐다. 밤에 이곳을 찾아왔다면 쉽게 찾아내기 힘들었을 것이다. 나는 헤드라이트 불빛이 비추는 작은 공간만을 보면서 앞으로 달렸다. 스피커의 음악소리가 창문을 흔들었다. 인간의 고막이 흔들리며 음악을 느끼듯 자동차의 창문이 진동에 떨리면서 음악을 느끼고 있는 것 같았다. 물속에서 음악을 들을 때처럼 먹먹한 소리가 자동차 안으로 흘러들어왔다. 나는 운전석 창문을 조금 열었다. 그 틈으로 차가운 바람과 음악이 함께 밀려들어왔다.

"누나, 저게 뭐지?"

뚱보130이 뒷자리에서 소리를 질렀다. 내 뒤통수가 얼얼할 정도로 큰 목소리였다.

"뭐가?"

홍이안이 130이 바라보고 있는 곳을 함께 보는 게 룸미러로 보였다.

"저기, 뭐가 있는 거 같지 않아?"

뚱보130이 홍이안의 얼굴을 가리며 창밖을 가리켰다.

"아무것도 안 보이는데?"

"저기, 철조망."

"철조망밖에 안 보이는데?"

"철조망에 뭐가 붙어 있는 것 같지 않아?"

"어두워서 아무것도 안 보여."

홍이안이 창문을 내렸다.

"누나, 창문 내리지 마. 뭐가 튀어나오면 어떻게 해."

"유난 좀 떨지 마."

홍이안이 내린 창문으로 차가운 바람이 뭉텅이로 밀려들었다. 음악소리도 더 크게 들렸다. 홍이안이 창문으로 고개를 내밀었다. 시커먼 어둠이 홍이안을 덥석 물어갈 것 같았다. 운전석에서 보면 홍이안의 얼굴이 사라진 것처럼 보이기도 했다. 홍이안은 손을 내밀어 지나가는 바람을 잡으려고 했다.

"우와, 시원하다. 공원이라서 그런지 공기가 너무 좋아."

"누나, 저기 뭐가 있는 것 같다니까."

눈앞으로 뭐가 휙 지나갔다. 나는 급하게 브레이크를 밟았다. 네 명의 몸이 동시에 앞으로 쏠렸다. 뚱보130이 작은 소리로 비명을 질렀다. 너무 빨리 지나가서 정확히 보지는 못했지만 새인 것 같았다. 그렇게 빨리 눈앞을 지나갈 수 있는 것은 새뿐이다.

"여기, 피 나?"

홍이안이 뚱보130에게 이마를 내밀었다. 이마에서 피가 배어나왔다. 창틀에 이마를 찧은 모양이었다. 피가 솟구치지는 않는 걸로 봐서 깊은 상처는 아닌 것 같았다. 뚱보130이 휴지를 꺼내 홍이안의 상처를 눌러주었다. 앞자리까지 피냄새가 풍겼다. 후각이 예민해져 있었던 모양이다.

뚱보130은 홍이안의 이마를 눌러주는 와중에도 권총을 꼭 쥐고 앞좌석의 장장군을 겨누고 있었다.

"운전 좀 잘해. 이래가지고 제대로 탈출할 수 있겠어? 내가 좀 도와줄까? 손 좀 풀어봐, 내가 대신 운전해줄 테니까."

장장군이 웃으며 말했다.

음악소리 사이로 뭔가 웅얼거리는 소리가 들렸다. 수많은 사람들이 아득히 먼 곳에서 시끄럽게 떠들어대는 소리 같았다. 바람소리였는지도 모른다. 나는 자동차 문을 열고 바깥으로 나갔다.

"형, 어디 가? 빨리 가자니까."

나는 철조망 쪽으로 걸어갔다. 너무 어두웠기 때문에 천천히 걸어갈 수밖에 없었다. 나는 좀비들처럼 두 손을 앞으로 내밀고 한 발 한 발 천천히 걸어갔다. 철조망이 얼마나 멀리 있는지는 보이지 않았다. 걸어갈수록 음악소리가 가까워졌고, 웅얼거리는 소리도 가까워졌다. 아무것도 보이지 않았다. 철조망이 나타나면 손에 잡힐 것이었다. 걷다보니 돌아가고 싶었다. 뭐가 나타날지 무서웠다. 소리들이 점점 가까워졌다. 내 손에 뭔가 툭 걸렸다. 차가운 철조망의 느낌이 아니었다. 그것은 인간의 살과 비슷한 느낌이었다. 나는 멈춰섰다. 뭔가 내 앞에 있었다. 동물의 울음소리 같은 게 가까이서 났다. 나는 뒷걸음질치다가 차를 향해 뛰었다.

"왜 그래요? 뭐가 있어요?"

나는 자동차에 탄 다음 핸들을 왼쪽으로 구십도 꺾었다.

"지훈씨, 왜 그래요?"

나는 자동차를 멈추고 헤드라이트로 위쪽을 비추었다. 철조망이 반짝거렸다. 철조망의 작은 틈 사이로 수많은 팔이 튀어나와 있었다.

"저게 뭐야?"

홍이안과 뚱보130이 동시에 소리를 질렀다. 빛을 받은 좀비들이 소리를 질러댔다. 좀비들이 고개를 흔들고 팔을 흔드는 바람에 철조망이 덜렁거렸고, 음악소리에 박자를 맞추듯 철망이 끽끽댔다. 나는 자동차를 오른쪽으로 틀어보았다. 수많은 좀비들이 빈틈없이 빼곡하게 철조망에 붙어 있었다. 아이돌 그룹을 한번이라도 만나고 싶어하는 팬들처럼, 그들의 몸을 한번이라도 만져보고 싶은 팬들처럼, 좀비들은 줄지어 서서 팔을 흔들어댔다. 헤드라이트가 비치면 행동이 커졌고 소리가 커졌다. 좀비들은 빛에 반응했다. 좋아서 그러는 것인지 싫어서 그러는 것인지 알 수 없었다. 나는 상향등으로 철조망을 계속 비추며 천천히 자동차를 몰았다.

"도대체 얼마나 있는 거야? 끝이 없네."

홍이안은 입을 다물지 못했다.

"이제 곧 파티를 시작할 시간이네."

장장군이 말했다.

"무슨 파티요?"

"내가 얘기했잖아. 파티가 열리면 숨어 있던 손님들이 다 기어나온다고."

"좀비들이 무슨 파티를 해요?"

"조금만 기다려봐. 화려한 불꽃쇼를 볼 수 있을 테니까."

장장군의 말이 끝나자 음악이 멈췄다. 정확히 여덟시였다. 음악이 들리지 않자 사방에서 좀비들이 웅얼거리는 소리가 들렸다. 개구리 소리 같았다. 사방에서 소리가 들려왔기 때문에 위치를 가늠할 수 없었다. 위치를 가늠할 이유도 없었다. 철조망 어디를 봐도 좀비들이 가득 붙어 있었다.

음악이 나오던 스피커에서 싸이렌이 울렸다. 길고 지루한 싸이렌이었다. 영원히 끝나지 않을 것 같은 싸이렌이었다. 싸이렌이 멈췄다.

'탕'

총소리가 들렸다. 그 소리를 시작으로 여러 곳에서 총소리가 울렸다. 소낙비가 내리는 줄 알았다. 우리는 겁에 질린 서로의 얼굴을 바라보며 몸을 떨었다.

조명을 받고 있던 좀비 한 명이 머리에 총을 맞았다. 머리통의 파편이 사방으로 튀었다. 머리통이 사라진 좀비는 팔을 버둥거리다가 파르르 떨었다. 인간이 죽는 모습과 다르지 않았다. 마지막 순간, 끝까지 붙들고 있던 줄을 놓은 사람처럼 바닥으로 철퍼덕 쓰러졌다. 곧이어 옆에 있던 좀비가 머리통을 맞았다. 이번에는 머리통이 통째로 날아가지는 않고 오른쪽 눈에 커다란 구멍이 났다. 좀비는 쓰러지지 않았다. 다시 총알이 날아왔고 이번에는 정확히 머리통을 날렸다. 두번째 좀비 역시 철망 밖으로 내밀고 있던 두 팔을 퍼덕거렸다. 퍼덕이는 좀비의 두 팔을 보면서 나는 물고기의 목을 내려치기 위해 몸통을 붙들고 있을 때 온힘을 다해 꿈틀거리던 물고기의 힘을 떠올렸다. 한동안 그 느낌을 지울 수 없었다. 튀어오르기 위해 몸을 뒤틀던 물고기의 마음이 손에 남아 있었다. 나는 온 힘을 다해 물고기를 제압하면서, 미안했다. 물고기보다 힘이 세다는 게 미안했고, 곧 두꺼운 칼로 그의 머리를 내려쳐야 한다는 게 미안했다.

세번째 좀비의 머리통은 더욱 잔인하게 부서졌다. 총에 맞는 순간 머리통이 가루로 변했다. 불꽃놀이였다. 사방으로 작고 반짝이는 파편이 튀었다.

"저것 봐, 멋있지 않아?"

장장군이 말했다. 우리는 아무 말도 하지 못했다. 홍이안은 구역질을 했다. 좀비들의 머리통은 순서대로 부서졌다. 마치 멀리서 누군가 좀비들의 모습을 지켜보면서 폭파 버튼을 누르고 있는 것처럼 정확한 순서로 머리통이 부서졌다. 도미노가 쓰러지듯 좀비들의 머리통이 박살났고, 머리통이 박살난 좀비들은 쓰러져서 퍼덕였다. 나는 자동차에 시동을 걸었다. 어서 빨리 이곳을 벗어나고 싶었다. 총소리는 더이상 들리지 않았지만 귓속에 메아리가 남았다.

"저게 뭔지 알아? 스마트 불릿이라는 거야. 무선신호로 움직이는 총알이지. 한번 표적을 인식하면 끝까지 쫓아가서 박살내버리는 거야. 나하고 비슷하지 않아? 나도 한번 정해놓은 표적은 끝까지 쫓아가거든."

"좀비들을 왜 죽이는 겁니까?"

"무슨 소리야. 좀비를 왜 죽이냐고? 이봐, 정신차려. 저건 살아 있는 사람이 아니야."

"그렇다고 저렇게 죽여도 된다는 말입니까?"

"내가 전에 말했지, 죽이는 게 아니라 제거하는 거라고."

"정말 잔인하군요."

"뭐라고 그랬어? 잔인? 잔인하다고? 진짜 잔인한 게 뭔지 알아? 그건 아무런 잘못도 없는 사람들이 죽는 거야. 전쟁이 일어났을 때 민간인 사상자가 전체 사상자의 몇 퍼센트인지 알아? 군인보다 더 많은 민간인이 죽어. 폭탄이 떨어지고, 한 도시의 사람들이 몽땅 죽는 거지. 무슨 영문인지도 모르고, 밥을 먹다가 잠을 자다가 죽는 거야. 스마트 불릿이 개발되면, 진짜 죽어야 할 놈들만 죽는 거지. 착한 사람은 살아남고, 나쁜 사람은 죽는 거야."

"착하고 나쁜 기준이 뭔데요?"

"좋은 질문이야. 예를 들어주지. 나는 착하고, 자네는 나빠. 나는 아무런 잘못도 없이 끌려다니고 있고, 자네는 아무런 잘못도 없는 나를 때리고 인질로 붙잡고 있으니까. 무슨 말인지 알겠지?"

"좋은 목적으로만 사용된다는 보장이 있어요?"

"교과서를 읽고 있군. 총을 쓰는 게 잘못된 일이라고? 요즘 어린 아이들도 그런 식상한 말은 하지 않을 거야. 지나가는 아이들한테 그런 말을 해봐. 자네 머리통에다 장난감 총을 들이댈걸."

다시 브레이크를 밟았다. 들어올 때는 없었던 거대한 이동식 철망이 나타났다. 고리오 마을이 폐쇄될 때 보았던 철망이었다.

"젠장."

"형, 저게 뭐야? 원래 없었잖아."

"어떻게 하지?"

"지훈씨, 밀어붙여요. 자동차로 밀면 뚫어버릴 수 있을 거예요."

"다 내려. 내가 자동차로 밀어볼게."

나는 자동차 문의 잠금장치를 풀었다.

"내가 충고 하나 해줄까?"

장장군이 철망을 보고 웃으면서 말했다.

"이 자동차로는 저걸 뚫을 수 없어. 내가 보장하지. 그리고 저기엔 고압전류가 흐른다고. 살짝 손만 대도 바비큐가 되고 말 거야. 그러고 싶으면 한번 시도해봐. 자동차를 오븐으로 만들 수 있는 기회야."

어떻게든 부대 밖으로 나가고 싶었다. 빨리 모든 걸 끝내버리고 싶었다. 하지만 방법이 없었다. 자동차 엔진소리가 더 크게 들렸다. 우리가 해야 할 말을 자동차 엔진이 대신 해주고 있는 것 같았다.

크릉, 크릉,

자동차 엔진소리가 동물의 울음 같았다.

"내가 마지막 제안을 하지. 잘 생각하고 대답해. 따지고 보면 자네들은 별로 잘못한 일이 없어. 내 머리를 조금 박살낸 것하고, 연구소 직원들을 겁먹게 한 것하고, 뭐 그 정도지. 아, 백신 하나를 훔친 것도 있군. 지금 나를 풀어주면 내가 다 없었던 걸로 해줄게. 나를 믿어. 이런 기회는 흔치 않지. 자네들이 여길 빠져나갈 수 있는 유일한 길은, 나를 통하는 길이야. 그 길 말고는 모두 가시밭길이거나 고압전류가 흐르는 길이지. 자, 마지막 제안이 어떤가?"

크릉, 크릉,

자동차 엔진소리가 대답했다. 누구도 입을 열지 않았다. 룸미러로 홍이안과 뚱보130의 얼굴이 보였다. 내 눈치를 보고 있었다. 나에게 결정을 미루는 표정이었다. 장장군의 말이 맞았다. 우린 크게 잘못한 것이 없었다.

장장군은 정면의 거대한 철망을 바라보고 있었다. 나는 장장군을 보지 않고 앞을 바라보며 말했다.

"좋아요."

"뭐라고? 잘 안 들려."

"좋다고요. 풀어드릴게요."

"일단 총부터 받을까?"

뚱보130이 총을 꼭 쥔 채 룸미러에 비친 내 얼굴을 바라보았다.

20

홍혜정의 묘비명을 정하기 위해 뚱보130과 묘비명을 조사하다가 묘비문학이라는 게 있다는 걸 알게 됐다. 묘비문학이란 일본의 하이꾸와 비슷한 형식의 짧은 시로 한 사람의 인상과 인생을 묘사하는 것인데, 묘비작가들은 평소에는 다른 일을 하다가 누군가의 청탁이 있을 때에만 창작을 하는 경우가 많았다. 의뢰인이 자신의 전생애를 요약한 자료를 묘비작가에게 보내면, 묘비작가는 그 사람의 삶이 마음에 들 경우 직접 만나서 느낀 감상을 더해 묘비명을 작성한다. 묘비작가에게 가장 중요한 덕목은 통찰력과 표현력이다. 대부분의 사람들은 자신의 삶을 묘사할 때 감상에 빠지기 쉽다. 미화하거나 과장하거나 축소한다. 사실만 말하지 않고, 진실만 말하지 않는다. 묘비작가는 그 이면을 꿰뚫어볼 줄 알아야 한다. 쉽지 않은 일이다.

　나와 뚱보130도 묘비작가를 만난 적이 있다. 점을 보는 기분과 비슷했다. 앞으로 우리가 어떻게 될지를 알려주는 게 점이라면, 예전에 우리가 어떻게 살아왔는지를 알려주는 게 묘비문학이었다. 우리는 각자 전생애를 전자우편에 적어 묘비작가에게 보냈다. 묘비작가 역시 전자우편을 통해 가격을 알려왔다. 비싸지 않은 가격이었지만 만나지도 않고 가격부터 먼저 알린다는 게 어쩐지 찜찜했다. 홍혜정의 묘비명을 짓는 게 목적이었으므로 그냥 만나보기로 했다.

　묘비작가는 우리와 만나서도 별다른 걸 물어보지 않았다. 까만색 뿔테안경을 쓴 삐쩍 마른 남자였는데, 말은 거의 하지 않고 커다란 잔에 든 아이스커피만 홀짝댔다. 뚱보130과 내가 주로 얘기를 했다. 전자우편에 다 적었으므로 별로 할 말이 없었다. 삼십분쯤이 지나자 묘비작가가 종이를 꺼내 뭔가를 적더니 우리에게 건네주었다. 뚱보130과 나의 묘비명이었다.

　— 책을 사랑했던 사람이 누워 있다. 마치 오래된 책의 표지처럼. 글씨는 희미해지고, 금박은 벗겨졌다.

　이건 뚱보130을 위한 묘비명이었다.

　— 식인종이 나를 잡아먹으면, 이렇게 말해주기를 바란다. 우리는 채지훈을 먹었다. 채지훈은 맛있다.

　이건 나의 묘비명이었다.

　우리는 만족했다. 좋은 시라고 생각했다. 이 정도라면 홍혜정의 묘비명을 묘비작가에게 맡겨도 괜찮겠다는 생각이 들었다. 우리는 묘비작가에게 돈을 건넸고, 묘비작가는 곧바로 사라졌다. 묘비작가가 우리에게 적어준 묘비명이 다른 사람의 묘비명을 베낀 것이라는 사실은 한 달 후에 알았다. 『묘비의 명문장』이라는 책에서 발견했다. 뚱보130의 것은 인쇄업자 벤저민 프랭클린의 묘비명과 비슷했고, 내 것은 슈바이처 박사의 묘비명을 베낀 것이었다. 표절이라는 것을 알았을 때도 화가 나지는 않았다. "어쩐지"라는 게 나의 첫 반응이었고, "내가 딱 봐도 시인 같지는 않더라고요"라는 게 뚱보130의 첫 반응이었다. 그런 식의 표절로 돈을 버는 묘비작가가 많다는 것도 뒤늦게 알았다.

"그래도 노력은 하네."

뚱보130이 말했다.

"무슨 노력?"

내가 되물었다.

"어울리는 묘비명을 찾아내기 위해서 노력하잖아요."

"그냥 무작위로 주는 거 아니겠어?"

"난 어울리지 않아요? 책을 사랑했던 사람이 누워 있다. 마치 오래된 책의 표지처럼. 나랑 딱 맞잖아요."

"책 좋아하는 사람은 모두 같은 묘비명을 주는 거겠지. 나는 별다른 특징이 없으니까 이상한 묘비명 줬잖아. 채지훈은 맛있다, 이게 뭐냐."

"형도 그 묘비명 좋아했잖아."

"좋긴 하지만 나하고 딱 어울리진 않잖아."

"아냐, 형 맛있게 생겼어."

"야, 네가 그렇게 말하니까 무섭다. 저리 안 가?"

"흐흐흐, 형, 이리 와봐."

사기꾼이 붙여준 묘비명이었지만 나는 그 묘비명이 마음에 들었다. 안테나 감식기를 들여다보며 운전을 할 때 가끔 그 문장을 소리내어 말해본 적이 있다. 우리는 채지훈을 먹었다. 채지훈은 맛있다. 그렇게 말하고 나면 내가 아주 쓸데없는 사람은 아닐지도 모른다는 생각이 들었다. 만약 내가 좀비들에게 살점을 물어뜯기는 날이 온다면 좀비들도 그렇게 얘기해주기를 바랐다. 우리는 채지훈을 먹었다. 채지훈은 맛있다. 좀비들이 맛 때문에 나를 먹지는 않겠지만, 그래도 이 세상 어딘가에 입맛이 까다로운 미식가 좀비가 있다면, 나를 맛있어하며 물어뜯어주기를 바랐다.

물속에 얼굴을 처박히고 있을 때 머릿속에 그 문장이 떠올랐다. 채지훈은 맛있다. 채지훈은 맛있다. 물속에 있는 게 그렇게 힘든 일인 줄 몰랐다. 코가 매웠고, 눈이 빠질 것처럼 아팠다. 눈을 떴더니 눈앞에 보이는 것이 아무것도 없어서 더욱 아득했다. 저런 게 플랑크톤인가 싶은 뿌연 부유물들만 보일 뿐이었다. 물 밖으로 머리를 들고 싶었지만 엄청난 힘이 내 머리를 짓누르고 있었다. 숨을 쉴 수 없었다. 코로 물이 들어왔다. 나는 내가 목을 자르기 위해 붙잡았던 물고기처럼 퍼덕였다. 어깨를 흔들었고, 팔을 버둥거렸다. 그렇지만 나를 누르는 힘을 이겨낼 수 없었다. 나는 물속에서 눈을 부릅뜨고 생각했다. 채지훈은 맛있다. 왜 그 말이 떠올랐는지 모르겠다. 그 말은 주문처럼, 쓰러지려는 내 정신을 부축해주었다. 물 밖으로 고개를 꺼내주는 순간, 나는 몸의 모든 문을 열어 공기를 빨아들였다. 머리를 짓누르던 힘이 다시 나를 물속으로 밀어넣었다. 누가 내 머리를 짓누르고 있는지 확인할 겨를도 없었다. 나는 물속으로 들어가기 전에 단 한 모금이라도 공기를 더 빨아들이기 위해 온몸을 부풀렸다. 아무런 생각도 나지 않았지만 나는 계속 생각했다. 생각을 하지 않으면 정신을 잃을 것 같았다. 채지훈은 맛있다. 그런데 이렇게 계속 물속에서 퉁퉁 불어터지면, 그때도 채지훈이 맛있을까.

푸하,

물에서 빠져나왔을 때 눈앞에 하얀 타일이 보였다. 타일과 타일 사이에 물때가 끼어 있었다.

흐으으읍,

숨을 고르고 다시 물속으로 처박혔을 때 하얀 타일 사이에 끼어 있던 물때를 생각했다. 언제 시간이 나면 철로 된 수세미로 저 물때를 박박 밀어버리고 싶었다.

푸하,

고개를 들자 물때가 다시 보였다. 빨리 저 물때를 없애버리고 깨끗한 벽으로 만들고 싶었다.

흐으읍,

물속에서 생각했다. 채지훈은 맛있다. 그것밖에는 생각나지 않았다. 어떻게든 정신을 차리고 있어야 했다. 물속과 물 밖을 몇번이나 왔다갔다했을까. 어느 순간부터 타일이 보이지 않았다. 나는 정신을 잃었다.

"너무 심하게 하는 거 아냐? 살살 해."

장장군의 목소리가 들렸다. 나는 힘겹게 눈을 떴다. 내가 정신을 잃은 후 시간이 얼마나 흘렀는지 알 수 없었다.

"어때? 정신이 좀 들어?"

장장군의 말에 대답을 하고 싶었지만 입이 떨어지지 않았다. 등이 차가웠다. 타일 바닥이 분명했다. 사방이 타일이었다. 장장군의 씰루엣이 보였지만 천장에 붙은 전등 때문에 표정을 볼 수는 없었다. 장장군의 머리 뒤로 후광처럼 전등이 빛나고 있었다. 나는 누운 채로 눈을 깜빡였다. 어떻게라도 신호를 보내고 싶었다.

"물에 넣을 때는 조심해야 한다고 했잖아. 잘못하다가는 뇌가 망가진다니까. 그럼 평생 바보로 살아야 하는 거야. 무슨 말인지 알아들어?"

장장군이 누군가에게 말하는 게 들렸지만 나는 고개를 돌릴 수가 없었다. 삶아서 꺼내두었다가 주방장이 잊어버린 수제비처럼 내 몸이 퉁퉁 불어 있는 것 같았다. 온몸에 물이 가득했다.

나는 누워서 상황을 정리해보았다. 뚱보130이 장장군에게 총을 돌려주었고, 우리는 연구소로 되돌아갔다. 장장군이 어디론가 전화를 했다. 연구실에 갇혀 있던 다섯 명을 풀어주고 나자 곧이어 군인들이 도착했다. 장장군은 그 군인들이 우리를 호위해줄 것이라고 했다. 문을 향해 걸어나갈 때, 장장군이 나를 불렀다. 잠깐 이야기를 하고 싶다며 나를 방으로 불렀고, 방으로 들어가는 순간 누군가 내 머리를 쳤다. 거기까지는 기억이 났다.

"말을 할 수 있겠어?"

장장군이 무릎을 꿇고 내 얼굴에 손을 댔다.

"예."

"다행이네. 저 녀석이 너무 심하게 다뤄서 어딘가 잘못된 줄 알고 걱정했잖아."

"괜찮습니다."

"그래, 아까보다는 훨씬 나아진 것 같군. 말투도 부드러워졌고……"

"다른…… 친구들은…… 어디 있습니까?"

"걱정하지 마. 다른 친구들은 다 집으로 돌려보냈어."

"그런데, 왜 이러시는 겁니까?"

"아무리 생각해봐도 도저히, 그냥 넘어갈 수 없는 게 하나 있더란 말이지. 어지간하면 참을까 했는데, 안돼, 그건 정말 안되더라고."

"뭔데요."

"자네가 골프채로 내 머리통을 후려갈긴 건 이해가 돼. 그건 폭력이지. 폭력은 이해할 수 있고, 용납할 수도 있어. 나도 폭력을 좋아하고, 어떤 폭력은 굉장히 유익하니까. 그런데 말이야, 자네가 내 뺨을 때린 건 아무리 생각해도 용납할 수 없더란 말이지. 그건 폭력이 아니었어. 무슨 말인지 알겠지? 그건 내 뺨을 때린 게 아니라 내 계급장을 때린 거고, 내 자존심을 때린 거야. 나는 어찌나 당황스러운지 그게 뭔지 설명할 수도 없어. 폭력이 아닌…… 뭐라고 해야 할까, 조롱이라고 해야 할까, 아니야, 그런 단어로도 설명이 안돼."

"죄송합니다."

"하, 죄송하다고? 아냐, 그러지 마. 자네가 죄송해하면 내가 곤란해지잖아."

"저를 때리세요."

"그게, 그렇게 간단한 문제가 아니야."

"간단하지 않으면요?"

"나도 아직 생각중이야. 어떻게 해야 할지 모르겠어. 일단 혼을 좀 내라고 했더니, 바보 같은 녀석이 자넬 거의 죽일 뻔했잖아."

"다른 친구들은 정말 괜찮은 겁니까?"

"물론이야. 난 약속은 잘 지키는 사람이라니까. 내가 볼일이 있는 사람은 한 사람뿐이야."

장장군은 나를 바닥에 그대로 눕혀놓은 채 밖으로 나가버렸다. 욕실에는 아무도 없었다. 장장군과 얘기하던 사람은 중간에 나간 것인지, 아니면 처음부터 아무도 없었던 것인지, 혼란스러웠다. 실제와 환상이 겹쳐 보였다. 나는 잠겨 있을 걸 뻔히 알면서 욕실의 철문을 열어보았다. 당연히 열리지 않았다. 나는 몸을 일으켜보았다. 부러진 곳은 없는 것 같았다. 뒷골이 아팠고, 물을 많이 먹은 탓에 속이 울렁거렸지만 특별히 불편한 곳은 없었다. 나는 한쪽 구석에 내팽개쳐진 패딩점퍼를 젖은 옷 위에 걸쳤다.

욕실은 가로세로 오 미터 정도의 크기였는데, 다른 시설물은 전혀 없고 한쪽 구석에 욕조만 덩그러니 놓여 있었다. 누군가 목욕을 하기 위해 만들어놓은 욕조는 아니었다. 욕조가 낮아서 그 속에다 물을 받고 목욕을 할 수 있을 것 같지 않았다. 고문을 위한 용도가 분명해 보였다. 자세히 보니 욕조의 높이가 일정하지 않았다. 한쪽이 조금 높고, 반대쪽은 낮았다. 아마도 고개를 처박아넣기 좋은 각도를 계산하다 그런 구조를 만들어낸 게 아닌가 싶었다.

창문도 없었다. 시간을 가늠할 수도 없었다. 나는 왼손을 들어보았다. 시계를 차고 있다는 사실을 그제야 깨달았다. 단 한번도 시계를 차본 적이 없으니, 내 손목에 시계가 있다는 걸 느끼지 못했다. 나는 시계의 아래쪽 버튼을 눌렀다. 이경무가 위급한 상황일 때 누르라던 버튼이었다. 버튼을 눌렀지만 시계는 아무런 반응이 없었다. 불빛이 반짝이지도 않았고, 어딘가로 신호를 보내는 듯한 기색도 없었다. 시계는 아홉시를 가리키고 있었다. 시계가 정확한 시간을 가리키고 있다면, 저녁 아홉시라는 뜻이었다. 물속과 물 밖을 들락거릴 때 시계가 망가졌을 수도 있었다.

아무것도 할 일이 없어서 손톱으로 타일 사이에 낀 물때를 긁어보았다. 쉽게 떨어지지 않았다. 물때는 움푹 들어간 틈에서 살아가고 있었다. 안전해 보였다. 갇혀서 물때나 긁어내는 스스로가 한심했다.

시간이 지나자 젖은 티셔츠 때문에 몸이 떨렸다. 나는 젖은 티셔츠를 벗고 맨살 위에다 패딩점퍼를 입었다. 점퍼의 차가운 질감이 맨살에 닿자 소름이 돋았다. 젖은 옷을 벗어버리니 온몸이 따뜻해지면서 뭔가 생각하기도 훨씬 수월했다. 나는 욕실 구석구석을 살펴보았다. 이상하다 싶을 정도로 실내에는 아무것도 없었다. 욕실 가장자리로 얕은 배수로가 있고, 전등이 있고, 욕조가 있었다. 그것뿐이었다. 회색 천장은 너무 높아서 천장이 아니라 먹구름이 잔뜩 낀 하늘 같았다. 시계는 아홉시 삼십분을 가리키고 있었다. 제대로 된 시간인지 믿을 수 없었다.

나는 아, 하고 소리를 내보았다. 사방에서 내 목소리를 흉내냈다. 헛기침을 하자 벽들이 따라서 헛기침을 했다. 나는 욕조 반대편 벽에 기대서 욕실 안을 살펴보았다. 한 시간 동안 쳐다보는 것만으로도 정신이 이상해져버릴 것 같은 벽이었다. 욕실은 무언가를 기다려야 하는 대기실 같았다. 참으로 열심히 살았지만 딱 한번의 실수 때문에 결국 지옥행이 결정된 사내가 지옥행 완행열차의 번호표를 받고 기다리면서 자신의 실수를 끝없이 후회하고 있을 것만 같은 대기실의 풍경이었다. 무미건조한 모든 풍경이 잔인해 보였다. 나는 무릎 사이에 얼굴을 묻고 눈을 감았다. 나는 지금도 욕실에서 있었던 시간을 생생하게 기억하고 있다. 초 단위로 기억하고 있다. 어떤 느낌이었고, 어떤 생각을 했는지 하나도 놓치지 않고 기억하고 있다. 온몸의 감각이 조금씩 변화하는 게 느껴졌다. 무릎 사이에 얼굴을 묻었을 때 손목에 찬 시계에서 초침이 움직이는 소리가 들렸다. 착, 착, 착, 착, 착, 착, 착, 하는 소리가 들렸다. 원래 그런 소리를 잘 견디지 못하는 편인데, 그때는 오히려 그 소리가 나를 안심시켰다. 시간이 가고 있다는 게 마음을 편안하게 만들었다. 이곳은 인간의 세계이고, 시간이 흐르고 있으며, 결국 이 모든 일들은 끝이 있다는 사실이, 나를 편안하게 했다. 끝이 있다는 것은 어떤 방식으로든 이 상황이 변한다는 뜻이었다. 나는 시계의 초침소리를 세며 변화가 일어나기만을 기다렸다. 그때 누군가 걸어오는 발소리가 들렸다. 시계 초침소리가 아니었다. 나는 눈을 감고 소리가 가까워지기를 기다렸다. 변화가 일어나고 있었다. 나는 좋은 쪽으로의 변화이길 바라며 발소리에 집중했다.

21

문이 열리고 케겔의 얼굴이 나타났을 때 내 머릿속에는 수만 가지 생각이 한꺼번에 밀려들었다. 케겔에게 무슨 말을 해야 할지 알 수 없었다. 케겔이 문앞에서 내게 손짓을 했다. 케겔은 마치 오래전부터 나와 약속을 했고, 내가 약속에 늦었다는 듯이 행동했다. 내가 말을 하려고 하자 케겔이 검지를 입술에 갖다댔다. 나는 조용히 일어나서 밖으로 나갔다. 물어보고 싶은 말이 많았지만 케겔은 내게 등을 돌리고 앞으로 걸어나갔다. 나는 아무 말 없이 그의 등을 따라갔다. 케겔의 등을 처음 보았다. 뒷모습만으로도 그가 어떤 삶을 살아왔는지 알 수 있었다. 오랜 시간 운동으로 단련된 사람의 등이었다. 케겔의 등을 보고 걸어가면서 케겔의 또다른 모습을 보는 것 같았다.

내가 갇혀 있던 곳은 어떤 건물의 지하실이었는데, 방은 많지 않고 통로가 길었다. 케겔은 걸어가다가 갑자기 멈추는 때가 많았다. 바람이 불어오는 쪽을 확인하기 위해서 그러는 것 같았다. 가던 길을 되짚어오고, 열리지 않는 문에서 되돌아서길 여러 번 한 뒤에야 우리는 일층으로 나올 수 있었다. 밖은 깜깜했다. 등뒤에서 문이 닫히자 눈앞에 아무것도 보이지 않았다. 돌아보았지만 문도 보이지 않았다. 문틈 사이로 희미한 빛이 보일 뿐이었다.

"이젠 얘기해도 돼."

어둠속에서 케겔의 목소리가 들렸다.

"여기가 어디죠?"

"지옥."

"제가 죽었다고요?"

"아니, 지옥도 여러 종류가 있어. 여긴 살아 있는 자들의 지옥. 자, 여기."

케겔이 내게 플래시 하나를 건넸다. 작은 플래시였지만 내뿜는 불빛은 밝았다.

"어디로 가는 겁니까?"

"일단 나가봐야지. 어서 여길 벗어나자고."

"여기가 어딘데요?"

"지옥이라니까. 조심해서 나만 따라와."

"뭘 조심해야 하는 겁니까?"

"좀비들."

케겔과 나는 나란히 걸었다. 플래시 불빛 두 개도 나란히 움직였다. 케겔은 다른 사람같이 행동했다. 수다스럽던 평소의 모습이 아니었다. 말수가 줄었고, 말투도 달라졌다. 케겔에게 묻고 싶은 것이 많았지만 그것보다 발밑을 조심하는 게 먼저였다. 길은 없었고, 내가 가는 곳이 길이어서 한 발 한 발 신경쓰지 않을 수가 없었다. 걷는 데 온 정신을 집중하다보니 입이 열리지 않았다. 나는 케겔의 옆에서 걷다가 길이 좁으면 뒤로 갔다. 길이 넓어지면 다시 옆에서 걸었다. 발걸음이 익숙해지면 묻고 싶은 게 많았다. 나무들이 빽빽하게 들어찬 숲을 지나기도 했고, 적당히 널찍한 언덕을 지나기도 했다.

케겔이 좀비들을 조심하라고 한 것은 좀비들의 공격을 조심하라는 뜻이 아니었다. 숲길을 지나면서 좀비들을 자주 만났다. 그들은 동물의 울음처럼 낮은 소리를 냈고, 무작정 앞으로 걸었다. 두 팔을 앞으로 내밀고 어둠속을 걸어가는 좀비를 볼 때마다 심장이 덜컹거렸지만 아무 일도 일어나지 않았다.

"좀비를 발견하면 얼른 플래시 불빛을 치워. 불빛에 예민하니까. 그렇게만 하면 저쪽에서 먼저 덤벼드는 일은 없을 거야."

케겔의 말대로였다. 좀비들은 플래시 불빛을 보고 잠깐 멈춰섰다가 다시 제 갈 길을 갔다. 좀비들에게 누군가와의 저녁약속이 있을 리 없고, 제 갈 길이라는 게 따로 있지는 않겠지만 그들은 잠시도 쉬지 않고 걸었다. 좀비들은 숲속을 아무렇게나 돌아다니고 있었다. 가끔 케겔은 주머니에서 무언가를 꺼내 방향을 확인했다. 방향을 확인하고는 달을 한번 올려다보고 다시 걸었다. 나는 어디로 가고 있는지, 얼마나 더 걸어야 하는지 아무것도 알지 못한 채 계속 걷기만 했다. 어둠속에서 온몸을 긴장하고 걸어서인지 피곤이 금방 찾아왔다. 발바닥이 아팠다. 오른쪽 발뒤꿈치가 특히 아팠다. 걸을 때마다 신발 때문에 뒤꿈치의 살이 조금씩 깎여나가는 것 같았다.

"여기서 잠깐 쉬었다 가지."

반가운 소리였다. 나는 작은 바위에 앉았다. 신발을 벗어 플래시로 비춰보았다. 운동화의 형태를 잡아주는 플라스틱이 천을 비집고 나와 있었다. 거기에 계속 뒤꿈치가 쓸린 것이었다.

"아까는 어디로 가셨던 겁니까? 갑자기 사라져서 놀랐습니다."

"놀랐다기보다 걱정했겠지. 저 영감이 쪼르르 달려가서 군인들을 데려오는 게 아닌가 하고."

"그런 생각도 하긴 했죠."

"다들 나를 군인들의 개로 알아. 장장군의 똥구멍이나 빨아주는 영감이라고 생각하는 거지, 안 그래? 자네도 그렇게 생각하지?"

"아뇨."

"거짓말하지 마. 그렇게 생각할 수밖에 없잖아. 나라도 그렇게 생각했을 거야. 그래도 괜찮아. 그렇게 생각하거나 말거나 나하고 무슨 상관이야."

"왜 상관이 없어요?"

"원래 사람들의 생각이란 건……"

케겔은 입을 다물고 손가락으로 앞을 가리켰다. 가만히 들여다보니 어둠속에서 무엇인가 움직이고 있었다. 좀비 한 명이 우리 앞을 지나고 있었다. 천천히 지나가고 있었다. 두 팔을 앞으로 내밀고

터벅터벅 걷고 있었다. 터벅터벅 걸었지만 좀비의 발걸음은 가벼워 보였다. 온몸에서 피와 물이 빠져나갔기 때문일 것이다. 케겔과 나는 말없이 좀비의 움직임을 눈으로 좇으며 그가 우리 앞을 지나가길 기다렸다. 좀비는 한 걸음 한 걸음 신중하게 걸었다.

나는 긴장한 탓인지 손에 들고 있던 운동화를 떨어뜨리고 말았다. 하필이면 뒤꿈치 쪽의 딱딱한 부분이 바위에 부딪쳐 탁, 하는 소리가 났다. 운동화는 굴러떨어지면서 계속 소리를 냈다. 탁, 탁, 탁. 소리는 크지 않았지만 허공에서 울렸다. 좀비가 걸음을 멈추고 케겔과 나를 보았다. 어두워서 좀비의 눈동자는 보이지 않았지만 우리를 뚫어지게 바라보고 있는 것 같았다. 냄새를 맡으려는 것인지 얼굴을 들어올리며 우리 쪽으로 몸을 비틀었다. 좀비는 냄새를 맡지 못할 테지만 나는 입에서 냄새가 날까봐 숨도 쉬지 않았다. 그 순간 케겔의 손이 빠른 속도로 움직였다. 케겔은 돌멩이 하나를 집어들고 몸은 전혀 움직이지 않은 채 손목의 힘만으로 멀리 던졌다. 돌멩이가 나무에 부딪치는 소리가 났다. 좀비의 고개가 다시 그쪽으로 꺾였다. 좀비는 나무 쪽으로 걸어갔다. 좀비가 멀리 사라지자 케겔이 내 등을 두드렸다. 내 온몸은 어찌나 빳빳하게 굳어 있었는지 좀비들이 나를 만졌다 해도 묘비와 혼동했을 것이다. 케겔이 등을 두드려주자 얼음땡 놀이를 하는 아이처럼 몸이 풀렸다.

"아까 하시던 얘기 계속하세요."

"얘기? 중요한 얘기도 아닌데 뭐. 그나저나 눈이 올 것 같은 날씨네."

"어떻게 아세요?"

"하늘이 바짝 긴장하고 있잖아."

케겔이 하늘을 올려다보았다. 그의 얼굴은 슬퍼 보였다. 중요한 걸 잃어버린 사람의 표정이었다. 하늘은 어두웠다. 멀리 어둠속 산의 모습은, 머리를 깎아야 할 때가 한 달은 지나버려서 다듬지 못한 머리카락이 삐죽삐죽 튀어나온 운동선수의 두상 같았다. 우리는 플래시 불빛을 앞세우고 다시 걸었다. 그뒤로 얼마나 더 걸었는지 모르겠다. 분명히 군부대 안일 텐데, 부대가 그렇게 넓다는 게 믿기지 않았다. 날은 점점 추워졌고, 패딩점퍼를 아무리 여며도 차가운 바람이 맨살을 파고들었다. 물방울 하나가 얼굴에 닿았다. 눈송이였다.

"진짜 눈이 오네요."

내가 손을 내밀며 말했다. 차가운 눈송이가 손바닥에 떨어졌다. 케겔은 하늘을 바라보았다. 눈이 내리기 시작하자 케겔의 발걸음이 조금 빨라졌다. 따라가는 내가 숨이 찰 정도였다. 갑자기 스피커에서 싸이렌이 울렸다. 길고 긴 싸이렌이었다. 케겔의 발걸음이 더욱 빨라졌다. 싸이렌이 끝나고 다시 로큰롤 음악이 숲을 가득 메웠다.

"또 시작했군."

"뭐가요?"

"좀비 사냥."

조금 더 걷자 어둠속에서 작은 콘크리트 건물이 보였다. 방갈로와 비슷한 크기였지만 외벽이 차가운 콘크리트여서 내부가 따뜻할 것이라는 생각은 들지 않았다.

"여기 들어가 있자고. 잠깐 눈 오는 것도 피하고, 좀비들도 피하고.”

“저는 괜찮은데요. 아직 더 걸을 수 있습니다.”

“좀비들은 시끄러운 음악에 반응해. 시끄럽던 놈들도 음악소리만 들으면 신기하게 조용해진단 말이지. 어둠속이나 땅 밑에 숨어 있다가 음악소리가 들리면 음악이 있는 곳으로 쫓아나오는 거야. 나오는 순간, 두두두두두두두, 머리가 날아가는 거고. 다리도 찢어지고, 눈도 빠지고, 그렇게 두번째 죽음을 맞이하는 거야. 좀비들은 지금 제정신이 아니야. 뭐, 전에도 정신이 있었던 건 아니지만.”

방갈로는 숲속에 마련된 대피소였다. 방갈로는 네 명 이상은 들어가기 힘들 정도로 좁았다. 네 명이 네 모서리에 쪼그려앉아서 발을 뻗으면 여덟 개의 발이 맞닿을 정도였다. 실내에는 아무것도 없었다. 창문도 없었다. 한쪽 구석에 비상전화기가 놓여 있을 뿐이었다. 케겔과 나는 나란히 벽에 기대앉았다.

“망할 놈들, 이 밤에 음악을 틀고 지랄들이야.”

케겔이 얼굴을 찌푸리며 말했다.

“밤에는 음악을 트는 경우가 없나보죠?”

“자네 때문이겠지.”

“저요?”

“자넬 지키는 사람이 아무도 없는 게 좀 이상하긴 했어. 도망가라고 문을 활짝 열어준 거나 마찬가지지. 도망가봤자 좀비들과 맞닥뜨려야 하니까. 음악을 틀어서 미친개들을 숲속에 잔뜩 깔아놓는 거지.”

“죄송합니다.”

"뭐가?"

"저 때문에 위험해지셨잖아요."

"미안할 거 없어. 자네 담배 피워?"

"아뇨."

"난 한 대 피워야겠어."

케겔은 주머니에서 담배와 라이터를 꺼냈다. 담배에 불이 붙는 소리가 크게 들렸다. 담배연기가 빠져나갈 곳이 없다보니 케겔이 내뿜는 연기를 고스란히 마셔야 했다. 이럴 거면 나도 한 대 피우고 싶어졌다. 십년 동안 끊은 담배였다.

"저도 한 대 주세요."

한 모금을 마시자 머리가 어질어질했다. 눈이 아팠고, 머리가 띵했다. 그래도 몸과 마음이 이완되는 듯한 느낌이 들었다.

"자넨 미안할 거 없어. 다 나 때문이니까."

"그게 무슨 소립니까?"

케겔이 천장을 향해 담배연기를 내뿜었다. 담배연기는 공간에 차곡차곡 쌓였다.

"다 내가 죽이는 거야."

"그게 무슨 소리예요?"

"밖에서 걸어다니는 저 시체들은 모두 내가 구해준 거야. 병원과 장례식장을 다니면서 팔팔하고 쓸 만한 시체들을 구해주는 게 내 역할이지. 내가 구해준 시체들이 저렇게 좀비가 될 줄은…… 나도 정말 몰랐지만."

"시체를 산다고요?"

"흔히 있는 일이야. 젊고 건강한 시체들은 쓸모가 많거든. 교통사고가 나서 몸이 바스러진 녀석들만 아니라면 어딘가 한 곳은 쓸데가 있지. 그리고 그게 생각만큼 그렇게 나쁜 일은 아니야. 생각해봐. 젊은 녀석들은 대체로 그냥 죽는 법이 없지. 뭔가 크게 사고를 쳐서 죽거나, 궁지에 몰려서 죽거나, 누군가를 죽였기 때문에 제 목숨을 끊거나, 이도 저도 아니면 대가리에 박혀 있는 정신이 썩어서 죽는 거야. 아, 살 만큼 잘 살았구나, 이 정도면 할 일은 다 했구나, 이렇게 죽는 놈들은 단 한 놈도 없다는 거지. 그런 놈들은 죽어서라도 뭔가 일을 해야 해. 누군가에게 장기를 기증해주면 제일 좋겠지만, 그게 불가능한 경우에는 실험대상 같은 거라도 되어서 살아남은 사람들을 도와야 해, 안 그래? 그래야 태어난 의미가 있는 거라고."

"죽은 사람이 그걸 원할지 생각해보셨어요?"

"당연히 원하지 않겠지. 그런 걸 원할 놈들이라면 그렇게 멍청하게 살다가 죽지는 않았을 테니까."

"멍청하게 살든 똑똑하게 살든 각자 사는 방식이 있는 거잖아요."

"잘못된 방식도 있는 법이야."

"그럼 아예 대놓고 시체를 사고팔아보지 그러세요? 광고도 내고."

"비아냥대지 마. 세상에는, 드러난 부분은 정직하지만 밑바닥이 구린 일이 있는가 하면, 표면적으로는 끔찍하지만 밑바닥이 맑은 일도 있는 법이야."

"적절한 예는 아닌 것 같네요."

"내가 구해준 시체들을 저렇게 끔찍한 좀비로 만들지만 않았다면, 난 하나도 부끄러울 게 없는 사람이야. 시체를 구해준 일이나 고리오 마을을 만들고 사람들을 정착하게 해준 일이나, 가슴에 손을 얹고 아무리 생각해봐도 난 누구보다 떳떳하다고."

문밖에서 총소리 같은 게 들렸다. 땅과 벽이 흔들렸다. 소리는 아득하게 멀었다. 거대한 저택의 거실에 앉아 일 킬로미터쯤 떨어져 있는 대문의 노크소리를 듣는 것 같았다. 좀비들을 쏘는 총소리가 분명했다.

"장장군은 스마트 불릿인가를 개발하기 위해 좀비들을 쏜다고 하던데요."

"장장군, 그 새끼가 나를 감쪽같이 속였지. 내가 구해준 시체들을 좀비로 만들고, 그 좀비들에게 총알을 박아넣을 줄은 정말 몰랐어. 그건 정말 끔찍한 일이야. 나도 알아. 아무리 그놈들이 시체라고 하더라도, 죽어 있는 상태라고 하더라도, 다시 죽일 수는 없는 거야. 그러면 안되는 거지."

"케겔씨 말대로라면, 실험대상으로 쓰이나 좀비가 되어서 총에 맞으나 다를 게 없을 것 같은데요?"

"큰 차이가 있지. 시체들을 실험대상으로 쓸 때는 인간에 대한 존엄이 있어. 이 시체는 죽은 인간이다, 이 인간을 이용해 새로운 삶을 구한다, 이런 생각을 할 수밖에 없지. 하지만 그 시체를 좀비로 만들어버리는 순간 존엄이 사라져버려. 좀비에게 총을 쏘면서 절대 인간을 향해 쏜다고 생각하지 않지. 나무토막을 쏘는 것과 다를 게 없어. 좀비들이 움직이는 물체라는 것 말고 무슨 차이가 있겠어. 왜 좀비를 계속 만들어내는지 알아? 그건 군인들을 훈련시키기 위해서야. 인간도 아니고 무생물도 아닌 좀비들을 쏘게 해서 군인들의 죄책감을 없애려는 거야. 죄책감 없이 쾌감만으로 누군가를 쏠 수 있게 하는 거지. 만약 전쟁이 터지고 저 군인들이 상대방을 향해 총구를 들이밀 때 무슨 생각을 하겠어. 아마 적들을 좀비로 생각할 거야. 지금 그 훈련을 시키고 있는 거라고."

"그래서 어떻게 하실 건데요?"

"나도 모르겠어. 오래전에는 이경무, 홍혜정과 같은 생각이었지만 지금은 모르겠어. 내가 해야 할 일이 뭔지 모르겠어."

"이경무와 홍혜정 씨요?"

"이야긴 나중에 하자고. 난 지금 자네 질문이 아니더라도 너무 피곤한 사람이니까."

바보가 된 것 같았다. 거리에서는 역사를 뒤바꿀 만한 거대한 일들이 벌어지고 있는데 창문 없는 방에서 나 혼자 잠들었다가 깨어난 것 같았다. 세계의 모든 규칙이 바뀌었는데 나 혼자 예전의 규칙을 고집하고 있는 사람처럼 느껴졌다. 나만 빼고 세상의 모든 사람들이 작은 끈으로 연결돼 있는 것 같았다. 나는 케겔의 이야기를 듣고 머릿속이 한동안 얼얼해서 다른 생각을 할 수가 없었다. 담배 연기로 가득한 좁은 대피소를 나가서 바람이라도 쐬며 머릿속을 정리하고 싶었지만 그럴 수도 없었다.

벽과 땅이 더이상 흔들리지 않고 총소리도 들리지 않게 되자 케겔은 밖으로 나갔다. 음악은 그쳤고, 함박눈이 쏟아지고 있었다. 내 눈동자만한 눈송이들이 하늘에서 끝없이 쏟아져내렸다. 하늘에서 땅으로 보내는 군대 같았다. 그 눈들이 우리편 군대였으면 좋겠다고 생각했다. 케겔은 다시 앞으로 걸어갔고, 나는 그의 뒤를 따라갔다. 여전히 모든 게 어두웠고 자세히 보이는 것은 하나도 없었지만 눈이 내린다는 사실만으로 기분이 나아졌다.

케겔의 뒤를 쫓아가다보니 어느새 부대의 철조망은 지난 뒤였다. 마오산의 경계까지 걸어가는 동안 우리는 좀비를 두세 번 더 만났다. 총에 맞아 온몸이 누더기가 된 좀비들의 시체더미를 지나기도 했다. 살아 움직이는 좀비를 만나기도 했다. 이경무가 말한 것처럼 좀비들은 눈을 아주 좋아했다. 좀비들은 눈을 잡기 위해서 계속 팔을 흔들어댔는데 마치 춤을 추는 것 같았다. 눈을 잡기 위해 팔을 뻗느라 우리가 지나가는 것도 몰랐고, 주위에 아무런 신경도 쓰지 않았다. 좀비의 표정이 보이지는 않았지만 아마 웃고 있을 것 같았다. 좀비들에게 다가가서 그들의 얼굴을 자세히 살펴보고 싶었다. 눈송이를 잡으며 어떤 표정을 짓는지 가까이서 보고 싶었다. 케겔의 이야기를 듣고 나서부터는 좀비들이 다르게 보였다. 자신의 의지와 상관없이 다시 이 세계로 불려나와 저렇게 살고 있다는 게, 아니 저렇게 지내고 있다는 게, 안쓰러웠다. 누군가 죽은 나를 좀비로 되살린다면, 좀비로 되살린 다음 다시 죽이려고 든다면, 나는 그의 목덜미를 물어뜯고 뼈를 비틀어 부숴버리고 창자를 꼭꼭 씹어 먹고, 먹고 먹어서 음식쓰레기조차 남지 않게 해치워버릴 것이다.

마오산의 경계가 가까워지자 케겔은 빠르고 조용하게 움직였다. 그가 발을 내디디면 발소리는 들리지 않고 바람소리 같은 것만 들렸다. 눈을 감고 들으면 누군가 지나가는 게 아니라 바람이 불고 있다고 느낄 정도였다. 나는 그의 뒤를 따라가며 그의 동작을 흉내 내보았지만 절대 따라할 수 없었다. 그것은 오랫동안 같은 동작을 반복해온 사람만이 할 수 있는 묘기였다. 몇십년 동안 케겔 시합을 하다보면 목표를 향해 미끄러지듯 나아가는 방법을 배울 수 있다고 케겔이 설명해준 것은 훨씬 나중의 일이었지만, 그때 바람소리를 내며 걸어가는 케겔의 모습을 보고 나는 고리오쎈터에서 보았던 케겔의 케겔 시합을 떠올렸다.

작은 불빛이 반짝였다. 케겔은 손을 옆으로 뻗어 나를 멈추게 했다. 불빛이 다시 반짝였다. 이번에는 불빛이 원을 그렸다. 케겔은 그쪽을 향해 걸어갔다. 붉은 불빛은 내리는 눈 사이로 멀어지면서 우리를 이끌었다. 나는 머리에 쌓인 눈을 털어내면서 케겔의 뒤를 부지런히 쫓았다. 숲길이 점점 미끄러워지고 있었다. 케겔은 붉은 불빛을 쫓아갔고, 나는 케겔을 쫓아갔다. 한참을 더 걸어가자 밴 한 대가 서 있었다. 나는 플래시를 비춰 번호판을 확인했다. 그건 내 자동차였다. 헤어진 친구를 다시 만난 것처럼 반가웠다. 불빛을 흔들어 우리를 이끌어준 사람은 이경무였다. 그리고 밴의 뒷자리에는, 다시는 볼 수 없을 줄 알았던 사람이 앉아 있었다. 홍혜정의 얼굴을 보자마자 나도 모르게 눈물이 흘렀다.

22

나는 홍혜정의 품에 안겨서 한참 동안 울었다. 어찌나 눈물이 많이 흐르는지 이렇게 계속 울다가는 몸속의 수분이 모두 말라서 푸석푸석한 좀비가 될지도 모르겠다는 생각이 들 정도였다. 홍혜정이 눈물나게 반갑기도 했지만, 홍혜정이 나를 안아주는 순간 죽은 어머니의 냄새와 감촉이 떠올랐다. 홍혜정이 내 등을 계속 두드려주었다. 자동차 안은 따뜻했지만 몸이 계속 떨렸다. 눈이 자꾸만 감겼다. 이경무가 자동차를 운전했고, 케겔은 조수석에 앉았다. 물어보고 싶은 것이 많았지만 입이 열리지 않았다. 옆에 앉은 홍혜정이 내게 무슨 말을 했는데, 말들이 내 귀에 와닿지 않았다. 미안하다고 했던 것 같기도 하고, 어쩔 수 없었다고 했던 것 같기도 하다. 내 상태를 보고 홍혜정도 더이상 말을 하지 않았다. 나는 창밖을 보았다.

계속 눈이 내리고 있었다. 커다란 눈송이가 창문에 맺혔다가 천천히 녹는 모습을 보면서 나는 잠이 들었다.

나는 열 시간 만에 잠에서 깨어났다. 깨어난 곳은 홍혜정의 집이었다. 나는 침대에서 눈을 뜬 다음에도 한참 동안 상황파악을 하지 못했다. 가장 기초적인 질문들만 머리에 떠올랐다. 여기는 어디인가. 나는 누구인가. 왜 나는 여기에 있는가. 나는 스스로에게 질문하고 그 질문에 대답하며 서서히 현실로 돌아왔다. 침대에 누워서 질문과 대답을 하고 있는데 사람들의 말소리가 들렸다. 케겔과 홍혜정의 목소리였다. 어떤 이야기를 하는지는 들리지 않았지만 케겔과 홍혜정의 목소리인 것만은 분명했다. 어린시절, 일요일 아침 늦잠을 자다가 깨어났을 때 어머니의 소리가 나를 안심시키곤 했다. 누운 채로 멍하니 천장을 바라보고 있으면 어머니가 음식을 준비하는 소리가 들렸다. 칼로 도마를 두드리는 소리와 냉장고 문을 여닫는 소리, 나무주걱으로 냄비 속의 재료들을 섞는 소리가 들렸다. 가끔 어머니는 먼저 일어난 형과 이야기를 하기도 했다. 그때도 이야기의 내용은 들리지 않았다. 내용이 들리지 않아도 두 사람의 목소리는 나를 안심시켰다. 괜찮아, 여기 다 있으니까, 여기 엄마와 형이 있으니까, 걱정하지 않아도 돼. 너에겐 아무 일도 일어나지 않을 거야. 우리가 너를 지켜줄 거야. 오늘은 아무 일도 일어나지 않는 평범한 날이야. 나는 다시 눈을 감았다. 꿈속에서 형과 어머니를 만날 수 있으면 좋겠다고 생각했다. 두 사람이 두런두런 이야기를 나누는 소리를 멀리서 듣고 싶었다. 케겔과 홍혜정의 목소리가 조금 높아지는가 싶더니 또다른 목소리가 끼여들었다. 홍이안의 목소리였다. 나는 침대에서 일어나 문을 열었다. 홍혜정과 홍이안, 케겔과 이경무가 나를 보았다.

"일어났어요?"

홍혜정이 휠체어에 앉은 채 웃는 얼굴로 말했다. 홍혜정의 웃는 얼굴을 보고 있으니 시간을 거슬러온 것 같았다. 홍혜정은 예전처럼 빨간 벙어리장갑을 손에 끼고 있었다. 그 손을 보고 있으니 홍혜정이 처음으로 했던 말이 떠올랐다. 그 장갑을 보고 있으면 한쪽 손이 없다는 사실을 잊어버리곤 한다고 했다.

"오랜만이네요."

홍이안이 멋쩍게 웃으며 인사를 했다. 나도 오랜만이라고 생각했다. 일년 만에 보는 사람 같았다.

"이안씨, 어떻게 된 거예요? 괜찮아요?"

"네, 그럭저럭 괜찮아요. 지훈씨는 힘들었죠?"

"130은요?"

홍이안은 내 질문에 대답하지 않았다.

"130은 어디 있어요?"

내가 다시 물었다.

"일단 여기 앉아봐. 뭘 좀 먹을 거야? 따뜻한 차라도 줄까?"

케겔이 나를 자리에 앉혔다. 케겔이 나를 따뜻하게 대하는 걸 보고 뭔가 잘못됐다는 걸 직감했다. 나는 늘 앉던 자리에 앉았다. 뚱보130이 늘 앉던 자리에는 홍이안이 앉아 있었다. 눈은 비로 바뀌어 있었다. 창문에 맺힌 빗방울들 중 하나가 유성처럼 아래로 미끄러져내려왔다. 기다란 물방울의 꼬리가 생겨났다가 이내 다른 빗방울에 뒤덮였다.

"차는 좀 있다가 마실게요. 어떻게 된 거예요?"

"130은 연구소에 있어요."

홍이안이 작은 목소리로 말했다.

"다 같이 온 거 아니에요? 이안씨 혼자 온 거예요?"

"지훈씨가 장장군과 얘기하고 있는 사이에 우리를 다른 차에 태웠어요. 차에 타자마자 누군가 절 마취시켰어요. 깨고 보니 여기였고요."

"그럼 빨리 130을 찾으러 가야죠."

나는 자리에서 벌떡 일어났다.

"곧 돌려보내준다고 했어요."

홍혜정이 말했다.

"장장군 그 새끼 말을 믿으라고요?"

내가 되물었다.

"좀비에게 공격을 받은 사람은 항체가 생기니까 쌤플만 채취하고 곧 돌려보낸대요. 일단은 그 얘기를 믿는 수밖에 없잖아요."

홍이안이 대답했다.

"아마 장장군은 130을 인질로 잡은 걸 거예요."

홍혜정이 말했다.

"인질요? 인질이 왜 필요해요?"

내가 물었다.

"우리가 비밀을 알고 있으니까요. 그 비밀을 폭로하면 130에게 무슨 일이 생길지도 모른다, 그런 얘길 전하고 싶은 거겠죠."

"비밀을 모르는 걸로 하면 되잖아요."

"우리가 알고 있는 걸 그 사람들도 알아요."

"우리가 모르는 걸로 하고, 그 사람들에게 그걸 알게 하면 되잖아요."

"지훈씨, 그렇게 단순하지 않아요."

"단순하지 않을 건 뭐예요. 130보다 더 중요한 게 있어요? 130을 빨리 데려와야죠."

"알아요. 저도 130이 보고 싶어 죽겠어요. 지훈씨 말대로 우리가 모르는 걸로 하고, 그걸 그 사람들에게 알게 한다고 해도, 130이 돌아올 수 있을지는 모르겠어요. 장장군은 130을 최대한 오랫동안 붙잡고 있으려고 하겠죠. 130을 붙잡고 있는 동안에는 우리가 어쩌지 못한다는 걸 알고 있으니까요. 그래도 130을 어쩌진 못할 거예요."

이경무는 말이 없었고, 케겔은 무거운 얼굴을 하고 앉아 있었다. 거실의 분위기는 너무 무거워서 깃털 하나만 떨어져도 거실 전체가 지하실로 무너져내릴 것만 같았다.

"제로가 죽었어."

케겔이 선언하듯 말했다. 나뿐 아니라 거실에 있는 사람 모두가 놀란 듯했다. 모두들 케겔의 다음 말을 기다렸지만 케겔은 아무 말도 하지 않았다.

"누가 죽어요?"

홍혜정이 물었다.

"아까 부대에 들어가서 확인했어요. 장장군 그 새끼가 제로를 좀비로 만들어놨어요. 그래놓고선 내 앞에선 아무것도 모르는 척했죠."

케겔이 입술을 씰룩대며 말했다.

"케겔씨, 이젠 확실히 아시겠죠? 저 새끼들이 얼마나 잔인한 놈들인지."

이경무가 말했다.

"어이, 안테나 귀신, 자네가 그렇게 말하니까 옛날 생각 나는군. 내가 예전에 자네한테 한 말 기억나? 입 좀 닥치라고."

케겔이 말했다.

"저야말로 옛날 생각이 많이 나는데요. 케겔씨가 그랬죠. 장장군에게 맞서지 않고 고리오 마을을 살릴 수 있는 길을 찾아내겠다고요. 그래 지금쯤은 찾으셨어요? 찾아서 이렇게 된 거네요. 홍혜정씨는 죽은 척하며 지내야 하고, 제로씨는 죽어버리고."

"비아냥거리지 마."

"우린 타이밍을 놓친 거예요. 케겔씨가 망설이던 그때 제로씨를 제대로 이용했더라면 이런 일은 없었을 겁니다."

"자네의 그 과격한 생각 때문에 더 많은 사람들이 다쳤을지도 모르고."

"과격하다고요? 우리가 아무리 과격해봤자 장장군 그 새끼의 발톱만큼도 과격해지지 못할걸요. 아직도 모르겠어요?"

"난 고리오 마을을 먼저 생각해야 했어."

"늘 그러셨죠. 받아먹은 게 많으시니까."

"입 좀 닥쳐."

케겔이 자리를 박차고 일어서며 소리를 질렀다.

"두 분 다 제발 그만하세요."

홍혜정이 조용히 말했다.

"제로씨 때문에 모든 게 어긋난 거예요. 전 처음부터 제로씨를 믿지 못한다고 말씀드렸잖아요. 그 사람은 아들 때문에라도 언제 장장군 편이 될지 모르는 사람이었어요."

"입 좀 닥쳐. 제로는 그런 친구가 아니야."

"케겔씨도 알잖아요. 제로씨는 자신의 기술로 아들을 되살릴 수 있다고 믿은 사람이에요."

"제로가 없었다면 우린 부대에 대해서 아무것도 몰랐을 거야."

"제로씨가 아니었다면 우리 계획이 들통나는 일도 없었겠죠."

"그게 왜 제로 때문이야. 바보 같은 네 녀석 때문이지."

"그게 저 때문이라고요?"

"네 녀석이 입만 닥치고 있었으면 모든 게 잘됐을 거야. 앞으로도 그럴 거고."

"그게 웬 억지예요."

홍이안과 나는 세 사람의 이야기를 들으면서 머릿속으로 퍼즐을 맞추고 있었다. 한쪽에는 텅 빈 판이 있고, 그 옆에는 서로 다른 모양의 조각 만개가 쌓여 있었다. 우리는 두 사람의 이야기에서 어떤 정보를 들으면 그 의미를 조각으로 만들어 머릿속의 판에다 올려놓았다. 새로운 조각을 어디에 놓아야 어울릴지 주변 조각의 모양을 살피기도 하고, 비슷한 색깔의 조각을 찾아보기도 했다. 조각들의 이음새를 찾기 위해 열심히 이야기를 들었지만 어떤 이야기들은 그 어디에도 어울리지 않았다. 전혀 상관없을 것 같은 조각들이 불쑥 튀어나올 때마다 홍이안과 나는 당황했다.

시간이 지날수록 큰 그림이 맞춰지긴 했지만 그 모든 이야기들이 하나로 연결되진 않았다. 몇개의 조각은 구석에서 섬처럼 외로웠다. 몇개의 이야기는 도무지 무슨 소리인지 알아들을 수 없었다. 나는 지금도 그 모든 조각들을 하나의 거대한 이야기로 묶을 자신은 없다. 아무리 노력해도 중심의 이야기와 어울리지 못하는 작은 이야기들이 세상에는 있게 마련이고, 그걸 억지로 연결하려 들면 주변의 작은 이야기가 틀어지고 만다. 모든 사람들이 납득할 만한 이야기란, 모든 의문을 해결해줄 수 있는 대답이란, 이 세상에 존재하지 않는지도 모른다. 오래전에 들었던 홍혜정의 말이 기억났다. 자료를 수집하다보면 기존의 모든 자료를 배신하는 자료가 나타나는데, 그걸 어떻게 처리하는가로 연구자의 태도를 알 수 있다고 했다. 첫번째 유형의 연구자는 기존의 자료를 지키기 위해 새로운 자료를 버린다. 게으른 연구자다. 두번째 유형은 새로운 자료의 가능성을 믿고 기존의 자료를 버린다. 피곤한 스타일의 연구자다. 마지막 유형은 상반되는 자료를 그대로 놓아둔다. 자신의 논리가 어긋나고 부서지더라도 모든 가능성을 열어두고 싶어하는 것이다.

나는 홍혜정의 이야기를 들으면서 내가 만약 어떤 분야를 연구한다면 세번째 유형의 연구자가 되지 않을까 생각했다. 나는 서로 충돌했을 때 오류를 일으키는 두 개의 진실이 존재할 수 있다고 생각한다. 나는 서로의 말이 거짓이라고 주장하는 두 사람의 말이 모두 사실일 수 있다고 생각한다.

나는 세 사람의 이야기를 들으면서 세 사람이 결국 다른 이야기를 하는지도 모른다고 생각했다. 같은 사건을 이야기하고 있었지만 세 사람의 태도는 전혀 달랐고, 세 사람이 관심을 가지고 있는 부분도 전혀 달랐다. 나는 세 사람의 상반된 의견을 조합해서 객관적인 사실에 접근해야 했다. 세 사람은 같은 기억을 공유하고 있었지만 그걸 해석하는 방식이 달랐다.

케겔과 이경무는 한참 동안 으르렁거리다 이내 조용해졌다. 두 사람 모두 상대방의 잘못을 비난하고 싶은 게 아니라 그저 소리를 지르고 싶었던 것이다. 두 사람이 조용해지자 홍혜정이 고리오 마을 사람들의 비밀을 이야기해주었다. 홍혜정에게 그 이야기를 들었을 때 나는 온몸에 소름이 돋았다. 이제까지 보았던 고리오 마을 사람들이 다르게 보였다. 홍이안 역시 놀라기는 마찬가지였다. 놀란 정도로 말하자면 홍이안이 나보다 열 배쯤 더했을 것이고, 충격도 컸을 것이다.

고리오 마을 사람들이 어째서 그렇게 우울한 표정을 하고 있는지, 어째서 그렇게 자신과 타인의 죽음을 아무렇지도 않게 생각하는지, 그제야 조금 이해가 갔다. 다이토는 마을사람들이 생각해낸 가장 처절한 자기파괴적 게임이었다. 고리오 마을에서 살다보면 다이토를 이해할 수 있을 것이라고 했던 홍혜정의 말도 떠올랐다. 지금도 완벽하게 이해했다고 할 수는 없지만 어째서 그런 게임을 만들어냈는지는 알 것 같다.

이야기를 듣고 가장 납득이 가지 않은 부분은 고리오 마을 사람들이 케겔에게 시체를 판 다음 왜 다른 지역으로 가서 살지 않고 하필이면 고리오 마을을 선택했는가였다. 그들은 충분히 많은 돈을 받았을 것이고 자신에게서 시체를 산 케겔 곁에서 살고 싶지는 않았을 것이다. 어쨌거나 그 시체는 자신들의 가족이었을 테니 말이다. 의문은 두 사람의 이야기가 다 끝나고 내가 케겔에게 질문을 던지고 나서야 풀렸다. 고리오 마을 사람들이 케겔에게 판 시체는 평범한 시체들이 아니었다.

"세 번 정도는 죽어야 죗값을 치를 수 있는 사람들이었지."

케겔이 말했다. 고리오 마을 사람들이 케겔에게 판 시체들은 흉악한 범죄를 저지르고 스스로 목숨을 끊었거나, 수많은 사람들을 죽음으로 몰아넣고 자신도 함께 죽었거나, 엄청난 도박빚을 지고 목숨을 끊은 젊은이들이었다. 케겔은 그런 젊은이들의 시체를 사들였고, 일반 시체의 몇배에 달하는 보상금을 주었다. 조건은 단 하나, 고리오 마을에 입주하는 것이었다. 고리오 마을 사람들은 대부분 그 조건을 순순히 받아들였다. 그들은 어차피 갈 곳이 없는 사람들이었다. 살인자의 부모, 흉악범의 부모로 손가락질을 받으면서 살아가는 것보다 세상과 떨어져 있는 고리오 마을에서 살아가는 게 훨씬 나을 게 분명했다. 케겔이 준 돈으로 자식이 남긴 세상의 빚을 모두 갚고 고리오 마을에서 조용히 살아갈 수 있는 기회를 쉽게 떨쳐버릴 수 없었을 것이다.

"그래서, 현이를 팔고, 현이를 팔아먹은 돈으로, 여기 들어와서 신나게 사는 거야?"

케겔의 이야기를 듣고 홍이안이 소리를 질렀다.

"그때는 엄마에게 선택의 여지가 없었어."

홍혜정이 대답했다.

"나한테 얘기라도 했어야지. 뭐가 어떻게 되는 건지 설명이라도 했어야지."

"설명했으면, 어떻게든 네가 해결해보려고, 그 돈을 다 마련하려고 괴로워하다 최악의 방법을 썼을 게 분명한데, 어떻게 이야기를 해."

"그래도 내 동생이잖아. 엄마 아들일 뿐만 아니라 내 동생이기도 하단 말이야. 나한테도 책임이 있는 거라고."

"지금은, 모르겠어. 그래, 너한테 얘기를 하는 게 옳은 선택이었는지도 몰라. 너한테 얘기를 하고, 우리 둘이서 머리를 맞댔다면, 좋은 방법을 찾아냈을지도 모르지. 그게 우리 사이를 더 가깝게 했을지도 몰라. 하지만, 그때는, 이안아, 그것밖에는 방법이 없었어. 그게 현이를 살리는 방법이라고 생각했어."

"엄만 잘못 생각한 거야. 걔가 어떻게 살았든 누굴 죽였든 그건 그애의 인생이었어. 현이가 제 목숨을 끊는 순간, 모든 건 사라진 거야. 엄마가 죄책감을 느낄 필요는 없어."

"맞아, 내가 잘못 생각한 거야. 지금은 엄마도 그걸 알아."

홍혜정과 홍이안의 대화를 들으면서, 나는 새로운 홍혜정을 보았다. 홍이안은 전과 다르지 않았지만 그토록 단단해 보이던 홍혜정이 홍이안 앞에서 쩔쩔매는 모습을 보고 있자니 애처롭기까지 했다. 홍이안은 계속 홍혜정을 다그쳤고, 홍혜정은 변명에다 변명을 더했다. 어떤 변명으로도 죽은 아들을 팔았다는 죄책감을 씻을 수는 없겠지만, 딸에게 변명을 하는 것만으로도 홍혜정의 마음이 조금은 편안해지는 것 같았다. 두 사람의 이야기가 멈추자 거실에 침묵이 찾아들었다.

"현이를 봤니?"

홍혜정이 말했다.

"현이를 보다니, 무슨 말이야?"

"현이가 지금 여기 있어."

"죽은 애가 어떻게……"

홍이안은 말을 하다 말고 케겔과 이경무를 보았다. 이경무가 검지로 땅 밑을 가리켰다. 홍이안은 자리에서 일어났다. 그제야 모든 상황을 이해한 듯했다. 오래전에 헤어졌던 세 가족이 한자리에 모인 감격적인 순간이었다. 죽은 줄 알았던 홍혜정과 죽을 뻔했던 홍이안은 산 채로 거실에 있었고, 홍혜정의 아들이자 홍이안의 동생인 홍현은 완전하게 죽었다가 좀비로 되살아난 후 지하실에 갇혀 있었다.

"나, 지하실에 있었는데, 현이는 없었어요."

"당연해. 전혀 다른 모습이 되었으니까……"

지하실로 내려가는 동안 홍이안이 어찌나 내 손을 꼭 쥐던지 손가락이 아플 지경이었다. 홍이안의 손바닥에서는 쉴새없이 땀이 흘렀다. 내 손도 함께 젖었다. 두번째여서 내려가는 길이 힘들지는 않았다.

이경무가 지하실의 문을 열자 좀비들의 소리가 들렸다. 내가 역겨워하던 냄새가 선명했다. 홍이안은 그 안으로 쉽게 들어가지 못했다. 소리나 냄새 때문이 아니라 변해버린 동생의 모습을 마주하기가 두려웠던 것이다. 홍이안은 수십명의 좀비 앞에 서서 한 사람

한 사람을 자세히 보았다. 그들은 대부분 얼굴에 상처를 입었거나 얼굴 전체가 뒤틀려 있어서 언뜻 보면 모두 비슷했다. 상처를 입은 방식은 모두 달랐지만 상처가 있다는 이유만으로 모두 비슷해 보였다. 세상의 모든 존재를 정상과 비정상으로 나눈다면, 그들은 모두 비정상에 속하는 부류였다. 같은 부류였으므로 닮아 보였다. 홍이안은 좀더 가까이 다가가서 확인했다. 내가 도와주고 싶었지만 홍현의 얼굴을 알지 못하니 해줄 수 있는 일이 없었다. 절반 정도의 좀비들을 확인했을 때, 홍이안이 참고 있던 숨을 터뜨렸다.

"현아."

홍현의 얼굴에는 큰 상처가 없었지만 오른쪽 눈이 안쪽으로 푹 꺼졌고 얼굴의 좌우가 심각한 비대칭이어서 사진 조작으로 사람의 얼굴을 일부러 일그러뜨린 것 같은 모습이었다. 살아 있을 때의 모습을 추측하기가 쉽지 않았다. 왼쪽 관자놀이에 커다란 구멍이 나 있었는데, 권총으로 자살했을 때 난 상처인 것 같았다. 총알이 오른쪽 관자놀이로 들어가 왼쪽 관자놀이로 빠져나왔다는 사실을 상처만 보고도 알 수 있었다. 홍현은 팔을 뻗어서 홍이안을 잡으려 했다. 반가워서 그러는 것 같지는 않았다. 홍이안이 움찔했고, 내가 홍이안의 어깨를 뒤로 끌어당겼다.

"현아."

홍이안이 소리를 질렀다.

"우, 웨, 에……"

홍현도 소리를 질렀다. 곁에 있던 좀비들도 덩달아 소리를 질렀다. 홍이안은 이름을 부르면 동생이 제정신을 차릴 수 있기라도 한 것처럼 소리를 질렀다. 홍이안의 목소리가 커질수록 좀비들의 목소리도 커졌다. 홍이안의 목소리와 좀비들의 아우성이 뒤섞이면서 지하실은 아수라장이 됐다.

"홍이안씨, 그만하세요. 위험합니다."

이경무가 홍이안을 말렸다. 그는 옆에서 계속 리모컨을 눌러대고 있었다. 나는 홍이안의 어깨를 당겼다. 홍이안이 내 품에 안기며 울었다. 온몸을 떨고 있었다. 두 손을 꼭 모아 내 가슴에 올리자, 떨리는 손이 가슴을 두드렸다. 나는 두 팔에 힘을 주어 홍이안을 안았다. 홍이안의 울음이 더이상 밖으로 나가지 못하게 눈물의 입구를 잠그듯 어깨를 안아주었다. 더 울었다가는 수분 부족으로 바스러져버릴 것 같았다. 홍이안의 울음이 잦아들자 좀비들도 더이상 소리를 지르지 않았다. 좀비들은 개들처럼 행동했다. 이쪽에서 소리를 지르면 시끄러워지고, 무관심하게 내버려두면 다시 조용해졌다.

"나, 이상하죠? 동생을 봤는데 안아주지도 못해요."

홍이안의 목소리는 차분해졌다.

"이안씨, 저건 동생이 아니에요."

나는 홍이안을 다시 안아주었다.

"현이예요. 현이가 맞아요."

홍이안의 말이 내 가슴에 가로막혀 먹먹해졌다. 홍이안의 말소리는 내 귀로 곧장 향하지 않고, 내 가슴을 두드린 다음 귀로 전달됐다.

"한때 홍현이었던 사람이에요. 지금은 사람이 아니에요. 좀비라고요."

"아니에요, 변하긴 했지만 예전 모습이 남아 있어요."

"겉모습만 같은 거예요."

"겉모습이 같은데 어떻게 다른 사람이라고 생각해요."

"사람이 아니에요, 이안씨."

"사람이에요. 내 동생이라고요."

나는 홍이안이 더이상 말을 하지 못하도록 어깨를 끌어안았다. 홍이안이 조용히 무슨 말인가 했지만 그 소리는 모두 내 가슴으로 흡수됐다. 작은 소리여서 귀로는 들리지 않았다. 홍이안은 두 팔을 아래로 떨어뜨렸다. 홍이안 역시 지금 눈앞에 있는 것이 동생이 아니라는 걸 알고 있었다. 겉모습은 똑같지만 자신을 알아보지 못하는 살아 있는 시체라는 사실을, 홍이안도 알고 있었다. 모든 걸 알고 있었지만 눈앞에 보이는 동생의 현재를 외면하기도 힘들었다. 홍이안은 갑자기 내 가슴을 밀치더니 일층으로 올라갔다.

"도대체 왜 그래, 홍혜정씨?"

홍이안이 홍혜정에게 소리를 질렀다. 홍혜정은 대꾸를 하지 않았다.

"왜 그러냐고, 왜? 왜? 현이를 몇번 죽이려는 거야? 응? 현이를 왜 데려왔어? 저런 모습을 보고 있으니까 좋아?"

"현이가 살아 있는데, 그럼 어떻게 했으면 좋겠어? 내버려두고 올 수는 없잖아."

"저게 살아 있는 거야? 저게 살아 있는 거냐고."

"이안아, 내 눈엔 살아 있는 것처럼 보여."

"그건 죄책감 때문이야. 빌어먹을 죄책감 때문에 그렇게 보이는 거라고.”

“그게 죄책감이든 환상이든, 내 눈앞에 보이는 현이는 분명히 살아 있어. 걸어다니고, 소리를 내잖아.”

“걸어다니고, 소리를 낸다고? 저 소리가 현이의 목소리 같아? 응? 이제는 엄마가 원하는 대로 현이를 죽였다가 살렸다가 하는구나. 역시, 이번에도 나는 아무런 상관 없는 거지? 그래, 그게 홍혜정씨야. 내가 잠깐 까먹고 있었나봐. 홍혜정씨가 아니면 그렇게 못하지. 뻔히 살아 있으면서 죽은 사람 행세하고, 죽었다가 다시 부활하시고, 속이고, 마음대로 갖고 노시고, 혼자서만 전지전능하신 분이 홍혜정씬데, 맞아, 그걸 내가 잠깐 까먹고 있었어.”

“왜 그런지 얘기했잖아. 죽은 척할 수밖에 없었던 이유, 다 얘기했잖아.”

“이유? 아무리 엄청난 이유가 있어도, 설령 엄마가 살기 위해서 죽은 척해야 했더라도, 죽었다는 걸로 거짓말을 해서는 안되는 거였어. 엄만 나한테 그러는 게 아니었어. 내가 어떻게 살았는지 알면서, 내가 얼마나…… 됐어, 그래, 엄마는 내 주위에 아무도 없는 걸 아니까, 다 죽어버리고, 엄마도 죽어버리면, 나도 따라서 죽어버리길 기대한 거 아냐?”

“이안아, 그런 말이 어디 있어?”

“난 절대 안 죽어, 안 죽는다고.”

“그래, 넌 안 죽어. 죽으면 안돼. 내가 잘못했어, 이안아. 그래, 엄마가 잘못했어.”

홍혜정은 휠체어를 끌고 홍이안 곁으로 갔다. 울고 있는 홍이안을 안고 빨간색 벙어리장갑으로 등을 두드려주었다. 크고 빨간 벙어리장갑이 위아래로 움직이자 거실에 묘한 평온함이 흘렀다. 크고 빨간 벙어리장갑은 울고 있는 홍이안뿐 아니라 옆에 앉아서 침울해 있는 우리까지 위로해주는 것 같았다. 크고 빨간 벙어리장갑이 툭, 툭, 툭, 툭, 홍이안의 등을 두드릴 때마다 곁에 있던 내 마음도 평온해졌다.

23

　고리오 마을 사람들과 좀비들을 만나게 해주자는 것은 케겔의 생각이었다. 이경무가 대담한 계획을 시도할 때마다 반대하던 케겔이 그런 아이디어를 낼 줄은 아무도 몰랐다. 위험한 일이었으므로 처음에는 홍혜정도 반대했다. 좀비로 변한 자신의 아들과 딸을 만난다는 것은 간단한 일이 아니었으며, 좀비들을 컨트롤할 수 있다고는 하지만 어떤 사고가 생길지 몰랐다. 그럴 일은 절대 없겠지만 만약 좀비들에게 깃털 무게만큼의 정신이라도 남아 있다면 아마도 자신의 시체를 팔아버린 부모를 깨물고 갈기갈기 찢어버릴 게 분명했다. 홍혜정이 마음을 바꾼 것은 좀비가 된 홍현을 만나고 나서였다. 홍현의 텅 빈 눈을 바라본 순간, 총알이 꿰뚫고 지나간 관자놀이의 커다란 구멍을 본 순간, 작은 바늘로 온몸의 수만 곳을 찌르는 듯한 통증을 느끼면서도 몸 한구석으로는 설명할 수 없을 정도로 커다란 행복이 밀려들었다. 홍현의 육체를 다시 볼 수 있다는 것만으로 행복했다. 육체를 보는 순간, 추상적이었던 기억이 구체적으로 바뀌었다. 몸으로 만들었던 오래전의 기억들이 차곡차곡 되살아났다.

케겔은 홍혜정의 장례식 다음날부터 고리오 마을 사람들과 좀비들을 몰래 만나게 했다. 되살아난 자식과 부모의 만남이 매일 밤 이뤄졌고, 고리오 마을 곳곳에서 울음이 끊이지 않았다. 통곡이 벽을 넘어다녔다. 그들의 울음은 여러가지 의미였을 것이다. 일찍 죽은 자식에 대한 원망도 있을 것이며, 자식을 죽음으로 내몬 자신들에 대한 질책도 담겨 있었을 것이다. 울음은 쉽게 끊이질 않았다. 가끔은 눈앞의 좀비가 자신의 자식이라는 사실을 인정하지 않고 케겔에게 욕을 하고 토악질을 하면서 밖으로 뛰쳐나간 사람도 있었지만 대부분의 사람들은 자식을 만지고 싶어했다. 한 노인은 목매달아 죽은 아들을 만났을 때 목에 드러난 선명한 밧줄자국을 계속 만지려고 해서 케겔이 떼어놓는 데 애를 먹었다. 그때 노인이 이렇게 말했다.

"목에 생긴 저 상처를 만져봐야지 저 녀석이 죽었다는 걸 인정할 수 있을 거 같아. 이보게 케겔, 난 이제 곧 죽을 거야. 죽는 건 무섭지 않다고."

끝내 케겔은 노인에게 좀비를 만지는 걸 허락하지 않았다. 반드시 지켜야 할 규칙이었다. 산 자와 죽은 자는 서로 만질 수 없었다. 한번 규칙이 무너지고 나면 어떻게든 좀더 만져보고 싶을 것이고,

만져보고 나면 고통이 더욱 커질 테고, 죽음을 새삼스럽게 실감할 것이다. 그건 산 자와 죽은 자 모두에게 좋지 않은 일이 될 것이다. 케겔은 고리오 마을 사람들과 좀비들이 서로 바라보게만 했다. 바라보는 것만으로도 많은 사람들이 울었다. 사람들은 좀비가 된 자식들을 보고 돌아가는 길에 자신을 죽여버리고 싶었을지도 모른다. 죽어서 자식들과 함께 있는 삶을 택하고 싶었을지도 모른다. 하지만 스스로 목숨을 끊은 사람은 단 한 명도 없었다. 매일 밤, 삶과 죽음이 엇갈렸다. 삶이 죽음에 가까워졌고, 죽음도 삶과 멀지 않았다. 살아 있는 사람은 곧 죽을 것 같았지만 아무도 죽지 않았다. 죽은 사람들은 되살아날 것처럼 보이면서도 끝내 살아날 수 없었다.

사라진 좀비들을 찾기 위해 군부대가 매일 수색을 벌였기 때문에 케겔은 좀비들을 데리고 매일 밤 장소를 옮겨가며 고리오 마을 사람들과 만났다. 홍혜정은 숨어서 사람들과 좀비들의 만남을 지켜보았다. 홍혜정은 살아 있는 사람도 아니었고 죽은 사람도 아니었다. 이야기를 끝낸 홍혜정은 발끝에서부터 끄집어낸 듯한 한숨을 쉬었다.

"지금은 마을사람들 모두 좀비의 존재를 알아요."

"모두들 충격이 컸겠군요."

"다들 충격에 익숙한 사람들이에요. 힘들긴 하겠지만 그래도 잘 버틸 거예요."

홍이안이 있었다면 평온한 홍혜정의 목소리에 시비를 걸며 또 한번 소리를 질러댔겠지만, 홍이안은 바람을 쐬러 밖으로 나간 뒤였다.

"이젠 어떻게 하실 겁니까?"

"마을사람들은 확실히 달라졌어요. 뭐가 어떻게 달라졌는지 설명하긴 힘들지만, 예전의 그들이 아니에요. 케겔씨도 그런 걸 바랐던 걸 거예요. 다이토 같은 건 더이상 하려고 하지 않아요. 앞으로 어떻게 될지는 저도 모르겠군요."

"좀비의 비밀을 공개할 겁니까?"

"130이 돌아오지 않았잖아요. 그리고, 아직은 증거가 부족해요."

"어떤 증거요?"

"시체를 좀비로 만드는 방법이 뭔지 알아야 해요. 그 실험자료를 확보하지 못하면 모두 소용없어요. 제로씨가 하려고 했던 일도 그거예요."

"어떤 일인데요?"

"제로씨는 연구소 직원이지만 우리 쪽에다 자료를 넘겨왔어요. 연구소에서는 시체들의 두개골을 연구하고 있었어요. 두개골을 통해 정신적인 능력과 특징을 알아낼 수 있다고 생각한 거죠. 케겔이 넘긴 시체들은, 지훈씨도 알겠지만 보통 시체들이 아니잖아요. 문제가 많은 시체들이었고, 범죄를 저지른 시체들이었어요. 그 시체들의 두개골 속에서 뭔가 특별한 걸 발견하려고 했던 것 같아요. 우리와 다른 어떤 게 그 속에 있다는 걸, 마음껏 죽여버려도 좋을 이유가 있다는 걸, 애당초 잘못된 DNA를 지닌 채 태어나는 존재도 있다는 걸 발견하고 싶었던 거겠죠. 그 시체들을 다시 깨워낸다면, 몇번이고 다시 죽여도 죄책감을 느끼지 않을 거예요. 병사들이 아무리 그들을 죽여도 죄책감을 느끼지 않겠죠. 어떻게 시체들을 좀

비로 만들 수 있었는지, 그것만 알면 마지막 퍼즐이 채워지는 거였
어요."

"마지막 퍼즐을 풀지 못하고 죽은 거군요."

"제로씨는 장장군이 우리의 계획을 알아내기 위해 보낸 스파이
였지만 우릴 도와주었어요."

"발명가라고 들었는데요."

"네, 제로씨는 자신의 기술로 아들을 살릴 수 있다고 생각했어
요. 장장군 일을 도와준 것도 그 이유 때문이었고요. 지훈씨가 죽인
좀비 기억해요?"

"그럼요, 평생 잊지 못할걸요."

"그 친구가 제로씨의 아들이었어요."

홍혜정에게 그 이야기를 듣는 순간, 좀비를 죽였을 때의 감각이
생생하게 되살아났다. 방망이로 몸을 내려쳤을 때 손가락 끝까지
전해지던 쾌감이 되살아났다. 머리가 없는 몸통을 후려칠 때 비겁
하게 느껴졌던 마음도 생생하게 되살아났다. 손이 떨렸다. 그건 분
명히 살인이 아니었지만, 살인이기도 했다. 제로에게 미안하다는
말을 할 수 없다는 사실이 안타까웠다.

"언제부턴가 장장군이 제로를 의심하기 시작했어요. 좀비들이
부대를 탈출하는 일이 잦았고, 연구실 자료가 분실된 사건도 있었
어요. 갑자기 일이 뒤틀려버린 거죠. 장장군이 제로에게 저를 제거
하라는 지시를 내렸어요."

"제거요?"

"사람 하나 죽이는 건 신경도 쓰지 않는 사람들이에요. 게다가

저 같은 늙은이 하나 죽는다고 큰일이 생기는 것도 아니죠. 다른 스파이가 더 있었던 것 같아요. 장장군은 제로를 시험해보려고 했던 모양이에요."

사람 하나 죽이는 건 신경도 쓰지 않는다는 말만 귓속으로 크게 들렸다. 사람 하나 죽이는 걸 신경도 쓰지 않는 사람들이 과연 뚱보130을 순순히 보내줄까 싶었다. 케겔이 없었다면 나 역시 그곳에서 빠져나오지 못했을지도 모른다.

"그래서 죽은 척했던 거예요?"

"다른 방법이 없었어요. 시간을 벌어야 했으니까요. 결국 저 때문에, 제가 죽은 척했기 때문에 제로씨가 죽은 거예요."

홍혜정이 고개를 숙였다. 홍혜정이 괴로워하는 모습을 볼 때마다 내 마음이 힘들었다. 홍혜정이 죽었다는 말을 케겔에게 들었을 때 나는 홍혜정의 웃는 얼굴을 떠올렸다. 그 모습이 가장 홍혜정답다고 생각했다. 그걸 볼 수 없다는 사실이 괴로웠다. 홍혜정을 다시 만나서 그 모습을 자주 볼 수 있을 줄 알았는데, 웃는 얼굴보다는 괴로워하는 얼굴이 더 잦았다.

밖에 나가 있던 홍이안과 이경무가 급하게 뛰어들어왔다. 방에 있던 케겔도 거실로 나왔다. 자동차 엔진소리가 들렸다.

"케겔씨가 나가보세요."

홍혜정이 말했다. 케겔이 문을 열고 밖으로 나서자마자 자동차 소리가 멀어졌다.

"저 녀석들 뭘 던져놓고 그냥 가는데?"

케겔이 고개를 뒤로 반쯤 돌리며 말했다.

"뭔데요?"

홍혜정이 물었다.

"모르겠어요. 상자 같은데?"

케겔이 말했다.

"폭탄 들어 있는 거 아닐까요?"

이경무가 말했다.

"그럼 자네가 갔다 와봐."

"제가 왜요?"

"젊은 놈이 겁만 많아가지고……"

케겔은 집 앞 마당으로 성큼성큼 걸어갔다. 상자를 열고 안을 들여다보았다. 케겔은 고개를 돌렸다.

"빌어먹을 개자식들."

"왜 그래요?"

"제로야."

상자 안에는 제로의 얼굴과 몸과 팔과 다리가 분해되어 들어 있었다. 잘 포개져 있었고, 제로의 얼굴이 맨 위에서 허공을 응시하고 있었다. 팔다리를 잘 꺼내서 맞추면 조립식 인간 제로가 살아날 것만 같았다. 눈빛은 공허했고, 입은 반쯤 벌어져 있었다. 죽은 사람 같지 않았다.

나는 제로의 텅 빈 눈을 보았다. 눈두덩이 부어올랐고, 광대뼈가 도드라졌다. 목 주변의 주름도 그대로였다. 죽은 사람이 아니었다. 죽기 전의 제로와 크게 다르지 않았다. 삶과 죽음의 거리가 그토록 가까운 얼굴을 나는 이전에도 이후에도 한번도 보지 못했다. 살아 있을 때는 좀비 같은 얼굴이었는데, 죽고 나니 죽은 사람 같지 않았다.

홍혜정은 울지 않았다. 입술을 깨물며 얼굴을 일그러뜨릴 뿐이었다. 케겔과 이경무 역시 울지 않았다. 울어야 할 때가 아니라 분노해야 할 때라고 생각하는 듯했다. 이제 움직여야 할 때가 온 것이다.

"경고야."

케겔이 무거운 침묵 위로 위태롭게 올라섰다.

"더이상 다가오지 말라는 경고겠죠."

이경무가 말했다.

"공격의 표시일지도 몰라요. 선전포고."

홍혜정이 말했다.

홍혜정이 맞았다.

제로의 시체를 보낸 것은 공격을 알리는 신호탄 같은 것이었다. 십분쯤 후에 홍이안이 마오산 방향에서 불길을 발견했다. 살아 있는 생명체처럼 넘실거리는 불길이 멀리서도 또렷하게 보였다. 불길은 무슨 메씨지라도 전하려는 것처럼 꿈틀거렸다.

"연구소와 숲을 다 태워버리려는 거예요. 증거를 없애고, 좀비들을 다 제거하려는 거예요."

"그럼 이쪽으로도 곧 몰려오겠는데요. 여기에 있는 좀비들도 다 없애려 들 거예요."

"130, 130은 어떡해요?"

홍이안이 다급한 목소리로 말했다.

"내가 가서 찾아볼게요."

내가 말했다.

"늦었어."

케겔이 말했다.

"아뇨, 아직 살아 있을 거예요."

홍이안이 말했다.

"경무씨, 탈출로는 어떻게 됐어요?"

홍혜정이 이경무에게 물었다.

"일단 준비는 해뒀는데, 상황이 어떨지는 모르겠어요."

이경무가 대답했다.

"가봐야죠. 일단, 나가봐야죠. 경무씨가 좀비들을 데리고 나가주세요. 어떻게든 살아서 가요. 케겔씨는 저랑 제로의 연구소로 가요. 거기에 뭔가 자료가 남아 있을지 몰라요. 지훈씨, 괜찮겠어요?"

"네, 130을 데리고 갈게요. 분명히 살아 있을 거예요."

나는 그렇게 믿고 싶었다. 이경무는 지하실의 좀비 스물다섯 명을 데리고 집을 나섰다. 좀비들은 옆을 보지 않고 이경무의 뒤만 따라갔다. 리모컨 덕분이겠지만 이경무의 뒤만 바싹 따라가는 게 신기했다. 오랫동안 먹이를 주면서 키운 강아지와 다를 게 없었다. 이경무와 함께 집을 나선 좀비 중에는 홍현도 있었다.

"지훈씨, 가요."

"어딜요?"

"같이 가요."

"이안씨는 홍혜정씨랑 같이 움직여요."

"싫어요."

"엄마랑 같이 가요."

"엄마도 나랑 가는 거 별로일 거예요. 어때요, 홍혜정씨, 내가 친구들과 함께 있는 게 좋죠?"

홍이안은 홍혜정의 얼굴을 보았다. 홍혜정이 웃으며 고개를 끄덕였다. 나는 자동차 쪽으로 뛰었다. 홍이안이 있는 힘을 다해 내 뒤를 따라왔다. 마오산 쪽의 불길은 조금씩 넓어지고 있었다. 나는 자동차를 출발시켰다. 액셀러레이터를 최대한 밟았다.

"살아 있겠죠?"

"살아 있을 거예요. 끈질긴 놈이잖아요."

"지훈씨, 불안해요."

"걱정 말아요. 곧 살아 있는 두 개의 바둑알 같은 130을 보게 될 거예요."

"증거를 모두 태워버리는 거라면 130도 없애려고 하지 않을까요?"

"아뇨, 130은 백신 때문에 항체가 만들어졌어요. 장장군도 쉽게 죽이지 않을 거예요. 분명히 살아 있을 거예요."

나는 손을 뻗어 홍이안의 손을 잡았다. 작은 손이 떨고 있었다. 나는 손에 힘을 주었다. 자동차의 속도가 빨라질수록 홍이안의 심장은 차분해졌다.

"참, 이거요."

나는 홍이안에게 푸른색 가죽 노트를 건넸다.

"이거 내가 줬던 거잖아요."

"홍혜정씨한테 돌려줬더니, 이안씨 혼자 있을 때 전해주래요. 이안씨에게 주려고 했던 거래요."

홍이안이 실내등을 켜고 노트를 열었다. 홍이안은 노트에 적힌 글들을 읽었다. 그 글은 나도 읽어보았다. 별다른 내용이 없었다. 일상적인 노트였다. 몇월 며칠까지 번역을 끝내고 어떤 일을 해야 하는지가 적혀 있었다. 가끔 홍이안에 대한 이야기가 나오기도 했지만 그것 역시 특별한 내용은 아니었다. '이안과 할인매장 가기' '이안과 스케이트장 가기' 같은 간단한 메모들이었다. 홍이안이 계속 페이지를 넘겼다. 노트 뒤쪽의 사진을 보는 순간 홍이안이 눈을 감았다. 고개를 저었다.

"그 사진, 홍혜정씨 맞죠?"

"아뇨, 제 사진이에요."

"이안씨보다 홍혜정씨랑 더 비슷해요."

"제가 뚱뚱했을 때 사진이에요. 매일매일 찍었던 누드사진요. 얼굴만 오려놨네."

홍이안은 페이지를 넘겼다. 같은 앵글의 사진이 계속 이어졌다. 사진 속 여자의 얼굴에서 점점 살이 빠져나가고 있었다. 나는 운전을 하면서 곁눈질로 노트를 훔쳐보았다. 사진 속의 여자는 퉁명스럽게 이쪽을 바라보고 있었다. 시간이 지날수록, 노트의 페이지가 넘어갈수록 살은 줄어들었고, 여자는 점점 많이 웃었다.

"이거, 무슨 애니메이션 같은데요."

홍이안이 내 눈앞에 노트를 펼치고 빠른 속도로 페이지를 넘겼다.

"인상 쓰다가 웃는 여자 애니메이션이네요."

홍혜정이 노트에 사진을 붙인 이유를 알 것 같았다. 홍혜정은 홍이안이 생각날 때마다 그 노트를 넘겼을 것이다. 자신을 향해 웃고 있는 홍이안의 얼굴을 보면서 웃었을 것이다. 홍이안은 빠른 속도로 노트를 넘기며 자신의 모습을 계속 들여다보았다. 점점 웃고 있는 자신을 보았다.

"이거 자꾸 보고 있으니까 되게 웃겨요. 지훈씨도 봐요."

"운전하잖아요. 그리고, 그 노트 볼 필요가 뭐 있어요. 이안씨가 웃어주면 되잖아요."

"하하, 그런가."

"웃으니까 좋아 보여요."

"지훈씨, 참 재미있었어요, 그쵸?"

"뭐가요?"

"다요. 지훈씨와 130이랑 논 것도, 좀비들을 만난 것도 다 재미있었어요."

"마지막 정리하는 사람처럼 왜 그래요?"

"원래 이게 제 특기예요. 정리를 잘해요."

"그럼 조금만 기다렸다가 130 만나면 그때 해요."

"알았어요. 130 만나면 그때 할게요."

나는 액셀러레이터 페달을 바닥에 닿을 정도로 깊이 밟았다. 속도를 내자 앞에 보이는 풍경의 귀퉁이가 순식간에 이지러졌다. 액셀러레이터를 밟는 순간 나 역시 재미있었다는 생각이 들었다. 아무 일도 일어나지 않던 시간은 참 천천히 지나갔지만 뚱보130과 홍이안과 홍혜정과 함께 있었던 시간은 순식간에 지나갔다. 누군가 내 시간의 액셀러레이터에 발을 올려놓고 있었다. 우리가 함께 있었던 몇개의 장면이 풍경 속에서 나타났다가 뒤로 흘러갔다. 후진 기어를 넣고 다시 돌아가 그 풍경을 천천히 감상하고 싶었지만, 그럴 수 없었다. 선택을 해야 한다면, 지나간 일보다는 해야 할 일이 먼저였다. 뚱보130을 그리워하는 마음이 크면 클수록 나는 더 세게 액셀러레이터를 밟아야 했다. 풍경을 되돌리고 싶은 마음이 크면 클수록 더 빨리 목적지에 도착해야 했다. 나는 이경무가 가르쳐준 비밀통로를 향해 달려갔다. 케겔이 나를 데리고 나온 곳이었다. 가끔 홍이안이 내 옆모습을 보는 걸 느꼈다. 너무 빨리 달리고 있었다. 그래도 어쩔 수 없었다. 모든 걸 되돌려놓으려면 어쩔 수 없었다.

24

바람과 불길은 부대에서 마오산으로 향하고 있었다. 불길은 조용히 움직였다. 모든 걸 헤집은 다음, 그걸 다시 뒤덮으면서 천천히 다가오고 있었다. 몇시간 전까지 눈과 비가 내렸는데도 불이 사그라지지 않는 걸 보면 불길 뒤에 누군가 있는 게 분명했다. 천천히 차근차근 이 모든 것을 불태워버리겠다는 확신이 보였다. 나는 불길을 향해 차를 몰았다. 비밀통로를 거쳐 공원으로 들어간 다음 연구소를 찾지 못해 한참 동안 헤맸는데, 우리만 그러는 게 아니었다. 나는 자동차 헤드라이트 앞으로 뛰어드는 야생동물을 피하는 데도 신경을 써야 했다. 고라니와 족제비, 산양 같은 동물들이 갈피를 잡지 못한 채 이리저리 뛰어다니고 있었다. 나는 헤드라이트 앞에서 눈을 떼지 못했다. 속도도 마음껏 낼 수 없었다.

연구소 건물이 보였지만 다가갈 수는 없었다. 연구소 건물은 이미 불길에 휩싸여 있었다. 멀리서 연기가 몰려오고 있었다. 매캐한 냄새가 희미하게 번졌다. 재가 공중에서 눈처럼 흩날렸다. 더 다가가는 건 무리였다. 불길은 자유자재로 움직이며 모든 곳을 장악했다. 땅으로 낮게 전진하는 불길도 있었고, 높게 솟은 나무를 타고 위로 솟구친 다음 다시 다른 나무로 옮겨가는 불길도 있었다. 바람과 불은 살아 있었다. 불덩어리가 나무 한 그루를 통째로 집어삼키는 데는 몇초밖에 걸리지 않았다. 바람은 이리저리 자신의 몸을 뒤틀게 마련인데 부대에서 불어오는 바람은 방향을 바꾸지 않았다. 목표물이 있는 것처럼 움직였다. 그 뒤에는 거대한 몸뚱이의 불길이 대장이라도 되는 것처럼 불머리를 지휘하고 있었다. 전진할 수 없었다.

"지훈씨, 저기 봐요."

홍이안이 가리킨 곳에 서너 명의 좀비들이 보였다. 좀비들은 팔을 뻗고 불을 향해 가고 있었다. 바람에 날리는 불씨를 붙잡기 위해 팔을 흔들기도 했다. 좀비 한 명은 불씨가 팔에 떨어졌는데도 그걸 가만히 들여다보고 있었다. 커진 불씨가 팔을 태우자 좀비는 몸을 뒤흔들면서 불을 털어내려 했지만 잘되지 않았다. 불길은 팔뚝을 모두 삼킨 다음 좀비의 몸통으로 이어졌고, 몇초 만에 좀비의 모든 것을 태워버렸다. 좀비는 비명도 한번 제대로 질러보지 못하고 재로 변했다. 어딘가에서 열 명 정도의 좀비가 더 걸어나왔다. 다시 스무 명 정도의 좀비가 더 걸어나왔다. 보이지 않는 곳에 좀비들의 길이라도 있는 모양이었다.

"저기, 130 아니에요?"

홍이안이 손을 들어 가리킨 곳에 뚱보130이 있었다. 분명히 뚱보130이었다. 잘못 볼 수가 없었다. 뚱보130은 하얀 셔츠와 검정색 양복바지를 입고 다른 좀비들과 함께 불을 향해 걸어가고 있었다. 옷 때문에, 몸집 때문에 눈에 띌 수밖에 없었다. 나는 뚱보130을 향해 자동차를 몰았다. 백 미터 앞에서 무릎 높이의 불길이 낮게 그르렁거리며 우리 쪽으로 접근하고 있었다. 한 무더기의 재가 자동차 앞유리에 들러붙었다. 뚱보130의 뒷모습밖에 볼 수 없었다.

"야, 130, 어디 가!"

홍이안이 소리를 질렀다. 헤드라이트 불빛 속에서 뚱보130이 우리를 돌아보았다. 130의 눈빛을 본 것 같았다. 뚱보130은 곧바로 고개를 돌려버렸지만, 짧은 순간 그의 눈을 본 것 같았다. 눈빛이 살아 있다면 좀비가 된 것은 아닐지도 몰랐다. 하지만 우리를 보고도 아는 체를 하지 않는 것도 이상했다. 불빛 때문에 우리를 보지 못했을 수도 있었다. 자동차 불빛 때문에 그런지도 몰랐다. 좀비들과 뚱보130은 나무가 빽빽한 숲 쪽으로 걸어갔다. 자동차로는 더이상 접근할 수가 없었다. 우리와 불길 사이에 좀비들이 있었다. 먼 곳에서는 불길의 수관화현상이 일어나고 있었다. 불길이 나뭇가지들을 타고 이동했다. 초원지대에서는 낮게 그르렁거리기만 했지만 나무가 많은 숲 쪽으로 옮겨붙자 순식간에 불길이 사방으로 퍼졌다. 불길이 번지자 나뭇가지들이 도미노처럼 쓰러졌다. 곳곳에서 탁, 탁, 탁, 하면서 나뭇가지가 타들어가는 소리가 들렸다.

"130, 돌아와!"

나는 소리를 질렀다. 들리지 않을 것이었다. 바람은 뚱보130 쪽에서 내 쪽으로 불어오고 있었다. 좀비들은 아마도 불구경을 가는 모양이었다. 신나게 넘실거리면서 타오르는 불길에 눈과 마음을 빼앗겨버린 모양이었다. 나는 자동차 문을 열고 밖으로 나갔다.

"지훈씨, 어디 가요?"

"데려와야죠."

"안돼요, 위험해요. 우릴 못 알아보잖아요."

"아녜요, 어두워서 그런 걸 거예요."

"가지 마요."

"가야 돼요."

나는 뚱보130을 향해 뛰었다. 헤드라이트가 비추는 곳을 향해 뛰었다. 발밑의 작은 돌들이 뛰는 걸 방해했다. 나뭇가지들이 발밑에서 부러졌다. 좀비들은 천천히 움직였고 뚱보130은 좀비들을 따라 움직이고 있었기 때문에 따라잡는 건 어렵지 않을 줄 알았는데 방해물이 많았다. 나는 뚱보130의 이름을 부르며 계속 따라갔다. 나는 좀비들을 향해 돌멩이를 집어던졌다. 돌멩이가 좀비 한 명의 뒤통수에 명중했다. 뚱보130과 좀비 무리가 내 쪽으로 고개를 돌렸다. 뚱보130이 나를 알아보기라도 한 듯이 몸을 획 돌렸다. 두 팔을 앞으로 내밀며 나를 향해 걸어왔다. 다섯 명 정도의 좀비도 뚱보130을 따라 걸어왔다. 뚱보130은 웃고 있었다. 웃으면서 내게 걸어오고 있었다. 나는 멈칫하면서 더이상 앞으로 나가지 못했다. 두 팔을 벌리고 걸어오는 뚱보130을 안아주고 싶었지만 그는 이제 사람이 아니었다. 한눈에 알 수 있었다. 겉모습은 평소와 다를 게 없었지만 사람이 아니었다. 어떻게 된 일일까. 백신이 말을 듣지 않은 걸까. 아니면 장장군이 무슨 일을 벌인 걸까. 이유는 필요없었다. 나는 이 모든 결과에 화가 났다. 돌이킬 수 없다는 사실에 화가 났다. 앞으로도 수많은 이유 때문에 화가 날 것이었다. 왜 하필 130과 함께 온 것일까, 왜 하필 도서관에서 그와 인사를 했을까, 왜 하필 모든 일이 시작된 것일까. 수많은 이유 때문에 앞으로도 나는 나를 책망할 것이다. 뚱보130은 더이상 사람이 될 수 없다. 그런데도 뚱보130은 분명히 웃고 있었다. 어째서 웃고 있는 것일까. 죽는 순간에 웃긴 일이라도 있었던 것일까. 재미난 농담이라도 생각난 것일까. 어떤 농담일지 궁금했다. 죽음을 그렇게 무서워하던 녀석이 어떤 생각을 하면서 이 세상을 떠난 것일까.

"형, 좀비가 되는 것도 생각보다 나쁘진 않네. 팔을 들고 있는 게 좀 힘들긴 하지만."

뚱보130이 금방이라도 입을 열고 그런 농담을 할 것 같았다. 나는 돌아서서 차를 향해 뛰었다. 등이 후끈거리는 이유가 뜨거운 불바람 때문인지 뚱보130의 따가운 시선 때문인지 알 수 없었다. 나는 트렁크를 열고 허그쇼크를 작동시켰다. 턴테이블이 천천히 회전했다. 나는 바로 허그쇼크의 앰프 옆에 있는 스톤플라워의 두번째 앨범을 턴테이블에 올리고 카트리지를 얹었다. 카트리지가 LP의 소리골을 따라가면서 작은 소리를 냈다. 익숙한 음악이 들려왔다. 트렁크에 설치한 스피커는 단 한번도 쓴 적이 없어서 제대로 작동할지 의문이었는데, 스위치를 올리자마자 가슴이 따가울 정도로 큰 드럼소리가 트렁크 밖으로 흘러나왔다. 내가 비켜서자 스피커에서 나오는 스톤플라워의 음악이 공원을 뒤덮었다. 음악소리는 모든 소리를 뒤덮었다. 풀과 꽃이 불타는 소리, 나뭇가지가 발갛게 익어가는 소리, 공기가 열기로 가득 차는 소리가 음악에 뒤덮였다. 나는 자동차에 올라탔다.

"무슨 소리예요?"

"허그쇼크를 켰어요."

나는 트렁크 쪽을 손으로 가리켰지만 자동차 안의 거울로는 아무것도 보이지 않았다. 트렁크가 열려 있어서 뒤가 보이지 않았다.

"좀비들은 시끄러운 음악에 반응한대요. 허그쇼크를 켜고 달리면 아마 이 차를 따라올 거예요."

"130이 따라오고 있어요?"

나는 싸이드미러로 뒤를 보았다. 뚱보130이 웃으면서 걸어오고 있었다. 좀비 대여섯 명이 그 뒤를 따라오고 있었다.

"네, 오고 있어요. 끝까지 데리고 갈 거예요."

뚱보130은 거울 속의 '사물이 눈에 보이는 것보다 가까이 있음'이라는 문구 위를 걸어오고 있었다. 눈에 보이는 것보다 가까이 있다는 게 좋았다. 뚱보130이 멀리 있는 것처럼 느껴지지만 실제로는 더 가까이 있다는 말 같았다. 나는 액셀러레이터를 천천히 밟았다. 열린 트렁크 문이 덜컹거리며 소리를 냈다. 차가 앞으로 움직이자 뚱보130도 조금 더 빨리 걷는 것처럼 보였다. 불바람을 타고 까만 재가 우리보다 빨리 앞으로 날아갔다. 숲의 모든 것들이 우리와 나란히 달려가고 있었다. 동물들도, 부러져 날리는 식물들도, 재도, 모두 불바람에 밀려 우리와 나란히 달려가고 있었다. 헤드라이트 앞으로 많은 것들이 보였다. 나는 창문을 내리고 자동차 오디오의 볼륨을 높였다. 스톤플라워의 음악소리는 트렁크의 스피커와 실내 스피커를 뒤흔들면서 주위로 퍼져나갔다. 홍이안이 얼굴을 찡그렸다. 소리가 너무 크죠? 그래도 조금만 참아요. 내가 눈짓으로 말을 했다. 홍이안이 고개를 끄덕였다. 홍이안이 음악에 맞춰 고개를 끄덕이면서 웃었다. 이안 데이비스는 큰 소리로 노래하고 있었다. 눈물을 멈춰요. 아무것도 바라는 게 없으면 두려울 것도 없어요. 홍이안이 창문 밖으로 몸을 빼고 뒤를 돌아보았다. 홍이안이 뒤를 향해 소리를 질렀다. 무슨 얘길 했는지는 들리지 않았다. 나는 싸이드미러를 통해 뚱보130이 잘 따라오고 있는지 살피면서 적당한 거리를 유지했다. 자동차가 너무 빠르면 따라오기 힘들지도 몰랐다. 주위가 어두웠지만 뚱보130은 또렷하게 보였다. 웃는 얼굴은 보이지 않았지만 내 눈에는 보였다. 뚱보130의 목소리도 들렸다. 형, 같이 가요. 나 무서워. 무섭긴 뭐가 무서워. 영혼들이 이제 다 집으로 돌아가는 거야. 반짝반짝 빛나면서 왔던 방향으로 돌아가는 거야. 체스판의 말처럼? 아니, 물처럼 아래로 흘러가는 거야. 그러니까, 같이 가요, 혼자 가지 말고. 따라와, 빨리 따라와. 나를 놓치면 안돼. 내 손을 놓치지 마.

자동차를 따라오는 좀비의 수는 시간이 갈수록 늘었다. 싸이드미러 속에 좀비들이 그득했다. 뚱보130의 옆으로 좀비들이 모여들었다. 스톤플라워의 음악은 숲과 공원의 구석구석을 돌아다니면서 숨어 있는 좀비들을 밖으로 끌어냈다. 홍이안이 다시 창문 밖으로 몸을 빼서 주위를 살폈다. 홍이안이 자동차 오디오의 소리를 줄이고 말했다.

"엄청 많이 따라오고 있는 거 알아요?"

"얼마나 돼요?"

"어두워서 잘 보이진 않지만 백명은 될 것 같은데요?"

그때 팔 하나가 차 안으로 갑자기 들어왔다. 좀비의 팔이었다. 나를 보고 있던 홍이안이 소리를 질렀다. 좀비의 손이 창틀을 잡았다가 놓쳤다. 악수라도 하자는 듯한 행동이었다. 나는 속도를 조금 높였다. 내 왼쪽의 어둠속에서도 좀비들이 차를 향해 다가오고 있었다.

"전부 잘 따라와. 나를 놓치지 말고 따라오라고."

나도 모르게 소리를 질렀다. 비밀통로에 가까이 다가가자 주위가 밝아졌다. 공원과 숲의 거리등은 불이 들어오지 않았지만 비밀통로 주변은 여전히 환했다. 좀비들의 수를 확인할 수 있었다. 어림잡아 이백여명의 좀비들이 자동차를 따라오고 있었다. 좀비들은 자신들이 탈출하고 있다는 사실도 모른 채 자동차만 열심히 따라오고 있었다. 불길의 속도는 빠르지 않았지만 지체할 시간은 없었다. 불길은 마오산까지 번지지는 않을 것이다. 부대 내의 좀비들을 쓸어버릴 생각이라면, 만약의 사태에 대비해 증거물을 모두 없애버리려는 심산이라면, 불길은 공원 내의 모든 것들만 꼼꼼하게 태워버릴 것이다. 일단 비밀통로를 빠져나오면 마오산으로 향하라고 이경무가 알려주었다. 이경무가 우리를 데리러 나와줄 것이다.

거리에서 큰 소리로 음악을 듣는 폭주족처럼 우리는 달렸고, 스톤플라워의 음악은 멈추지 않았다. 마음과 몸이 동시에 흔들렸다.

하늘에서는 눈송이처럼 재가 날렸고, 희뿌연 연기가 안개처럼 분위기를 더해주었다. 멀리서 이 광경을 보면 수백명의 아이들이 소풍을 떠나는 줄 알 것이다. 나는 가끔 고개를 돌려 좀비들이 잘 따라오고 있는지 보았다. 뚱보130이 잘 따라오고 있는지 보았다. 뚱보130은 어느새 좀비들 틈에 끼여 보이지 않았다. 그렇지만 잘 따라오고 있을 거라고 믿었다. 싸이드미러로 불타는 공원이 보였다. 싸이드미러로 보이는 풍경은 너무나 비현실적이어서 텔레비전 화면 같았다. 공원을 벗어나 도로로 들어섰다. 바닥이 편평해서 달리기가 조금은 수월했다. 좀비들도 그럴 것이었다.

삼십분이 지나자 음악이 끊겼다. LP 한쪽 면이 끝났다. 나는 차에서 내렸다. 홍이안이 위험하다고 말렸지만 나는 겁이 나지 않았다. 내 주위에서 수백명의 좀비들이 나를 바라보고 있었다. 좀비들과 나는 삼 미터 정도 거리에서 서로를 바라보았다. 그들은 움직이지 않았다. 갑자기 음악이 멈추자 어떻게 해야 할지 모르는 것 같았다. 좀비들과 나 사이에 침묵이 흘렀다. 클럽에서 춤을 추던 사람들이 음악이 멈췄을 때 디제이를 바라보듯 좀비들은 나를 바라보고 있었다. 그 틈에 뚱보130이 보였다. 어딜 가든 튀는 외모였다.

"야, 130."

나는 소리를 질렀다.

"우우웨."

좀비들도 소리를 질렀다. 뚱보130도 소리를 질렀다. 아무도 움직이지는 않았다.

"잘 따라오고 있는 거지? 걱정하지 마. 내가 지켜줄게."

"우웨에에에."

그들은 소리에 반응했다. 내가 소리를 지르면 그들도 소리를 질렀다. 로큰롤 공연장의 관중들 같았다. 좀비들은 소리가 가장 잘 들리는 밴 뒤쪽으로만 몰려들었다. 좀비들은 우리의 앞을 가로막지는 않았다. 헤드라이트 앞으로는 모이지 않았다. 먼 곳까지 길이 보였다.

나에게 삶은 일직선이었다. 나에게 일어난 모든 일은 하나로 연결돼 있었다. 하나의 사건은 이전 사건의 결과이자 다음 사건의 원인이었다. 형이 없었다면 LP가 없었을 것이다. LP가 없었다면 허그쇼크도 없었을 것이고, 허그쇼크가 없었다면 홍혜정과 홍이안과 뚱보130도 만나지 못했을 것이다. 도미노가 다음 도미노를 넘어뜨리듯 모든 사건은 연결돼 있었다. 처음이 어디인지는 알 수 없다. 처음이란 중요한 게 아닐 수도 있다. 마지막 도미노는 무엇일까. 마지막 도미노란 없을지도 모른다. 나는 어떤 방식으로든 하나의 도미노를 쓰러뜨리는 사건이 될 것이다.

나는 예전부터 죽음 이후의 삶이 궁금했다. 내가 죽는다면, 모든 것이 사라진다면, 아무것도 알 수 없게 된다면, 내가 지금 붙잡고 있는 이 모든 것들이 도대체 무슨 소용일까 싶었다. 한때는 모든 게 부질없게 여겨졌다. 관계란, 사랑이란, 집착이란, 실망이란, 희망이란, 도대체 무엇인가 싶었다. 아무것도 시작하고 싶지 않았고, 끝이 뻔히 보이는 길은 걸어가고 싶지 않았다. 세상의 모든 일에 처음과 끝이 있다는 게 고통스러웠다. 하지만 처음과 끝은 중요한 게 아닐지도 몰랐다. 중요한 것은 내가 지금 이곳에 서 있다는 것이고, 지금의 이 사건은 또다른 사건의 원인이 된다는 것이다. 나는 하나의 도미노로서 이곳에 서 있을 뿐이다. 지금 나는 눈처럼 재가 날리는 도로 위에서 수백명의 좀비들 사이에 서 있다. 썩어가는 시체들이 내는 시큼한 냄새를 맡으며 이곳에 서 있다. 나는 이제 내 삶의 다음 도미노가 궁금할 뿐이다. 지금 이곳에 서 있다는 것이 기적처럼 여겨졌다. 누군가는 죽었고, 누군가는 죽을 테지만, 누군가는 계속 살아남아서 기적처럼 길을 걸어가야 할 것이다.

나는 좀비들의 움직임을 살피며 천천히 움직였다. 트렁크 쪽으로 천천히 걸어갔다. 턴테이블에 얹힌 LP를 뒤집었다. 좀비들은 여전히 움직이지 않았다. 카트리지를 얹자 음악이 다시 흘러나왔다. 스톤플라워의 노래가 흘러나왔다. 좀비들이 움직이기 시작했다. 우웨에, 하는 소리가 좀비들 사이에서 흘러나왔다. 나는 자리로 돌아와 일직선으로 곧게 뻗은 어둠속의 도로를 바라보며 엑셀러레이터를 밟았다.

김중혁 장편소설

좀비들

초판 1쇄 발행 • 2010년 9월 10일
초판 8쇄 발행 • 2022년 12월 1일

지은이/김중혁
펴낸이/강일우
책임편집/이상술
펴낸곳/(주)창비
등록/1986년 8월 5일 제85호
주소/10881 경기도 파주시 회동길 184
전화/031-955-3333
팩시밀리/영업 031-955-3399 · 편집 031-955-3400
홈페이지/www.changbi.com
전자우편/lit@changbi.com

＊ 이 책은 2010년도 대산창작기금을 받았습니다.